高洪雷
著

另一种文明

人民文学出版社

图书在版编目(CIP)数据

另一种文明/高洪雷著. —北京：人民文学出版社，2013(2020.8重印)
ISBN 978-7-02-010029-3

Ⅰ.①另… Ⅱ.①高… Ⅲ.①随笔—作品集—中国—当代 Ⅳ.①I267.1

中国版本图书馆CIP数据核字(2013)第176752号

责任编辑　付如初
装帧设计　黄云香
责任校对　刘晓强
责任印制　任　祎

出版发行　人民文学出版社
社　　址　北京市朝内大街166号
邮政编码　100705
网　　址　http://www.rw-cn.com

印　　刷　三河市宏盛印务有限公司
经　　销　全国新华书店等

字　　数　300千字
开　　本　680毫米×1000毫米　1/16
印　　张　16.75　插页13
印　　数　20001—23000
版　　次　2014年1月北京第1版
印　　次　2020年8月第6次印刷

书　　号　978-7-02-010029-3
定　　价　39.00元

如有印装质量问题，请与本社图书销售中心调换。电话：010-65233595

目 录

引 子 ……………………………………………………………… 1

第一章 东海文明是想象，还是事实？ ……………………… 1
  从诺亚方舟说起 / 东方"亚特兰蒂斯" / 他从哪里来 / 东海文明之花 / 冰河时代的世界景象 / 世纪大洪水 / 谁能侥幸生还 / 未来的疑虑

第二章 漂荡到山东半岛，再创辉煌 ……………………… 23
  给中华文明一个惊喜 / 最早的神话 / 远古"超人" / 巢居发明史 / "鸟人"少昊 / 绕不开的帝喾 / 羿射九日 / 帝舜的身世 / 后羿代夏 / 背后的冷箭 / 走进商朝 / 辛之死 / "管蔡之乱" / 不安分的徐国 / 莱夷遭遇姜尚 / 纪侯告状 / 田陈代齐 / 赵国的来历 / 改革，从军装开始 / 40万颗人头 / 又中"反间计" / 商鞅变法 / 一统天下 / 秦能万世吗 / 大退却 / 东方犹太人

第三章 成功北上，在草原插上翅膀 ……………………… 89
  来到兴隆洼 / 蒙古人种 / 和亲，和亲 / 北魏孝文帝 / 阿保机的遗孀 / 成吉思汗 / 钓鱼城风云 / 点燃文艺复兴的圣火 / 太阳汗和他的女人 / 曾经的草原王 / 谁抢了铁木真的妻子 / 美女部落 / 渥巴锡 / 布里亚特 / 被遗忘的图瓦 / "海棠叶"变"雄鸡" / 通古斯大爆炸 / 东方之鹰 / 谶语能应验吗 / 因为两种植物 / 不得不说的女人

第四章　浙江发现的,是东方"诺亚方舟"吗? ………………… 144

假如人体冷冻成功 / 东方"诺亚方舟" / 亮出拳头 / 装出来的"忠诚" / 美人劫 / 无疆能否万寿 / 识时务者为俊杰 / 荡平安南 / 中法之战 / 壮侗语族 / 下南洋

第五章　爬上日本岛,造就一个海洋国家 ………………… 168

绳纹人 / 入侵者 / 从战国到大和 / 酣梦醒来是早晨 / 明治亮剑 / 吞下琉球 / 袁世凯和朝鲜 / 甲午风云 / 旅顺口 / "大东亚共荣圈" / 步入深渊 / 最漫长的一天 / 看不懂的日本 / 和平宪法与战后崛起 / 再遭"绞杀" / 所谓的"弹丸之地" / 海上强国 / 中国不是"雄鸡" / 美国"重返亚洲" / 中美会迎头相撞吗

第六章　跨过白令海峡,走遍美洲 ………………… 221

漫漫迁徙路 / 尘封的玛雅 / 世界末日预言 / 阿兹特克帝国 / 倒霉的印加 / 南美解放者 / 留下你的血脉 / 蝗虫般的英国移民 / 黑鹰坠落 / 宽容的美国土著

一次近乎狂妄的挑战(后记) ………………… 255

引　子

　　也许受到了莫高窟道士王圆箓在清理积沙时偶然发现藏经洞的启发，也许对大清翰林王懿荣在打开药包时突然发现甲骨文心生羡慕，我一直坚信，尽管中外史书已经涵盖了几乎所有的时空，但地球的角落里和历史的夹缝中仍然沉埋着足以改写历史的密码。

　　它们就像天空中寻常看不到的星星，在没有一丝雾霭的暗夜偶尔发出诱人的光芒，而我只能站在大地上遥望苍穹，穷尽一生去做一个摘星的梦。所以，我冒险走进一条条早已被历史学家、人类学家、地质学家定论过的幽深的历史隧道，轻轻敲击被岁月风尘遮盖的洞壁，侧耳倾听来自远古那若有若无的回音……日升月落，寒来暑往，痴心不改。我深信，真相，也许就在那些沉寂千载的断壁间或水流处。

　　我所用的工具无非是一般地质工作者随身的小锤子和考古工作者常用的小铲子，怀揣的地图是所有新华书店都能买到的世界地图，采取的方法与同类纪实文学也毫无二致。稍显不同的是，我把考古、勘查、语言考察、基因研究成果等杂糅在一起，去大胆地质疑，果断地扬弃，勇敢地设问，反复地甄别，精细地梳理，力争将中国古人走遍世界的脚印一一找出，然后告诉和我一样对历史满含欢欣与敬畏的国人，一起去从祖先身上获取充沛的元气和凛凛的风骨。

　　我发现了"东海平原文明"，考证了"远古大洪水"，揭示了日本"大东亚共荣圈"的实质，剖析了美国"重返亚洲"的缘起，解读了玛雅人的"世界末日预言"。我追随着从东海大平原侥幸逃离的人们四散而去的足迹，讲述他们分别来到山东半岛、长江入海口、蒙古草原、日本岛以及美洲，成为东夷人、越人、兴隆洼人、日本人和印第安人祖先，埋头营造了一个环太平洋文明圈的故事。

这绝非一个地质工作者的戏说,也不是一个历史研究者的臆测,更没有哗众取宠的企图,我只是一个近乎固执的解读者,站在"地球村"的高度揭秘真相,并努力使真相在岁月的枝头永不凋零。

仅此而已。

每个人都要知道自己从哪里来,不知道从哪里来怎么能够知道往哪里去?

——题记

太平洋底来的人

——代序

20世纪80年代,有一部美国电视剧在中国大陆风靡一时,特别是剧中那位潇洒而木讷的主人公麦克·哈里斯给观众留下了深刻的印象。这位被海底巨浪送到岸边的奇异生物——"大西洋底来的人",能在深海中翻飞自如,长着类似蹼样的双手,有着惊人的力量。但是他不能离开水时间太长,因此成为想要研究他的"坏人"追逐的目标。他是海豚的好朋友,也曾拯救过一个传说中的美人鱼,并与之产生了模糊而美丽的感情。不过,无论外界如何引诱他,这位英俊的海底王子最终还是回到对他关怀备至的优雅的女博士伊丽莎白身边,演绎出一种似有似无、纯净无比但又令人期待的情愫。至于他从哪里来,到哪里去,他和女博士的友谊能否升华为爱情,一系列的疑问纠结着他,纠结着女博士,也纠结着所有电视机前的观众,让人们欲罢不能。

今天,摆在我面前的《另一种文明》,讲述的则是"太平洋底来的人"。但这不是电视剧,也不是历史小说,而是一部历史纪实文学。

对此,我深感惊愕。尽管我的研究领域主要集中在明朝之后特别是近代,但对远古史尚且算不上孤陋寡闻,对考古学也一直情有独钟。然而,我却是第一次听说远古史上有一个"东海大平原"。

这种空前大胆的判断和富于想象力的推测,对于我们这个因过于现实而失去自我的时代来说,是多么令人振奋和向往啊!正如作者在他的上一部著作《另一半中国史》中所表现出的那样,他是一个不甘寂寞、思维活跃的人。他勇于追查历史谜题背后的真相,敢于对传统科学与权威提出质疑,不惜颠覆以往的传统思维定式,在人类起源与发展问题上为我们打开了一扇新的大门。

偏见,一方面是因为偏见者的浅薄无知,另一方面则是因为偏见者的思维定式。因为此前的中国史书上,就连晚期智人起源于非洲都遮遮掩掩,更别说什么东海平原生活着大量旧石器时期的古人了。其实,近代亚洲地区的考古发掘,似乎渐渐画出了一张非洲晚期智人走进亚洲路线图。东海浅水区的考古成果,则把这张路线图令人吃惊地延伸到了东海海底。作为"东海人"这一词汇的发明者,高洪雷先生没有仅仅满足于日本、中国台湾以及中国沿海的考古发掘,而是从人类学、生物学、地质学、训诂学、民俗学、神话学等领域,对远古大洪水之前的东海古人进行了多角度、全方位、立体式的论证,以期展现给我们一幅生动而真实的东海平原古人的生活图景。

而且,作者告诉我们的远不止这些。他像是一位剥茧高人,拨开历史的蛛网、尘埃与泥沙,探究出远古东海人广袤的家园;又像是一位侦探老手,把东海平原人东奔西走、"南渡北归"乃至远徙美洲的脚印一一找出,还原出承载着黄河文明、南越文明、日本文明、通古斯文明、印第安文明以及马来文明的另一个伟大文明——太平洋文明圈。这个文明圈的影响力,完全可以比肩于承载着尼罗河文明、美索不达米亚文明、爱琴文明、腓尼基文明、迦太基文明、赫梯文明、波斯文明、希腊文明、罗马文明以及犹太文明的地中海文明圈。

更为令人感叹的是,作者并未纠缠于那些无限神秘的考古数据和光怪陆离的神话传说,而是更多地把视野转向古老文化与现代文明的深度关联,追思着各种文明在数千年的历史传承中因地域与外力所形成的个性偏差,解读了诸如印第安人的生存状态,日本的民族性格,中国人的海洋意识,美国重返亚洲的战略企图等世界性问题,进而从地球村的高度发出了中美携手共建太平洋文明的召唤。从这一意义上说,这是一本关于考古的书,是一本关于文明的书,更是一本引领我们走出发展迷宫,认清未来使命的书。

我们必须知道自己从哪里来,只有知道从哪里来,才能知道往哪里去。一个家族要祭奠自己的先人,一个民族要礼敬自己的历史。既然人类都来自一个共同的祖母——非洲的夏娃,既然我们东亚人都来自共同的家园——东海大平原,那么"本是同根生"的中国、日本、韩国、朝鲜、越南等就应该携手建立起一种合作共赢的新型关系。否则,我们就会有愧于在大洪水到来前分手时发誓代代相亲、生死与共的共同祖先。

从叙事风格上,本书应该归类于历史散文系列,其中不乏大量的历史推理、心理描写与艺术想象。这对于那些主张历史研究应"客观如实"、

"据实记事"的考据学派和崇尚"史料即史学"的史料学派,也许是无法接受的。历史学研究当然要秉承科学的态度,但这并不意味着完全排斥艺术。因为如果一味追求虚幻的"绝对真实",执迷于所谓的"科学规范",只是注重对枝节性历史现象的考证与描述,排斥合理的宏大叙事,轻视甚至否定对历史规律和重大问题的考察,就有可能使历史学研究迷失方向,严重削弱历史研究的学术价值和现实意义。中国古代史学就一直提倡"文史不分家",《左传》《史记》都不乏用文学语言来做揣摩性质的细节刻画或气氛烘托,而正是这种渲染性的描绘与夸张,才使得整个历史场景鲜活起来,历史情节生动起来,历史人物饱满起来,最终让读者在获取历史知识的同时,尽情分享历史本身蕴含的哲理与美感。在这一点上,国外史学界已经为我们做出了示范,如黄仁宇的《万历十五年》,斯蒂芬·茨威格的《苏格兰玫瑰》,勒内·格鲁塞的《草原帝国》,费正清等的《剑桥中国史》,亨德里克·房龙的《人类的故事》。

其实,历史本来很有趣。之所以前些年有许多中国青少年对历史不感兴趣,是因为在学生时代,历史这门原本趣味盎然、千折百回的学科,被拆解为单纯的时间、地点、人物、事件、原因、结果、意义,编成一种用来应付考试的干巴巴的教材。这种教育方式,就像把一盘热气腾腾、异香扑鼻的佳肴,冷却、风干,分解成各种原料:维生素、糖、盐、花椒、味精,让你一样一样吃下去,我想象不出世上还有比这更愚蠢的事了。好在,如今有了柏杨、李零、余秋雨、易中天、张鸣、孙皓晖、袁腾飞、曹升、张宏杰、当年明月,中国才有了史学热,历史展柜前才有了人头攒动的读者。

读者大可不必质疑此书的可读性,因为作者显然受到了国外史学家以文学手法叙述历史的感染。在这里,不但可以领略到人类历史的云卷云舒,而且可以享受到一场美丽文字与深邃思想的盛宴。在当今众多艰涩枯燥、味同嚼蜡的人类学、考古学书籍中,它是少数几部能将远古历史讲述得如此栩栩如生的书之一。

是为序。

第一章 东海文明是想象,还是事实?

世界上一对小小的漂泊者呀,请留下你们的足印在我的文字里。

——印度·泰戈尔

从诺亚方舟说起

我不是基督教、天主教、犹太教徒,但并不妨碍我认同《圣经》那令人沉迷的精神力量和无可替代的人文价值。而且我以为,在繁星璀璨的世界神话传说中,流传最广、影响最大、最神奇也最有想象力的,莫过于《圣经》中"诺亚方舟"的故事了。

话说上帝决定消灭腐朽、暴力与邪恶的人类,便悄悄告诉义人诺亚,人类在 7 天后将面临洪水泛滥的灭顶之灾。于是,诺亚开始用歌斐木建造方舟。7 天后,海洋的泉源裂开了,巨大的水柱从地下喷涌而出;天上的窗户敞开了,如注的暴雨连续倾泻了 40 天。洪水淹没了大地,只剩下诺亚一家和一些动物乘坐巨大的方舟在茫茫水上漂荡,搁浅在亚拉腊山巅。诺亚放出乌鸦,但它没有找到可以栖息的陆地。7 天之后,诺亚放出鸽子,它衔回了绿色的橄榄枝,用特殊的方式告诉主人,洪水已经退去。诺亚走出方舟,成为新人类的祖先。①

在这个故事流传了 2000 多年后的 1872 年,一个与之惊人相似的传说曝光。英国不列颠博物馆宣布,馆员史密斯破译了镌刻在 12 块古老泥

---

① 诺亚的传说分别被记录在《圣经·旧约》《希伯来圣经》和《古兰经》中。

版上的古巴比伦史诗《吉尔伽美什》。史诗叙述的是4000年前在苏美尔人中广泛流传的大洪水传说,除了主人公名叫乌特纳皮西汀之外,其余内容与诺亚方舟的故事高度吻合,就连其中的细节,如洪水过后放出鸽子、乌鸦都丝毫不差。

缭绕着宗教烟火的古印度,也流传着一个内容相仿的神奇传说。说的是渔夫摩奴在恒河沐浴时,无意中救了一条小鱼。这条神鱼警告他,今夏有一场洪水将毁灭一切生物,所以摩奴提前造了船,在大洪水到来时成功逃生,其子孙繁衍成了印度人的始祖,而《摩奴法典》一书也由他传了下来。

遥远而神秘的亚美利加洲(简称"美洲",以意大利探险家亚美利哥的名字命名)大陆也不例外。在阿兹特克印第安神话中,只有一对正直的夫妻活了下来,男人叫柯克斯特利,女人叫苏齐奎泽尔。一位天神预先警告了他们,他们依照神的旨意建造了一艘大船,躲过了铺天盖地的洪水,在高山之巅见到了陆地。他们下船后生了很多孩子,但都是哑巴。直到有一天,一只鸽子飞临树梢,给他们带来了语言。只是教给每人的语言各不相同,孩子们互相之间无法沟通。

其实,记录大洪水的并不限于印第安人、苏美尔人和印度人,世界各大陆的民族几乎都留存着大洪水的记忆,目前全世界已知的关于远古大洪水的传说有600多则。

于是,我们面前摆满了一串大大的问号:这些产生于世界各地的传说,为什么都涉及洪水?为什么具有相似的情节?为什么拥有同样的主角?为什么承载着共同的想象?

——先听听心理学家怎么分析。瑞士心理学家荣格说,世界各地的神话传说呈现不可思议的雷同,正体现了人类共同心境的"原型"。也就是说,远古的大洪水记忆,以"集体潜意识"的形式共同保存在不同的神话里。

——再去看看历史学家的研究成果。英国史学家弗雷泽·本杰明在考察了大量民族历史传说后发现,几乎所有民族的上古传说中都有大洪水的记忆,而且内容惊人地相似,他据此推断,所谓上古的大洪水,是一次巨大的、全球性的海侵事件,而连绵数月的雨水,不过是伴随洪水而生的极端天气。

——当然离不开考古学的求证。英国考古学家伦德纳·伍利在美索不达米亚的古代城邦乌尔,发现了大规模洪水侵袭过的厚达两米的黏土层。他据此推测,公元前8200年左右,土耳其、塞浦路斯、希腊等地的农业突然中断,罪魁可能就是那场大洪水。1985年因发现泰坦尼克号残骸而闻名探险界的罗伯特·巴拉德声称,他率领的一支探险队在距土耳其沿岸约19公里远的黑海深处,发现了一个呈长方形的地基。它可能是一座建筑的遗址,从建筑规模推断,当年的黑海聚居着众多的人口。一支国际探险队也宣称,他们在土耳其东部的亚拉腊山海拔4000米处发现了诺亚方舟的遗迹。

　　——最后还是请地质学家进行总结吧。英国艾克赛特大学教授、地质学家克里斯·特尼指出,大约在1.8万年前,地球气候缓慢变暖,接下来的几千年,北半球高纬度地区的温度上升了4至7摄氏度。后来,北美洲劳伦太德冰盖融化,巨大的冰盖滑落到东墨西哥湾中,造成了连续7天的海啸和40天的暴雨。一场突如其来的世纪大洪灾吞噬了每一块绿草茵茵的低地平原。

　　一脸凝重的特尼进一步描述说:"黑海地区的人们当时居住的地方比今天的海平面低155米。当大水来临,一下使人们感觉好像全世界都被水淹没了一样。"

　　一切的一切都指向一个结论:正是对这次远古大洪水的记忆代代口传,才逐渐演变成"诺亚方舟"的故事。

东方"亚特兰蒂斯"[①]

　　读者肯定会问:诺亚驾着方舟逃离黑海平原的时候,远古的中国也一定发生了什么吧?未等中国人回应,黑格尔便抢先在《历史哲学》中说:"尽管中国靠海,但是没有分享海洋赋予的文明,海洋没有影响中国的文化。"黑格尔分明是在说,远古时代的中国古人与海洋没有关系,不可能

---

① 亚特兰蒂斯,又译作"阿特兰蒂斯",是在柏拉图著作中出现的一个被大洪灾毁灭的史前文明大陆。

发生中国版诺亚的故事,那时的中国压根就没有什么海洋文明。事实果真如此吗?

我深信,一场近乎毁灭性的世纪大洪灾,既然屡屡出现在外国神话传说中,那么作为世界文明起源地之一的中国不可能没有记忆。尽管西方史学家一再认为中国文明起源的时间远远落后于古埃及、古巴比伦甚至古印度。

不费吹灰之力,我就找到了中国人耳熟能详的"女娲补天"的故事。《淮南子·览冥训》记载,远古时代共工与祝融爆发战争,战败后的共工愤怒地一头撞向不周山,将不周山这一撑天的支柱撞断,苍天坍塌,大地开裂,天不能覆盖万物,地不能容载众生,蔓延的火势无法熄灭,浩大的水势无法停止。于是女娲冶炼五色石修补苍天,砍断海龟足撑起四方支柱,杀死黑龙拯救中原,用芦灰堵塞洪水,最终使中原大地恢复了往日的平静。据地质学家、考古学家推论,"女娲补天"的故事就发生在今日本与中国之间的东海平原。当时的东海平原处于母系氏族公社阶段,所以传说中补天的是"女娲"而不是某一位男性英雄。

《山海经》里也记载着一个悲壮的故事:发鸠山林里有一种文首、白嘴、红脚、状似乌鸦的鸟,名叫精卫,它的叫声像在呼唤自己的名字一样。它其实是炎帝的小女儿,名叫女娃。一次,女娃去东海游玩,不幸被波涛吞噬。从此,她化为精卫鸟,叼来西山上的树枝和石块,日复一日地填入东海。传说里传递的,分明是受灾的先民对远古大洪水的无奈与仇恨。

行文至此,读者诸君肯定会发出一个共同的疑问:以上的故事毕竟只是神话,你如何才能证明远古时期真的有一个东海平原呢?

要回答这个问题,只能靠神奇而权威的现代地质学了。地质学告诉我们,46亿年前诞生的小小星体——地球,于10万年前步入了晚新生代大冰期,也就是中国地质学家李四光测定的"大理冰期"——第四纪冰期。当时,曾经温润如春的地球,开始持续地、不可逆转地变冷,高纬度地区和山地冰川年复一年地扩张,水圈水分大量聚集于陆地,使得海平面大幅度下降。通俗一点说,就是地球洼地里的水渐渐跑到了高山上,这个巨大"鸭蛋"的表面大部分由绿变白,今天的北美洲大部、亚洲北部、波罗的海盆地、挪威陆架、北极和英伦三岛都戴上了比中国泰山(1500米)还要高两倍的晶莹的冰帽。

3万年前,在诺亚的祖先赤脚漫步在绿草覆盖的黑海平原上,地中盆地(今地中海)人影憧憧的同时,东海海平面也下降到100米左右,东海1/3的水深小于60米的大陆架浮出水面,出现了"沧海变桑田"的奇迹。从此,亚细亚洲(简称"亚洲",意为"东方日出之地")东部的朝鲜半岛、日本列岛与东海、黄海大陆连为一体,形成了一片广袤无垠的平原,我们称为东海平原。

让我们展开太平洋地图:如今的东海是亚洲三大边缘海之一,西接中国大陆,北与黄海相连,东北以济州岛经五岛列岛至长崎半岛南端为界,东面至日本的九州岛、琉球群岛和中国的台湾岛,南面通过台湾海峡与南海相通,是一个开阔的大陆边缘浅海,总面积77万平方公里,平均深度1000米,多为水深200米以内的大陆架。如今的黄海位于中国大陆与朝鲜半岛之间,总面积38万平方公里,平均水深44米。如今的渤海是中国几近封闭的内海,海域面积7.7万平方公里,平均水深18米,最大水深85米。综上所述,如今的黄海、渤海水深都小于150米,远古时期都在东海平原的范围内,而如今的东海起码有1/3的面积水深小于150米。也就是说,远古的东海平原面积应该在70万平方公里左右,相当于三个英国、两个越南、一个土耳其。试想,整整一个土耳其都变成广阔富庶的平原,会引来多少目光、多少惊叹、多少垂涎。

因此,比黑格尔年长近2200岁、无狭隘地域意识的古希腊哲学家柏拉图,把东海平原诗意地称作"东方亚特兰蒂斯"。

他从哪里来

如果东海平原确实存在,那么有一个问题我们也许难以回避:那就是东海平原的古人来自哪里?

实际上,这个问题考古学已有定论,那就是东海平原的古人来自远古的中国大陆。然后,一些读者可能会打破砂锅问到底:中国大陆的古人又来自哪里?

这可是一个在考古学上至今仍争执不休的重大问题。要解答这一问题,恐怕用整整一本书的篇幅也难得要领。

要把这一复杂问题简单化，我们不妨虚拟一个关于人类起源地论坛的场景。

为保证论战公平并免受战争的干扰，论坛设在中立国瑞士。当联合国教科文组织总干事宣布论坛开幕后，一位满脸胡须的科学家率先发言，他说："从进化论的角度分析，我推测，人类是由古猿进化而来的。"台下一片哗然。（会后，英国教会大肆攻击他"亵渎神灵"，许多教士在街头散发一只猴子在演讲的漫画）

发言者并未受到干扰，继续郑重其事地说："非洲是人类的摇篮。"他叫达尔文，当时会场日历显示是公元1871年。

"我反对！"达尔文话音未落，一位名叫海格尔的科学家站了出来。这也是一位进化论者，因此没有在"猿猴论"上纠缠，而是直接提出了人类起源于南亚的观点，还当场绘出了世界各人种由南亚向外迁移的路线图。

"不，人类的起源地是欧洲，我有化石为证，而你们都是推测。"一位法国考古学家拿出了法国林猿化石。这是当时世界上发现的最早古人类化石。紧接着，一位德国考古学家出示了发现于德国尼安德特山谷的古人类头骨，这一人种被定名为"尼安德特人"。

论坛出现了暂时的宁静。20多年后，荷兰解剖学家杜布瓦兴冲冲地走上论坛："欧洲起源说已经落伍了，因为我刚刚在印度尼西亚的爪哇岛上发现了直立猿人化石，他的生存年代比尼安德特人至少早50万年。"他之所以如此兴奋，除了考古新发现的原因，还有一个原因，就是当时的印尼是荷兰的殖民地。

随后，黄皮肤、黑头发的中国考古学家鱼贯而入，先后发布了一系列考古学成果："1927年中国北京周口店发现了北京猿人头盖骨。""元谋人和蓝田人化石，将中国境内最早的人化石推前到了100万年。"

从此，论坛再无宁日，"单一起源说"与"多地起源说"争执不下，唾液横飞。私下里，各国考古学家展开了一场人类化石发掘竞赛，一个又一个"重大考古发现"频现于报端。似乎，这不再仅仅是一个考古学课题，而是一个涉及民族和国家尊严的问题。好像拿不出远古人类起源于本国的证据，本国国民就变成了满身是毛的"猴子"。

直到1987年。

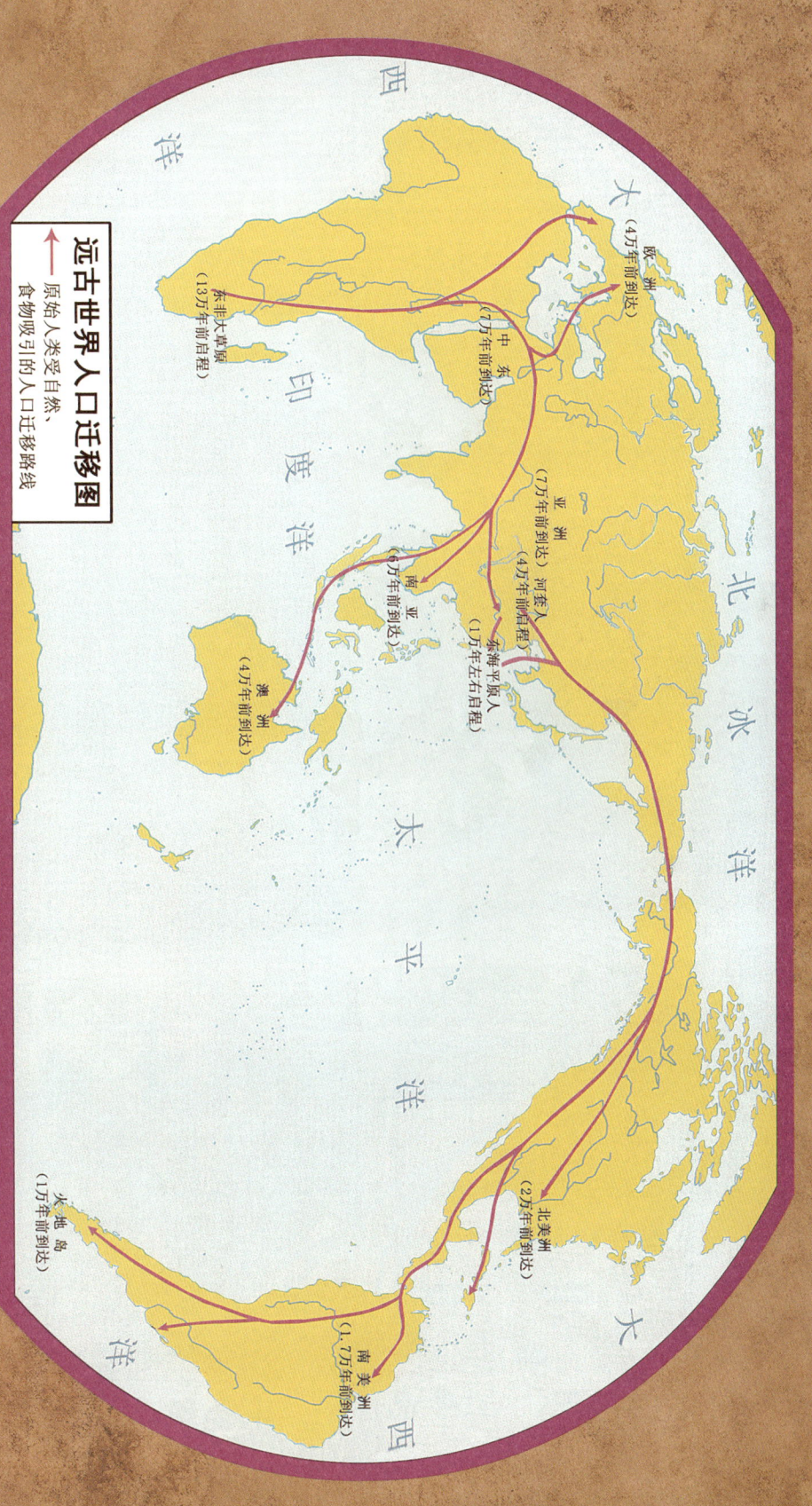

这一年,地球上发生了两件令人惊愕的大事,一是中国大兴安岭发生了特大火灾(有人调侃混血歌星费翔在"春晚"上唱了一首《冬天里的一把火》),火灾历时一月,绵延百里,烟雾弥漫,日月无光。二是人类考古学取得了一项空前的进展。

那是一个太阳懒洋洋西坠的下午,科学家卡恩·斯通金和威尔逊走上人类起源论坛,面对嘈杂的人群,宣布了一个爆炸性新闻。他们以线粒体DNA的地域性差异为线索①,推定约20万年前阿非利加洲(简称"非洲",意为"阳光灼热之地")的某个女性——"夏娃"为全人类共同的祖母。在发言结束时,脸上写满陶醉的卡恩·斯通金扬了扬手中最新一期的美国《新闻周刊》杂志,杂志封面上,半裸的黑皮肤"夏娃"正把一个禁果递给黑皮肤的"亚当"。

考古学家们顿时哑口无言。但人类学家并未就范,他们抓住卡恩·斯通金分析中的漏洞予以反击:"您在研究中使用的黑人基因来自加勒比海而不是非洲,你怎么才能保证这些基因没有产生混杂呢?"

严谨是科学的生命,怀疑是科学的动力。背负着人类学家的质疑,卡恩·斯通金只有重新走进实验室,继续那旷日持久的验证程序。

可喜的是,此前的推理一而再再而三地得到印证:当遗传学家分析线粒体以外的DNA时,发现了同样的溯祖现象。后来的试验者使用非洲黑人基因进行研究,也得出了人类的"夏娃"确实在非洲的结论。1994年,根据线粒体DNA特征的分组结果,英国科学家布莱恩·赛克斯又提出,几乎每一个有欧洲本地血统的人都是由4.5万年前迁入欧洲的七位女性祖先繁衍而来的,这七位女性被称作"夏娃的七个女儿"。1997年,科学家首次从尼安德特人化石中提取出DNA与现代人比较,结果在60万年前他们就已与晚期智人(现代人)产生了分支且无混血迹象。也就是说,由于晚期智人拥有能够制造石器和使用语言的巨大优势,使得他们在世界范围内取代了所有先前的原始人,在此之前出现的爪哇猿人、北京猿人、海德堡猿人以及与之平行的尼安德特人,已经在竞争性进化中统统灭绝了。

---

① 先在世界范围内收集含有丰富线粒体的胎盘,然后研究这些样品的相互关系,画出它们的线粒体DNA谱系。如果两个人的线粒体DNA在一个多态性位点共享一个变异,那么它们便有共同祖先。分析所有样本的相互关系后,分子人类学家就可以构建一棵家谱树。

最后，主持编写《全球通史》的美国时代生活出版公司发言人做了总结："到公元前3万年时，解剖学上的现代人已经成熟，并且已经居于超越地球上所有物种之上的至高地位了。从这一刻起，人类发展的历史终于结束了自然塑造人类的过程，开始了一个人类塑造自然的过程。"

至此，"单一起源说"在与"多地起源说"的争论中终于占据了上风，论坛主持人宣布无限期休会。

按照暂时占据上风的"单一起源说"推定，非洲晚期智人大约于13万年前从一望无际的东非大草原启程，7万年前到达中东和亚洲，然后分别从中东向欧罗巴洲（简称"欧洲"，意为"西方日落之地"），从亚洲向美洲和澳大利亚洲（简称"澳洲"，意为"南方的土地"）扩散。（见图一"远古世界人口迁移图"）

此时正值第四纪冰期——最后一个冰河期，北半球大片陆地覆盖着肃杀的冰雪，气候比如今的西伯利亚还要恶劣，由于身体和耐寒能力上的弱势，来到北半球的晚期智人开始了类似候鸟一般的流浪生涯，他们在大片的冰川缝隙间孜孜不倦地寻找着适宜生存的栖息地。因此，四处寻觅的他们第一眼看到一望无际的东海平原时的惊喜与震撼，应该不亚于达·伽马找到了印度，哥伦布发现了新大陆，艾萨克·牛顿发现了万有引力定律。

据此推测，就在东海平原形成不久，亚洲晚期智人中的内蒙古伊克昭盟乌审旗萨拉乌苏河岸边的河套人（距今7万年前）、广西柳江通天岩旁洞穴中的柳江人（距今7万年前）、山东新泰市刘杜镇乌珠台石灰岩洞中的新泰人（距今5万年前）、云南丽江木家桥的丽江人（距今5万年前）、江苏泗洪县双沟镇下草湾的下草湾人（距今4万年前）、北京房山区田园洞人（距今4万年前）、四川资阳黄鳝溪的资阳人（距今3.5万年前）、吉林安图明月镇洞穴中的安图人（距今3.5万年左右）、山东沂源县骑子鞍山千人洞人（距今2至3万年前，洞内只有哺乳动物化石与旧石器，看来在2万年前已人去洞空）、北京周口店龙骨山顶的山顶洞人（距今1.8万年前）等争先恐后，先后从北、南、西部汇聚此地。

实际上，这种热闹景象在人类历史上并不鲜见。几乎每一次新大陆乃至新财富的发现，都会激发起一次空前的移民潮。如古印欧人南下西进，西班牙、葡萄牙、荷兰人扬帆出海跑马圈地，英国清教徒结伴闯荡北美洲，美国西部牛仔"淘金热"，山东百万农民"闯关东"。

东海文明之花

"大海,生命的摇篮。"这句饱含诗意的话我们已经讲了多年,但理智地思考会突然发现:这句话,我们从来都是当作神话传说对待的。毕竟,人类和海洋的关系早已发生了巨大的变化。今天的我们,不再畏惧惊涛骇浪,但却再难体会人类曾经与海洋那水乳交融的关系了。据说,把一个初生的婴儿投入水中,他自然就会游泳。这,是不是海洋留给人类最亲密的暗示呢?

但故乡总归是故乡。即使历经斗转星移,远隔千山万水,海洋永远是人类童年的栖息地。如果沿着东方文明史起源于东海平原的思路,我们就不难发现,新石器文化的源头也在东海平原。作为新石器文化三大特征的磨制石器的制造和使用、陶器的发明、原始农耕的出现,在这里都刻下了深深的印记。

为了证明所言不虚,我不得不列举一组知识性的人类考古成果。

目前发现的世界上最早的陶器之一[①]——日本南部长崎福井洞穴遗址出土的隆起线纹陶器,经测定距今1.3万至1.2万年,当时日本南部就处于东海平原边沿。众所周知,陶器是人类文明发展的重要标志,最早是用来存放粮食和水的,可见当时的农业已经发展到了粮食有剩余的程度,这也从另一角度印证了东海平原作为人类大粮仓的地位。而且,用陶器烹调食物,使人类告别了茹毛饮血的生活状态;用陶器储存水,扩大了人类的生活范围;用陶品建造房屋,使人类走出洞穴走向了平原。可以想象,那时一个又一个原始村落升起在东海平原上,人类文明的炊烟也开始袅袅升腾。差不多与陶器的发明同时,亚洲古人类进入了母系氏族公社时期。

之后,东海人敲打石器的叮当声响也开始出现,这可是人类文明进步的坚实足音啊!海洋退去后形成的东海平原上的大量卵石,不经打磨是

---

① 目前已知的世界最早的陶器由中美科学家2012年发现于江西万年县仙人洞,距今2万年。

难以作为工具使用的,而此地的农业生产和军事摩擦又需要这样的石器。在台湾台东县长滨乡八仙洞,考古学家发现了1万年前大量以锐棱砸击技术制作的新石器。

也许你会说,这没有什么了不起的,因为美国学者刘易斯·芒福德指出:"推动人类进步的两个伟大发明是文字和城市。"有一度我也怀疑,东海人发明陶器和石器就已经勉为其难了,他们不可能在文明之路上走得更远,在文字和城市上有所建树吧?也就是说,他们无法凑齐所谓的"旧四大发明"。

事实终究还是超出了我的想象。

半个世纪前,潜水员在琉球群岛的与那国岛周边海底发现了一座类似人类祭坛的古城遗迹,东西长约200米,南北宽约140米,最高处约26米。

1982年,中国潜水员在东海海域的台湾澎湖水下,发现了中国古籍中记载的澎湖虎井古城。这座古墙遗址东西长约160米、南北长约180米,城墙上端厚度约1.5米、底部厚度约2.5米。消息传出,以《上帝的指纹》一书闻名全球的英国作家汉卡克专程来到这里潜水探勘。刚刚浮出水面,眉毛还在滴水的他就告诉同行的夫人:"这段城墙是人造工事而非自然力量所形成,这里躺着伟大的史前文明。"

1990年,潜水员又在与那国岛南端的西崎海域海底发现了一个由一米见方的石块堆砌而成的金字塔以及"+""V"等形状的线刻文字。据考证,金字塔建造者至少具备美索不达米亚和印度河古文明的水准。至今,在这条再难听到足音的海底城市街巷里,还躺着许多破碎的陶片。8000年前,它作为一只陶罐的一部分,被美丽的东海女子顶在头上或者捧在手中,晃晃悠悠自河边归来,清凌凌的河水漫过陶沿,溅湿过远古的一片阳光。

"旧四大发明"只是证明了东海平原非凡的文明程度,而要证明东海平原有人类居住,最权威的证据莫过于古人类化石了。问题是,在经历了数万年沧海桑田的变迁、风化与海水侵蚀之后,东海还能找到古人类化石吗?

事实证明,在东海没有什么是不可能的。据日本考古学家考证,日本最早的土著"绳文人"就是2万至3万年前的冰河期来到日本的,其活动区域在东海平原东部。1967年，人们在冲绳岛八重濑町（tīng）港川人遗址，发现了一男二女的人头骨，碳14测定①的年代为距今1.8万年左右，属旧石器时代晚期古人，而且港川人已经有了人工拔齿的习惯。这也就意味着，冲绳周围是东海平原人的一大聚居地。

1971年，考古学家在中国台湾台南左镇菜寮溪发现了晚期智人头骨化石，经过测定，距今约有2万至3万年之久，他们的活动区域正好处于东海平原南部。

随后，考古学家在距东山岛东南大约13海里的区域，发现了一件人类右肱（gōng）骨化石，从而推测出远古时期有一条西起福建东山岛、东至台湾岛南部的"东山陆桥"。为验证陆桥的存在，考古界于20世纪80年代在海峡西岸布置了16个钻孔，其中两个钻孔深度达到上更新世②中部地层，其柱状岩芯的古生物和黏土矿物分析表明，这里早在5万至7万年前就存在陆相沉积物。之后，考古学家又在台湾岛西部第四纪地层中，发掘出3100多件亚洲象、熊、野牛、犀牛、野猪、水牛、斑鹿、野马、剑虎等大型哺乳动物化石，它们都是远古东亚大陆特有的动物，在浙江、四川、云南也有类似发现。它们不会飞翔和游泳，却出现在台湾岛上，可能的解释只有一个：远古时代，台湾海峡是一片低洼的陆地。而且，现代海洋地质研究也证实，在海峡东西两侧近岸分布着两级海底阶地和数条海底峡谷，这些峡谷是陆地上的水系流入海峡，在海峡中发育形成的古河道，它们与现在地面的河流相衔接，分别是闽江、木兰溪、九龙江向海峡延伸的一部分。海底河谷的发现，证明远古时代这里曾是广阔的陆地。看来，当时的东海是一个河水潺潺、绿意无边、野兽出没、人头攒动的优良猎场和天然农田。

这朵远古海洋文明之花，在大自然的特别呵护与中国古人的细心照料下惬意怒放着，一开就是万年。

---

① 碳14测年法又称"放射性同位素断代法"，是根据生物体死亡后停止新陈代谢和该生物体中碳14的量因衰变不断的减少的规律建立起来的推算生物体死亡年代的方法，用于测定5万年以内的文物样品，此法由美国芝加哥大学教授利比于1949年发明。
② 更新世，地理学名词，是第四纪的第一个世，距今约260万至1万年，冰川作用活跃。上更新世也称"晚更新世"，距今12.6万至1万年，是第四纪更新世的最后阶段。

冰河时代的世界景象

使人更为振奋的是,远古海洋文明之花,不仅灿烂着亚洲的东海,也绚烂着水波荡漾的整个世界。如果排除了外星人来到地球建立了所谓的"地外文明"的浪漫推测,应该是最后一个冰河时代的古人创造了高度的远古文明,如尼罗河畔出土的 1.5 万年前的碾磨石器、石镰和大麦①,约旦河谷中央 1 万年前的城市耶利哥,印度西部外海坎贝湾水下 120 米处的两座距今至少 9500 年的古城遗址,美国费城附近一处采石场雕有字母的远古大理石块,美国伊利诺伊州劳恩山脊地下 35 米处的数万年前的硬币,法国圣让德利维远古地层中的金属管,比利时阿登地区发掘出的大量石刀、石锥,比利时安特卫普附近黏土坑中的燧石工具、被切割的骨头与切开的贝壳②,几万年前的人造心脏、洞穴绘画、心脏起搏器、水晶骷髅等。

柏拉图所描绘的"亚特兰蒂斯",就是他从前辈口中得知的洪前"大西国"。柏拉图曾为验证故事的真实性,乘坐帆船来到古埃及,从知识渊博的僧侣口中得到了肯定的答复。他在《蒂迈欧》一书中说,大约 1.2 万年以前,地球上有一座巨大的亚特兰提岛,岛上有 10 个国家,其中面积最大、人口最多的叫"大西国",国王叫"大西"。大西国周围的海洋叫大西洋。大西国土地肥沃,气候湿润,生长着谷物、水果与奇花异草;贸易发达,民众安居,城墙上镶满了钢锡,庙宇里镀着金银,街道由石块铺成,运河穿城而过。富庶的大西国兵多将广,常常主动挑起战争,统治区从利比亚扩张到埃及,又从埃及扩张到第勒尼安。但大西王率兵攻打希腊却并不顺利,遭到了顽强抵抗,只得无奈撤退。此后,大西国重整旗鼓,一直试图与希腊人决一死战。然而,9000 年前,它却突然消失了,消失得不留一点痕迹,至今无人能说出它曾经的准确位置③。

这不禁使我联想到一本书——《遗失的大陆》。书的作者是一个名

---

① 何芳川等主编《非洲通史》,华东师范大学出版社 1995 年版。
② [美国]克里莫与汤普森《被掩盖的人类历史》,山东画报出版社 2012 年版。
③ 保罗·布特尔《大西洋史》,东方出版中心 2011 年版。

叫詹姆士·丘吉沃德的英国上校,他于19世纪末奉命驻防印度,在一个极其特殊的机缘下,从一位印度教住持手中得到了一块碑文,上面写满了极为艰涩难懂的文字。上校费尽千辛万苦,终于在一位印度高僧的指点下,读出了一个伟大古文明——姆大陆的兴衰史,这就是书中所称的"姆大陆"的传奇故事。根据碑文记载,位于今太平洋上的姆大陆,是一块美丽富饶的地方,拥有众多的附属国。东起今夏威夷群岛,西至马里亚纳群岛,南边是斐济、大溪地群岛和复活节岛,大陆东西长7000公里,南北宽5000公里,总面积约为3500万平方公里。这个大陆创造了发达的文学、艺术、航海业和航空技术,能够建造大型建筑物、金字塔、石碑及城堡、道路,他们发明的飞船经常往来于各地,各大都市道路宽阔,运河纵横,都城墙壁装饰着闪亮的金饰,所有人都过着奢华的生活,在当时被称为"世界文化的屋顶"。一夜之间,它被一种神秘的力量埋葬在太平洋海底。

是什么巨大的力量,将如此强盛的大西国和姆大陆一下从地球表面抹掉了呢?

世纪大洪水

如同一个铜板的正反两面,大自然既然能给人类带来恩惠,同样可以带来灾难。气温下降形成的东海平原以及日渐发达的农业文明,很快就被气候变暖形成的汹涌洪水无情埋葬在了蔚蓝色的海底。正如诺亚方舟的故事叙述的那样,1.8万年前开始的全球气温回升,特别是北美劳伦太德冰盖的滑落,最终在8000年之前导致了一场突如其来的世纪大洪灾。

"灾难发生在一天中午",玛雅《圣书》说,"刚刚还是艳阳高照,突然之间乌云蔽日,洪水伴着冰雹、黑雨、黑雾降临人间"。然后,世界各地的远古传说一起含泪诉说道:与洪水一起到来的,还有火山爆发(有证据表明,威斯康星冰川消退期,火山活动十分活跃)、强烈地震(专家考证,数十亿吨冰层挤压到软流圈,地壳随消融的冰雪迅速抬升,从而引发了强烈地震)和剧烈海啸(一般都由海底地震引发)……地球上的人类聚居区被突如其来的洪水包围,近百米高的洪峰以雷霆万钧之势咆哮而至,海水水位以20小时绕地球一周的海啸速度猛增,高山在波涛中颤抖,陆地在巨变中呻吟……如天塌地陷一般,滔天巨浪根本不给人类哪怕一分钟的逃命空间,就迅速灌满了世界每个角落,覆盖了全球除高山以外的所有区域,淹没了70万平方公里的东海平原、7.27万平方公里的黑海平原(大量咸水灌入使黑海从此变咸)以及地中海沿岸1120平方公里的土地,习惯于傍水而居的99%以上的地球人口被无情吞噬。并且,这种极为恶劣的灾变越来越严重地持续了40多个日夜,大洪水泛滥了150多天。据遗留在世界各地的水纹痕迹显示,当时由洼地到山区,洪水与雨水达到了最低几米、最高上千米。

通过大量的动物化石,我们才能想象出洪水到来时身裹兽皮的人们拼命奔跑的身影、撕心裂肺的哀嚎、惊恐无助的眼神,那可是比1912年泰坦尼克号倾覆、14世纪欧洲瘟疫、1976年唐山大地震还要黑暗、血腥、恐怖的惨象啊!世界各地的神话也都反复描述了人与动物一起向山上逃命的场景。问题是,许多山的高度根本不足以拯救这些遇难的生灵。今英格兰丘陵地带的冰裂缝里,堆积着鬣狗、河马、象、大角鹿、洞熊、欧洲野牛、大种狼等史前动物的碎骨。法国中部一些孤立的山丘岩缝里塞满了"骨状角砾岩",里面掺杂着猛犸、犀牛和其他动物的碎骨。就连高达435米的法国吉奈山巅,也覆盖着含有猛犸、驯鹿、马等动物遗骸的角砾岩。西西里岛巴勒莫市周围山上挖出的河马骨骸多得出奇,简直赶上古罗马的"百牲祭"了。西伯利亚的利亚拉夫群岛及其周边浅滩上,覆盖着厚厚一层长毛象的骨骼,以至于人们当初把这里称为"骨群岛",纷纷到这个巨大的动物墓地中采集象牙。英国地质学家约瑟夫·普雷斯特维奇考证,欧洲中部、英伦三岛、科西嘉岛、撒丁岛以及西西里岛都曾被大洪水完全淹没。

大洪水恰如一把巨型钢刀,把人类社会的长链一刀两断,遮蔽了人类早期群体生活中那些精彩绝伦的场面。人类远古文明史出现了巨大的空白,曾经展露出文明晨曦的史前史立时变得一团漆黑,灾前人类历经六七万年所发展、营造、积存的一切成果,伴随着人类的濒临灭绝被冲刷一空。

在这场空前的浩劫中,猛犸、巨角鹿、犀牛、狮子、驼羚等70多种美洲大型哺乳动物,19澳洲属大型脊椎动物以及全世界数千万头史前动物被深深地卷入水底,埋进泥沙,板结进岩石。北极生物研究所的戴尔·格思里博士写道:"在阿拉斯加的黑灰色的泥土中,有动物扭曲的残骸,混杂着冰晶和一层层泥煤与青苔……美洲野牛、马、狼、熊、狮……显然有什么巨大的力量压倒了它们,将整群整群的动物同时杀死……这一堆堆动物和人的尸骸,根本不可能是任何普通的力量能够做到的。"

比飞禽走兽弱小得多的人类当然更无逃脱之途。不仅柏拉图笔下的大西国葬身海底,成为一段凄美的洪水前记忆,而且詹姆士·丘吉沃德笔下的姆帝国同样厄运难逃:"一场史无前例的大洪水,毁灭了南太平洋上一个拥有繁荣文化的大陆,6700万居民一起沉入了海底。复活节岛是姆大陆的一部分,因为运气好没有沉入海底。现在岛上残留的巨大人头石像和石板,估计都是姆大陆时代的遗物。"可能,詹姆士·丘吉沃德所说的6700万居民消失稍显夸大了,但当时地球上消失的人应该确实不下几千万。一向严谨的法国古人类学教授伊夫·科佩恩推测:"30万年前非洲角落里生活着15万人,20万年前人类繁衍到几百万人,1万年前已经发展到1000万至2000万人。"①

当时沉入水底的,还有大西洋水下比埃及金字塔还要高大的海底金字塔和规模宏大的建筑群、工程巨大的海底石头道路,百慕大三角海域下的大金字塔、平原、纵横的大道、街道、圆顶房、角斗场、寺院、河床,古巴岛大陆架水域下约5万平方米的水下石头城,西斯班尼俄拉海底下的多幢大石屋,安德罗斯附近海下的寺庙残址,地中海摩休奥湾深水下洞穴中的壁画,以色列海法附近距离地中海海岸一公里的海底村庄。除此之外,到底水下或者黏土层下还沉埋着多少辉煌的史前遗迹,时至今日仍为考古学家们力所不逮。而人类勉强发掘出这些令人震惊的史前文明指纹,才不过70年时间。因为直到20世纪40年代末,配套水下呼吸器发明,深水潜水技术发达之后,人类才有能力沿着海岸线进行系统性的潜水考察。随着现代考古的进程,今后将有更多的洪前水下文明遗址展现在世人面前。

1978至2006年持续发掘的甘肃秦安县大地湾遗址,共发现了多个文化层。第1—3文化层,形成于距今6万至2万年,地层中仅发现了石英砸击石片,这一文化层生活着以狩猎为生的晚期智人。第4文化层,距今2万至1.3万年,细石器技术产品和大地湾一期陶片开始出现。第5

---

① 《最动人的世界史》,复旦大学出版社2006年版。

文化层,距今1.3万至8000年左右,出土了中国最早的炭化稷标本、中国最早的彩陶和描绘在陶器上的十几种彩绘符号,大地湾人已经在8000年前创造了辉煌的新石器文化。第6文化层,距今7000至5000年左右,主要出土物是半坡和仰韶文化陶片。问题是,第5层与第6层之间出现了数百年的空白期,这一空白期只能用大洪水加以解释。

伴随着世界各地越来越多的远古遗址被发掘的消息,在那段被我们不屑一顾地称为"史前时期"的时间断层里隐藏着的,人类历史上一段难以想象的史实逐渐浮出水面。

所谓"史前时期",不就是被长期遗忘的、没有留下记载的一段时间吗?不就是我们祖先曾经历过,但后人却没有留下清晰的记忆,今人仍不愿意承认的时代吗?当现代地质学与考古学吹开历史的迷雾将真相呈现给我们,当宏伟的水下古城、精密的航天器具、准确的天文历法和其他远古奇迹一下子堆积在我们面前,当我们的先人在最后的冰河期含辛茹苦积累起来的繁荣与进步展现在我们面前,我们有什么理由百般怀疑,一味否定甚至视而不见呢?

请不要忙着推测生活在那个冰川消融、洪水泛滥、危机四伏时代的人类的社会组织、宗教信仰、科技水平、文化状况。因为人们一贯认为的他们住在山洞,属旧石器时代原始人的观念,可能是完全错误的。事实上,即便是不断有海底城市、祭坛、陶器被发掘出来,我们对他们的了解仍少得可怜。我们能说出来的只有:无论在身体上还是心理上,他们已不是320万年前脑容量只有400毫升的露西,也不是160万年前脑容量900毫升的直立人,他们和我们一模一样,都是两条腿走路,都能生儿育女,同样心灵手巧,脑容量也是1360毫升。

谁能侥幸生还

我曾经十分疑惑:面对连续7天的海啸、40天的暴雨特别是铺天盖地的巨浪,一直滨海而居的远古人类怎么可能躲过灾难?如何才能躲过灾难?躲过灾难的能有几人?

这或许是一个永远不能最后结论的问题,就像真理永远不可能被完全接近一样。因为那是一个几乎没有文字的远古,即便有文字也难以破解(如北辛文化遗址的刻画符号,大汶口文化陶尊上的图像文字,墨西哥阿尔班山上的象形文字),即使有人宣布破解了也难以服众(如玛雅历、古巴比伦泥版、皮瑞·雷斯地图、托勒密的"北方地图")。无奈之下,我们只有依靠远古传说透出的信息去推测历史了。

透过传说我们得知,几乎所有民族的传说都将洪灾解读为上帝、上天、造物主对人类罪恶的惩戒。兴许在生产力并不发达的远古,某些地区人满为患,因而围绕土地与食物的争夺已经屡见不鲜(如大西国对古希腊的战争),人类对环境的破坏也到了人神共愤的地步(一如今天的我们),既然人们对天灾无法从科学的角度解释,那么就只能归罪于人类自己了。至于个别人能够侥幸生还,原因无非有三:一、生还者多数得到了"神"的警告。既然没人真正见过神祇,远古人也不具备预知未来的特异功能,那么"神"的警告,也许就是经验丰富的成年人对大洪水到来之前极端天气的预判。正是得益于这种极其宝贵的经验,"诺亚们"才能在洪水到来前着手建造"方舟"。二、生还者多数是渔民。他们有属于自己的船只和非同寻常的水性,有条件和能力在洪水到来时驾着大船逃生。三、个别生还者当时正在高山上砍柴、狩猎或采摘野果,因而有时间在洪水没顶前攀上高高的山巅。除此之外,再也没有任何理由和机会逃离这场万年不遇的世界性大洪水。

因此,成功躲过洪灾的人极其有限。传说告诉我们:黄河流域仅仅剩下伏羲(xī)、女娲兄妹;黑海沿岸仅剩下诺亚一家;英伦岛只剩下比德和碧蓝;希腊仅有奥尼恩夫妇成功逃生;印度河流域仅剩下摩奴;越南只有一对兄妹躲进大木箱幸存;缅甸只有两个兄弟乘坐筏子逃生;老挝和泰国北部只有普连松、昆坎、昆杰带着一伙妇女儿童活了下来;阿拉斯加的因纽特人只有几个人乘坐独木舟漂到高山之上;美国加利福尼亚的鲁伊瑟诺印第安人只有几个人登上高山逃命;厄瓜多尔只有两兄弟躲过水灾;印加人只有一对躲在箱子里的男女幸免于难;秘鲁只剩下一个人和一头神马相依为命;梅丘卡尼塞克印第安人仅泰兹皮一家造船逃生;危地马拉的玛雅人唯有一位诺亚式的人物和其妻子逃生;智利的阿劳克奈安印第安人只有几个人逃过浩劫;火地岛上的亚马纳族人只有三五人逃到了山顶;澳大利亚土著人只有数人死里逃生;北欧条顿人只有寥寥几人躲进大火烧不死的白蜡树身躲过劫难。① 据此推算,600多个有大洪水记忆的民族,侥幸生还者平均不到5人。也就是说,当时地球上数千万生龙活虎的古人,能够躲过大洪水的,充其量不过1万人。试想,将区区1万古人散布在拥有1.49亿平方公里的地球陆地上,每1.49万平方公里才有1人,幅员辽阔的山东省仅有10人,那可是真正的千里无人烟啊!难怪所有的文明、文字一下子中断了,留下的,只有扑朔迷离的神话传说和入地难寻的史前遗迹。

面对空前的浩劫,人类社会焉有不倒退之理?劫后余生的人连组成家庭都十分困难(如作为兄妹的伏羲、女娲也不得不婚配),更谈不上什么氏族、城邦、国家之类的社会组织了。大灾变强迫人类再度返原,悉数从原始状态重新起步,又一次无奈进入了以填饱肚皮和生儿育女为主要任务的"母系氏族社会"。

东亚也不例外,东海平原的先民面对从天而降的巨大灾难,除了惊恐、哭泣、逃亡,也只有祈祷。于是,希望灾变早日结束的人们想象出"女娲补天"的故事。神话的结尾部分,是女娲用一只巨型海龟的四只脚重新撑起了倒塌的天柱。试想,只有生活在海边的人们才能看到海龟,因此我们有理由推定,这个神话的版权是属于东海平原原住民的。

美丽的家园沉入海底后,绝大多数东海平原原住民葬身海底,只有少得可怜的青壮年四散逃生。这是一组也许只有擅长场面拍摄的电影导演詹姆斯·卡梅隆、李安、张艺谋才能想象得出的恐怖画面。

镜头一:在东海平原西部边缘地带,面对滚滚的黑云,如注的暴雨和咆哮的巨浪,一对兄妹腰系一圈葫芦,手提锋利的石刀,赤脚狂奔西去,他们遇林斩棘,遇水漂流,终于在三天后漂到山东半岛的一座无名高山上。他们援手登上山巅,回头望去,只见浊浪排空,海天茫茫,百鸟无踪,那一刻,兄妹相拥而泣。第二年仲春,洪水已经退去,辽阔的山东半岛草青木葱,但听不到一丝鸟鸣、兽叫和人声,只有死一般的寂静。妹妹不禁感叹:人非草木,但人又怎能比得过草木呢?之后,这对兄妹同居生子,成为中国东夷人的祖先。兄长叫伏羲,妹妹叫女娲。

镜头二:在东海平原西南边,整整一个部落的几十位渔民,乘坐几十

---

① [英]葛瑞姆·汉卡克《上帝的指纹》,新世界出版社2008年版。

只独木舟——一段挖空的树身,玩命地划向西方的山峦。一路上,滔天的巨浪打翻了除一只独木舟之外的全部船只。为减轻独木舟的重量,舟中划桨的两个青年男女忍痛将唯一的孩子抛入水中。一周后,这只千疮百孔的独木舟搁浅在浙江的一个山巅上。这对夫妇继续繁衍,成为中国越人的祖先。

镜头三:东海平原西北部,今渤海一带的森林中,生活着一群以狩猎为生的东海先民。洪水到来时,他们中的"飞毛腿"仓皇而逃,追逐着洪水的浪头北上,顺利爬上蒙古草原东部边沿的高山峻岭。惊魂稍定之后,硕果仅存的几个壮年男女"断枝,续枝,飞土,逐肉",群居繁衍,成为今蒙古语族和通古斯语族的祖先。

镜头四:东海平原南部的几位渔民,在洪水到来时驾舟漂航,先后到达菲律宾、北婆罗洲、夏威夷、新西兰、厄瓜多尔。这些地区都发掘出了源自中国东南沿海的有段石锛[1],就是有力的佐证[2]。

镜头五:东海平原东部边沿,互不相识的两男一女共三位青年渔民,拼命地爬上日本长崎的山崖,在那里挖穴而居。在洪水尚未退去的日子里,他们衣不遮体,饥肠辘辘,其中一个男人难以经受所有亲人葬身海底的打击,用石刀剖腹自杀。剩下的那个表面文气的男人,经不住女人的裸体诱惑,居然毫不脸红地强暴了她,使她生下了一堆儿女,他们就是日本远古史上的绳文人。

镜头六:东海平原北部的一个山坡上,密密麻麻地排列着许多蜂窝般的洞穴,这里居住着一个原始的东海部落,首领是一位两鬓霜花、眼神坚定、腿脚利索的老年女人。早在三年前,这位满脸纹沟中夹满智慧的首领,对日渐升高的海平面和连绵不断的雨水心生戒备,于是带领本部落从平原迁到山坡凿穴而居。洪水到来时,她果断命令整个部族扔掉辎重,只带上防身的长矛和缝衣的骨针,从山顶辗转北上。当时,一位腰身粗壮、乳房坚挺的女人从洞穴中抢出一只陶盆,结果被女首领一脚踢翻。一年后,他们跨过开始淹没的白令海峡(海峡最深处52米,最窄处35公里,中间还有两个小岛,乘粗制小船可以毫不费力地渡过),顺利到达美洲,带

---

[1] 新石器时期的一种劳动工具,最早发现于山东泰安大汶口与东南沿海。这种石锛的背部被加工成整齐的二级阶梯形,从而将石锛分成上下两段,所以叫"有段"。
[2] 《走向海洋》,海洋出版社2012年版。

着东海平原农业文明的火种（这就使得公元前6000年印第安人种植玉米、土豆变得顺理成章。就在同时期，中国黄河流域开始栽培稻米、大豆、谷子并畜养狗和猪，东南亚开始栽种芋头），与先期到达美洲的东亚猎人会合，成为遍布美洲的印第安人的祖先，继而手创了伟大的玛雅文明、阿兹特克文明和印加文明。

如果您眼前正好有一张太平洋地图，您会惊奇地发现，由东海后人创造的越文明、东夷文明、日本文明、通古斯文明、印第安文明、马来半岛文明等，组成了一个神奇的环太平洋文明圈，这不能不说是人类文明史上的一大奇迹。

就这样，所谓的东方"亚特兰蒂斯"，如一道远古的彩虹，于8000年前遗憾地消遁在历史的长空。（见图二"东海平原示意图"）

未来的疑虑

不必大惊小怪，因为地球上的生物被毁灭已经不是第一次了。而且，大洪水带给人类的并非全是灾难。洪水泛滥从另一个角度讲也是一种大自然的恩赐，它将肥沃的土壤带到河流下游，为更高层次农业文明的诞生提供了优越的环境。艾文·托夫勒将由此带来的农业文明称为"第一次浪潮"（第二次浪潮、第三次浪潮分别指工业革命和信息革命）。大约5000至5500年前，底格里斯河与幼发拉底河、尼罗河、印度河、黄河两岸的人类，由漂泊无根的渔猎时代进入了安居乐业的农耕时代，这些流域开始绽放灿烂的农业文明之花，这些文明分别被称为美索不达米亚文明、古埃及文明、印度河文明、黄河文明，而在这些文明沃土上建立的古巴比伦、古埃及、古印度、中国则被称为"四大文明古国"。

无法否认的是，1.8万年前开始的地球气温回升，直到今天还在继续。在过去130年间冰盖和山地冰川的融化，导致海平面上升了20厘米。今后100年，海平面还将升高15至95厘米。科学家预计，公元2100年全球大约一半的冰川将会消失。届时，马尔代夫将消失在汪洋中，大阪、曼谷、巴厘岛、夏威夷、威尼斯、阿姆斯特丹等风光旖旎的旅游胜地将完全或局部被海水淹没。再过10万年，也许会出现一个没有冬季的世界,那时即使南极洲和北极圈内也会绿草如茵,鲜花盛开。如果现在地球上的冰川全部融化,海平面将会升高70米,英国、荷兰等几十个低地国家,纽约、巴黎、上海、香港等大城市及世界一半以上的人类居住区都会被无情淹没。但也许我们正处于间冰期,按照前几纪冰川的间隔平均值计算,再过7万年左右,第五纪冰川将"有规律"地降临地球。

我们的确不能肯定这一推测是否正确,但是随着人类智慧的增长和科学的进步,人们有可能为下一个千年设计出诸如向外星球移民之类的完美计划,以对付可能发生的种种灾难。只是有一点需要特别注意,人类在工业化过程中大量排放的二氧化碳气体,已经人为造成了地球气候变暖,进而导致了生态环境的恶化和自然灾害的频发。大自然的变化就足够可怕了,更可怕的是人类的自我毁灭。

与已经存在了46亿年的地球相比,作为100光年范围内唯一的智能生物,刚刚诞生25万年的现代人尚处于青春期,人类的困难并非来自衰老与疲倦,而是来自不断增长的未经训练的能力,来自只顾眼前不计后果的小聪明。当我们把整个历史看做一个过程,当我们面对未来时,就可以发现希望与危险的真正比例。世界无核化危机、宗教极端主义、以牺牲局部环境为代价的盲目发展、为控制石油等一次性能源发起的战争、意识形态的差别、对接壤土地的争夺、国与国之间的历史恩怨……每一个因素得到发酵,都会使美丽的地球变得惨不忍睹甚至回到太古代之前。

尤为反讽的是,造成地球大气污染的罪魁祸首,居然是为人类文明进步做出不可磨灭贡献的煤炭和石油。这种46亿年只形成一次的资源,我们在短短几百年就将其挥霍殆尽,消耗时间只占整个形成储存期的千万分之一。

我仿佛听见一个声音警告说,如果人类不能够或者不愿意再做君临天下的主子,可是有成千上万个别的物种愿意干这个活儿。一个由猫、狗、狮、象或别的组织化程度很高的昆虫主宰的世界,比一个游弋着战船、耸立着火箭、喷吐着废气的星球,有着更多确定无疑的好处。

于是,我希望在鲜花与晨曦的美丽中,在地上动物、天上飞鸟的欢快嬉戏中,在夏威夷、巴厘岛、九寨沟等各种秀美壮丽的景致中,我们能感悟到大自然对人类的赞赏与希冀;我也希望在漫天的沙尘暴和狂风驱不散的沉沉雾霾中,在突如其来的泥石流和大地震中,在断流的江河与扩大的沙漠面前,我们能感受到大自然对人类的警告甚至怒吼。我深信,人类绝不会甘心倒在早晨。人类有理想、有智慧、有走出狭隘的勇气,只要认清摆脱战争或生态崩溃招致的自我毁灭的几率,通过创造各式各样精巧的文化和心理机制,有效制约人类不断提升的自我毁灭能力,我们的子孙就一定会生活在比传说中的天国都要美好的环境中,实现比最大胆的想象还要辉煌的成功。

　　历史的迷人之处恰好在这里,我们不仅能从古人那里读出今天的影子,甚至还能揣摩出明天的消息。

第二章 漂荡到山东半岛,再创辉煌

> 任何人的死亡都是我的损失,因为我是人类的一员。因此,不要问丧钟为谁而鸣,它就为你而鸣。
>
> ——美国·海明威

给中华文明一个惊喜

在大自然面前,人其实是无力的,无力到大自然仅仅一个哈欠,就可能给人类带来毁灭性的灾难。

像《圣经》中的诺亚一样成功逃离东海的部分住民,气喘吁吁地爬上山丘绵延的山东、江苏、安徽一带。在这里,他们渐渐摆脱了大洪水的梦魇,重新开始了脱胎换骨般的崭新生活,成为中国史书中的东夷人。

夷本义是东方,东夷人即东方之人。东夷人善射,"夷"字拆开便是"大""弓"。东夷有九大分支,分别叫畎(quǎn)夷、于夷、方夷、黄夷、白夷、赤夷、玄夷、风夷、阳夷,他们以龙、蛇、凤、鸟、太阳、虎、豹、熊、黑(pí,棕熊)为图腾,身背弓箭,手握石刀,游走穿梭在黄河中下游和淮河流域,依靠东海平原文明的雄厚积淀,在随后的几千年中创造了辉煌灿烂的新石器文化。

能够证实我这一推测的,只能是会说话的墓地和文物——现代考古了。山东新石器文化的源头最早可以追溯到8400年前的大洪水时期。迄今为止,山东境内发现最早的新石器文化遗址是后李文化典型遗址——山东临淄后李遗址、章丘小荆山遗址和西河遗址①,距今8400至7700年。墓中出土的遗骸几乎全部头朝东方,有的墓主还手握蚌壳,他们分明是在告诉后人:大海是他们永远的故乡与灵魂安息的地方。之后的北辛文化(前5300—前4100年)、大汶口文化(前4100—前2600年)、龙山文化(前2600—前1900年)、岳石文化(前2000—前1600年),都与后李文化一脉相承,创造者都是从东海逃生的东夷人。

山东境内尽管发现了新泰乌珠台等21处旧石器时代中晚期遗址,在汶泗流域和沂沭流域也发现了140余处中石器时代文化遗存,但至今没有发现旧石器时代文化、中石器时代文化与新石器时代文化直接承继的确凿证据②。这也从侧面印证了山东新石器时代的东夷人来自东海平原这一推测的可能性。

后李文化、北辛文化、大汶口文化、龙山文化、岳石文化遗址中的人骨鉴定结果证实,这五种文化在长达4900年的新石器历史时空中,体质连续,陈陈相因,都属于同一族群——东夷。他们不仅与其后的商周、汉代山东人人骨特征相同,而且与日本西部的弥生人骨特征极其相似,都属于东亚蒙古人种,都源自远古的东海平原。

问题是,几千年来,中原(华夏)是中华古文明唯一起源地的观念长期统治着学术界;从《春秋》到《史记》,几乎无一例外地"尊夏卑夷";从中国大陆到美国洛杉矶,几乎每一位华人都自称炎黄子孙。似乎否认是炎黄子孙和中原后裔,就意味着自己拥有蒙昧与落后的基因。我们不得不承认,这就是史学的力量,这就是文化的力量,这就是惯性的力量。谁拥有了文字发明权和历史书写权,谁就掌握了舆论导向,谁就可以像胡适所说的那样任意打扮历史这个"小姑娘"。

尽管如此,出于一个历史研究者的良知,我仍然冒着被中国读者质疑的风险,继续下面的话题。

以下,是一个令"尊夏卑夷"者面红耳赤的消息。20世纪30年代,中国考古学家在山东章丘龙山镇城子崖,发掘出一座东夷文化古城和大量黑陶。

---

① 《山东考古的世纪回顾与展望》,《考古》2000年第10期。
② 逄振镐《东夷文化研究》,齐鲁书社2007年版。

这可是一次具有颠覆性的考古发掘,因为它首次证实了中原之外的东夷居住区,有着与中原仰韶文化完全不同的发达文化——"龙山文化"。龙山文化以河泥为原料的磨光黑陶与仰韶文化的彩陶,像一对盛装美人,共同灿烂着中国的远古。更重要的是,此前许多西方专家以河南仰韶文化的彩陶与中亚的彩陶相似为由,断言中国文化起源于西方。而龙山文化黑陶的发现,使中国文化"西来说"的鼓吹者最终闭上了嘴巴。

其实,以黑陶为特征的发达的龙山文化,绝不仅限于山东地区,它的分布范围已经扩展到北起辽东半岛,东起东海之滨,西至陕西、山西、河南、河北,南到湖北北部、安徽北部和江苏北部的广阔地区,发掘出磨光黑陶的遗址已达上千处。也就是说,在距今4000年前到4600年前的600年间,龙山文化的春风从山东悄悄启程,吹遍了中国东部的古老原野。手创了灿烂龙山文化的东夷人,是远古黑陶文明的伟大"推手"。

城址,是龙山文化的另一挂引人注目的旗幡。目前全国发现龙山文化时期的城址50余座:内蒙古河套地区18座,中原地区6座,长江中下游6座,四川成都地区5座,山东东夷居住区15座。其中山东和河南的城址更类似于城市。大量东夷方国和其他部族方国的城楼已经高耸在寂寞的远古,将中国拥有城市和国家的历史锁定在了距今4600年前的龙山时代。

尤其令人震惊的是,先是北辛文化遗址发现了至今无人能够翻译的刻画符号;继而是距今5000年前后大汶口文化晚期,莒县陵阳河、大朱村墓葬出土的陶尊上发现了12个图像文字;然后又在距今4100年前的邹平丁公遗址,发现了刻有11个正式文字的龙山文化陶片。当考古界沉浸在发现"陶书"的巨大惊喜中手舞足蹈、奔走相告的时候,以武松打虎闻名于世的阳谷县景阳冈城址,又发现了龙山文化刻文陶片。如果说学术界对前两个发现尚且存有争议的话,丁公"陶书"与景阳冈"陶文",则是学者们公认的目前所知中国境内最早的古文字。专家们还进一步解释说,景阳冈城址陶文的形体与商代甲骨文较为接近,这种陶文与甲骨文应该有渊源。也就是说,中国文字的发明权,属于华夏之外的东夷人。

另外,龙山文化中泛着远古文明之光的精致的玉器、珍稀的铜器、密织的布纹、发达的酿酒工艺、精湛的雕刻镶嵌工艺、神奇的原始医学、令人生畏的冷兵器,无不印证着东夷是中华文明的"源",而不是"流",东夷居住区是中国古文明极其重要的发祥地。鉴于东夷已经手创了伟大的古代文明,这就意味着,中华文明史已非传统观念中的上下5000年,而是上下7000年。

行文至此,我要说的是,"尊夏"无罪,但"卑夷"无知;我们不仅可能是炎黄子孙,而且有可能是蚩(chī)尤子孙。

最早的神话

求证远古历史的真实性,永远避不开看似虚构的神话传说。因为在没有文字的远古,人类记录历史的方式只有口口相传,而且它们永远可以随取随用,灵巧而多变,这才使得口传历史经过无数次镀金,渐渐变身成无所不能的阿拉丁神灯,转型为亦人亦神、扑朔迷离的传说。但它们的珍贵之处在于,尽管这些传说在不同时代、不同地域被以不同的语气复述着,但总能保持自己最本质、最重要的象征性符号,永不休止地发送着起始时就已经编入的历史密码。如《荷马史诗》曾经被公认为是杜撰出来的历史故事,但德国考古学家谢里曼硬是循着作品提供的线索,挖掘出了特洛伊古城和迈锡尼遗址,并证实史诗中的许多故事并非虚构。

问题是,中国的神话传说能支持我的推测吗?

我很幸运,因为中国最古老的神话传说多源自东夷。不仅三皇中的伏羲、女娲,五帝中的少昊(hào)、虞舜(yú shùn)属于东夷族系,而且开天辟地的盘古氏、巢居的发明者有巢氏、武器发明家蚩尤、射日的羿(yì),甚至奔月的嫦娥,也都出自东夷。

从人类学和地质学的角度看,盘古开天辟地,无疑是对天地充满敬畏的古人虚构的一个美丽传说。盘古的传说最早见于三国徐整所著的《三五历纪》。无论是属于东夷后裔的苗瑶语族,还是处于远古东夷活动区的河南、河北,都流传着关于盘古开天辟地的传说。今河南有盘古山,河北青县有盘古庙,广西桂林有盘古祠。苗族传说农历六月初二是盘古的生日。

传说远古时期,大地被三王共管,分别是"倏""忽""混沌",其中"混沌"最本真,淳朴善良,只是太原始,面无七窍。于是,倏、忽便在混沌脸上搞起开凿,就是为混沌开凿七窍,分七日进行,每日凿一窍。结果七窍备但混沌死。①

混沌死后,肚中出现了一个人,名叫盘古。盘古在这个"鸡蛋"中酣睡了1.8万年后醒来,发现周围一团黑暗。盘古无法忍受这无边的黑暗,于是拔下自己的一颗牙齿,变成威力巨大的神斧,奋力向周围劈砍。

一阵巨响过后,"鸡蛋"中清新的气体渐渐升到高处,变成天空;浑浊的东西缓缓下沉,变成大地。盘古头顶天,脚踏地,继续施展神力,不知又过了多少年,天终于不能再高,地也不能再厚。盘古力气耗尽,与世长辞。

临终前,盘古口中呼出的气变成了春风和云雾,声音变成了雷霆;左眼变成火红的太阳,照耀大地;右眼变成皎洁的月亮,点亮夜晚;头发变成闪烁的星星,点缀夜空;鲜血变成不息的江河,日夜奔流;肌肉变成千里沃野,供万物生存;骨骼变成树木花草,供人们欣赏;筋脉变成道路,供人类行走;牙齿变成金石,供人们使用;精髓变成珍珠,供人们收藏;汗水变成雨露,滋润禾苗。盘古倒下时,他的头化作东岳泰山,足化作西岳华山,左臂化作南岳衡山,右臂化作北岳恒山,腹部化作中岳嵩山,精灵魂魄变成了人类。

这是一个多么富于诗意的传说呀,尽管其中夹杂着太多的夸张与想象,但通篇闪耀着朴素的天体演化思想的光辉。

远古"超人"

开天辟地,显然是发生在大洪水之前的神话。那么,大洪水之后,在时间上应该首推伏羲的传说了。

相传生活在"华胥之国"的华胥氏姑娘,一天闲极无聊,游逛到风光旖旎的雷泽(今山东菏泽鄄城县),偶尔看到一个巨大的脚印,便把一双赤脚好奇地踩了上去,受感而孕,于农历三月十八日产下一子,取名"伏羲"。伏羲就是太昊,东夷风(凤)姓始祖。显然,这是一个流传于"知母不知父"的母系氏族社会的传说,与契之母简狄食鸟蛋受孕,弃之母姜嫄

---

① 《庄子·内篇·应帝王》。

踩脚印受孕类似。据此推断,伏羲应该出生在8000年前的母系氏族公社时期。

从伏羲出生于雷泽推测,他和妹妹女娲,应该属于从东海平原侥幸逃出的东夷部落。至于有人认为他出生于中国西部的甘肃,不过是后人种种推测中的一种罢了。出于对人文之祖的崇敬,伏羲的庙宇及遗迹几乎遍布中国,陕西潼关有人祖庙,河南淮阳有太昊陵,甘肃天水和山东泰安有伏羲庙,河北新乐有伏羲台……直到今天,仍有些地区站出来声明是伏羲真正的故乡,而且说得有鼻子有眼。您想,连西门庆、潘金莲、杨贵妃、吴三桂这类人物都有人抢来包装,更何况是人文始祖了。

按照苗族的传说,人类在遭遇史前大洪水后,滨海地区人烟断绝,仅存伏羲与女娲兄妹二人。为了完成延续人类的使命,当然也出于两性的吸引,他们无奈而又欢喜地结为夫妻,其情形类似《圣经》中的亚当与夏娃。与此雷同的传说,几乎遍及全国。闻一多在《伏羲考》中列举了苗族、侗族、瑶族、夷人、汉人、台湾土著和越南人等49个有关伏羲的传说,其中26个故事是说伏羲、女娲兄妹抱着大葫芦逃过大洪水,成功爬上高山,然后结为夫妻重新繁衍了人类。

兄妹同居后,"婚庆照"被汉人画在山东嘉祥县武梁祠的墙壁上:伏羲、女娲兄妹人首蛇身并下体相缠,女娲手拿圆规,伏羲手握直尺(矩),既表示他们为人类制定了规矩,也包含着古人深深的海洋崇拜。也许有人对这种兄妹之间的"乱伦"视为异类,但我以为那是从相依为命到合二为一的本真表达,是百年孤独中的一炬自由之火。正如现代作家史铁生所言,说到底,性之中就埋着爱的种子,上帝把人分开成两半,原是为了让他们体会孤独并崇尚爱情吧,上帝把性与爱联系起来,那是为了给爱一种语言或一个仪式,给性一个引导或一种理想。上帝让繁衍在这样的过程里面发生,不仅是为了让一个物种能够延续,更是为了让宇宙间保存住一个美丽的理想和美丽的行动。

我认为,成年且智慧的伏羲能躲过大洪水,是中华民族之幸。他作为大洪水的极少数幸存者,有理由成为东海平原高度文明的传人,进而成为中国文献记载中最早的智者之一。没有伏羲,中国土地上的古人将重新开始20万年前非洲智人赤身裸体、茹毛饮血的历史。如果不是这样,我们就无法解释伏羲那远远超过同时期古人的非凡智慧与神奇创造。

传说伏羲对事物有着敏锐的观察力、对土地有着深厚的感情,同时他又拥有超人的智能。伏羲将他观察到的一切,用二进制数学模式描述下来,依龙马之图画出了乾、兑、离、震、巽、坎、艮、坤为内容的卦图,后人称为"伏羲八卦图"。伏羲氏仰观象于天,俯察法于地,用阴阳八卦来解释天地万物的演化规律和人伦秩序。他取火种、正婚姻、教渔猎,延续了(因为东海平原时期已经拥有了高度的文明)东海平原文明,被人们尊为"羲皇",奉为中华民族的"人根之祖""人文之祖",列为"三皇"①之一。

令人称奇的是,世界各地的许多神话中都出现了一个伏羲模式的人物,在玛雅叫库库尔坎,在中美洲叫魁扎尔科尔亚特,在南美洲叫维拉科查,在古希腊叫丢卡利翁,在美索比达米亚叫奥安尼斯。他们都是在洪水之后的黑暗时代到来的,教劫后余生、四散漂零的人们建造房屋,给他们讲解天文地理,向他们传授科学知识,为他们制定法律礼仪。鉴于他们拥有超常的智慧与技能,个别西方学者推测他们来自地球之外的行星②。

图腾,是源于北美印第安人奥基布瓦部落的一个词汇,表示氏族的徽号或标志。传说伏羲蛇身人首,暗示着他以蛇为图腾。在他成为中原共主,将统治中心迁移到宛丘(今河南淮阳),被尊称为太昊后,便开始以本氏族图腾蛇之身为主体,综合所属6个部落各个不同的图腾,即马之首,鹿之角,鹰之爪,鲤之鳞与须,虎之掌,牛之尾,组成了一个崭新而神秘的图腾——龍(能的谐音),作为整个中原部落联盟的共同图腾,以象征中华民族能屈能伸(蛇)、上可飞天(鹰)、下可入海(鲤)、善良仁厚(鹿)、勤劳坚韧(牛)、志在千里(马)、勇猛无敌(虎)、无所不能(龙)的非凡素质。之后,他还以龙纪官,命令以龙命名的6个氏族各司其职,其中朱襄氏为飞龙氏,造书契;昊英氏为潜龙氏,作甲历;大庭氏为居龙氏,造房屋;混沌氏为降龙氏,驱民害;阴康氏为土龙氏,治田里;栗陆氏为水龙氏,治水灾。这就是当今世界炎黄子孙普遍自称"龙的传人"之根源所在。③

---

① "皇"原义是大与美,《说文解字》解释为"始王天下者"。《尚书大传》称三皇为燧人、伏羲、神农,《帝王世纪》称三皇为伏羲、神农、黄帝,《史记》称三皇为伏羲、神农、女娲。
② [瑞士]冯·丹尼肯《外星人简史》,凤凰出版传媒集团2012年版。
③ 刘潇瑛《伏羲文化大揭秘》,厦门大学出版社2011年版。

巢居发明史

如果读者有心,即便是看枯燥的政府工作报告,也能找到真理般闪光的句子,如"中国社会的基本矛盾,仍旧是人民日益增长的物质文化需要与落后的社会生产力之间的矛盾"。通俗一点说,就是欲望无边但能力有限。这是一句放之四海、古今而皆准的真理。因此,科技发明在人类能力提升中发挥着奠基石和发动机的作用。

回顾人类漫长的进化史,今天看来极端平常的生火、做饭、种田、造房、嫁娶,对于茹毛饮血的远古人来说,都是惊天动地的发明创造,其轰动效应不亚于如今的猿猴应邀到北京大学授课。燧人氏发明了钻木取火,人类从此吃到了熟食,喝上了开水;伏羲氏发明了渔猎与婚姻,人类从此步入了文明的坦途;神农氏发明了耒耜(lěi sì,古代农具)和医药,使得人们在填饱肚子的同时摆脱了病痛。还有一个人发明了房屋,使人们从此摆脱了风餐露宿的苦难岁月,他叫有巢氏。

有巢氏的传说,出自先秦古籍《庄子》《韩非子》。作为渔猎时代的人物或者氏族,有巢氏生活在5000至7000年前的东部沿海地区,这也是后人将他(或他们)视为东夷先族的一大原因。

传说有巢氏又称大巢氏,出生在九嶷(yí)山以南的苍梧(其后人舜就死在这里),活动于今安徽中部一带,附近的巢湖就以他的名字命名。

当时,人类不仅数量可怜,而且缺少狩猎工具,一旦遇到成群野兽的攻击,常常成为野兽的美食。面对死亡的威胁,许多部落被迫北迁,躲进今山西、陕西的山中洞穴。但北方寒冷的气候,也使得许多部落宁愿留在危险的南方。为此,善于动脑与动手的东夷有巢氏忧心忡忡,一直苦苦寻找让人们安居的万全之策。

一段时间,有巢氏常常坐在大树下,眼睛一眨不眨地盯着树上的鸟巢发呆,老人和孩子们还讥笑他脑袋出问题了呢。一天,有巢氏亲自动手,选择几棵靠拢的大树,以树干为支柱,以树枝做横梁与桁架,用茅草作顶棚,发明了第一个巢居——"树上居"并率先住了上去。这是中国古人第一个向禽兽学习的故事,此后的故事还有很多,如从蜘蛛那儿学会了织布,从夜莺那儿学会了唱歌,从蜻蜓那儿学会了制造风筝和飞机,从蜜蜂那儿知道了六角形既节省材料又容积加大。一句话,模仿是创造的捷径。

消息迅速传遍了整个部落,大家在参观完这个奇怪的巢居之后便纷纷仿效,时间不长,连曾经讥笑他的人也走出洞穴搬到了树上。因为这样做的好处是,不仅能有效防范野兽,还能避免洪水的侵袭,为狩猎时代的人类带来了从未有过的安全感。于是,住到树上的,不仅有了成群的鸟,也有了众多的人。"穴居人"从此变身"鸟巢人"("鸟人"一词似乎由此而来)。

但是有一天,一场狂风不仅吹折了小树,而且将大树上的巢居全部掀翻,许多没有防备的人还被扔到了地上。于是,那些曾经说闲话的人又开始讥笑有巢氏了:"我们怎么能和鸟一样住在树上呢?遇到大风,鸟能飞,人也能飞吗?"

怀疑是理性文明的开端与标尺,这些闲话尽管难听但却不无道理。于是,有巢氏又一次陷入了深深的思索,眼睛又开始盯着大地发呆。

失败是一所没人报考的大学,但它年年招生,能毕业的都是强者。终于有一天,有巢氏开始组织家人伐木构巢。木屋还是原来的样子,只是从前的木屋固定在树上,现在的木屋固定在一块地势平整的地上,从而实现了既防野兽又防风雨的目的。人们终于为他的创造精神所折服。

经历了一波三折之后,地处平原的人们拥有了安居的家园,有巢氏的威望已经如日中天。于是,大家推举他为部落酋长,尊称他为有巢氏。

之后,他又教给部众用兽皮、羽毛制造衣服,使人们懂得了廉耻;教导人们给死者穿上寿衣安葬,懂得了礼仪。有巢氏之名不胫而走,其他部落的人们也一致推选他为部落联盟酋长,尊称他为"巢皇"。

成为"巢皇"的有巢氏不能再像以前一样,仅仅为自己的部落服务,于是他搬到石楼山(一说在今山东诸城的琅琊山,一说在今山西兴县东北)上,像如今的政府一样受理各个部落的纠纷,解决四方民众的困难。

有巢氏作为率领原始人走出洞穴、构木为巢的"中华第一人文圣祖",被列为百帝之首。他用不断思索与劳作的一生诠释了一个亘古未变的定理:未来属于两种人——思想的人和劳动的人。事实上,这两种人是一种人,因为思想也是劳动。

1985年,考古工作者发现了有"中华远古文明曙光"之称的安徽含山县凌家滩古人类遗址。经过文物考古部门的五次大规模发掘,认定遗址年代距今5500至5300年之间,是长江下游巢湖流域迄今发现的面积最大、保存最完整的新石器时代人类聚落遗址。经遥感测定,遗址总面积达160万平方米,包括祭坛、水井、建筑、墓葬和大量的玉器、石器、陶器。考古工作者称,这里也许就是已存在政、军、神三权的有巢氏聚落中心。

而我以为,从7000年前的河姆渡遗址就发现了杆栏式建筑推论,说有巢氏生活在5000年前的凌家滩未免过于牵强。这也是我将有巢氏的年代框定在5000年前到7000年前的原因。

"鸟人"少昊

少昊,意思是能继承太昊伏羲氏的德行,显然他的生活年代比太昊要晚。少昊也写作少皞,名叫挚,中国五帝[1]之一,是远古时期东夷羲和部落的后裔,中国嬴姓及秦、徐、黄、江、李、青、葛、鬲(gé)、缗(mín)、谭、郯(tán)、郦、裘、时、莒(jǔ)、偃、密如、充、奄、蒇、菟(tú)、运、兹、谣、绞、穷桑、淮夷、舒龚、钟离等数百个姓氏的始祖。

至于汉代之后的史书说少昊是黄帝的长子,显然是遵从"把黄帝作为种族和世界的唯一起源"的结果。司马迁就是这一法则的始作俑者[2],他在《五帝本纪》中,将黄帝之后的颛顼(zhuān xū)、帝喾(kù)、尧、舜、禹都说成是黄帝的后裔,还煞有介事地"考证"出谁是谁的第几代孙。试想,在那个以德才论英雄的年代,怎么可能只有黄帝一系智商超群、仁德至上呢?

少昊也生活在没有文字记载的年代,据说少昊诞生的时候,红、黄、青、白、玄五只凤凰飞进少昊氏的院子,因此他又称为凤鸟氏——一个地地道道的"鸟人"。

少昊成年后,掌控了本氏族,继而又成为整个东夷部落的首领。据《山海经》记载,东海之外的一个深沟,是少昊国所在地,他曾在那里养育

---

[1] 《说文解字》解释为:帝,谛也,指拥有超越部落范围的号召力。《帝王世纪》称少昊、颛顼、帝喾、唐尧、虞舜为五帝。

[2] 朱大可《神话》,东方出版社2012年版。

过颛顼,还在那里丢弃了琴与瑟。后人考察,少昊国所在的大沟就是今东海之滨的日照,以玄鸟(即嬴,燕子)作为图腾,并且建立了一套奇异的制度:以各种各样的鸟儿作为文武百官。具体的分工则是根据不同鸟类的特点来进行。

后来,少昊率部迁移到穷桑(今山东曲阜北)即大联盟首领位,改以凤鸟为图腾,他所辖的4个胞族、24个部族也统统以鸟为名,从而形成了一个以凤鸟为图腾的氏族部落社会。

据《左传·昭公十七年》记载,公元前525年秋,东夷少昊后裔中的炎氏首领——郯国国君郯子访问鲁国,鲁昭公设宴招待。席间,昭公出于好奇,试探性地问郯子:"我实在想不通,您的先祖少昊为什么用鸟来命名官职呢?"

郯子从容地答道:"从前黄帝用云记事,所以设置各部门长官都用云字命名;炎帝用火记事,所以设置各部门长官都用火字命名;共工用水记事,所以设置各部门长官都用水字命名;太昊用龙记事,所以设置各部门长官都用龙来命名;我的祖先少昊挚即位的时候,正好凤鸟飞临,所以就以鸟记事,设置各部门长官用鸟命名。"

说到这里,郯子眼睛转到宫外的飞檐上,那里正好有几只叽叽喳喳的小鸟:"请不要以为这一做法很随意,其实,我的祖先是根据鸟的特点来命名官职的。凤鸟氏,就是历正;玄鸟氏,掌管春分、秋分;伯赵氏,掌管夏至、冬至;青鸟氏,掌管立春、立夏;丹鸟氏,掌管立秋、立冬。祝鸠(鸠类)氏,就是司徒;鴡(jū)鸠(鸠类)氏,就是司马;鳲(shī)鸠(布谷鸟)氏,就是司空;爽鸠(鹰类)氏,就是司寇;鹘(hú)鸠(鸠类)氏,就是司事。大家职权分明,各负其责,没有人感觉名称不文雅,也没有人不服从管理。哪像现在这样礼崩乐坏,尔虞我诈。"

身处乱世的鲁昭公于是频频点头,并一再感叹这种永不能再的古朴与纯真。

其实,少昊并非没有烦恼。他为了忠实履行一位部落酋长的职责,一生中数度迁徙,来回游走,如同一只穿云破雾、餐风饮露的候鸟。莒县陵阳河、五莲丹土、日照尧王城与两城、临朐西朱封都留有他辛苦经营的足迹,直到最后落脚在绿树成荫的曲阜。在曲阜,这只年迈的"凤鸟"再也无力振翅飞翔,最终轰然落地,和千年后的孔姓圣人一起成为曲阜的文化

33

图腾。

位于山东省曲阜市城东4公里处的少昊陵,墓阔28.5米,高8.73米,顶立12米,有"中国金字塔"之称。

绕不开的帝喾

在"三皇五帝"的出身问题上,我可以不相信司马迁,因为司马迁是"黄帝中心论"的忠实实践者;但不能不相信范文澜,因为范文澜是近代中国最为严谨和客观的历史学家之一。司马迁在《史记·五帝本纪》中说,帝喾是黄帝的曾孙,帝颛顼是帝喾之父蟜(jiǎo)极的伯父。范文澜在《中国通史简编》中也说:"汉以前人相信黄帝、颛顼、帝喾三人为华族祖先,当是事实。"因此,我没有把帝喾放入东夷一系。

但作为东夷后裔的商人为什么一直把帝喾作为自己的祖先呢?难道商人也是在拉大旗作虎皮?要解开这一历史悬案,还需要从帝喾的"妻妾成群"说起。

传说帝喾共有五个妻子。

帝喾的元妃名叫姜嫄。在尚未出嫁的时候,外出游玩的姜嫄声称踏上了巨人的脚印而怀孕(显然是与人野合的结果),生下了一个男孩。未婚先孕,在远古时代也不是多么光彩的事情。于是,迫于未婚生子的压力,她将孩子弃之荒野,因此孩子取名为弃,他就是后稷——周朝的先祖,然而孩子竟神奇地活了下来。后来帝喾遇到了聪明异常的弃,主动要求做弃的父亲。借坡下驴,姜嫄做了帝喾的妻子。

帝喾的次妃名叫简狄,出身于"不周山"(今六盘山)以北的有狨(róng)氏,也就是少昊氏威姓(威姓是黄帝时代被迫西迁不周山附近的少昊玄鸟氏)。传说,已经和帝喾结婚的简狄无意中吞下了鸟蛋而怀孕(显然又是与人野合所致),生下了契。契的后人分为两支,一支最初居住在陕西,后迁往商丘建立了商朝;另一支向西到达罗布泊,成为楼兰古国的一条血脉(在楼兰遗址中发掘出大量木雕简狄像和壁画、绢画简狄像)。也就是说,商人的先祖契并非帝喾的骨血,但帝喾却又是契名义上的父亲,被戴了绿帽子的帝喾只能被动地接受"商人先祖"这一顶红帽子了。

帝喾的第三位妃子名叫庆都,出身于陈丰氏。据说,她在黄河岸边看风景时,一条赤红的巨龙从天而降,巨龙掀起的大风被庆都吸进了腹中而怀孕(还是与人野合的结果),生下了放勋(也就是后来的尧帝)。这也是本文未将尧放入东夷世系中的原因。

野合,在远古发生频率很高。按照《史记·孔子世家》的记载,至圣先师孔子也是"叔梁纥与颜氏女野合而生"。

唯一没有野合经历的,是帝喾的第四妃,名叫常仪,出身于娵訾(jū zī)氏。据说她长发垂足,性感非凡。因为没有野合,她为帝喾骄傲地生下了亲生儿女:女儿帝女与儿子挚。自然,帝喾在临终前将帝位传给了亲生儿子——最为年幼的挚。几年后,由于挚治国不善,方才无奈地将帝位交给了哥哥放勋。《山海经·大荒西经》称常仪生了12个月亮,是孕育日月的母亲大神。《淮南子》则说她是天上的御者,每天驾着六龙宝车载着日神巡察大地。

作为帝喾唯一没有绯闻的妻子——常仪,有人居然考证出她就是姮娥、嫦娥,在帝喾死后嫁给了射日的大力士羿。也就是说,这顶绿帽子是史学家为帝喾人为地扣上的。从这一点上来说,帝喾比嬴政的父亲子楚[①]还冤。我心怀不平的是,为什么历代史学家对"三皇五帝"中的其他皇与帝赞誉有加,唯独对帝喾抱有如此可怕的成见?

据推断,被列为"三皇五帝"之一的帝喾生活在公元前2480年至公元前2345年左右,15岁开始辅佐帝颛顼,因功被封于辛(今商丘市高辛镇)。颛顼死后,30岁的帝喾继为天下共主,直到105岁病逝。他在位时推行仁政,不到万不得已绝不发动战争,因此没有多少所谓的"丰功伟绩"。

人性是一条光河,从永久以前流到永久。我以为,帝喾是中国上下七千年历史上胸怀最为宽广的男人了,有谁见过对未婚先孕和红杏出墙的女人宽容有加,对并非亲生的儿子视如己出的一代帝王呢?英明的孝文帝做不到,昏聩的梁元帝更做不到。

也许,他最大的功绩便是不遗余力地收留养子,千方百计推动民族融

[①] 《史记·吕不韦列传》记载,吕不韦让赵姬怀孕后,将赵姬送给子楚生下了政。

35

合了。在帝喾的养子中,契繁衍400多个姓氏,后稷繁衍1000多个姓氏,尧繁衍60多个姓氏,其后裔主要散布在长江南北地区,大约占今中国总人口的43%。也就是说,夏商周秦各代全是帝喾后裔所建,这也是史书将帝喾确立为华夏始祖的主要原因。

从这一点上说,他的功绩不在颛顼、尧、舜之下,东夷人也应该以他为骄傲。

羿 射 九 日

在卷帙浩繁的中华历史上,以讹传讹的事例并不鲜见,"后羿射日"就是一个典型的例子。

其实,射日的并非夏朝初期有穷国的首领后羿,而是远古的羿。

传说在中原共主尧忙着治水的日子里,东夷人经过上百年的休养生息,已经从蚩尤惨败的阵痛中走出来,其中的部族猰貐(yá yù)、凿齿、九婴、大风、封豨(xī)、修蛇、十日自行其是,不服调遣,成为尧的心腹之患。

一天,忧心忡忡的尧发现了一位射箭高手,名叫羿,东夷人。羿的过人之处在于,不仅膂力过人,而且发明了羽箭——把鹰鸟的羽毛装在箭尾,以利于箭的平稳飞行。凭借以上两大优势,他射出的箭几乎百发百中。

两双大手握在一起——尧开始亲近并资助羿,继而要求他以暗杀的方式,逐一消灭公开与尧争锋的东夷七大部族首领,于是"木头做了斧柄被用于砍木头"。

歌德说过一句浪漫而凄美的话:我爱你,与你无关。羿想对东夷首领说的却是另外一句话:我杀你,与我无关。谁叫你们得罪了比你们有钱的尧,而又对我这个同族人视而不见呢。

最早倒霉的是凿齿族,他们活动在今山东南部的一处大泽中,因部族男女成年时必须凿掉门牙而得名。羿像索命的鬼魂一样跟踪凿齿族首领多日,终于在这位首领坐在地上发愣时,一箭射死了他。

暗杀的第二站,是凶水岸边的九婴族。他们之所以称九婴,是因为族长颈上挂着八个人的脑壳。连同自己的人头,族长共拥有了九个脑袋,相当于拥有了九条命,即使八颗脑袋全掉了,他仍然可以继续活命。当这位从无性命之忧的族长独自外出时,蛰伏在草丛中的羿一连射出九支利箭,九个脑袋全被贯穿,九婴族长轰然倒下。一群鸥鹭惊恐地飞上蓝天,带走了族长那颗不死的灵魂。

随后,羿转战到青丘山上,这里是大风族的领地。据说,他们力大善走,跑动时能掀起阵阵狂风。于是,羿临时发明了弋箭——一种箭尾上系着细绳的箭,并一箭射中了闪电般掠过的大风族长。族长带伤逃命,羿把箭绳一拉,带下了族长的一块血肉。随即,羿将另三支弋箭钉入族长后背,慌不择路的族长跌落山崖,如一缕飞瀑坠入万丈深渊。

闻听羿受命追杀东夷各部首领,以捕鱼为生的修蛇族长驾船入湖,消失在万顷碧波之中。羿在岸边伏击未果,便斗胆入湖寻觅,在历尽艰险之后,终于在白浪滔天中与对方遭遇,早有准备的羿一箭将其射落水中,只留下一道殷红的血光,在耀眼的波涛中战栗。

豨,意为猪。封豨,顾名思义是一个擅长养猪的部族。这个部族不仅善于驯养猛兽,而且学会了纺丝。在密不透风的桑林里,埋头采桑的封豨族长被羿锁定。在人不知鬼不觉中,羽箭扎进了族长胸膛。

一系列神出鬼没的暗杀行动,震惊了整个东夷地区,促使剩余的各部首领提高了防御等级。猰貐,作为一个以狩猎闻名的部族,他们选择用猎狗阵保卫自己的族长。道高一尺,魔高一丈。羿口含骨哨,头顶羚羊角,公然出现在猰貐族长及其猎狗阵前。尖利的哨声与晃动的羚羊角,招惹得猎犬蜂拥出击。羿撇掉羚羊角,从侧面逼近身边已无猎犬的族长。族长率先将箭射向羿,可惜射偏。羿只一箭,便射穿了对手的咽喉。

就这样,在4100年前的齐鲁大地上,羿用17支带血的羽箭,成功射杀了六位威名赫赫的东夷族长。随后,他走向泰山脚下的最后一站——那个名叫十日的威猛部族,"羿射九日"的故事鸣锣开场。

传说太阳本是帝俊与羲和所生的儿子,共有10个。他们每天派一个人从东方的汤谷启程,最后从西方的蒙谷入地。十日轮流值日,千百年来从未出现差错。可到了尧帝执政时期,不甘寂寞的十日一起升上天空,一时间热浪滚滚,江河干涸,赤地千里,枯骨遍地。中原大地遭遇了史前时期最大的旱灾。面对天灾与人祸,羿弓开如满月,箭去似流星,一连射落了九个太阳。最后幸存的那个太阳,再也不敢肆意妄为。从此,天气变得凉爽,旱情得到缓解。实际上,十日乃是东夷远古部落首领帝俊的后裔,因为兄弟众多,人丁兴旺,所以才被尧列入了暗杀名单。十日首领被剪除后,这个地区被称为"泰安"(今山东泰安市),东夷族的反叛倾向终于得到遏制。

尧成为最大的赢家,得到了天下的公认。而帮助尧铲除异己的羿,注定会成为一个悲情英雄。因为作为东夷人的叛逆,他总会有年老体衰的那一天,而那一天,也许就是同族的东夷人追杀他得逞的日子。

于是,羿与妻子嫦娥(《淮南子·外八篇》说羿在月桂树下遇到了姮娥,即嫦娥,于是以月桂为证,成就天作之合)拜见了昆仑山上的西王母,讨要到了一颗"不死药"。回家后,羿将不死药藏在甲囊中,与嫦娥相约在一年后一人一半吃下,然后远离尘嚣,遁出世外。

让不甘寂寞的女人坚守秘密,比骆驼穿过针眼还难。就在羿外出狩猎时,嫦娥拿出不死药偷偷服下。很快,嫦娥身体失重,飘上蓝天,一直飘进美丽的月宫。然而,她万万没有想到,长生之途就是寂寞之路,她不得不岁岁年年品味出奇的冷清,唯一的乐趣,就是守着那只目光呆滞的玉兔,观看犯了天条的吴刚按照天帝的旨意一刻不停地砍月亮上的桂树。树不停地愈合,吴刚不停地砍树,实际上是一种永恒的惩罚。这一惩罚方式与希腊神话中触怒众神的西西弗斯惊人相似,诸神要求西西弗斯把一块巨石推上山顶,由于巨石太重,每每未推上山顶就又滚下山去,于是他被迫不断重复、永无止境地做这件事。

"问苍天,吾谁与归?"失去妻子的羿肝肠寸断,内心被寂寞与仇恨所缠绕,渐渐把自己放纵成了一个超级恶棍。他看中了河伯美丽的妻子,给河伯安上罪名射杀,进而把河伯的几个妻妾据为己有。

也许因为万念俱焚,也许因为作恶太多,羿的晚景变得分外黯淡,最后在一个晚霞如血的黄昏,被东夷族一位箭术精准的射手暗杀。

让羿聊以自慰的是,他死后,一个名叫宗布的大祭司主持了他的祭奠,给了功罪参半的羿崇高的敬意。英雄迟暮与美人白头一样,是历史的规律。但再落寞,也是曾经的英雄。或许生命的价值就在于曾经璀璨耀眼过,结局不过是殊途同归而已。

今日照天台山一个寂静的山头上,有几棵树龄不过百年的苍松,松下石碑上刻有"大羿陵"三个字。考古大师郭沫若已逝,我辈难辨真伪。

帝舜的身世

与羿几乎同时,东夷族出现了一位比羿名气还大的人物,他叫大舜,又称虞舜,出身有虞氏,本姓姚。

传说舜的父亲是一个盲人,被称为瞽(gǔ,意为瞎眼)叟。瞽叟的第一个妻子生下舜不久就死了,他第二个妻子生下了舜的弟弟象。

关于舜的出生地,有几种说法。《孟子·离娄》说他出自东夷的诸冯,也就是今山东诸城。《史记》认为他出自冀州(东夷人聚居的山东菏泽,尧时属于冀州)。其实两地相距不远,而且都属于东夷居住区。至于《大戴记》和《史记》说"颛顼(黄帝的孙子)产穷蝉,穷蝉产敬康,敬康产句芒,句芒产蛴牛,蛴牛产瞽叟,瞽叟产重华(舜)",显然受了黄帝正统论的影响,纯属一种主题先行的臆造。

历史上,总会有人是戏剧人生最精彩的诠释者:你可以出身卑微,但必须卓尔不群。据说,舜最大的特点是眼睛有两个瞳孔,因此得名"重华"。父亲眼睛看不见,儿子眼睛却有富余,父亲便认为是上天夺走自己的眼睛,赐给了儿子,因而从小就厌恶这位长子。加上后妈不停地挑唆,父亲渐渐萌发了除掉舜的念头。

但舜并未表示出丝毫不满,受到训斥从不狡辩,遇到危险就设法躲避,看到无性命之忧就甘愿忍受父亲的打骂。所谓品格,其实就是黑暗中的为人。父母越过分,就越显出他的非凡。时间一长,这位少年至仁至孝的事迹不胫而走,邻里皆知。

此时,在位已经70年的尧帝正为找不到继承人发愁。上古时期的"帝",并无多少诱惑力,反而意味着更律己。只要戴上这顶帽子,就必须从此隐藏起种种不雅的嗜好,处处小心谨慎;要十分爱惜名声;国有疑难必须立即拿出办法;发生战争必须身先士卒,除此之外似乎并无什么特权。但在地贫人瘠、强敌环伺的上古,如果缺少了一呼百应的核心,会随时有亡国灭种的危险,因此,继承人的选择,甚至是比处理天灾还要重大的任务。

依照自己的前任帝喾高辛氏一度传位给长子挚的惯例,尧完全可以把继承权授予长子丹朱。但尧认定丹朱不肖,下决心另寻继承者。尧先是找到了颇有名望的阳城人许由,许由以做天子辛苦为借口回绝了。尧又找到子州支父,支父以有病相推脱。就在尧四顾茫然之际,重臣"四岳"向尧推荐了以孝闻名的舜。推荐的理由是:"舜虽然是盲人的儿子,而且父顽、母嚚、弟傲,但舜孝敬如初。"

一个阅历不深的年轻人,哪来如此的定力?尧将信将疑,便把自己的女儿娥皇与女英嫁给了舜,让她们近距离印证舜至孝的真实性,并随时将考察结果向自己报告。

其貌不扬的舜居然领回了两个美女,瞽叟夫妇与象更加妒火攻心,她们开始合伙谋害舜。一天,瞽叟安排舜修补仓廪,当舜在廪(lǐn,米仓)顶涂泥铺草时,象故意取走了梯子,并在廪底放火。仓廪起火后,舜将两个妻子事先为自己准备的两个大斗笠张开,像大鸟一样缓缓跃下廪顶安然脱险。一计不成,合谋者又骗舜去挖井,待舜下到井底,他们便把井口封死,是两个妻子事先给舜准备好工具,舜才穿通井壁逃了出来。后来,瞽叟想把舜灌醉之后杀死,也是两个妻子事先为舜准备了解药,舜才久饮不醉。

尽管经历了种种变故,舜仍一如既往地孝敬父母、友爱弟弟,只是比此前更为谨慎罢了。家庭的不幸使舜更为深切地体会到了家庭伦理的重要性,他曾向尧表示:"父义、母慈、兄友、弟恭、子孝,是家庭最基本的五大伦理。我虽未得到,但要想法让天下民众得到。只有家庭和睦,社会方能祥和。"闻言,尧大为感慨。

海之所以大,在于它是所有河流的最低处。舜的谦逊风格与博大胸襟不但让两位妻子爱敬有加,也深深地折服了自己的岳父。于是尧下决心让舜做了自己的辅佐官与继承人,甚至授予了舜代表自己巡视四方的权力。代行政事的舜担心自己见闻有限,决策失当,便在门前设立了"敢谏之鼓"和"诽谤之木",鼓励民众进言与批评,一个官少、事简、赋轻,国无暴敛之征,民无苛政之忧,帝王顺天而治,百姓其乐融融的远古盛世出现,被后世誉为"尧天舜日"。

一个万里无云的日子,尧率领随从来到涛声轰鸣的黄河岸边,在新近筑起的高坛上宣布禅位于舜,完成了令儒家津津乐道的第一次禅让。称帝的舜在第一时间回乡拜见父亲瞽叟,终于让心硬似铁的父亲垂下了脑袋。舜封自私的弟弟象到有鼻做诸侯,还发明了象棋教化他。

就这样,帝位从华夏族的尧传到了东夷族的舜手上,众多的东夷人受到重用,尧的9位大臣有6位出自东夷。东夷人契被任命为司徒,主管教育;垂被任命为共工,监管百工;伯益被任命为朕虞,主管山泽;皋陶被任命为士,掌管司法;伯夷被任命为秩宗,主管祭祀;夔(kuí)被任命为典乐,主管音乐。只有主管农业的田畴(chóu)后稷(jì,又名弃)、主管水利的司空禹、负责收集建议的纳言龙出身华夏族。

整个尧舜时期,中原地区最大的灾难莫过于洪水泛滥。尧当政时,主管水利的鲧(gǔn)采取"堵"的办法治水,结果花了九年时间一无所获。尧派舜将鲧车裂于羽山(今山东临沭南),起用鲧的儿子禹继续其父未竟的事业。

年方20岁的禹由重臣后稷、伯益等辅佐,在治水的岗位上一干就是13年。在如此漫长的岁月里,他风餐露宿,殚精竭虑,三过家门而不入,变"堵"为"疏",终于在32岁那年使汪洋泽国变成了秀美山川。民间流传一句谚语:"要不是禹,我们就会变成鱼。"

治水的成功,使禹的声望和出场频率远远超过年迈的帝舜成为男一号,享受着最好的灯光和机位,拥有着最多的特写和对白。于是,舜发布了退位前的最后一道诏令,对治水有功的四位大臣进行了封赏:赐禹姒(sì)姓,总摄国政;赐契子姓,封地在河南商丘,他就是商朝王族的祖先;赐后稷姬(jī)姓,封地在陕西武功县,他就是周朝开创者的祖先;赐伯益嬴(yíng)姓,封地在山东鱼台,他就是秦朝王族的先人。随后,舜正式禅位于禹。

也许,舜的禅位既是一种服老的表现,也是名望被超越之后的无奈之举。因此,下野后的舜离开都城南去(《史记》称之为巡视),在苍梧之野病逝,归葬在潇水源头——湖南宁远县九嶷山下的阳坡上,年年月月接受炙热阳光的沐浴。

听到舜的噩耗,妻子娥皇与女英一路南行奔丧,飞溅的泪水抛洒在身旁的竹林里,竹杆生出许多犹如泪迹的斑痕,雨雾氤氲的南国从此诞生了美丽的"湘妃竹"。痛不欲生的两位夫人最终投身波涛翻卷的湘水,化作湘江女神——湘夫人,供后代诗人屈原和画家文徵明等文人墨客抒怀凭吊、倾诉深情。

有史料说,大禹并未参加舜的葬礼,专程赶到墓地的是舜的弟弟象。这位终于良心发现的弟弟在以德报怨的哥哥墓旁守墓至死(附近的道县有"鼻亭"),也算是一种迟来的兄弟情义。

不管怎么说,是舜将帝位禅让给了禹。作为直接受益者,禹此举一直受到个别史家诟病。至于《史记》记载"禹在舜三年丧期结束后,也让位给舜的长子商均,只是由于诸侯不答应而作罢",不知出于何种目的。有人说,禹所建的夏朝只传两代就被东夷后裔所替代,就是舜的族人对禹不义之举的报复。

接下来,让我们一起进入东夷人篡夺夏朝的故事。

后羿代夏

从大舜手中接过权杖后,大禹开创了中国文献记载中的第一个朝代——夏。

权力是最好的春药。大权在握的大禹经常会聚诸侯,发起战争,甚至随意斩杀不肯从命的大臣,其权威之重,权力之大,权限之广,绝非原始社会的部落联盟酋长所能比。一次,大禹为了检验诸侯对自己的忠诚度,传令诸侯要在某月某日到浙江绍兴的茅山朝拜自己,先到者有赏,后到者必罚。几千名诸侯蜂拥而至,只有东夷防风氏姗姗来迟,结果被大禹当场"杀而戮之"。茅山从此被称为会稽(kuài jī 稽,考核之意)。

如此强势的大禹当政后,当年一起治水的重臣们感到了从未有过的不安,子契主动东迁到自己的封地,后稷也远迁到陕西渭水流域的封地上遁身避祸,只有伯益勇敢地留了下来,在大禹病逝、大禹之子启守丧的三年中做临时执政,直到被守丧期满的启除掉(一说归隐)。伯益死后(或归隐后),他的族人被迫向东、北、西三个方向逃窜,后来大部转移到遥远的陕西西部,在两千年后成功建立了秦朝。

公元前2070年①代父自立的启,公开将传承已久的"禅让制"扫进了

---

① 我国"夏商周断代工程"确定的夏启立国时间,与宋代邵雍《皇极经世》推定的公元前2197年相差127年。

夏时期形势图

图例

- ● 方国
- ○ 商邑
- ⋯⋯ 其他居民点
- ── 今国界
- ─·─ 今省级自治区、直辖市界
- ⋯⋯ 今地区界
- ─·─ 今军事分界线

注：图中棕色线范围内注记为内容

1:10 000 000

历史的垃圾堆,由此开启了"父传子、家天下"的漫长的专制王朝传承岁月。中原地区的人们从此自称夏、华夏、诸夏,华夏族就此诞生。

夏启死后,儿子太康继位,将都城从阳翟(今河南禹州)迁移到斟鄩(今河南偃师二里头附近)。拥有了无上权威的太康,觉得生活中少点什么,用鲁智深的话来说就是"嘴里淡出个鸟来",于是用打猎调剂百无聊赖的日子,常常数月离开都城到洛水北岸田猎,以至于朝政荒废,民怨沸腾(见图三"夏时期形势图")。

此前,启把天下分为九州,每州设置一位方伯管辖,其中的冀州方伯名叫司(意为世袭)羿(意为射师),又称夷羿。东夷有穷氏(今山东德州一带)的首领,以善射闻名于世,最受太康的宠信,两人常常一起出猎,如影随形。司羿还被授予了可以征伐有罪的方国的特权,得到了今河南濮阳西南的封地。

一位地质专家曾说,如果地球和太阳的距离再近1%,地球就是一个"火焰山";再远3%,就是一个"广寒宫"。不是距离产生美,而是合适的距离产生美。司羿与太康走得太近,引起了另一位宠臣武观的嫉恨。武观开始日夜不停地在太康耳边挑拨离间:"司羿说自己不但武功天下第一,才德也是天下第一,可惜不是天下第一人。"偏听偏信的太康,不仅当面训斥了司羿,而且将他罢官赶回了有穷国。途中,太康甚至派出武观截杀他。司羿拼尽全力,方才杀出重围,狼狈逃回自己的部族。

自感天下太平的太康外出打猎,一百天不问朝政。

期间,发生了中国有历史记载以来的第一次日食。日食在当时看来是一种天灾,是上天对人世的警示。日食发生后,臣民一片惊恐。

天灾,往往是蛰伏已久的在野势力卷土重来的最佳机遇。已生反意的司羿抓住时机,领兵进驻洛水北岸,阻断了太康的归路。大势已去的太康只好在洛水北岸漂泊、流亡,最终终老在阳夏(今河南太康)。太康这一地名,显然是拜太康所赐。临死前,太康总算悟出了一个道理:人生最大的敌人不是别人,打倒自己的也不是别人,而是自己。

成功摄取了夏朝国政的司羿从此被称为"后羿"(意为世袭之王)。后羿另立太康的弟弟仲康为帝,自己独揽朝政。不久,傀儡仲康忧郁而死,后羿立仲康之子相为帝。诸侯朝拜时,总是先拜后羿,然后再拜帝相。见时机成熟,野心勃勃的后羿于公元前2145年将相放逐到斟灌(今山东曹县),夺取了夏朝王位,宣布建立了"有穷国"。这就是"太康失国"与"后羿代夏"的故事。

背后的冷箭

每个人只为自己效忠,
看谁在最后成功,
染红整个天空,
成全了谁的梦。

这是林夕的歌曲《英雄》中的唱词,形象地描摹了英雄之间的生死较量。

王尔德说:人生有两大悲剧,一是梦想破灭,一是梦想实现。后者之悲,更甚前者。称帝后的后羿不仅重蹈了太康的覆辙,依仗自己超人的箭术四处游猎,而且疏远了武罗、伯困、熊髡(kūn)、龙圉(yǔ)四大贤臣,把国政托付给了出身于寒国(东夷族系,在今山东潍坊寒亭区)的亲信寒浞(zhuó)。

大凡英雄往往不怕他的对手装聪明,而怕他的对手装傻。在后羿面前,寒浞一直言听计从,中规中矩,从来不说一个"不"字,也从不越雷池一步,看不出有什么本事,更感觉不到一丝野心,俨然一副无限崇拜者和忠实执行者的形象。有个叫赵树理的山西人为此编了一段板话:"寒老弟,真能干,围着主子舌头转,主子说个长,他就说不短;主子说个方,他就说不圆;主子说砂锅能捣蒜,他就说捣不烂;主子说公鸡能下蛋,他就说亲眼见。"

看来,后羿根本不了解真正的寒浞,因为寒浞已经把"深藏不露"四个字演练到了极致。在后羿外出游猎的日子里,寒浞不仅对外广结党羽,而且对内千方百计讨好后羿的妻子玄妻(而非虚构的什么嫦娥、姮娥),频频出入玄妻的宫闱。接下来,也许就是中国历史上最早的红杏出墙的故事了。

花朵,只有蝴蝶可以吻你吗?蜜蜂如何?

春天，只有绿柳可以陪你吗？细雨如何？

大雁，只有长风可以伴你吗？白云如何？

江河，只有鱼儿可以游你吗？船儿如何？

芳心，只有门第唤得动你吗？潇洒如何？

寒浞如此情深意切的吟唱，别说玄妻会感动得心如撞鹿。即便是今天看来，依然深情款款。

古往今来，红杏出墙的原因无非是三个：墙太矮，树太高，风太急。据《左传》记载，有仍氏姑娘玄妻发光可鉴、肤如凝脂、面似桃花、腰若垂柳，长得跟水滴一样干净，是夏朝初期最美的女人。她先嫁乐正后夔，两人生有一子伯封。后来被后羿抢去，不但没有受到特别宠爱，就连儿子伯封也被后羿杀死。加上后羿天天出猎，独守空房且媚态十足的玄妻与寒浞做出什么苟且之事，最终成为出墙的"红杏"，也在情理之中。其实，所有被戴上绿帽子的人都应该从自身找原因，因为叶子的离开往往不是风的召唤，而是树的舍弃。

天长日久，臣民只识寒浞而不知后羿。

羽翼丰满后，寒浞收买了深得后羿箭术真传的逄(páng)蒙，由逄蒙用"冷箭"射死了打猎归来的后羿，然后把后羿煮熟了让后羿的儿子吃，后羿的儿子不从，也被杀死。至于暗害后羿的手段，有的说是用桃木大棒打死（所以后世驱鬼均用桃木长枝），有的说是用暗箭射死。后来，和绝大多数刺杀事件都要杀人灭口的结局一样，逄蒙被躲在幕后的寒浞宣布公开处死，罪名是违反人伦刺杀师傅。

古往今来，能安置人的生和死、身体和灵魂的地方，才能称其为故乡。后羿父子被族人安葬在故乡——马颊河下游（今山东德州乐陵境内）。如今的山东乐陵市南部，从东到西有三座古冢，东边的一座称"灰冢"，相传为远古占卜台和祭祀台；中间的一座称"夷王墓"，据说是后羿的墓葬；西边的"小冢"相传为后羿之子的坟冢。据考证，这三处古冢乃四五千年之前的龙山文化遗址，与后羿生活的时代正好吻合。

后羿被暗杀后，宫廷政变的幕后总策划寒浞"逼迫"玄妻下嫁于他，入居"寒舍"（即"寒浞之舍"）。因为按照当时的习俗，寒浞要想继承后羿的权位，应该烝(zhēng，众多)娶羿妻玄妻。

院外的桃花开了，蜜蜂环绕，蝴蝶蹁跹。花事是大自然与女人永远的

45

密语,只有女人知道什么最适合自己。外人看来的"逼迫"变为了自认的"归宿",第三次改嫁的玄妻与寒浞过起了如胶似漆的日子,还接连为寒浞生下了两个儿子——浇和豷(yī)。大儿子浇被封在过(今山东莱州市三山岛街道过西村,现有过国古城遗址),因此又被称为过浇;二儿子豷封在戈(一说在山东潍坊市寒亭区高里镇二戈官庄村;一说在今河南商丘市、新郑市之间),因此又被称为戈豷。

拥美人入怀的野心家寒浞并未得意忘形,他时刻担心夏朝势力东山再起,开始一一排查潜在的敌对势力,而最大的心腹之患,莫过于流放在外的相了。

心狠手辣的寒浞出手了。收留相的夏同姓诸侯国斟灌氏(今山东寿光市洛城镇斟灌村,古城墙"文革"前尚在)和斟鄩氏(今山东潍坊市坊子区清池镇治浑街村)先后被寒浞的儿子浇攻灭,无处躲藏的相也不幸被追上杀死。相的妻子后缗(mín)此时已有身孕,母爱的力量帮助她躲开过浇的搜捕,从墙洞里偷偷爬了出去。为纪念这次伟大的逃亡,她的后人自创姓氏"窦"(意为洞、孔),这也就是窦姓的来源。

在后缗的娘家有仍氏(古时仍、任同音,一说少昊后裔有仍氏在今山东济宁市任城区,一说在今河北任县)部落,她生下了一个儿子,取名少康。少康长大后,被有仍氏任命为管理牲畜的牧正。

得到少康的消息,浇派部下椒前往有仍氏捉拿少康。为躲避追杀,少康逃亡到有虞氏部族(今河南虞城)。

尽管寒浞父子机关算尽,始终没有放弃斩草除根的计划,但还是一次又一次地让少康逃脱。也许读者会感到不解:为什么当权者寒浞占有着如此巨大的资源,却捉不住一个少年?要回答这一问题,我想起了一则寓言:一条狗追捕一只兔子,竟然没有追上。狐狸嘲笑狗,狗说,我不过是为了一顿饭,而兔子却是为了一条命。

在有虞氏部落,少康当上了管理膳食的庖正。有虞氏首领思还仿照尧对有虞氏祖先舜的先例,把两个女儿嫁给了他,并且把方圆十里的"纶"交给他管理。就这样,少康有了自己的领地、军队,散居山林的夏人纷纷投奔他。

在仲康旧臣伯靡、有虞氏部族及斟灌氏、斟鄩氏余众支持下,少康攻占夏朝都城安邑并击杀了寒浞,继而派臣下女艾离间并攻灭了固守过国的浇,派儿子后杼(zhù)在戈地诱杀了豷(yì),重新恢复了夏,天下又回到了大禹子孙手中,曾经傲视天下50年的东夷有穷国被彻底荡平。这就是史上所谓的"少康复国"或"少康中兴"。

如今山东潍坊寒亭区寒亭街道有寒一村、寒二村,潍坊市区东部有以寒浞命名的浞河,浞河东岸有封土高6米、底围252米的寒浞冢。但中国的寒姓很少有人知道自己的祖先是谁,即便是到了清明节,这里也罕有人迹,萦绕着高大坟冢的,只有一片空白,几分孤独。

悠悠岁月中匆匆走过多少人,他们总会被人想起或淡忘。被人想起,未必不是一种悲哀;被人淡忘,又未必不是一种幸福。

走 进 商 朝

《史记·殷本纪》记载,帝喾的次妃名叫简狄,出生于有娀氏。一天,她与三位妃子在河中洗浴,见一只玄鸟下了一个蛋,简狄便捡来吞下,因此怀孕生下契。大禹当政后,大臣子契辞官来到自己的封地商(今河南商丘一带)。从此,契的子孙便以商为宗族名号,这就是商的来历。商这个以玄鸟为图腾的民族,无疑就是东夷的一支。

契的第14代孙成汤,是一个雄心勃勃、志向高远的青年。他对内宽以待民,对外结交诸侯,一度出现了"诸侯皆归商"的局面,因此成为夏帝桀(jié)的眼中钉,被软禁在夏台(今河南禹县),多亏商国右相伊尹献上美女财宝,成汤方才摆脱牢笼。

回到封地的成汤表面臣服于夏,暗中积蓄力量,而此时的夏桀却被有施国献上的美女妹(音mò)喜迷恋得灵魂出窍,折磨得思维失常。首先,他为妹喜修建了一座象牙镶嵌、锦绣铺地、白玉雕柱、高耸入云的雄奇宫殿——倾宫。之后,他在倾宫旁边开挖了一条河,河里注满了酒。酒河旁边还垒起了一座用肉堆积而成的山——肉山。工程完工后,夏桀与妹喜天天徜徉在肉山、酒河与倾宫之中,过着神仙般逍遥的日子。

公元前1600年左右的一天,闻听成汤率7000雄兵誓师攻夏,夏桀匆忙领兵抵挡。两军在鸣条(今河南开封,一说在河南封丘东;一说在山西运城;一说在山西安邑)爆发遭遇战,结果夏军被彻底击溃,夏桀率少数随从狼狈南逃,结果被商军在南巢(今安徽巢县西南)俘获,最终被流放到一个南方荒岛上郁郁而终。

从此,中国第二个王朝——商开始了550余年辉煌的执政岁月,直到一个叫辛的不肖子孙同样因为女人而亡国。

灭夏后,成汤有感于夏桀的不思进取和荒淫误国,不仅发表了《汤诰》警示子孙,而且在一只食用的铜盘上刻下铭文:"苟日新,日日新,又日新。"

为保卫京畿,商王仲丁一度将都城从亳(bó,今河南商丘)西迁到黄河南岸的嚣(今河南荥阳东北)。但是后来,为了向东夷大本营靠拢,商朝的政治中心从嚣持续东移,先迁到相(河南内黄东南),再迁到邢(今河北邢台),继而迁庇(今山东郓城北),最东到达奄(今山东曲阜)。直到盘庚当政时,才将都城迁回稍稍靠西的殷(今河南安阳西北的殷墟)。

商朝对中华文明最大的贡献,首推甲骨文——刻写在龟甲上的卜辞。而甲骨文的发现,还要拜托1899年北京菜市口中药店里的一张药方。

使用这张药方的人名叫王懿荣,是大清翰林、南书房行走、国子监祭酒、京城顶级的古文字专家。那天,他偶尔看到药包里没有研碎的"龙骨",像是古代的龟甲,上面刻写着奇怪的文字。他眼前一亮,难道这些有字甲骨,与《史记》中"闻古五帝三王发动举事必先决蓍(shī)龟"的记载有关?

于是,他派人四处搜集这种名叫"龙骨"的药,很快集中了1500余块有字甲骨,经过他与刘鹗、罗振玉、王国维的持续研究,这种专门用来占卜的甲骨文从此大白于天下。商代乃至夏代也从传说时代一下变成了公认的"信史时代"。

而商朝的海洋印记也分外鲜明。由于出身东夷,商朝军队不仅有车兵、步兵、骑兵,还有舟兵。商朝占卜的材料主要是产自海洋的龟甲和取自黄土高原的牛骨。在如今可以辨识的1000多个甲骨文中,与舟船有关的就有30多个。由浅海贝类加工而成的贝币,也产生于商朝。似乎,我们能从商朝宫廷和商人的脚步中,听到东海远古的涛声和东海先民澎湃的基因。

辛 之 死

商朝末帝名叫辛,身手矫健,体貌俊美,是一位名副其实的大力士兼美男子。

但骑白马的不一定是王子,可能是唐僧;有翅膀的不一定是天使,也可能是鸟人。他失败的原因主要有三:一是沉溺女色。本来,辛并无沉溺女色的恶名。直到有一天,有苏国(今河南武陟县)献上了一个名叫妲己的女人,这可是个千年一遇的美人,行过处花香细生,坐下时嫣然百媚。立刻,辛感受到了一种难以言传的兴奋与战栗,那颗一向平静的心被重重击穿,他第一次真正地坠入了爱河,并自言自语地说:"朕今天方知,过去的人生,全是虚度。"随后,他下令在商都以南50公里的朝歌(zhāo gē,今河南淇县)建造了大三里、高千尺的鹿台,在以北50公里的沙丘扩建了猎场,命乐师作"北里之舞""靡靡之乐",还在沙丘之内"以酒为池,悬肉为林",使男女裸奔其中,与妲己彻夜狂欢。二是残暴拒谏。历史公认,辛是一个决策能力很强的人。当一个人的决策能力超越众人时,独裁就可能要开始了。鄂侯因为与辛争辩,被杀死后制成肉干;梅伯因为劝谏辛废除酷刑被剁成肉酱;西伯姬昌因为几声叹息被辛囚禁,辛把西伯的长子伯邑考煮了送给西伯吃,使西伯在不知情的状况下吃了儿子的肉;大臣比干因为苦谏被辛剖心而死,满朝大臣无人再敢进谏。三是穷兵黩武。辛自认天下无敌,因而以蹂躏天下为乐。辛在执政的15年中,共组织了三次针对东夷的大规模进击,每次都在一年以上。旷日持久的会战,几乎将商朝数百年的积蓄消耗殆尽。可以说,商朝的灭亡,很大程度上在于商与同宗的东夷的自相残杀,如同大明被李自成掏空了内脏,才轻易亡于大清一样。难怪辛亡于周后,东夷人愤愤不平:"我们拖垮了商,却让周捷足先登了!"

公元前1046年,西部的周国军队一路长驱直入,抵达商郊的牧野(今河南淇县南,卫河以北,新乡市附近)。当时,商军主力正与东夷作战,来不及调回,只好把大批奴隶武装起来开赴前线。奴隶们临阵倒戈,成为周军先驱,掉头冲向辛所在的朝歌。天下甘棠之盛莫如朝歌,白棠似雪,赤棠嫣红。红衣的周军与白衣的商军合在一起,似流动的花海;而道旁成片的甘棠花,如静止的花衣。两相映照,如火如荼,像一部巨大的谶(chèn)书,神奇地写下周与商的红白喜事。

无数的事实表明,谁书写人类的野蛮史,谁就会被历史无情抛弃。自感大势已去的辛(后被周朝谥号"殷纣王",杀戮无辜为"纣")登上鹿台举火自焚,美丽的妲己也在周军到来前自杀。比起战国时期齐王建、赵王迁乃至三国时期刘禅的苟且偷生,我倒是对辛与妲己这对名声不佳的情侣心存敬佩。自杀的确是"轻生",但并不一定就是软弱,常常倒是一种坚定的抗议,是鲜活可爱的心向生命要求意义的无可奈何的惨烈方式。

就在周武王攻入朝歌的前夜,风高月黑,狗吠竟夕,商纣王的大臣箕子率5000商朝遗民逃出朝歌,风尘仆仆、日夜兼程奔向遥远而荒凉的朝鲜。肯定是丰富的从政经验帮助了他,在他成功地逃到朝鲜北部后,被当地人接纳并奉为首领。周武王夺取天下后,得知箕子在朝鲜领衔,便给了他一个仅次于公的称号,封他为朝鲜侯,史称"箕子朝鲜"。

另有一批商朝遗民,感觉朝鲜仍处于新王朝的打击半径内,因此并未在古朝鲜停留,而是继续北行,穿过白令海峡到达北美洲,成为印第安人的一部分。如今在美洲各地发现的酷似甲骨文的文字,以及类似中国八卦的物件,都暗示着商人的东迁并非臆测。①

"管蔡之乱"

中国第三个王朝——周快步登场。周文王的次子周武王姬发(周文王长子伯邑考此前已被辛杀死)在如何处置商朝遗民的问题上,采纳了四弟周公旦的两个建议:一是将辛之子武庚封于商都——殷,责成他继续施行殷商之祖盘庚的德政,以此安抚商朝的遗老遗少。二是为防止武庚叛乱,在殷商京畿河内地区设置三监,封三弟叔鲜于管(今河南郑州市),封五弟叔度于蔡(今河南上蔡西),封八弟叔处于霍(今山西霍县西南),让他们共同监视武庚,历史上称此三人为"三监"。

---

① 潇水《青铜时代的蕨类战争》,万卷出版公司2009年版。

第二年,周武王病逝,年幼的周成王继位,由周公摄政,并代行天子之事。但按照兄终弟及的惯例,应该是排行第三的管叔,而不是排行第四的周公旦摄政。此事引起周公兄弟管叔、蔡叔、霍叔"三监"的强烈不满。受"三监"监督的武庚早有异志。东夷人对周武王独自窃取商朝果实一直愤愤不平。

三股势力一拍即合。武庚与管叔、蔡叔、霍叔以及东夷方国奄国(少昊后裔在今山东曲阜旧城东所建的方国)、蒲姑(少昊的司寇爽鸠氏被封在今山东博兴东南建立的东夷部族方国)、丰(今山东青州西北)、淮夷(淮、泗间九夷诸小国)等联合发起叛乱。

摄政的周公"一年救乱,二年克殷(商朝移民的大本营),三年践奄(东夷最强大的奄国,在今山东曲阜)",不仅诛杀了武庚、管叔,流放了蔡叔,废黜了霍叔,而且发兵"东征",先是征服了淮夷小国,然后迫使奄、蒲姑、丰投降(奄王带领残部从山东辗转逃到江南今淹城,后来的太监被称为奄人、阉人亦与此地名有关)。当时辛派出在东线作战的猛将蜚廉(飞廉),率商军主力与东夷兄弟并肩战斗,因缺少财力物力支持,以至于山穷水尽,最终在对辛的在天之灵做了告白之后拔剑自刎。蜚廉死后,被东夷遗民认作风神。

这年夏天格外湿热,空气中似乎能拧出水来。周朝并未因胜利而兴高采烈,因为平乱太辛苦、太伤元气了。周成王、周公与大臣们共同检讨叛乱的因由,分析来分析去,原来是此前就地监督的策略失效,于是决定双管齐下,一是把国都迁到洛邑(今洛阳白马寺附近),强化对东夷人的控制;二是采取多种方式将商朝残余势力肢解。把在战争中俘获的大批商朝贵族(也就是"殷顽民")强行带离以朝歌为中心的京畿(jī)地区,迁居洛邑(今洛阳),派召(shào)公奭(shì)驻兵监督;封周武王九弟康叔为卫君(意为"护卫周之国",在黄河和淇水之间),令其驻守故商墟,严格管理这里的"殷民七族";令周公之子伯禽将"殷民六族"带回了封地鲁国;令周成王的弟弟唐叔虞将"怀姓九宗"带回唐地(后来的晋国);最后一批"商人"则跟随商朝旧臣微子启(辛的哥哥,因受辛的迫害投降了周)去了河南商丘的封国宋。

就这样,25万东夷部族流散天涯。

宋国,是商人在中原地区仅存的政治硕果。这个中原小国一波三折,出了不少笑料,守株待兔、揠(yà)苗助长、狗恶酒酸、挖井得人的故事都发生在宋国。好不容易出了一位有名的宋襄公,他居然迂腐到以仁义为名不肯攻击阵形不整的敌人,结果导致春秋霸业功败垂成。苟延残喘到周赧王二十九年(前286),这个笑话连连的诸侯国终于被邻近的齐国灭掉。

我本想说几句缅怀的话,但羞于出口。

不安分的徐国

早在殷商之前,就有一支东夷部落与夏朝一起灿烂着中国远古的夜空。

在禹代替父亲鲧治水的岁月里,舜手下主管山泽的东夷人伯益就坚定地追随在禹的周围,为禹成功治理水患立下了汗马功劳。因此,禹年老之后,将华夏部落首领之位禅让给了伯益。然而,伯益发现禹的儿子启年轻而贤明,于是在启为禹守丧期间代摄了三年政事之后,坚持让贤,独自归隐山林(一说被启杀死)。启"感念"伯益归隐的高义,便把伯益次子若木封于徐,也就是今山东中南部、安徽泗县以北的地域。古老的徐国从此诞生。

传说在夏初期,东夷首领后羿、寒浞先后夺取了夏的王权,东夷族系的徐国于是受到了特殊关照。在后羿和寒浞相继被杀后,蠢蠢欲动的徐国也逐步安静下来,安心经营自己的小国。试想,人类的无尽拼搏和追逐,不就是为了寻求一份安静与祥和吗?

满足欲望的最好方式就是关闭欲望大门,正如僧人所说,本来无一物,何处惹尘埃。但君王们大多不这样认为。徐国的最后一任君王徐偃王名叫嬴诞,生于周昭王末年。徐偃王长大后以仁义治理民众,以诚信对待诸侯,废寝忘食地经营国家,使得徐国实力大增。后来东南诸侯作乱,周天子令徐偃王率领东方诸侯平定叛乱,同时赐他为伯[①]。他率诸侯成

[①] 自尧舜及夏,设置了五等爵位:公侯伯子男。《孟子》中解释说:"天子统治千里;公侯封地百里,伯封地七十里,子、男封地五十里。"

功平定叛乱后,威望大增,附近的诸侯居然开始纷纷朝拜他。一向仁厚、诚实的徐偃王突然变得狂躁急迫起来,对权力的渴望如离弦之箭、脱线之鸢,以至于发展到居然不顾后果地自称为"王"。据记载,他是第一个向周天子称王的诸侯。

而且,他着手营建国都。依照《周礼》,周天子都城周长不过九里,而他新建的都城居然达到十二里。随后,东方三十六国诸侯自愿割地献徐,有些诸侯甚至自愿并入徐国。徐国从一个百里小国膨胀为数百里的中等诸侯国。一时间,他似乎已经拥有了"仁霸天下"的资本。

此时周朝当政的是周穆王,据说他胆奇大、心奇高,说一不二,常常亲自领兵征伐外夷,有一次还到达万里之外的昆仑山会见西王母(拥有高加索血统的美女),并乐而忘归。闻听徐国逾制建都,周穆王勃然大怒,立刻发重兵进剿徐国。

善良如果不跟勇敢结合在一起,就一无是处。以仁治国的徐国一向不重视武备,根本没有多少可供调遣的车兵。面对如狼似虎的周军,为使徐国臣民免遭涂炭,徐偃王对臣下天真而无奈地说:"我去,则刀兵息。"于是,率少数亲信弃城逃走,从一场噩梦中"全身而出"。

"全身而出"只是他的一厢情愿,因为普天之下莫非王土,哪里还有他的容身之地?他在前面逃命,周军在后紧追不舍,猫捉老鼠的游戏一直持续到海边。

那天,天很蓝很高,就像海面倒放在天空。逃到海边悬崖上的徐偃王瞳孔里的希望全部熄灭,唯一的选择就是跳海自杀。据记载,他对身边垂头丧气的随从叹息道:"我一味依赖文德,不明白武力的决定作用,才有今天的结局啊!"

随着投海者溅起的海浪渐渐平息,徐国也迥然消失在太平洋沿岸的海涛与风声中。如今的徐姓,多是徐国后裔。

它应该算是东夷人建立的最早的国家,也是最早淡出史册的东夷政权。它的灭亡向我们昭示,勤奋但不讲究方向的结果就是:笨鸟先飞,但不知所终。

53

莱夷遭遇姜尚

　　历史像一棵参天大树,有着太多的分叉。而每一个分叉,其实都有一番精彩的四季荣枯。徐国建立不久,东夷分支——莱夷也在齐鲁大地上建立了自己的政权,中心位于营丘(今山东淄川)的莱国,就是莱夷所建立的一个海产优裕、粮丰马肥的方国。纪国(今山东寿光)、州国(今山东安丘杞城)、维邑(今山东高密)、棠邑(今山东平度东南)、莱州、莱阳、莱西等都曾经是莱国的属国。

　　据喜欢历史的中国当代作家张炜考证,莱国是最早的丝绸业发祥地,拥有先进的纺织技术与印染技术,拥有最多的骏马。莱国还是水稻的最早栽培者,这里的陶文被公认为中国最古老的文字,比商代甲骨文早1000多年,难怪清代段玉裁在《说文解字注》中列举了南蛮从虫,北狄从犬,西羌从羊之后,这样注释:"唯东夷从大。大,人也。"意思是,东夷是文明程度较高的边远部族。

　　历史的大河往往在最湍急的地方拐弯。周武王姬发灭商之后,自感九州一统,大业已成,便大封诸侯于天下,将王城周边封给了自己的15个兄弟、5个儿子和部分姬姓亲属(从这个角度,称周武王是春秋战国诸侯混战的始作俑者应该不算过分),将最大的异姓功臣姜尚分封到边远但富庶的山东东部,让他在莱国土地上创建新的齐国。这就好比一个大家庭在分家分到最后时,因为已无家产可分,便一厢情愿地把别人的田宅许给了自己的管家,并对他说:"去吧,夺过来就属于你了。"这样一来,古莱国与新齐国的战争便不可避免。

　　战争的过程一定是一波三折,据说经过七次大战,最终获胜的是胸中足智多谋、额头纹沟深深、下巴白须飘飘的姜尚,莱夷被迫臣服。

　　历史从来如此,武力征伐的成功往往只是另一个挑战的开始。莱人武力反抗未果,部分人便采取了与齐国非暴力不合作的态度,如同近代印度圣雄甘地对付英国殖民者一样。狂矞(yù)、华士二人曾达成协议:不给天子做大臣,不结交诸侯,自己耕田以糊口,掘井以解渴,不向任何人寻求帮助。姜尚便命部下把他们杀了。营荡也公开以仁义与齐国对抗,也被姜尚毫不犹豫地杀了。屠刀之下,任何坚持都不足挂齿。于是,齐国的权威得到有效保证。

时间永是流逝,岁月一气呵成。齐灵公是齐国第21位君主,这时的齐国虽然已无齐桓公时期的霸气,但对付临近的东夷方国还是绰绰有余。臣服后的莱国不仅掌握着丰富的海产资源和天然牧场,而且拥有先进的冶铁技术、廉价的染织产品和独具特色的音乐艺术,这一切对齐灵公而言都是巨大的诱惑。于是,齐灵公于公元前571年发动了侵略莱国的战争,莱国此时远非齐国的对手,莱君只好派大夫舆子用精选的100头牛、100匹马贿赂齐灵公的宠臣夙沙卫,求齐国罢兵。面对对方的乞求,齐灵公继续进攻恐怕遭受诸侯们的非议,便主动撤军回国。莱国躲过一劫。

同年夏季,鲁成公夫人齐姜去世,齐灵公命令所有姜姓公室妇女前去送葬,但莱子未能参加会葬,齐灵公抓住这一把柄,命令大夫晏弱在齐国边境的东阳(故址在今山东昌乐乔官镇以东)修筑城池,围困并孤立莱国。

周灵王五年(前567),齐灵公派兵攻入莱国腹地,在莱国棺材上钉上了最后一颗钉子。莱共公率残余势力退守棠邑城,晏弱追踪而至,最终杀死了莱共公。国破后,莱人残余分作两支,一支东迁,一支留在棠邑。

齐灵公二十八年(前554),齐灵公临终之际,将长子——大子光赶到了齐国东部居住,改立幼子——公子牙为大子。大子光在齐国大臣崔杼的帮助下回到临淄,藏在崔杼府上。在齐灵公弥留之际,崔杼发动政变,宣布大子光仍是齐国法定继承人。大子光继位后(是为齐庄公),封崔杼为一人之下、万人之上的上卿。

齐庄公六年(前548),棠邑大夫棠公逝世,崔杼由家臣东郭偃(棠公夫人棠姜的弟弟)驾车前往吊唁。棠公的遗孀棠姜(原名东郭姜,因嫁给棠公而改名棠姜)虽一身素衣、一脸肃穆,仍令御女无数的崔杼惊为天人。她那双幽幽深潭般的眼睛,似乎天生便能看到男人内心深处,时时准备着满足男人最为隐秘的渴望。

那也是一个春天,百花都在争艳,万物都在放纵,蜂飞蝶舞、月影移动都似浪言嬉语。崔杼和她搭话,她不答,只等这个被她迷醉得宠辱皆忘的人,走进她满载缤纷落英的梦中。

在回来的路上,崔杼直接对东郭偃说:"我要娶你姐姐。"

东郭偃吓了一跳,赶忙回答:"您是齐丁公(姜太公之子)的后人,我是齐桓公(姜小白)的后人,我们都是姜姓,怎么可以结亲呢?"

崔杼当然知道"同姓不婚"的规矩,但棠姜实在太漂亮了,自从见了一面,他再也寝食难安。于是,他找人就能否娶棠姜一事算了一卦,结果是"遇困并有大过"。他不死心,又找人算了一卦,还是"巽(xùn,代表风)在兑(代表泽)下,必有后患"。

都说"天命不可违",但在欲令智昏的人眼中,天命不过是无稽之谈。崔杼不顾一切地将棠姜娶回家,饿虎一般品尝她那喷薄的妩媚与娇柔。

河一旦奔流,很容易冲破堤岸。君臣因女色反目的情形在历史上也屡见不鲜。果然,棠姜别样的娇艳不仅征服了崔杼,也征服了嫔妃环绕的齐庄公。经过一番眉来眼去,半推半就,她很快就在私下里成为齐庄公床上的美餐。

如果仅仅是有奸情也就罢了,崔杼还不至于为了一个再嫁的女人与主子闹翻。问题是,这位主子得了便宜还卖乖,不但公开跑到崔杼家里与女主人调情,有一次还将崔杼的帽子带回宫来赏给别人。连近侍都认为齐庄公做得过分,劝他不要拿上卿的帽子开玩笑,齐庄公却大笑着说:"这顶帽子崔杼戴得,难道别人就戴不得?"

五月的临淄,繁花铺地,一片嫣红。齐庄公宴请前来朝贡的莒国国君,请崔杼作陪,崔杼称病未到。酒足饭饱之后,满面红光的齐庄公以探病为由去崔杼家与棠姜私会,旋即被埋伏在宅中的勇士射杀。《左传》记载,齐国太史写道:"夏五月乙亥,崔杼弑其君。"崔杼看到后,就杀死了太史。接着要太史的弟弟写,又是:"崔杼弑其君。"崔杼又杀死了太史的弟弟。太史的最后一个弟弟被叫来,没有任何悬念,这个年轻人在竹简上写下了"崔杼弑其君"五个字。而且,太史的副手也做好了准备,手里拿着"崔杼弑其君"的竹简,只等崔杼的召唤。崔杼目瞪口呆,只好作罢。史官不畏屠刀而坚持书写真相,这听上去像浪漫的童话,但这确实是历史。

当你适可而止的时候,幸福是一个天使;当你贪得无厌的时候,幸福是一个魔鬼。时隔两年,棠姜的弟弟东郭偃、儿子无咎与崔杼的亲生儿子崔成、崔强因为封地问题发生内讧,齐国另一位权臣庆封以帮助崔杼平定家庭内乱为借口,派家兵攻入崔府,见人就砍,见物就砸,崔成、崔强死于乱军之中,棠姜悬梁自尽,没被杀死的崔家男女被绑到庆封府上做奴隶,只剩下崔杼一个人面对断壁残垣长吁短叹。当天夜里,一向为所欲为的崔杼找了一根绳子,将自己和棠姜吊在同一根房梁下。

之后,棠邑被并入齐国,失去家园的莱民东迁到郳(ní)邑(今山东龙口市),史称东莱。避居东莱的莱夷后人,收起从前的雄心与强悍,安心过起日出而作日落而息的日子,直到今天,那里都呈现着一派祥和。每到傍晚,灶膛里生出火光,屋顶上飘起炊烟,鸡鸭鹅狗涌进家门,老老少少荷锄而归。

另一支内迁到今淄川、博山交界处,因此地杂草丛生,故名莱芜。后来,他们南迁到今山东莱芜市境内。难怪距离海滨250公里的莱芜,至今保留着民间交往馈赠"白鳞鱼"(一种经腌制的海鱼)的习俗。如果你是个有心人,会发现如今莱芜人的颧骨较周边的泰安、新泰人要高,这与他们的祖先长期生活在日光充沛的沿海有关。

2012年一个天色阴沉的春日,我和地质同行们路过龙口,顺便来到莱山脚下。这是一块小小的盆地,四周丘陵环抱,沿盆地外围的山脊上残存的旧城墙断断续续,隐约勾勒出一座远古城池的轮廓,这里就是郭沫若和范文澜认定的东莱国故都——归城遗址,也就是那个叫"郳"的所在。古城西南角一座长60米、宽10余米、高6米的土台,历经2000多年凄风苦雨仍傲然屹立,给了我们无尽的感慨与想象。不觉间,细密的春雨湿润着我们的脸,也滴落在苍凉、久远的断壁残垣上,无声,无痕,像一个忧郁的梦。

纪侯告状

在今山东寿光境内,殷商时期有一个东夷方国,叫纪,金文写作"己"。

西周初期,周王室重封纪国,地点、名字均未变化。随后,循规蹈矩的纪国并未参与"管蔡之乱",因而得以顺利存在下来,并且开始在周天子身边服务,有时还身居要职。特别在周朝第九代帝王——周夷王当政时期,纪侯受到了特别的宠信,夷王几乎对纪侯言听计从。当然,纪国后来的灾难,恰恰就出在纪侯受宠上。

一首古诗曰：

"鸡既鸣矣，朝既盈矣。"

"匪鸡则鸣，苍蝇之声。"

"东方明矣，朝既昌矣。"

"匪东方则明，月出之光。"

"虫飞薨(hōng)薨，甘与子同梦。"

"会且归矣，无庶予子憎。"

译成现代汉语就是：

"雄鸡已报晓，人们都早朝。"

"不是雄鸡叫，那是苍蝇闹。"

"东方早已亮，朝臣已满堂。"

"不是东方亮，那是明月光。"

"虫声叫薨薨，甘愿陪你入美梦。"

"朝臣即将归，别惹众臣对你憎。"

这首诗名为《诗经·齐风·鸡鸣》，问答联句体，全诗直接采用夫妻之间对话的形式，描述了一位妻子催促丈夫起床早朝，而丈夫则以种种理由推托的过程。诗中的丈夫就是齐哀公。

当时，齐哀公不仅沉溺田猎，荒于政事，而且与邻邦纪国的关系也分外紧张。周夷王三年（约前883），在周室供职的纪侯适时向周天子进齐哀公的谗言，于是齐哀公被召到镐京，投入鼎中，烹杀而死。杀就杀吧，何必非要"烹杀"？本来似乎有些正义的行为因为沾染了这两个字，立时变得令人五味杂陈。这是本书第三次提到烹杀，之前是寒浞烹杀后羿、辛烹杀伯邑考。烹杀与凌迟、车裂、剥皮、腰斩、炮烙一样，都是帝王及帮凶们坐在宫中冥思苦想出来的灭绝人性的极刑。历代君臣如果把如此天才的创造力用在生产、生活上，中国何止仅有四大发明呀。从这一点上说，最野蛮的人，其实不在田野，而在萧墙之内。

这可是无出其右的天大侮辱啊！因此，齐哀公被烹杀事件，不仅引发了齐国内部几十年的权力争斗和血腥残杀，而且播下了齐、纪两国世代仇恨的种子。

齐国一直伺机吞并纪国，报仇是一个原因，更重要的是，灭纪是齐国扩张的必由之路。纪国显然早已感受到了毁灭的刀光剑影,于是选择与鲁国交好,企图借齐鲁两国的矛盾而自保。鲁国则力图保存纪国,抑制齐国的扩张。这种三国关系从公元前8世纪到周庄王七年(前690)纪国灭亡,贯穿始终。尤其是周桓王二十一年(前699),鲁国、纪国、郑国联军大败齐国、宋国、卫国、南燕国联军,此战终结了"齐僖小伯(霸)"的局面,纪国得以安定一时。

周桓王二十二年(前698),齐襄公继位。这是一个不按规矩出牌的胆大包天之徒,一上台,便背弃了父亲齐僖公"宁诸侯、御戎狄"的初衷,连续发起了对邻国的一系列征战。

齐襄公选择的第一个动武对象,就是拥有世仇的近邻纪国。得到齐国准备灭纪的消息,纪国又向鲁国求救,齐国公主文姜的丈夫鲁桓公出面调解。鲁桓公十七年(前695),鲁与齐、纪在黄(今山东淄川东北)聚会,也许有碍于妹夫的颜面,也许有感于纪国的恭敬,齐襄公与纪达成了临时谅解与妥协,齐、鲁、纪宣布结盟。

第二年,鲁桓公带着文姜出访岳父国齐国。国君出访、王后作陪,在今天看来无可厚非,但当时却引起了鲁国群臣的强烈反对,他们的理由是:"女各有夫,男各有妻,如果违反伦常,必出问题。"但鲁桓公考虑到齐襄公与文姜乃兄妹,加上文姜嫁到鲁国已经十几年,趁机让她回国省亲也不失为一件好事。

问题是,文姜与齐襄公(诸儿)并非一母所生,自幼就青梅竹马,感情非凡。文姜二八年华(十六岁),南行四百里出嫁鲁国,把一腔心事装入了空虚的口袋,闭着一双秀目走上了另一个男人的睡榻。据说当年文姜出嫁时,公子诸儿曾以诗相赠:"桃有华,灿灿其霞,当户不折,飘而为苴,吁嗟兮复吁嗟。"(意思是:"红霞般灿烂的桃花,开在门口,我却没有采摘,现在飘落在地,可惜呀真可惜。")文姜以诗回赠:"桃有英,烨烨其灵。今兹不折,讵无来春。叮咛兮复叮咛。"(意思是:"桃花年年盛开,今年不摘,难道再没有春天了吗?等等吧,一定要等我呀!")这原本是两首多么感人的爱情唱和诗,可惜因为作者是兄妹而成了罪证。

世上的爱情故事总是开始得太早或太迟。一晃15年过去,当年的花季少女变成了丰腴少妇,多了一分温润,几分妩媚,十分性感;当年的稚嫩公子变成了大国诸侯,多了一分成熟,几分霸气,十分轩昂。于是,两人一见而入恋情的盛夏,伦理纲常被抛进空洞的星空,压抑了15年的暗恋尽情喷发,文姜滞留在齐襄公的宫中彻夜未归。对于这一风流韵事,鲁国史官的记载只有羞答答的四个字:"齐侯通焉。"而齐国对这一恋情的描述则浪漫得多,《诗经·齐风》唱道:

敝笱在梁,其鱼鲂鳏(fáng guān)。

齐子归止,其从如云。

敝笱在梁,其鱼鲂鱮(xù)。

齐子归止,其从如雨。

敝笱在梁,其鱼唯唯。

齐子归止,其从如水。

译为白话就是:破鱼篓横在水坝上,只见鱼儿互相追逐,快乐得像云像雨又像水。

奸情已经明摆在那儿,即便是傻瓜也能嗅出淫邪的味道。鲁桓公当然不是傻瓜,但却是个老实人,老实人倔劲一上来,往往像武大郎一样不计后果。武大郎买了把菜刀去捉奸,结果被西门庆一脚踢在心口,从此卧床不起,鲁桓公则是在奸夫家门口对文姜破口大骂(《左传》记载"公谪之")。

受到痛斥的文姜跑到哥哥那里哭诉。心虚的齐襄公假装道歉,设计将鲁桓公灌醉,然后指使大力士——公子彭生将烂醉的鲁桓公勒死。丑闻与噩耗传回鲁国,鲁国发出抗议照会,齐襄公果断地将公子彭生作为替罪羊公开处死,也算给了鲁国一个交代,其情形与当年寒浞杀死逢蒙一样。

调停人死了,三国盟约也就成了一纸空文。齐襄公五年(前693),齐襄公撕毁盟约,以替九世祖齐哀公雪恨为借口,悍然兴兵伐纪,连续攻下纪国三个城邑。

败落的纪国开始分化。两年后,纪侯的弟弟纪季向齐襄公示好,主动献出了一个城邑,甘心做齐国的附庸。周庄王七年(前690),齐襄公再次出兵纪国,一举攻下了纪国都城,纪侯被迫流亡。纪国作为一个独立的诸侯国从此退出历史的视野,投降的纪季所管辖的土地成为齐国附属国。如今的纪姓,就是纪国的后人。

行文至此,我想到了查良铮的那首诗《听说我老了》:

  但我常常和大雁在碧空翱翔,
  或者和蛟龙在海里翻腾,
  凝神的山峦也时常邀请我,
  到它那辽阔的静穆里做梦。

我要说的是,纪国的后人不要感到悲哀,因为说别人的坏话迟早是要付出代价的。

田 陈 代 齐

  在纪国、莱国灭亡前后,东夷人在山东境内建立的其他方国如谭(今山东章丘市龙山镇附近)、遂(今山东宁阳、肥城交界处)、阳(今山东沂南县境内)、牟(今山东莱芜城东)、任等也被拥有"专征权"的齐国一一吞并。眼看齐国像滚雪球一样越滚越大,长江流域的暴发户楚国妒火攻心。他们在西进秦国受阻之后,转而东进北上,先是吃掉了在句践死后迅速陨落的越国,然后北进山东,灭掉了杞(今山东安丘东北)、州(今山东安丘东北)、莒(今山东莒县境内)、郯(今山东郯城县西南)、邾(zhū,今山东邹城市境内)、小邾(今山东滕州市境内)、邳(pī,今山东枣庄薛城区境内)、费(今山东费县东)、鲁。那么多东夷方国都被齐国和趁火打劫的楚国消灭了,难道他们没有报应吗?历史的回答是:有,而且十分彻底。

  报仇者也是东夷后裔——齐国田氏。齐国田氏的始祖名叫田完,本名陈完,是地处中原的陈国的公子。

  周武王灭商之后,为存灭国、继前贤,派人四处寻觅三皇五帝之后,结果找到了东夷人虞舜的后裔——妫(guī)满,将妫满封在陈,他就是陈国第一任国君陈胡公。陈完是第13任陈国国君陈厉公的儿子。

  陈宣公二十一年(前672),陈宣公(陈厉公的弟弟)的宠姬生了一个儿子名叫陈款,宣公下决心废长立幼,杀掉了太子御寇。与御寇相交甚密的陈完惧怕祸及自身,星夜逃向正遍求天下贤才的齐国。

  当时正值齐桓公霸业肇兴,陈完的到来令桓公与管仲大喜过望,桓公欲封陈完为卿,但被明智的陈完婉言谢绝:"作为寄居在外之臣,能得到收留就是万幸了,哪里还敢接受如此高位,以至于很快招致官员们的指责呢?谨此昧死上告。"后来,齐桓公让他做了掌管百工的工正。在工正任上,陈完兢兢业业地工作,使得齐国很快就"工盖天下""器盖天下",为齐桓公成为春秋五霸之一立下了汗马功劳。

于是,齐桓公赐"田地"作为陈完的采邑。陈完从此以田为氏。

田完的儿、孙均资质平平,他的重孙田文子开始显山露水。当时,刚愎自用的齐庄公执政,大臣崔杼、庆封专权,田文子连同著名外交家晏婴多次劝谏,但齐庄公仍一意孤行,甚至与崔杼之妻棠姜私通,结果被崔杼弑杀,田文子被迫逃亡国外。

之后,齐景公继位。两年后,庆封乘崔杼家族内乱之机带兵攻入崔家,崔杼自尽,庆封独揽大权。

逃亡三年之久的田文子回国后,于周灵王二十七年(前545)与栾、高、鲍氏结成同盟,共同谋划清除庆封集团。行动开始后,他亲自带领家兵参加战斗,杀死了代父专权的庆舍(庆封之子),赶走了幕后的庆封。

庆封集团被清洗后,田文子之子田桓子无宇作为齐景公重臣,地位逐步上升。

得民心者得天下,这是一条亘古不变的定律。一方面,齐国公室奢侈无度,赋税繁重,刑罚苛责,国民告苦无门;另一方面,在国民饥寒交迫之时,陈氏却以大斗借、小斗收(与近代四川大地主刘文彩迥然相反)的方式施惠于民,于是就有了百姓归附陈氏的局面。渐渐地,陈氏家族的势力超越了齐国公室,以至于晏婴在出使晋国时感慨地说:"陈氏爱护百姓如同父母,而百姓归附他也如同流水趋下一般。陈氏想要不得到百姓的拥护,哪里能躲得开?我不能不说齐国可能属于陈氏了!"

接下来,经过田僖子乞、田成子常、田襄子盘、田庄子白几代人的努力,到太公田和时,终于完成了姜氏齐国向田氏齐国的过渡。

沉溺酒色、不理朝政的齐康公,于周安王十一年(前391)被齐相田和软禁在东海之滨,食邑缩小到一城之地(今山东淄博张店区东南的康王山据称是齐康公陵墓所在地)。田和自立为"齐君"。

周安王十六年(前386),魏文侯请周天子立田和为诸侯,周安王正式册命田和为齐侯,田氏齐国从此走上列国争霸的舞台,一直延续了

165年。

田氏齐国开国于齐太公田和,兴盛于齐威王与齐宣王,衰败于齐闵王,亡于齐王田建。

人们最常犯的错误,就是用自己的尺子去丈量别人。齐王田建继位于周赧王五十五年(前260)长平之战时期,但他对长平之战坐视不理,在接下来历时40年的吕不韦时代和秦王政①时代,他对秦国"远交近攻"的承诺深信不疑,坐视诸侯灭亡,从不曾列队向西进行干预。

等到战国七雄中的五个都被秦国灭掉,田建还天真地幻想着与秦国和谈。有些大臣建议:"如今韩赵魏已灭,三国贵族逃亡至齐的数以百计,大王助他们以十万军队,向西可以收复三晋失地。楚国逃亡到齐国的大夫也有百人,大王助之以十万之众,可以南下收取楚国。如此,齐国可重新立威于天下,与秦国平分秋色。"

按说,这是齐国重新定位自己的难得机遇,但田建只是听从被秦国买通的齐相后胜的意见,一心与秦国求和。眼看着齐王一再无视机遇,历史老人感慨地说:机遇像个小偷,到来时无声无息,走时你定会损失惨重啊!

秦王政二十六年(前221),同为东夷人后裔的秦王政派大臣前来劝降,声称只要齐王投降,不仅保证性命无忧,还可以得到五百里的采邑。尚有数千里土地、数十万铠甲的齐王建,居然信以为真,不做任何防备,单等秦军前来接收。能改的叫缺点,不能改的叫弱点,看到田建已经不可救药,明智的大臣们便悄悄溜之大吉。

于是,秦军没有受到任何抵抗,便大摇大摆地进入齐都临淄。那位被秦国收买了30年的齐相后胜被卸磨杀驴的秦军杀死,其下场与吴国的内奸伯嚭(pǐ)一样。当了45年太平国王的田建只得乖乖地投降秦国(当然,从另一个角度讲,他的抉择免遭生灵涂炭,也算一种贡献),被软禁在共地(今河南辉县)一块巴掌大的松柏林中,日复一日地忏悔被蒙蔽和洗脑的每一个日夜,最后活活饿死。

他死时,据说脸上凝固的是一种哀怨的表情。人与动物,在解剖学上的最大区别是表情。显然,他还没有麻木到形同动物的地步。他已经醒

---

① 公元前247年,秦庄襄王驾崩,嬴政继位,次年称秦王政元年。公元前221年,六国统一,秦王政称帝,改元始皇帝元年。历史书中多作"秦王嬴政"。

悟到,是身边那些智囊害了他。

齐国遗民闻讯后,传唱起一首哀叹的歌谣:

> 松树啊!
> 柏树啊!
> 让王建迁到共地的人,
> 就是那位大人啊!

赵国的来历

在"战国七雄"中,东夷后裔建立的国家共有三个:田姓齐国、赵姓赵国、嬴姓秦国。讲完了田姓齐国,让我们一起翻越巍巍太行山,进入赵国的故事。

商朝大将蜚廉,是东夷人伯益的后裔,还是秦朝先祖恶来的父亲,"飞毛腿"蜚廉和"大力士"恶来都是殷纣王的帮凶。在周武王伐纣时,蜚廉正好替纣王在东线作战,因此躲过了血光之灾。周公东征时,蜚廉与东夷并肩抗击周军,最后战败自刎。(一说武王伐纣时蜚廉正出使北方,商朝灭亡后躲进今山西霍山直到病死。)

蜚廉的另一个儿子季胜活了下来,季胜就是赵国的先祖。

季胜没有什么事迹,他的重孙造父因为善于驾车得到了周穆王的宠信,并以骥、温骊、骅骝、騄耳四匹骏马驾车,承载着周穆王到西方拜会了传说中的西王母,据说具有异域风韵的西王母令周穆王乐而忘返,两人秘密相会时发生了什么,史册上没有记载。一天,周朝传来了徐偃王作乱的消息,周穆王再也顾不得什么西王母,急忙令造父驾车一日千里地返回故国,及时平定了叛乱。兴奋之余,周穆王把赵城封给了造父,造父族人从此改姓赵。

造父的后代赵衰(cuī)史称赵成子,曾形影不离地伴随晋公子重耳在外流亡19年,重耳回国当上国君成为晋文公后,不仅拜赵衰为大夫,还把心爱的女儿赵姬许配给了他。

时光流逝到春秋末期,春秋五霸之一的晋国走向衰落,国家实权落到了智、韩、赵、魏四家卿大夫手中。专擅国政的智伯瑶凭借权力和实力向其他三家大夫索要土地,韩、魏两家无奈地答应,只有赵家委婉回绝。为此,智伯瑶于公元前455年胁迫韩、魏两家与自己一起出兵进攻赵襄子家族。赵襄子自知寡不敌众,便带着兵马退守大本营晋阳(今山西太原)。

智、韩、魏兵将晋阳团团围住,一次次攻城,一次次被城头飞蝗般的箭矢射退。后来,进攻方决开晋水灌入晋阳,致使赵兵"悬釜而炊、易子而食",但仍毫无叛意。攻守战一直持续了两年,攻守双方都已精疲力竭,作为被胁迫者的韩、魏两家心生退意。

两军长期相持不下的时候,一点甜头往往就能使战争的天平骤然倾斜。深谙此道的赵襄子夜晚派人出城与韩、魏联络一起袭击智军,约定事成后瓜分智家土地,三方一拍即合。次日深夜,大水灌入智营,赵、韩、魏军合兵杀进酣梦中的智军,结果智军全军覆没。一向自负的智伯瑶也在阵中掉了脑袋,他的脑袋还被赵襄子涂上油漆做了饮酒的器具(后来这一做法被匈奴单于冒顿学去,用在了东胡大人身上)。

周威烈王二十三年(前403),韩、赵、魏三大夫在晋国境内的势力已在晋王之上。周威烈王在接受了三大夫的大笔贿赂之后,发挥了东周君主最后的也是唯一的"余热",向天下宣布封韩虔、赵籍、魏斯为诸侯,古老的晋国淡出历史,这就是所谓的"三家分晋"。

蜜蜂盗花,结果却使花开得更茂盛。从此,中国历史进入战国时代,赵国从此诞生。

改革,从军装开始

赵国的领土大致包括今山西西北部与中部、河北西部与南部、河南北部。都城本来设在晋阳,后来迁到中牟(今河南鹤壁),最终迁到邯郸(今河北邯郸)。

到周显王四十三年(前326)赵雍登基,赵国已经先后经历了六代国君。这时的赵国,东有强敌齐国和中山,频频来犯;东北有燕国、东胡,人多势众;西北有林胡、楼烦,精于骑射;西南是曾经的兄弟韩国,摩擦不断;西有强悍的秦国,如狼似虎。真是举目四望无处不敌,堪称名副其实的"四战之国"。

在如林的强敌中,最大的心腹之患当属游牧民族狄人的中山国。因为中山国的版图如一把楔子,从东面深深插进了赵国,几乎将赵国裂为两段。而且,这个袖珍小国丝毫不把赵国放在眼里,如性格暴烈的老子对待不争气的儿子,动不动就拿赵国出气,使赵国如鱼鲠在喉,芒刺在背,痛苦得无以言表。

纵观历史,对于一个国家来说,往往只有一种办法去除痛苦,就是人所共知的战争。赵国要想安宁与快乐,必须借助战争吃掉中山。

年轻气盛的赵雍于赵武灵王十九年(前307)亲率大军进击中山。让人想不到的是,赵国庞大的兵车军阵和步兵军团,居然被为数不多的中山骑兵军团冲击得七零八落。赵国不但损兵折将,而且连丢数城。

连小小的中山都奈何不了,何谈称霸诸侯?垂头丧气的赵雍发出诏令,要求群臣进献富国强兵之策。

写满"良策"的竹简堆满了朝堂,看得脑袋都大了,也没有发现什么"惊人"之策。没办法,他开始自己开动脑筋。

被逼上绝路的人,才能想出绝招。渐渐地,雾气升腾成云团,怪念转结为奇谋,一个"不可思议"的构想在年轻的国王脑中生成。

年轻国王的"怪"念头是在与胡人作战时感悟出来的。当时,赵军采取的是兵车与步兵混合编阵。所谓兵车,是一马或二马、一牛或二牛拉的四轮方形战车,车上站着两排士兵。进攻时千车涌动,黄沙滚滚,排山倒海,势不可挡。防御时战车并排,辅以甲盾,自成营垒,牢不可破。但这种看似所向无敌的编阵,一旦遇到机动灵活的胡人骑兵部队,弱点便一览无余了。譬如,战车追击骑兵时,恰如一群乌龟追一群兔子,无论怎么心急火燎也无济于事;譬如,战车退却时,更如一队蜗牛逃避老鼠,只有身陷重围、被动挨打的份儿。况且,兵车只适宜平原作战,遇到沟沟坎坎便进退两难,更别说什么翻山越岭、跨溪涉河了。而所谓步兵,顾名思义就是凭借着两条腿走路。以人的两条腿,即便是现代飞人刘翔、约翰逊,也无论如何跑不过哪怕最瘦弱的战马。因此,靠步兵长途奔袭、速战速决,简直是天方夜谭、痴人说梦。再说服装,当时中原人的服装叫"深衣",即上衣下裳(cháng)。一块大布被裁成三角形,裹在身上,顶点与脖子等高,前端从身前绕过,腰部用带子捆住,下身好比裙子。走起路来,翩翩生风;舞起长袖,好似蝴蝶;迈不开步,骑不了马。打起仗来,与胡人利落的短衣长裤不可同日而语。

赵雍决定实施"胡服骑射"。"胡服骑射"的关键不是骑射,而是胡服。可以想象,让"宽衣博带"的中原人改穿"稀奇古怪"的野蛮人服装,难度不亚于孝文帝让鲜卑人改汉姓,多尔衮让汉人留辫子。

赵雍在邯郸以外35公里的信宫召集县令以上的官员议政,台上的国王居然穿着"短衣窄袖长裤"的胡服。臣下们惊呆了。

望着大臣们傻呆呆的脸蛋,瞄着他们拖泥带水的深衣,赵雍高声说:"赵国乃四战之国,强兵是当务之急。为了建立一支强大的军队,我决定倡导胡服骑射!大家同意吗?"

大臣们一个个翻起了白眼,只有楼缓站出来称"善",就连此前暗中鼓励国王的肥义也没敢当堂附和,赵雍不禁泄气了。历史上常有这样的时刻,代表进步的一方孤掌难鸣,头脑僵化、迂腐古板的一方人多势众。此时,如果白痴会飞,信宫简直就是机场。

要撒播真善美的种子,必以假恶丑为养料方能开花结果。又打又拉,软硬兼施,赵雍相继摆平了王室贵族公子成、赵文、赵造、赵俊、赵燕,硬着头皮颁布了前无古人的"胡服令"。一场轰轰烈烈、惊世骇俗的变革开始了。

"胡服骑射"的第二年,即赵武灵王二十年(前306),赵雍率领现代化骑兵部队,西出边关,短短几年就征服了楼烦、林胡部落,踏平了今陕西北部、山西北部、河北北部的大片土地,向北最远到达内蒙古包头一线,在那里设置了云中、雁门、代三郡,修筑了长约750公里的赵国长城。难怪梁启超说,能够有效抵御胡人并取得胜利的,赵武灵王是第一人。

赵国这辆攻无不克斩无不获的超级战车已经不可阻挡,因为驾驭这辆战车的,是血液中饱含自然荷尔蒙、身着轻便军装的赵雍。"胡服骑射"的第三年,即赵武灵王二十一年(前305),赵国兵分两路,大举攻入中山国。一时间,急骤的蹄声,蔽日的尘雾,萧萧的马嘶,响彻在河北中部辽阔无垠的平原上。赵国骑兵像一团乌云,铺天盖地压过来,云团里抛出一阵阵箭雨。

见惯了赵国慢吞吞战车的中山人惊慌失措,还未等到弓弩手实施第二次发射,赵国骑兵已经风驰电掣般扑到眼前。立时,中山阵形大乱,就连衣铁甲、操铁杖、有万夫不当之勇的中山名将吾丘鸠也徒唤奈何。

曾经煊赫一时的中山国就这样倒在了赵雍的"胡服骑射"之下，赵国的版图终于方了起来。仅仅十年，赵国疆土就在赵雍手上扩张了两倍，成为敢对秦国说"不"的为数不多的国家。

历史的转折点往往是玫瑰色的，因为大凡英雄都偏爱美人，更何况是最有条件得到美女的国王英雄了。赵雍的第一位王后是韩宣王的女儿。两人先结婚，后恋爱，守着淡淡的青草浅香的感情，生下了公子章。这个儿子年纪轻轻就被立为太子。

国王嘛，好比是茶壶，总不能只有一个茶杯吧。一天，只有一个女人的赵雍梦见一个少女弹着琴唱着歌，袅袅娜娜地向自己走来。醒来后，他向大臣们绘声绘色地描述了梦中美女的样子。边臣吴广听说后，便将自己的女儿——孟桃献了出来。俗话说，娶妻娶德，纳妾纳色。这位自称大舜后代的美人桃腮杏脸，粉颈如脂，一举步，一伸腰，一掠鬓，一转眼，一低头，乃至衣袂的微扬，都如蜜一般流淌。赵雍一见倾心，爱得死去活来，两人也生下一个儿子——公子何。

公子章的母亲病逝后，赵雍赶忙立孟桃为后。也许陶醉于新王后的万般柔情，也许爱屋及乌，英明一世的赵雍居然头脑发热，废长立幼，宣布公子何为新太子。而此前的太子公子章则被封为"安阳君"，封地是边关重镇代地。公子章像被繁华冷落的月亮，满腹幽怨，落落寡合。

而此时，又有人提醒国王，一定要防止封君做大。于是，赵雍派残忍好杀的田不礼到代地为相。想不到，一脸愁绪的公子章和满脸冷酷的田不礼一拍即合，看似不搭的两个人关在屋里策划起造反大计。

赵武灵王二十七年（前299）五月一日，公子何刚满10岁。赵雍别出心裁地宣布："从今天开始，寡人把王位传给公子何，肥义担任他的相国。以后，你们就叫我主父（类似太上皇），我的主要任务是对外征战，内部事务就不要麻烦我了。"此时的他，让我联想到《红楼梦》里的下人焦大"老子翘起一条腿来，也比你高"的那种得意。

就这样，子凭母宠，赵雍心爱的女人的儿子，从太子提前转正为国王。早晨八九点钟的小国王和正午的主父，一起照耀着辽阔而葱茏的赵国大地。面对两个太阳，群臣的错愕，不亚于当年看到了一身胡服的国王。

主父赵雍要求群臣依照职位高低依次向10岁的新国王下拜。已经20多岁的公子章赶来下拜了，资深贵族公子成下拜了，大臣们也都掩饰住满肚子的不服气下拜了。难怪啊,他才10岁,在两千年后的今天连被枪毙都没有资格。

赵雍既有在胡服骑射问题上的坚定与执著,又有在传位太子问题上的随意与率性。一句话,他骨子里有着太饱满的自信。要知道,自信一旦过头,就成了"自负"。

为了家庭团结,一些表面工作还是要做的。赵惠文王四年(前295),他带上公子章和小国王,乘车去了邯郸郊外80公里的行宫——历史名胜沙丘。

三个行宫一字排开,主父、小国王的行宫相距两公里,公子章的行宫在两者之间。公子章的狗头军师田不礼和从封地带来的杀手也来到行宫,一个惊天的阴谋在黑暗中谋划完成。就这样,嫉妒之花,终于结出了罪恶的果实。

入夜,夜色如墨,残月如刀,月光朦胧着美丽的沙丘,小国王的行宫仍灯火闪亮。忽然,侍者禀报:"主父身体不适,请国王前往探望,车子就在外面。"

小国王刚要动身,老谋深算的肥义感觉到了几分不祥,决定自己先行。结果,路过公子章的行宫时,被等待已久的刺客一剑穿心。

公子章和田不礼发现被杀的不是主要目标,便拎着滴血的战刀直扑小国王。也许早就预见到了公子章的阴谋,也许还在为当年被迫穿胡服耿耿于怀,公子成和太常李兑很快就率领附近四个城邑的士兵闻讯赶来。他们先是为小国王解了围,然后猛攻公子章的刺客分队。走投无路的公子章狼狈逃向父亲的行宫,负责掩护的田不礼和刺客分队被赶尽杀绝。

公子成和李兑率军攻入主父行宫,先搜出公子章就地斩首,然后将行宫团团围住。无论主父在宫内如何高声解释,外面的军队就是拒不撤离。显然,是想困死特立独行的赵雍。

一天、两天过去了,主父周围的人逐渐出宫投降,宫门被从外面反锁。十天、二十天过去了,宫外的军队仍没有撤退的迹象。一个月、两个月过去了,主父身边已经没有任何食物。被囚的他,再也不能做一只凶猛的鹰隼,用双翅剪开疑团与羁绊。他的眼中,一定写满了含泪的悔恨与干涩的无助。

大多数人一生都难逃三件事:自欺、欺人、被人欺。自认英明的主父也未能例外。熬到三个月的时候,昔日叱咤风云的主父终于活活饿死了。一鞭残阳里,四围山色中,主父如一片黄叶,带走了赵国从前的骄傲和今后的雄心。他死后,被权相李兑和公子成操纵的赵国宫廷送谥号"赵武灵王"。"灵"是贬义,意思是"不走正路,灵动乖张"。

不管结局多么的不完美,毕竟这是一个英杰的故事。作为一个乱世国王,一生做一件益事就足够了,况且"胡服骑射"已经万古流芳。在我看来,赵国批评他"不走正路"是不公允的,就像批评泰山,为什么南坡承受那么多阳光,还要让北坡去承受那么多风雪。可期待的回答只有一个:"因为我是泰山。"

从此,赵国只能和"称霸六国"的理想分手,在60多年后遭遇悲惨的"长平之战"。

40万颗人头

当秦王政在赵姬腹中孕育时,距离赵国都城邯郸以西150公里的韩国上党地区正一片混乱。面对秦兵的疯狂进攻,韩国上党郡太守冯亭无力抵抗,宣布向东边的赵国投降。

年轻的赵孝成王闻讯大喜,不假思索地决定接收上党,却没想到天上掉下一个馅饼,地上增加了一个陷阱。赵国从此卷入了一场噩梦般的战争。

从军事角度分析,上党地区远离赵军物资供应地和兵源地,一旦交通线被切断,这里就是一座坟墓。此时的赵国已非赵武灵王时期,而秦国在经历了商鞅变法后迅速膨胀,双方开战,赵国必处下风。而且同为东夷后人的秦、赵在七国中提前死磕,是否有这个必要?

秦昭襄王四十六年(前261)冬,丰满的晋南高原渐渐变得枯瘦,似人的宿命。数十万秦国大军在大将王龁(yǐ)统领下,攻击上党地区的赵军。尽管赵国拥有因上演"将相和"而名威大振的廉颇,却还是在不到两个月的时间里,连失上党十几座城池,40万赵军只能无奈地退居长平地区,接下来就是人所共知的"长平之战"了。

第二年夏天,处于守势的廉颇明智地在长平地区修筑壁垒。赵国壁垒工程浩大,至今仍能看到其残迹。工程完工后,任凭几十万秦军如何进攻、挑战与谩骂,已损失了5万将士的廉颇都像缩头乌龟一样坚守不出。秦将王龁就像吃天的老虎,空有满嘴钢牙,却无从下口。如果战事这样发展下去,秦军只能无奈撤军。

最该气定神闲的赵孝成王却第一个坐不住了,这个年轻人实在接受不了上党的丢失和5万人的损失,一再催促廉颇主动出击。但身经百战的廉颇就是不从,仍旧像乌龟一样使劲缩着脑袋。

这样一来,秦国坐不住了。于是,秦国相国范雎(jū)祭起了"反间计",他对秦王说:"必须抓紧派间谍挑动年轻的赵王临阵替换一名年轻将军,这名赵将必须具备三个条件:一要年轻气盛,年龄过大就不肯出击;二要名气很大,名气不大赵王不会重用;三要经验欠缺,经验丰富就不会轻易上当。赵国同时具备这三个条件的只有赵国马服君赵奢的儿子赵括。"

秦昭襄王四十七年(前260)的夏天,蝉声与谣言一起笼罩了邯郸。赵孝成王很快就中了反间计,决定任命赵括为大将,取代长平前线的"缩头乌龟"。已经病重的蔺相如赶忙劝阻:"赵括只知纸上谈兵,徒有虚名,缺少机变啊!"甚至赵括之母也上书赵孝成王:"赵括不堪为将,请收回成命。"赵孝成王不准,赵括之母又上书说:"倘若赵括损兵折将,请求我家不要连坐。"赵孝成王也答应下来。

于是,赵国一颗"徒有虚名"的将星,游荡到了拥挤着近百万军人的长平前线。

赵括与廉颇交割完毕,便马上更换了军官,还变更了此前的"约束"系统。就在赵军换将的同时,对面的秦军也悄悄更换了主将,这位主将就是久经沙场的战神——武安君白起。而这一切,赵军统统不知。

立功心切的赵括决定率40万赵军从坚守的东垒倾巢出动,渡过丹河发起全线反击,将廉颇丢失的丹西山和西垒夺回来。冯亭提出异议,但被赵括断然否决。

美国西点军校有一条军规:如果敌人在你的射程内,别忘了你也在他的射程内。就在赵括决定反击的同时,白起也拟好了对策:以一线部队向赵军进攻,接战即退,诱敌深入;以二线部队坚守西垒,两翼形成钳形攻势,将赵军装进口袋,包围赵军盲进部分;另以2.5万骑兵向赵军侧后迂回,夺取东垒,将赵军彻底包围。身经百战的白起深信,要想每次都捕到鱼,那就必须编制一张足够大的网,尽管每次网住鱼的不过是其中的一个网眼。

战争的进程没有超出白起的预料,赵军之于白起,已如牛之于庖丁。赵括亲率30多万步兵强攻西垒,令冯亭领少数兵力留守东垒。连战数日,西垒坚如磐石。后方却传来恶报,东垒丢失。更恐怖的是,赵军的后勤运输线也被秦军切断。40万赵军被尽数围困在长平山谷中,叫天天不应,呼地地无语。

兔子即使背上猎枪漫步荒野,也改变不了东张西望的习惯。按说,赵括还有一个死里逃生的机会,那就是趁南北方向没有壁垒,顺着丹河河谷向南北两个方向奋力突围。但这时赵括得知秦军主帅是自己平生最为慑服的白起,于是吓破了胆,把从前的盲动进攻变成了如今的军事保守,一动不动地坐待援军,从而丧失了最佳的突围时机。

40万大军几乎就是赵国的全部,哪里还有什么援军?九月,赵军已经连续断炊46天,只能靠吃树皮、草根、战马乃至伤兵充饥。

赵王肠子都悔青了,赶忙向邻国寻求兵力和粮草援助,其急切的程度像顶着一盆火在找水井一样。他先是派人向同为东夷后人的齐王建求援,齐王建不愿得罪秦国,一口回绝。又向同盟国魏国求救,而秦国已经先行一步,暗中许诺割地给魏国,于是赵国使者在魏国也吃了闭门羹。

知道救兵与军粮无望后,赵括方才决定孤注一掷,命令空着肚子的赵军拼死突围。而这时,秦军已经筑好四面壁垒,没有翅膀的赵军哪里还有活路?尽管如此,赵军还是冒着如雨的箭矢前赴后继地冲向坚固的壁垒,因为他们的主将赵括也身先士卒地冲在阵前。可怜"纸上谈兵"的赵括也是肉身,与万千将士一同被射杀在壁垒之前。

主将已死,冯亭也战死军中,丧失斗志的40万赵军全部投降。

在杀人不眨眼的胜利者眼里,束手就擒只不过缩短了通往天国的路。之后,白起将40万赵军集中在山谷中,命令居高临下的秦兵将箭射向这些已经缴械的俘虏。幸免的,只有240名未成年士兵,理由嘛,是这些孩子还不会做梦。40万赵军尸体无人掩埋,直到唐朝的李隆基经过这里,还能看到堆积如山的头颅和森森白骨。

战后,望着被秦军放回来的240个失魂落魄的少年,赵国满朝文武表情呆滞。有苦难言的赵孝成王既未公开反思自己用人失察,也未能将赵括的家人处死,因为他必须维护自己的尊严,也必须遵守此前对赵括母亲的承诺。

反而是阬杀40万赵俘的白起得到了报应,居功自傲的他于3年后被秦昭王赐剑自裁,落得了一个"万劫不复"(佛家称世界从生成到毁灭的过程为一劫,"万劫不复"就是永远不能超度)的结局。

又中"反间计"

一个风云际会的朝代,总是以一群强者英武的雄姿开头,而打下最后一个句点的,常常是一些文质彬彬的凄怨灵魂。秦王政十二年(前235),赵悼襄王与娼女所生的赵王迁继位。他的出场,打断了赵国走出泥潭的奢梦。

第二年,秦王政派大将桓齮挺进赵国南部,杀死赵军10万。

赵王的呼唤伴随着焦急的锣声,赵国北部边防军统帅李牧闪亮登场,来到赵国舞台中央,使得历史镜头全部聚焦到他身上。这位曾经令匈奴吃尽苦头的著名将领,率领20万赵军在肥下大破秦军,歼灭秦军近10万人,将桓齮赶进了燕国境内,谱写了屡败屡战的赵人最后的光彩。

久违的喜讯传回邯郸,赵人奔走相告,赵王迁封李牧为武安君。查遍战国历史,被封为武安君的仅有四人,每一位都大名鼎鼎,他们分别是:张仪、苏秦、白起、李牧。

秦王政攻破韩国的第二年,也就是秦王政十八年(前229),数十万秦军在王翦、杨端、李信统帅下,分三路对赵国发起了规模空前的总攻击。鉴于军事上处于劣势,李牧与副将司马尚采取坚固防守的战略,避其锐气,消耗对方,于是像当年廉颇驻守长平那样,双方一度呈胶着状态。

秦军要想进攻顺利,必先除掉李牧。而要除掉李牧,还需使用30年前用过的"反间计"。

秦王肯定会问:"反间计"重复地在一个国家使用,还能奏效吗?而秦国谋士的回答也很干脆:真正的清水是搅不浑的,但问题是赵国仍是一潭浑水,此时的赵王迁和30年前的赵孝成王一样年轻。的确,这种让河水在同一地点再流淌一次的想法,若没有"人与自然"天衣无缝的配合是万万办不到的。

"反间计"其中一个版本(《史记·李牧传》)是,王翦一方面停止进攻,保持对峙,派使者去赵营与李牧讲和;一方面派间谍携重金潜入赵都,贿买赵王迁宠信的大臣郭开,由郭开诬告李牧私自与秦讲和,相约在破赵后分封到代郡。

赵王迁居然信了。我分析,赵王迁即便是再愚蠢,也不会不明白临阵换将乃兵家大忌。但作为一个常常战败、自信缺失的国王,如果亲信向自己反映前线大将有可能向强敌投降,并且还举出了一系列难以查证的所谓"动向",他会不信吗? 也许他明知是敌人的"反间计",也不得不跟进。因为他深知,房子外面有一百个敌人,也比房子里面有一个敌人要安全得多。特别是所有的精锐都掌握在李牧手上,一旦李牧投敌,对赵国来说将是毁灭性的。所以在大将投降和临阵换将之间,国王的选择只能是后者,除非这位国王明察秋毫且充满自信。问题是,明察秋毫的国王能沦落到捉襟见肘的地步吗?

果然,李牧被从前线召回,依照惯例交出随身宝剑后,来到宫中指定的地方,由郭开向李牧宣布赵王迁的旨意:"李牧,你知罪否?"

"我何罪之有?"李牧一头雾水。

"听说你私下和王翦见过面。"说这话时,郭开那张拉得长长的脸,可以熏黑任何一个晴朗的天空。

"我的确和王翦见过面,但那是谈判秦军撤兵之事。"李牧脸上写满了冤枉。

"你是谈投降的条件吧?"郭开眯着眼。

"你能拿出我通敌的证据吗?"李牧有些生气了。

"你自己能拿出不通敌的证据吗?"郭开在冷笑。

"司马尚可以证明。"

"司马尚是你的副将,他的证词没有效力。"

起诉者举证本是天下惯例,可在历史上又有哪一个专制政权遵守过呢? 目瞪口呆的李牧知道说什么也没用了,于是奋力冲出宫门,无奈他手无寸铁,结果被几名强悍的宫廷侍卫架住,一把宝剑从背后捅破了一代名将的忠心赤胆。将军的鲜血染红了宫门的地砖,幻化为邯郸上空一道凄美的落霞。在死者的瞳孔里,一小团冤怒缓缓熄灭。

之后,副将司马尚也被撤职,不知所终。

"反间计"的另一个版本(《战国策·秦策》)是,赵王迁的男宠韩仓,在以身体取得了具有同性恋倾向的赵王迁的宠信后,嫉贤妒能,飞扬跋扈,与郭开狼狈为奸,一直视李牧等忠正将士为眼中钉。听到"李牧通敌"的流言,韩仓便在第一时间报告了赵王迁。

赵王迁听信韩仓之言,将李牧从前线召回,由韩仓历数李牧之罪,其中一条是李牧见赵王时居然怀揣匕首,有暗杀赵王的嫌疑。显然,这是足以让李牧掉脑袋的重罪。

韩仓话音未落,李牧争辩说:"末将因长期在边关严寒地带征战,患有严重的挛曲病(手脚僵硬),恐怕面见赵王时行礼不便,才接了假手。"然后,李牧愤然对韩仓亮出假手:"这哪里是什么匕首?!"

"其罪无据,然他罪难赦!"

最终,韩仓还是以王命为由,胁迫李牧自裁了。

李牧之死之所以有多个版本,无非是因为发生在暗中,见不得光明罢了。

闻知李牧被杀,赵营哭声一片。哭声传到秦营,王翦叹息道:"此必李牧死也。百战名将,不死沙场,悲哉!"于是,命秦营为李牧设灵,亲自拜祭。赵军闻之,愈赞王翦之重义,愈恨赵王之昏庸。

孟子早就告诫人们,人必自侮,然后人侮之;家必自毁,而后人毁之;国必自伐,而后人伐之。"自断支柱"的赵国再无良将可用,临时替换上来的将领赵葱、颜聚哪里是王翦的对手。秦王政十九年(前228)三月,王翦一举击败赵军,杀主将赵葱,副将颜聚逃亡。十月,秦军攻破邯郸,俘虏赵王迁。赵王迁的长兄赵嘉带领宗族数百人逃到代地(今河北蔚县),自立为代王,直到秦王政二十五年(前222)被秦军荡灭。

做了俘虏的赵王迁被秦国流放到偏远而寂寥的房陵(今湖北房县),一边看燕子飞去来兮,在灰色的屋檐下衔草做窝,哺育儿女;一边毫无意义地反思从前,并日复一日地默默吟唱自创的《山水歌》:

> 房山为宫兮,沮水为浆,
> 不闻调琴奏瑟兮,唯闻流水之汤汤!
> 水之无情兮,犹能自致于汉江,

嗟余万乘之主兮，徒梦怀乎故乡！
夫谁使余及此兮？乃谗言之孔张！
良臣淹没兮，社稷沦亡，
余听不聪兮，敢怨秦王？

据说有一种最残酷的刑罚，就是将一个人关在一间充满阳光的空屋子里，给他充足的水、食物、空气，但不给他任何事做，不让他和任何人见面，不给他与任何矛盾和意义发生关系的机会，就让他这样活着，心思没有着落，永远只是度着空洞的时光。据说这种刑罚会使任何英雄无一例外地发疯，并在发疯之前渴望着死去。这种办法，法国国王路易十四在自己的孪生兄弟菲利普（铁面人）身上试过，奥斯曼帝国的苏丹在自己的弟弟身上也试过，但我认为这种刑罚的发明权应该是属于秦国的。

商 鞅 变 法

在中国西部，黄河的重要支流——渭河，从西向东奔腾咆哮着横贯陕西大地，河两岸形成了一块广阔的冲积平原，被称为"八百里秦川"。作为一块连续耕作了近万年的黄土地，至今没有出现土地肥力递减的现象，这在人类文明史上不能不说是一大奇迹。据说，这里的庄稼播种后，只需施一次肥，无需照管，收成照旧不错。所以这里的人们有大量的农闲用来打仗或写书，这或许也是周、秦、汉、唐四朝定都于此，路遥、陈忠实、贾平凹等乡土文人至今层出不穷的原因吧。

当然，许多王朝定都于此，还有一个原因就是这里地处盆地，四周群山环抱，只有少数险峻的关隘可以进出，东有函谷关与潼关，西有大散关，南有武关，北有萧关，向来是兵家必争之地。秦国就发源于此。

秦的祖先大业（有人认为就是皋陶）乃东夷人少昊的后代，传说是母亲女修吃了玄鸟（东夷的图腾）蛋所生。大业之子就是舜的大臣伯益，因协助大禹治水有功被舜赐姓嬴。后来曾短期作为禹的接班人执掌过政权，最终被禹的儿子启代替。伯益失势后，他的后人东迁到他的封地今山东鱼台，继而流落到山东沿海。这也是今山东莱芜的学者认为莱芜是嬴姓起源地的一大原因。

商纣王辛当政时期,与商朝同出于东夷的嬴姓首领恶来是辛的好友兼车夫。商朝灭亡后,恶来被周武王处死,恶来的后人西逃进入广袤的陕西平原落脚。周公东征降服东夷后,又把东夷的部分嬴姓迁往西部,分别已久的伯益后人得以重新走到一起。

约公元前900年,周孝王因陕西嬴姓首领非子善于养马,便将他封在秦,作为周的附庸。这时的秦,充其量不过是一个封邑,根本算不上一个国家。直到周平王元年(前770),秦襄公因为护送周平王东迁有功被封为诸侯,发兵占领了被戎人和狄人占据的原周朝在陕西的领地,秦方才成为实质意义上的诸侯国。秦宣公九年(前677),秦在雍(栎阳,今陕西西安市阎良区武屯镇)建都,接下来的秦国历史方才算得上波澜壮阔。

周显王八年(前361),秦献公的儿子嬴渠梁继位,是为秦孝公。此时,秦国连年兵败,朝中内讧不断,各地粮食歉收,军队士气低落,民众四处逃亡,眼看秦国这辆破车已经滑落到历史的悬崖边。年仅23岁的秦孝公以壮士断腕的气概向天下发出了求才诏令:"国家内忧外患不断,三晋夺我河西,诸侯也都鄙视我国,世上没有比这更大的耻辱了!天下如有能出奇计使秦国强盛者,我不仅任命他为高官,而且分给他土地。"诏令用词之沉痛,承诺之恳切,条件之优厚,远远超过了20世纪末中国许多县级开发区的"零地价招商"和"盖厂房引商"。从此,秦国如一个巨大的磁场,吸引着四方豪杰汇聚;又像一盏明亮的诱蛾灯,令无数英雄梦碎于斯,如商鞅、张仪、韩非、李斯。

怀揣着"刑名之学"的贵族子弟公孙鞅从魏国来到秦国,被秦孝公封为左庶长(中级官员),受秦孝公直接领导,负责草拟变法方案。变法持续了19年。第一轮变法是秦孝公六年(前356),主要条文有连坐法、分庭法、奖兵法、轻商法。第二轮是秦孝公十二年(前350),内容涉及迁都咸阳,重申分庭法,实行县制,废井田、开阡陌,土地私有,统一度量衡。看看具体的变法条款,哪一款不令人心惊肉跳:

砸掉贵族大锅饭,给平民出人头地的机会。废除旧世卿世禄制,根据军功大小授予爵位。爵分二十级,一至八级为民爵,九至二十级为官爵,各级爵位均规定有占田宅、奴婢的数量标准和衣服等次。将卒在战争中斩敌首一颗授爵一级(首级之称即从此来),可为五十石(粮食计量单位,十斗为一石)之官;斩敌首两颗授爵二级,可为百石之官。宗室贵族无军功的,不得授爵位。无功劳的,虽家富,不得铺张。这意味着,秦国将夏朝以来通行的"贵族政治"变成了"平民政治"。"没有永远的贵族,也没有永远的平民",这句西方政治格言在古老的战国变成实践。

废除分封制,由国王直接任免县官。分全国为41县,县设令以主县政,设丞辅助县令,设尉掌管军事,官员由国王直接任免。县之下辖若干都乡邑聚。后来秦在新占区设郡,郡长官称守,郡下设若干县,最终形成了传承千年的郡县制度。

实行连坐制,一人有罪全家受罚。居民分五家为一伍,两伍为什,什伍之内互相纠察,"不告奸者腰斩,告奸者与斩敌首同赏,匿奸者与降敌同罚"。

废井田,开阡陌。废除井田制,将"百步为亩"的田界"阡陌"和每一顷田的"封疆"统统破除,开拓为240步一亩,重新设置田界。准许民间买卖田地,使土地私有制走向了合法化。

重农抑商。倡行"农本商末",凡勤于耕织,产量多者,免除徭役。凡从事工商及因懒惰而贫穷的,全家没入官府,罚为官奴。为增加生产和服役的人口,规定凡到立户年龄的男子必须与父母分居,女子到一定年龄必须出嫁,否则加倍征收户口税。

以法治国,改法为律,上至贵族下至百姓一律遵守。也就是后来所谓的"王子犯法,与庶民同罪"。

改旧俗,强迫民众学习礼仪,父母兄弟姐妹不准同睡一炕。

禁止斗殴,私人殴斗的,不论有理无理,一律严厉处罚。

统一度量衡。统一斗、桶、权、衡、丈、尺,并颁行了标准度量衡器,在全国严格执行。

变法从政体、军事、经济、法律、户籍、风俗等诸多领域全盘出击,涉及范围之广、力度之大、影响之远在中国堪称空前绝后。除了没有革掉王权,这一次变法几乎是一次彻头彻尾的大拆大建,目的就是变出一个谁也不认识的"强秦",从这个意义上讲只有日本的明治维新可以与之媲美。难怪台湾现代作家柏杨称此次变法为"大变魔术"。

下坡很轻松,但高度在降低;上坡虽累,但高度在增加。尽管实用主义、理性主义至上的商鞅变法略显暴力与粗陋,但却给积贫积弱的秦国注入了强心剂和营养素。特别是"世卿世禄制"变为"奖励军功制"之后,秦国"平民政治"显现出比六国"贵族政治"优越百倍的生机与活力。为了得到从前连想也不敢想的爵位、田地和奴婢,秦国士兵像嗜血的野兽,个个变得宛若后世出土的兵马俑,人人面无表情而无比强悍,杀人不眨眼,砍头如切瓜。秦国上下成了一架运转井然的机器。秦国像一个沉睡百年的巨人,在东方各国的麻木和蔑视中蓦然醒来。

周显王十五年(前354),已被提拔为大良造(相国兼军事统帅)的公孙鞅率军一举拿下了魏国少梁(今陕西韩城),给了当年无视自己的魏惠王一记响亮的耳光。就在魏国大将庞涓被同门师兄——齐国军师孙膑取了脑袋的第二年,也就是公元前340年,公孙鞅率军大举攻入魏国边境。魏军主帅已换成公孙鞅在魏国时的故旧公子昂。公孙鞅邀请老朋友到秦营饮酒结盟。天真的公子昂一进秦营,就被公孙鞅扣下。秦军猛攻群龙无首的魏军,魏军一败涂地。就这样,公孙鞅狂舞权谋利刃,在秦魏国人心灵深处划出一道裂痕,这就是鸿沟。

战后,魏国被迫将河西大片土地割让给秦国。失去了黄河屏障的魏国只得把国都从安邑迁移到远离秦边的大梁(今河南开封)。搬家前魏惠王悔恨交加:"恨当初没有杀掉公孙鞅啊!"从此,魏国甘拜下风,直至115年后被秦国灭亡。

秦孝公亲自出城迎接这位乘胜班师的英雄,随之兑现了当年求才诏令中的承诺,封公孙鞅为二十级中最高的彻侯,并把商於之地(陕西商州市到河南内乡之间的十五个邑)封给了他,赐名商君,公孙鞅从此更名商鞅。

商鞅变法,使秦由大乱走向大治,呈现出路不拾遗,山无盗贼,家给人足,士兵勇猛的盛世之象。尤其是版图东拓,使得秦国很快便从一个连诸侯会盟都没有资格参加的"夷狄之邦",一跃成为战国七雄的领跑者,为百年后嬴政统一六国扎下了深根。

可以说,是变法拖住了快速坠落的秦国,是商鞅为嬴秦的复兴开辟了绚烂的前景。没有商鞅变法,就不会有"七雄争霸秦得胜"的必然结局;没有商鞅变法,历史就可能重写。

秦孝公二十四年(前338),秦孝公撒手西去,被商鞅呵斥过的太子驷继位,是为秦惠文王。被商鞅惩罚过的太子傅公子虔、太子师公孙贾状告商鞅谋反。百口莫辩的商鞅逃向自己的封地,被杀于郑国黾池,尸体被拉回咸阳车裂。

好在变法并未废除，秦国继续走向强大。

一 统 天 下

距商鞅被车裂仅仅80年，秦国人质异人（子楚）与赵姬的儿子在赵国诞生了，由于他生于元旦，所以取名为"政"。他先以出生地为姓，名叫赵政；后来随赵姬回到秦国宫廷，改名嬴政。

接下来发生在秦宫的故事，是道貌岸然的中国历史没有遮好的一处隐私。眼看着政慢慢长大，独揽秦国大权多年的吕不韦不得不有所顾忌，不敢再进宫与曾经的侍女、如今的太后赵姬幽会。正处于韶华之年的赵姬岂能甘心？那沉淀入骨的幽怨，在心中回响；无处宣泄的饥渴，在体中喧腾。

无奈之下，吕不韦开始为自己物色替代品。一次，吕不韦在家中举行宴会，和亲信们边饮酒边欣赏歌舞。一群柳腰女子舞罢，部下奉命找来的嫪毐（lào ǎi）裸身上场了：这是一个皮肤黝黑、五官刚直的年轻男子，上身肌肉紧绷，下身阳具挺立。他的独门绝技，是用硕大的阳具转动桐轮。当笨重的桐轮随着阳具越转越快，转成一片灿烂的梨花，发出"吭哧吭哧"的沉闷声响，在场的男人眼里无不放射出嫉羡的光亮。这一表演令人震惊的程度，绝不亚于当年的奥尼尔扣篮扣碎了篮板。

消息传到赵姬耳中，这位性欲超强的女人心痒难忍，一再央求吕不韦设法把嫪毐找来。吕不韦派亲信拔掉嫪毐的胡子和眉毛，以太监的名义送进了后宫。史书上说赵姬从此对嫪毐"绝爱之"。

赵姬古井情深，先后为嫪毐生下了两个孩子。

秦王政九年（前238），26岁的政亲政。九月，赵姬与嫪毐通奸生下二子的丑闻东窗事发，政怒不可遏，车裂了嫪毐，放逐了母后，罢免了幕后导演吕不韦的相国之位。第二年，政颁下问罪诏书，逼迫吕不韦自尽。

十月的咸阳，秋风肃杀，寒潮阵阵。一脸寒霜的政对未来已经成竹在胸：一是广纳贤才，废除了《逐客令》，大胆起用了李斯、王翦等一批文武大臣。二是远交近攻，采取的策略是，先拉拢、收买与秦国距离较远的楚、燕、齐,使与秦国相邻的韩、赵、魏腹背受敌;在攻占韩、赵、魏之后,再东进——吞并楚燕、齐。

秦国就像狼群站在高高的昆仑山上,俯视着脚下的六只可怜的麋鹿。从此,政操起鞭策宇内的长鞭,毫无后顾之忧地驱动了一统中国的战车,让整个东亚听到了澎湃的战鼓与蹄音。接下来的十年,倏忽而过却又步步坚实,只争朝夕。秦王政十七年(前230),秦军攻破韩非子的故乡韩都新郑(今河南新郑),韩王投降;十九年(前228),秦将王翦攻破了失去大将李牧的赵国;二十年(前227),燕太子丹派荆轲刺杀秦王失手,政以此为借口大举进攻燕国,于二十一年(前226)攻入燕都蓟城(今北京);二十二年(前225),秦军掘开黄河大堤,水淹魏都大梁(今河南开封),迫使魏王投降;二十四年(前223),秦将王翦率六十万大军横扫了屈原被逐、小人当道的楚国;二十五年(前222),秦军北进,将燕、赵的北逃残余政权彻底绞杀;二十六年(前221),秦军掉头南下,未遇任何抵抗就进入了齐都临淄。

为时260年的战国时代到此终结,只有一个封国仍然苟延残喘着,那就是今河南沁阳的卫国,可能它太小了,小到被政忽略。直到12年后的秦二世胡亥元年(前209),政的继承人胡亥突然想起了它,才下令把它从地球上抹去。虽然整个统一进程是残暴的、野蛮的、血腥的,但是历史证明了一条让道德家痛心疾首的规律:"自从阶级对立产生以来,正是人的恶劣的情欲——贪欲和权势欲成了历史发展的杠杆。"

秦能万世吗

秦王政一统天下后,自认为德兼三皇,功盖五帝,所以将称号改为"皇帝",自己为始皇帝,后继者以数为序,称二世、三世,以至万世。他下令设置了郡县,修筑了长城与驰道,统一了文字、货币、度量衡,之后封禅于笔者的故乡泰山。

封禅的篝火将他的脸映照得通红,猎猎的山风掀动着他宽大的皇袍。他站在泰山之巅,极目远眺苍茫大地,一股旷古的豪情从胸中升腾而起。万民是嬴政的万民,天下是嬴氏的天下,岁月是秦国的岁月,一切迹象都预示着,秦国的皇权真的可能传承千古。

但他太天真,太自负了。历史不是封闭的城堡,沉寂的墓地,不是只有一个燃灯者,几个仆役和在黑暗中出没的盗墓人。历史是开采中的矿场,争夺间的阵地,是不断地失却和收复,是永不垂降幕布的舞台,生者和死者一起登场,悲剧、喜剧同时上演。

而且他太苛刻、太残暴了,大兴土木与横征暴敛耗尽了秦朝的财力,也超出了民众的承受力,尤其是他未来得及对继承人做出妥善安排便在出巡途中暴毙,致使近臣赵高有机会与有私心的李斯联合,矫诏逼迫政的长子扶苏自杀,扶植政的第18子胡亥继位。之后,大权在握的赵高指鹿为马,为所欲为,不仅杀掉了聪明透顶但晚节不保的相国李斯,而且连言听计从的傀儡胡亥也没有放过。杀掉胡亥后,赵高迎立扶苏的儿子子婴继位。尽管能力高强的子婴除掉了赵高,但秦朝已在胡亥和赵高的剧烈伤害下积重难返。天下群雄并起,子婴空有一腔热血但已无力回天。总之,天意要亡秦,智商从0.25到350的人都能看得出来。

秦二世胡亥三年(前207)七月,刘邦逼近秦都咸阳,驻军灞上(今陕西西安东南),向子婴发出了"约降"的最后通牒。已经无兵抵抗的子婴颈束象征锁链的白色丝带,身穿单薄的白袍,驾着素车白马,手捧传国玉玺,来到枳道亭向刘邦投降。此时距离秦灭亡六国只有16年,距离政暴毙只有3年,距离子婴上台仅仅46天。

雨连续下着,以一种无奈的落姿。晚于刘邦入关的一介武夫项羽,把满腔灭楚杀父的恨怨怒火发泄到已经投降的秦朝王室身上。关押在廷尉大牢中的子婴连同秦朝贵族被项羽统统杀掉,然后项羽纵兵洗劫了秦朝都城,奸污了如花的宫娥,并且点燃了人去屋空的阿房宫。大火三月不熄,舞榭歌台、繁华绝代的咸阳转眼成为野狗出没的废墟,天怒人怨的秦王朝彻底化为灰烬。大火中升腾起的冲天烟雾,在遮蔽了皎洁的秦时月的同时,也湮没了秦民对义军残存的一线希望——项羽因此得了个残暴的恶名,并逐渐失去人心。

大雁凄厉的叫声,从如云的烟雾中穿过,带走金黄的季节,带走旷古的荣耀,带走子婴的亡灵,带走风情万种的岁月,使我们眼中的强秦以一场引颈就戮的悲剧定格。

史书皆言"秦二世而亡"。但站在中国两千年专制社会历史的角度看,从"百代都行秦政法"的史实看,从一统天道、一统王道、一统江山、一统治权、一统政令、一统帝位、一统文化、一统观念来看,从存续千年的万里长城、兵马俑、郡县制、度量衡以及我们至今仍在使用的方块字来看,秦并非"二世而亡"。人类文明向后人昭示,灵魂并不存在,权力和财富是虚幻的假象,只有人的创造力才会不朽。

这也许就是最后一个东夷后裔建立的中国王朝留给我们的一点成果与安慰。

舜井商台,齐宫秦关,莱齐云卷,宋赵水寒,一个个登台王朝在衰飒秋风中零落成泥,一代代东夷后裔在历史沉浮中遍布天下。

大　退　却

　　我们离开了浑水(黄河),
　　我们告别了家乡,
　　天天在奔跑,
　　日日在游荡,
　　哪里才能生存啊,
　　哪里是落脚的地方……

　　让我们摘下路边的野花,
　　插在姑娘的头上,
　　让我们割下树浆,
　　染在阿嫂的衣上,
　　让我们把涉过的江河,
　　画在阿妈的裙上,
　　不要忘记这里有过我们的胎盘,
　　时刻记住祖先用汗水浇过的地方……

这是一首在苗寨中传唱千年的歌谣,歌谣传唱者自称是远古时期蚩尤的后裔。

5000年前,中华文明分成东西两大支脉。西部高原的炎帝是华夏族,以渭水为母亲河,崇拜龙(炎帝与黄帝都是龙颜),在黄土高原创造了灿烂的仰韶文化。东部山东省的伏羲与蚩尤是东夷族,以济水为母亲河,崇拜凤(陶器与玉器多制成鸟形),创造了辉煌的大汶口文化。他们在各自的本土取得发展后,开始带着自己的文明向中原挺进,龙与凤的碰撞便难以避免。

而且,大约5000年前的龙山文化遗址中,随处可见一种特殊的陶制品——陶且(男性生殖器)。同时期的青海乐都柳湾遗址中发掘出一把彩陶壶,壶上的男性雕塑夸张地长着硕大而坚硬的性器官。陶且崇拜是一篇宣言书,宣告了母系氏族社会的结束,父系氏族社会的开始。过去的"姓"字从"女",是母系氏族社会的最真实写照;此时的"祖"字从"且",是父系氏族社会的最强烈表现。从此,子女不再从母编排,而是从父组合。阴柔美被阳刚气代替,女性惯常的吵架被男性擅长的拳头代替,战争逐渐成为部族对话与交往的主要方式。难怪,之前的母系氏族公社时期没有战争的传说。

首先,东部以蚩尤为首领的东夷部落(九黎部落81个氏族),西进到达涿鹿(今山西运城,非今日河北涿州)。

继而,从古昆仑之丘(即轩辕之丘,一说是今西藏阿里地区)走下来的新兴的有熊部落首领轩辕(后被称为黄帝),在今河南扶沟战役中击败并吞并了没落的炎帝部落,实现了炎黄融合之后,借助余威渡过黄河,挺进九黎部落中心涿鹿。

就这样,轩辕与蚩尤展开了恢弘而惨烈的"涿鹿之战"——这是一场被后世苗人反复吟唱的战争,因为它构成了一个起点,苗族先民从此开始了没有尽头的迁徙,举世罕见的持续迁徙伴随了整个苗族的文明史,它后来被称为人类史上最古老的"长征"。

在鬼魅神奇、扑朔迷离的传说中,九黎(东夷)部首领蚩尤,铜头、铁额、人身、牛蹄、四只眼睛、八个脚趾,头上有角,耳鬓像戟,身有翅膀,能飞空走险,能吞沙吃石,是一种同人类相近而又完全不同的怪物。

他们不但拥有兄弟八十一人,而且利用葛卢山流出的金属水,发明了戈、矛、朝、酋矛、夷矛。当时,"伏羲以木为兵,神农以石为兵,蚩尤以金为兵"。他们凭借"先进武器"开始了疯狂的扩张,当年就兼并了九个诸侯。此后,他又利用雍狐山流出的金属水,制成了长戈、短戈,随即又兼并了十二个诸侯,这就必然同正在中原开拓、发展的黄帝发生冲突。

战幕拉开后,黄帝同炎帝联合,指挥着一支以虎、豹、熊、鸟作先锋的部队进攻,蚩尤等81兄弟则带着先进武器应战。黄帝截断江河,准备用水淹死这些铜头铁额不怕摔打的家伙,蚩尤却请来了风伯、雨师刮起大风,下起大雨,阻止黄帝进军。在黄河中上游一直战无不胜的黄帝一时无法制伏蚩尤,禁不住仰天长叹。

天帝派来玄女、旱魃(bá)前来助战,旱魃大喊一声"魃!"阳光普照,大雨停止。玄女敲响用独角牛皮做成的鼓,声震五百里,蚩尤被震得神魂颠倒。蚩尤通过法术兴起了大雾,霎时间天昏地暗,飞沙走石,黄帝的部队迷失方向,自相攻打,蚩尤趁机逃走。

黄帝命令大将风后按照北斗星指示方向的原理制造了指南车。再次作战的时候,兴起弥天大雾的蚩尤洋洋得意,黄帝的部队已在指南车的指示下直捣蚩尤大本营,在"绝辔(pèi)之地"——中冀(古冀州中部,今属山西)出其不意地活捉了蚩尤,华夏走向统一。

战后,黄帝派应龙在"凶黎之谷"斩杀了蚩尤。蚩尤身首分解为二,所以那个地方叫"解州"(治所在今山西运城西南)。解州有一个周长60公里的盐池,池水呈红色,人称"蚩尤血"。沾染着蚩尤血迹的枷铐被抛于大荒之中,化作了一片殷红似血的枫林。蚩尤的尸首被手下搬往故乡山东,头颅葬在今汶上县西南(古寿张县阚乡)。据说每年十月,往往有一道红雾从坟顶升起,直挂云霄,像一匹绛色的帛,人称"蚩尤旗";尸身葬在今巨野县东北,现名"肩髀冢"。

尽管蚩尤失败了,但东夷人仍尊其为英雄,叛乱的余火在东夷居住区根本无法扑灭。无奈之下,黄帝命人将蚩尤的画像四处传扬,天下方才认为蚩尤未死,正在为黄帝效力,于是"八方万邦,皆为弭服",这也就是他被后人尊为战神、传唱至今的原因。说到底,胜利都是偶然的,失败才是必然,因为穷尽千古,我们找不到一个没有败绩的将军。历史应该允许失败,否则成功之路会人满为患。

秋天,一些残叶正在凋零,更多的树叶则在等待被季节染红。按照战争的法则,群龙无首的蚩尤余部只能溃散:一部分继续留在东部地区,大略在山东、河南、河北三省交会之处,这一地区到汉代还有黎县、黎阳、黎山、黎水等地名,就是蚩尤遗民的遗迹;一部分(今山东一带的长夷、鸟夷、风夷等东夷族群)被黄帝部族俘虏、同化,逐渐融入华夏民族,成了中原统治集团的顺民。古代把百姓称为黎民或者黎元、黎首、黎庶、黎氓,都是"涿鹿之战"的产物;至于那些死硬分子,一部分向西北方向流窜,后来在今山西壶关县一带建立起黎国,直至商末被周吞并,另一部分则向南方迁徙,那是黄帝部落鞭长莫及的地方。

于是,九黎部落部分氏族退出黄河下游平原,开始了第一次大规模迁徙,只留下几座"蚩尤冢""蚩尤祠"以及周边的衰草,在劲风怒号的晋、冀、鲁平原上瑟瑟发抖。

在尧舜禹时期,九黎部落已经基本完成了战略退却,大部分集中收缩在长江一线,形成了与华夏抗衡的"三苗"部落联盟。距今4000年前的湖北天门石家河文化遗址,发现了与山东龙山文化一脉相承的少量黑陶。考古学家苏秉琦推测①,石家河文化可能就是从山东迁徙而来的三苗。

而未能跟随大部迁徙的东夷人一部分蜗居于山东半岛,被称为莱夷;一部分驻足于淮河流域,被称为淮夷。

3000多年前,西周建国,分封于汉水中游的楚君,经过蚕食鲸吞,在长江中下游建立起强大的楚国。在此居住的三苗之一——荆蛮,自愿接受了楚国统治,渐渐发展成了楚国的主体民族。

显然,这里不是可以和平憩息的乐园。在对外扬威、对内压榨的楚国,除荆蛮之外更多的三苗部落无法接受仰人鼻息的日子,最终选择了逃离。逃离的方向是向西溯沅水而上,躲进山高林密的武陵山区,这是蚩尤后裔的第二次大规模迁徙。

2000多年前,退入武陵山区的三苗后裔被称为武陵蛮,因此地有雄溪、樠溪、辰溪、酉溪、武溪五溪,又被称为五溪蛮,他们就是日后苗瑶语族——苗族(今900万人)、瑶族(今260万人)、畲(shē)族(今70万人)的祖先。

东汉初年,武陵蛮拥兵自重,受到光武帝刘秀的残酷进剿。此后,在汉晋唐宋王朝的持续打击下,武陵蛮节节败退,主力被迫进入云贵高原——今贵州、广西、云南境内,这是蚩尤后裔的第三次大规模迁徙。然而,来到大山深处的他们发现,自己是所有地方的迟到者,平坝与河畔早已住满了其他民族,自己只有进入高峻的蛮荒山林,重温千年前茹毛饮

---

① 苏秉琦主编《中国远古时代》,上海人民出版社2010年版。

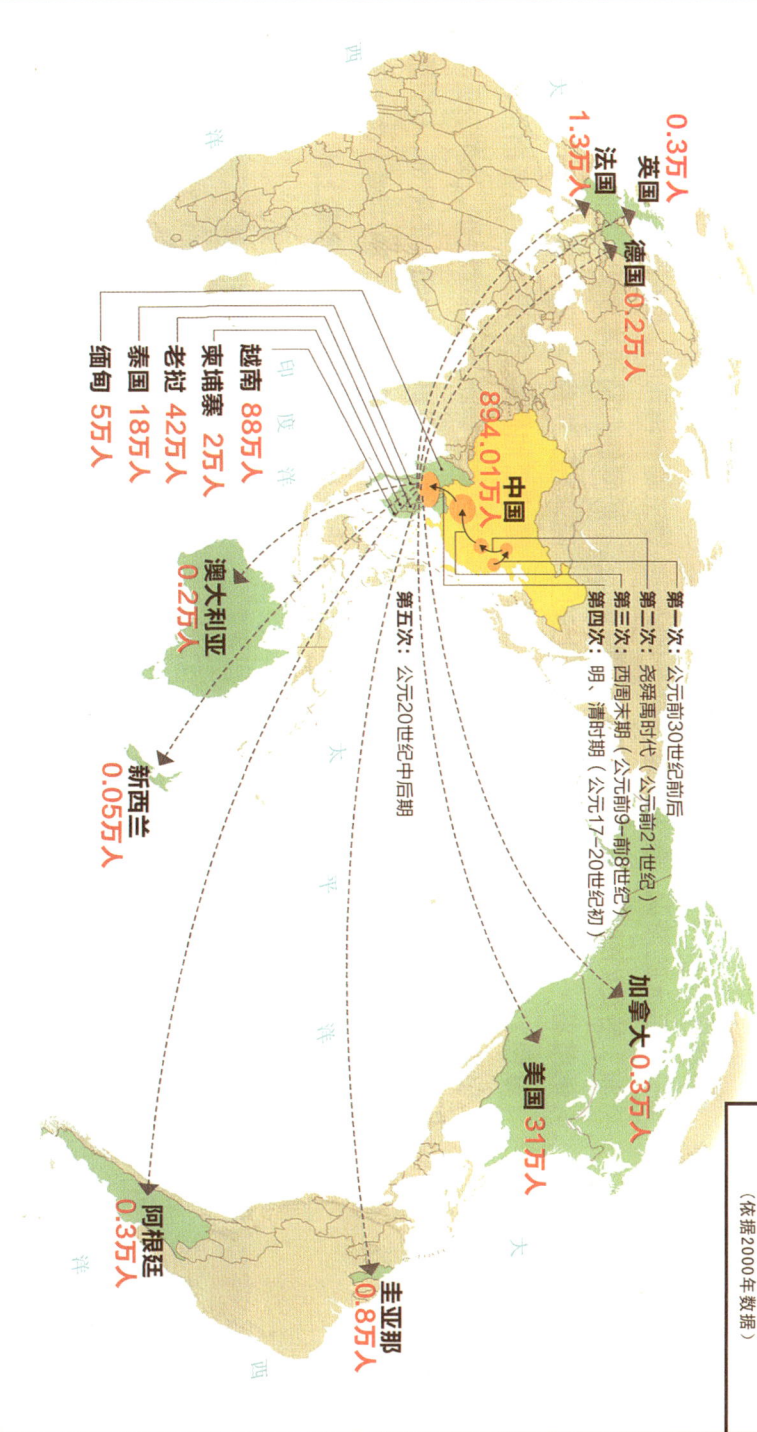

苗族迁徙示意图
（依据2000年数据）

英国 0.3万人
法国 1.3万人
德国 0.2万人

中国 894.01万人

越南 88万人
柬埔寨 2万人
老挝 42万人
泰国 18万人
缅甸 5万人

澳大利亚 0.2万人
新西兰 0.05万人

加拿大 0.3万人
美国 31万人
圭亚那 0.8万人
阿根廷 0.3万人

第一次：公元前30世纪前后
第二次：尧舜禹时代（公元前21世纪）
第三次：西周末期（公元前9—前8世纪）
第四次：明、清时期（公元17—20世纪初）
第五次：公元20世纪中后期

血、刀耕火种的日子(畲族的"畲"原意就是刀耕火种)。在南宋末年的移民浪潮中,畲族先民来到福建北部和浙江南部过起了开荒辟地的艰难日子,如今的畲族仍聚居于闽、浙、赣、粤、皖交界处的茫茫大山之中。

东方犹太人

世上从来就没有什么世外桃源,封闭的大山里也难寻安宁。不久,明朝"改土归流",苗人的土司被朝廷的流官所取代,他们原本十分可怜的生存空间也被压缩殆尽,加上官方与外族的军事压力,其中一部分不屈的蚩尤后裔开始了第四次迁徙。

第一批苗人是明万历二十八年(1600)之后因反抗"改土归流"而迁入越南的。之后,向越南迁徙成为苗人逃亡的一大路径。特别是清同治七年(1868)太平天国起义失败后,大批参加起义的苗人从云南、广西涌入越南,居住在越南老街、河江、安沛等地。随后,苗人从越南进入老挝。中国南方的苗人也继续移民老挝、泰国、柬埔寨、缅甸。如今,生活在中南半岛高山上的"赫蒙"(境外苗人的自称)已经超过150万人,其中90万在越南,40余万在老挝。伴随着苗族逃亡的脚步,部分躲避战乱的瑶族也成为跨境民族,他们迁徙的第一站是与中国接壤的越南、老挝、缅甸等地,然后再迁泰国,如今越南瑶族已近40万,老挝瑶族(与苗族一起被称为"老松族")超过5万,泰国瑶族也有4万人。

如同置身茫茫海上的人难以望到地平线一样,他们的持续迁徙并未就此结束。1954年法国撤出印度支那后,老挝独立,年轻的苗人王宝进入老挝王国军队,并于1964年成为老挝军队中唯一的苗族少将。20世纪60年代,美国在直接介入越南战争的同时,还在老挝策动了一场"秘密战争",目标是与越南共产党关系密切的老挝巴特寮。1961年,美国人发现老挝政府军缺乏斗志,于是决定在亲美的老挝苗人中组建一支"特种部队",由美国中央情报局负责提供弹药和训练,由苗人将军王宝担任指挥,发起武装对抗巴特寮的秘密战争。美国人支持的王宝特种部队最为强盛时曾达到10万人之多。

美国战败撤出越南后,老挝王室被推翻,亲越共势力于1975年在老挝执政。由于王宝特种部队的主要职责是剿灭人民党领导的巴特寮部队，所以二者间的对立十分尖锐，致使老挝人民党执政后将苗族武装定性为反政府武装，大量苗人被反攻倒算，依附过美国的10余万老挝苗族军人及其家属纷纷冒死泗渡湄公河，逃往泰国，沦为难民。经过联合国难民署的多年协调，他们被分批安置到美国（今31万人）、法国（今13000人）、英国（今3000人）、德国（今2000人）、澳大利亚（今2000人）、新西兰（今500人）、加拿大（今3000人）、阿根廷（今3000人）、圭亚那（今8000人），其中王宝将军被安置在苗人最多的美国加利福尼亚州（见图四"苗族迁徙示意图"）。

被同时安置的还有苗人的同宗兄弟瑶族，在老挝战争中从军的部分瑶族青年和苗人一起逃进泰国难民营，瑶族等印支难民（包括越南境内的）分别由中国、美国、法国、加拿大接收，目前美国的瑶族约有1.7万人。这就是人们常说的蚩尤后裔的第五次迁徙。

流亡美国的王宝仍然心系老挝，他联合流亡在外的老族、苗族人士成立了老挝民族解放阵线，希望有朝一日带领流亡海外的老、苗人回到祖国。2007年，王宝因为"私藏违禁武器、图谋推翻老挝政府"的指控被加州逮捕，依照美国联邦中立法案，如果这一指控成立，他将被判处终身监禁。为此，美国加州、明州、密州、威州、北卡州等地的苗人掀起了强烈而持续的抗议浪潮。迫于外界压力，加州联邦政府于2009年宣布终止对王宝的指控，但王宝和流亡苗人回归故乡的理想翅膀也从此折断。我看到过一幅王宝老年的大头像，嘴角透着刚毅，皱纹夹着沧桑，眼里写满悲伤。

就这样，一个曾经占据中国中心地带富饶土地的文明部落，一次次退却、逃亡、迁徙、撕裂，最终由低地平原进入蛮荒山区，由文明中心退向边穷地带，由农业居民沦为山地民族、跨境民族、国际难民。过程之艰辛、之曲折、之悲壮、之漫长，在东方民族中无出其右者。在这个意义上，称他们为"东方犹太人"毫不为过。

难怪澳大利亚民族学家格迪斯在《山地的移民》一书中感慨万千地说："世界上有两个苦难深重而又顽强不屈的民族，他们是中国的苗族和分布在世界各地的犹太族。"

第三章 成功北上,在草原插上翅膀

历史不是一场赛跑,而是每一步都需要体味的旅程。

——题记

来到兴隆洼

抱着特定的目的去读历史写历史,就像一个人盖了一个比鸟笼子还小的猪圈,然后再去捉野猪一样,容易犯想当然的错误。我一直没有将蒙古语族与通古斯语族写入本书的计划,因为我感觉蒙古草原与东海平原相距较远,而且在人们的常识里,纵横驰骋的马背骑士多是旱鸭子,不可能拥有海洋基因。

直到有一天我知道了兴隆洼。

兴隆洼遗址位于内蒙古敖汉旗,是1982年中国考古部门联合进行文物普查时发现的,被考古界誉为"中华远古第一村"。

它之所以能获此美誉,一是因为规模:该遗址自2001年5月开始发掘以来,已清理出兴隆洼文化时期的房屋遗址1000余座,灰坑30座;二是因为年代久远:经放射性碳素测定,兴隆洼文化的年代为距今8200至7400年。兴隆洼文化玉器也是迄今所知中国年代最早的玉器,开创了中国史前用玉之先河;三是因为重要:兴隆洼文化的发现,不但找到了红山文化的源头,而且进一步揭示出长城地带东段新石器时代文化极富特色的土著性和连续性,确定了西辽河文化与黄河流域的新石器文化平行、互动的历史地位。

在一个听取蛙声一片的季节,空气中弥漫着甜甜的枣花香,我以一个地质考察者的身份,走进了内蒙古敖汉旗。敖汉旗文体广电局为我们一行 15 人安排了一场文艺节目——提线木偶剧,演员是旗博物馆工作人员,节目旨在真实再现灿烂的兴隆洼文化。

节目开始后,一排苍老得看不出年龄的面具鱼贯出场,开始了各具特色的自我介绍,我赶忙侧耳倾听那来自远古的声音。

"兴隆洼文化"面具模糊,嗓音沧桑,他说了很多话,像蒙古语,又像汉语,我只听懂了一句:"早在 8000 年前,这里就有了原始村落。"

接下来,"赵家沟文化"面具的话就清晰多了:"我是兴隆洼的儿子,早在 7000 年前,我就告别了刀耕火种,操起了原始农业的木耜。"

代表"红山文化"出场的是一个真人大小的陶塑女神面具,她头戴冠帽,发髻高盘,脸上的红粉已经斑斑驳驳,但仍难掩其高贵的气质:"我是赵家沟的女儿,现已五六千岁了,是说一不二的红山女王。我的红山部落不仅出产精美的陶塑,而且已经发展成早期的城邦式原始国家了,那时的中原人还住在草房子里呐!"

女神话音刚落,"小河沿文化"面具就迫不及待地说:"是啊,我母亲所言不虚,四五千年前我们就与中原地区乃至长江流域交往频繁,一点也不比他们落后。"

"我们在资料中看到了很多红山女性裸体陶塑,请问女神,红山文化有陶且吗?"问话的是台下的一位同伴,他显然有些犯忌。稍有历史常识的人都清楚,陶且就是男性生殖器陶塑,在"龙山文化"遗址有大量出土。

陶塑女神脸红了一下说:"我生活在母系氏族社会,陶且是父系氏族社会确立的标志,您还是去问我的后代吧。"

"小河沿文化"把话头接过去,拖着粗重的男声说:"我们好像有陶且,也有用它做成的器具,您可以去博物馆查证。"

随即,一个类似主持人的提线木偶挥了挥手说:"演出继续!"

最后错身向前的,是两个"夏家店文化"面具,他们是亲兄弟,哥哥叫"下层文化",弟弟叫"上层文化"。"下层"抢先发言:"我今年三四千岁了,这是我们的大甸子、城子山文化遗址,里面已经有了代表中华文明的青铜器。""上层"有些不高兴了:"哥哥的青铜技术还不太过关,二三千年前我才带着儿孙掌握了成熟的青铜采矿和冶炼铸造技术。"

"您和兴隆洼有关系吗?"我利用事先得到的特权,高声问道。

"当然有,我们夏家店是他的第四世孙。"

我还想追问他们是否造出了"干将""莫邪"一类的宝剑,最终因为与我关心的内容无关而作罢。

看完这一化腐朽为神奇的历史节目,我和同伴们一阵惊叹:了解中国文化,不能不了解中国北方文化;了解中国北方文化,不可能避开兴隆洼啊。

但我最感兴趣的,还不是节目中面具的自我介绍,而是第二天亲眼目睹了兴隆洼遗址出土的目前中国最完整的蚌裙服饰。尽管我见过广州南越王墓的丝缕玉衣、徐州楚王陵的金缕玉衣、长沙马王堆的素纱禅(dān)衣,但当见到这件蚌裙时还是惊愕不已。因为妙曼的蚌裙背后,透露着兴隆洼人的蓝色(海洋)基因。

呈现在我们面前的,还有一个兴隆文化遗址沙盘。那星星点点分布的兴隆洼文化村落,大致形成了两条线,一条从渤海北岸到内蒙敖汉旗兴隆洼,然后向西北延伸到内蒙古林西县白音长汗、克什克腾旗南台子;另一条从渤海北岸到辽宁阜新县查海,然后向北延伸到吉林镇赉县聚宝山、黑龙江密山市新开流。这两条放射线,不就是远古东海人的迁徙路线吗?

在敖汉旗的最后一夜,也无风雨也无云。走出蒙古包,在草原银色的月光里,我惊喜地得出了一个与远古神话匹配得像灰姑娘的鞋子一样恰如其分的推测:兴隆洼人是东海大平原远古居民的一条支脉,他们在洪水到来时辗转北上,来到蒙古草原边沿林茂水丰的辽河流域,从此开始了农牧渔兼有的平静生活,最终在风雪交加的东北亚地区繁衍出伟大的蒙古人种、通古斯语族。

蒙 古 人 种

创新是民族进步的灵魂,也是世界上各类研究得以推进的根本保证。

作为人类一大创新的人种学研究,已经走过了300多年的历程。1684年,一位名叫伯尔尼埃的法国内科医师,创造性地把世界人口分成欧洲人、远东人、黑人、拉普人(使用拉普语的北欧人)。这应该是历史上对人类种族进行分类的第一次尝试。

而真正引起科学界对人种划分兴趣的,是1735年出版的《自然系统》一书,作者是化学家诺贝尔的老乡,名叫卡尔·冯·林奈。他在书中把全人类归于生物学上的一个物种——智人。同时,他根据皮肤颜色、面部特征、头发形状等差别,把人类划分为亚洲黄色人种、欧洲白色人种、非洲黑色人种、美洲红色人种。人种学作为一个独立学科从此诞生。

随后,法、德、英、俄、美等国的生理学家、解剖学家、人类学家纷纷加入了对于人种学的研究,经过200多年的争论,最终形成了相对统一的人种划分方法:欧罗巴人种(又称高加索人种、欧亚人种)、蒙古人种(又称蒙古利亚人种、亚美人种)、尼格罗人种(又称赤道人种)和澳大利亚人种(又称大洋洲人种),俗称白种人、黄种人、黑种人和棕种人。为了严谨起见,专家们还在四大人种之间划分出若干过渡人种,如介于尼格罗人种和高加索人种之间的埃塞俄比亚人种、南印度人种;介于高加索人种和蒙古人种之间的南西伯利亚人种、乌拉尔人种;介于蒙古人种和尼格罗人种之间的波利尼西亚人种、千岛人种(见图五"世界人种分布图")。

蒙古人种人数仅次于欧罗巴人种,约占世界总人口的37%左右,他们的体质特征是:肤色呈黄色或黄白色,发形直,发色黑,眼色深,颧骨较高,面部扁平,鼻子适中,体毛与胡须稀疏。主要分布在亚洲东部的中国、朝鲜、日本、蒙古、西伯利亚、中南半岛、印度尼西亚等地。美洲的印第安人、欧洲的马扎尔人、芬兰人也属蒙古人种。

说起来,"蒙古人种"一词的出现纯属偶然。肯定是受到曾经横扫欧亚的蒙古铁骑的震撼,德国人类学家布鲁门巴赫将人类分为五个人种:高加索人种(白种)、蒙古人种(黄种)、马来亚人种(棕种)、埃塞俄比亚人种(黑种)、阿美利加人种(红种),其中首次将黄种人称为"蒙古人",这也是"蒙古人种"这一名词的由来。尽管这一名词无法涵盖黄种人庞大的肤色群,但因为约定俗成的原因,此后人们就习惯于把所有黄色人种称为"蒙古人种"了。

就像突厥语族不等于突厥人一样,蒙古人种并非都是蒙古人的后裔,蒙古人种中的蒙古人只是其中极小的一部分。在蒙古草原上建立帝国的蒙古人种,先后有匈奴、乌桓与鲜卑、契丹、蒙古、女真。

这些翱翔着雄鹰、驰骋着骏马、挥舞着弯刀的游牧帝国,前仆后继地起源、壮大、碰撞、流徙,书写了一段大漠苍穹的历史,有关这段历史的故事,我曾在《另一半中国史》中有详细的讲述。在这里,我要用考古学、人类学的知识填充那些讲述的缝隙。

和亲,和亲

诞生于今内蒙古河套及大青山一带的匈奴,是处于兴隆洼文化遗址中心区的一个古代民族。无论是他们生活的区域,还是他们所具有的东亚蒙古人种特征,无不昭示着,他们是从东海平原北上蒙古草原的古人后裔。

在长达两千多年的中国历史上,每当叙述到草原民族,出现频率最高的是四个字——"跨越长城"。

在历史创作中,我一直秉承一个理念:叙述历史不如叩问历史。两者的区别在于,被动还是主动地对待历史。既然如此,就有两个问题需要我们解释清楚:草原民族为什么要跨越长城?中原民族为什么要修筑长城?

其实,历史上的很多问题,都与生存和发展有关。为寻求生存,会开疆拓土,发动战争;为寻求发展,亦会如此。而有侵略就会有防御,有反抗。请打开中国地图:从东北到西南的一条400毫米年等降水量线,沿大兴安岭、阴山、贺兰山、冈底斯山将中国分割为季风区和非季风区两大部分。季风区年平均降雨在400毫米以上,适宜种田;非季风区属温带大陆性气候,干燥多风,只能放牧。气候干旱、牧草枯萎的年份,非季风区的牧民只好南下寻求救济,如果对方不够慷慨,那么只能用武力偷袭通常有半年积蓄的种田人。零星的袭击渐渐扩大为战争,防守者则企图报复,有时也主动出击以图先发制人。这一根本原因导致塞外的牧人与关内的农民发起了连亘两千年的血腥战争。

面对来自草原的偷窃者,肩扛锄头的中原农民几乎束手无策,因为对方骑在马上,来无踪,去无影。在吃过无数次亏之后,战国时期的秦、赵、燕国先后在农牧业结合部修筑了城墙。秦统一六国后,一贯善于动用大手笔的秦始皇决定,彻底堵死北方边关的长城缺口。于是,刚经历过七国大战、地贫人稀的秦王朝,不惜血本征用79万军民,从始皇帝三十三年(前214)开始,在崇山峻岭之上将秦、赵、燕的古长城连接起来,筑起了一条西起临洮(今甘肃岷县),东至辽东(今朝鲜平壤西北海滨)的万里长城。

望着中原人费尽千辛万苦建造起来的长城,匈奴人感到十分好笑。然而,他们并不急着挑战长城的坚固程度,因为非季风区还未实现真正的统一,草原上暗流涌动,他们急需把内部的事情处理好。

接下来,就是《另一半中国史》中讲述的"冒顿弑父""欲擒故纵"和"马踏东胡"的故事,主要故事情节已被改编成电影《冒顿》(这部影片在美国洛杉矶世界民族电影节上被评为"文化遗产奖")。在这里我只想讲述一下草原统一之后的故事。

匈奴最伟大的单于冒顿在收拾完东部的东胡,南部的楼烦、白羊河南王,西部的月氏、西域36国以及浑庾(yǔ)、屈射、丁零诸部之后,重新把弓箭和云梯对准了绵延万里的长城。

汉高祖刘邦六年(前201)秋,冒顿逼迫韩王信投降,然后轻而易举地跨越长城,占据了汉朝重镇晋阳(山西太原)。

兵败的消息飞到不远处的长安,西汉帝国的树根都感受到了晃动。第二年初冬,刘邦亲率32万步兵迎击匈奴。在太原附近两战两胜后(此乃冒顿的诱兵之计),刘邦不顾后援不继以及大臣娄敬的苦苦劝谏(娄敬因此被关了禁闭),随同先头骑兵部队乘胜追击到了平城(今山西大同)以东的白登山。

不知不觉间,刘邦连同先头部队已经走进了冒顿的陷阱,被40万匈奴骑兵重重围住,七天七夜无法脱身。

惊慌无助之下,刘邦采纳了谋士陈平的计策,暗中派人用珠宝贿赂冒顿的阏氏(一说将一幅汉朝美女画像展示给了阏氏,意思是如果她不帮忙,就把这位绝色女子献给冒顿)。于是,财迷心窍且醋意大发的阏氏给冒顿刮起了枕边风:"你围住汉帝不放,汉兵能不拼死来救吗?再说我也不习惯这里的气候,还是与人为善撤兵回国吧。"

第二天一早,被一夜温柔折磨得睡眼惺忪的冒顿下令解开重围的一角,刘邦得以乘大雾弥漫仓皇逃走。

侥幸脱身后,刘邦解禁娄敬(后被赐姓刘),并听取了这位大臣一个石破天惊的建议——和亲。作为一种绥靖政策,娄敬的解释是:"作为弑父凶手,冒顿只认识武力。降服他的唯一办法是把汉朝公主嫁给他,嫁妆

世界人种分布图

图例：
- 黄色人种
- 白色人种
- 黑色人种
- 棕色人种

一定要丰厚。他既然用不着抢劫就能得到大笔财富,自然也就不必发动战争,况且作为汉朝的女婿是不能与岳父作对的。"

刘邦立即命令独生女儿鲁元公主离婚,改嫁匈奴。尽管女儿因为母亲吕后的阻挠未能成行,但刘邦还是将一位皇室之女收为公主嫁给了冒顿。当然,送去的不仅是美人,还有大量的财物粮草。

既然在军事上无法与匈奴对抗,汉朝只能用金钱与美女笼络匈奴,以求得暂时的安宁。接下来,汉史进入了一个"以女人换和平"的时代。汉惠帝、汉文帝当政时期,又先后将皇亲的女儿封为"公主",嫁给了冒顿单于和他的儿子老上单于。汉文帝还与匈奴约定,双方以长城为界,长城以北属匈奴,为"引弓之区";以南属汉朝,为"冠带之室"。

问题是,"以女人换和平"毕竟只是权宜之选,当汉朝经过"文景之治",积累了足够的财富和军力之后,尚武好战的汉武帝终于出手了。当时匈奴老上单于已死,儿子军臣单于在位。

从元光六年(前129)到征和四年(前89),汉匈之间爆发了长达40年的血腥苦斗。李广、卫青、霍去病、李陵、李广利分别率兵杀出长城,让匈奴尝到了四处躲藏的滋味,但汉朝也付出了霍去病病死、李广自杀,李陵、李广利投降的代价,直到汉武帝颁布《轮台罪己诏》,宣布结束这场旷日持久、两败俱伤的缠斗。

打完仗,就要派使者出使达成谅解,于是就又需要和亲。

竟宁元年(前33),匈奴呼韩邪单于主动提出愿为汉家之婿,汉元帝决定从自己没有宠幸过的宫女中选择一人远嫁,结果拥有落雁之貌的宫女王昭君报名前往,中国历史上赫赫有名的昭君出塞的故事由此上演……

"和平属于草屋,战争属于宫殿。"战争,从来都是国家统治者获取名声和政绩的工具,受害的永远只是普通的将士与边塞的生灵。而和亲,丢掉的是汉朝天子的一点点面子,保存的却是边关将士的生命和两国百姓的安宁,显然这是政治务实主义的天才选择。每一个抛弃了大汉族主义并站在千百万祈求和平的农牧民立场上考量历史的人,都不难得出谁是谁非的结论。汉人不应该以"和亲"为耻。

毋庸讳言,历史从来都由更多的暴力书写,尤其是骁勇好斗的马背民族。之后,几位单于又挑起战争,外战加上内讧,最终导致了匈奴帝国的持续衰落。到了东汉时期,南匈奴已进入长城以内,以内附朝廷的方式融进了汉民族;北匈奴单于被迫在永元五年(93)前后仓皇西逃。至此,蒙古草原上长达几个世纪的匈奴时代宣告结束。从此,北匈奴转战欧洲,于南朝刘宋元嘉二十一年(444)建立了另一个伟大的匈奴帝国,这个西方匈奴帝国最著名的皇帝叫阿提拉。

就像一条汹涌的大江被越来越多的支流分瘦了躯体一样,这个悲壮的族群随着流徙路线持续拖长,像一朵风中飘散的蒲公英,慢慢消融在欧亚民族居住区。

如今,当你在香榭丽舍大街上遇到一个法国人,或者在布达佩斯英雄广场邂逅一个匈牙利人,如果他自称是阿提拉的后代,千万不要大惊小怪。

北魏孝文帝

让我们把地球仪重新转回中国北方:发源于内蒙古赤峰市红山北麓的西拉木伦河(蒙古语意为黄色的河流),从西北向东南一路奔流,全长达380公里,成为西辽河的北部源头;发源于河北平泉县西北山区的老哈河,从西南向东北湍流激进,全长425公里,在赤峰市东南部与西拉木伦河合流,成为西辽河的南部源头。两条合流相夹的区域,正是兴隆洼文化和红山文化的发祥地。

老哈河、西拉木伦河流域,就是一个名叫东胡的古代游牧部落的故乡。显然,他们和匈奴一样,是兴隆洼的后人。

东胡人在被匈奴冒顿单于击败后,分两路退走,退居乌桓山(今内蒙古阿鲁科尔沁旗一带,辽代称黑山,今罕山)的一支称乌桓(含义是黑龙);退居鲜卑山(大兴安岭中北部,今内蒙古科尔沁右翼前旗一带)的一支称鲜卑(含义是祥瑞、吉兆)。

乌桓没有多少故事,况且在汉末就被曹操强制迁入了内地,因此我决定一笔带过。我只想讲一段鲜卑的故事,原因是鲜卑出了一位伟人——北魏孝文帝。

北魏孝文帝所在的鲜卑民族,是在4世纪与匈奴、羯、氐、羌"五胡"

近一千万人一起挺进中原的。在这个少数民族唱大戏的年代,鲜卑人建立的国家星罗棋布。慕容氏先后建立了前燕、后燕、西燕、南燕,乞伏氏建立了西秦,秃发氏建立了南凉,拓跋氏先后建立了代国、北魏,宇文氏建立了北周。

北魏献文帝皇兴元年(467)秋,清水赏心,枫红悦目。已经成功统一了中国北方的北魏诞生了一位小王子,名叫拓跋宏,他是献文帝拓跋弘的长子。2岁时,他被父皇立为太子,他的亲生母亲李夫人按照惯例被处死,年轻的祖母冯太后成为他的抚养人。两年后,17岁的父皇因一心向佛宣布禅位,年方4岁的拓跋宏成为北魏第6代皇帝。过了5年,冯太后将碍手碍脚的献文帝毒死,自己以太皇太后的身份临朝称制。

就这样,9岁的拓跋宏和34岁的祖母冯太后,共同照耀着黄河中下游那片辽阔的大地。据说,祖母对这位少年一度不太信任,而且常常误解他,但他却不加申辩、毫无怨言,十几年如一日,事无巨细一律告知祖母,从而逐渐赢得了祖母的高度信任。这样一个以真诚换取信任、以时间换取空间的明智少年,是中国历史上的一个异数,值得此后"先立后废"的无数储君深思。

接下来,一个巨大的问号横躺在她们面前:是让刚刚占领的中原沃土废耕为猎,一起回归原始?还是让被占领者的文化战胜自己,共同走向文明?

这位年轻人,不满足于做一个半野蛮民族的统治者,他决意要做一个文明国家的主宰。但是,将北魏从一个草原游牧部落转变为一个农业帝国绝非轻而易举的事情,需要强有力的手腕和精明的头脑。更重要的是,他要有足以压倒保守势力的坚强后盾。而这一切,少年皇帝正好俱备。

这是中国历史难以忘却的时代。从孝文帝延兴元年(471)开始,在汉人出身的冯太后支持下,拓跋宏顶住豪强大族的巨大压力,实施了将封建中国移植到原始草原民族的伟大手术——也就是以湮没自我的方式拥抱伟大的农耕文明。

为了实施这个伟大的手术,年轻的拓跋宏(事实上是背后的冯太后)发布了一连串的命令:第一,实行"班禄制"。改官吏可以任意搜刮百姓为按季度领取俸禄,严禁贪污,贪赃绢一匹就处以死刑;第二,制定"三长制"。以五家一邻,五邻一里,五里一党,重新整理户口,方便税收。第三,推行"均田制"。把国家控制的土地(露田)分配给农民,成年男子每人40亩,妇女每人20亩,农民向国家交纳租税并承担一定的徭役。第四,推行租调制。与均田制相适应,一对夫妇每年向政府缴纳粟二石,帛或布一匹,减轻了农民负担,增加了政府收入。

这是鲜卑迈向文明坦途的开始。

客观地说,这一轮改革与其被冠名为"孝文帝改革",还不如干脆叫"冯太后改革",因为很显然,一个少年能发挥的能量不言而喻,怪不得她死后的谥号是"文明太后"。

孝文帝太和十四年(490),执掌北魏25年之久的文明太后病逝,23岁的拓跋宏独立执政。

此时,血气方刚的皇帝面前横着一道坎,一道迈过去天高地阔,停下来深陷泥潭的坎:迁都。

北魏的百年古都平城(今山西大同),地处游牧民族与农耕民族的交界处,不仅受到草原民族柔然的威胁,而且处于鲜卑占领区的边沿地带,加上气候干燥,土地贫瘠,根本无法承载越来越多的鲜卑人口。但南部的洛阳,处于鲜卑占领区的中心地带,进可以直指南齐,退拥有广阔的后方,特别是在公元220年曹丕称魏帝后,从河北等地迁来了数万居民,丝织业、制盐业、冶铁业日渐发达,已经成为中原地区名副其实的贸易中心。因此,迁都,成为北魏最为明智的选择。

但要做通已经听惯了草原马鸣的鲜卑贵族的工作,谈何容易?于是,精明的拓跋宏设计了一个圈套。

太和十七年(493)秋天,拓跋宏率领20万大军亲征南齐。名义上是南征,事实上拓跋宏是要借南征使自己的部族彻底摆脱落后的生产和生活习惯,把颠簸流离的拓跋鲜卑融入中华文明进程之中。秋天的气候突然变得很冷,一路上秋雨潇潇,鲜卑大军踏着泥泞一直向南行进。越向南走,北魏贵族和将士越不适应中原的温湿气候。

一天,大臣和贵族们纷纷跪在皇帝的马前,请求不要再举兵南进。秋雨淋湿了脚下的土地,也疲惫了臣子们的心。

"既然不愿意继续南伐,那就在此停下,定都洛阳吧!"显然,这就是拓跋宏精心设计的圈套——以南伐之名行迁都之实。

看来,近百年来在平城养尊处优的生活,已经耗尽了一个马背民族的剽悍和豪气,他们已经无法忍受艰苦的日子,只能无可奈何地在中原洛阳停下来,车轮和马蹄声止歇于新的都城里。定都洛阳,一个看起来颇费周折的难题得到破解。

如果说此前的改革具有鲜明的太后烙印的话,那么定都洛阳之后,名副其实的"孝文帝改革"方才开始。那一年他27岁。

中原大地上刮起第二轮改革的飓风。

第一,易汉服。太和十八年(494)底,迁都仅仅一个月的拓跋宏就下诏禁止士民穿胡服,规定鲜卑和其他少数民族一律改穿汉人服装。第二,说汉话。太和十九年(495),拓跋宏宣布以汉语为"正音",称鲜卑语为"北语",要求朝臣禁说"北语",一律改说"正音"。年长的官员可以允许有一个适应过程,而30岁以下的鲜卑官员如果还说鲜卑话,立即降职。此后,鲜卑民歌被翻译成汉语,收集在《乐府诗集》中。第三,改汉姓。太和二十年(496),拓跋宏下令将鲜卑复姓改为单音汉姓,118个鲜卑复姓因此消失。第四,通婚姻。元宏立汉族官员李冲的女儿为皇后,娶汉族大姓卢、崔、郑、王家的女儿为妃;将姑姑和两个女儿嫁给了汉人;指定自己的6个兄弟皆娶汉族大姓的女儿为妻。第五,改祭礼。以汉族礼制改革鲜卑的原始祭祀形式。第六,改籍贯。元宏颁布命令,迁到洛阳的鲜卑人,一律把自己的籍贯定为"河南洛阳",死后葬于洛阳北部的邙山。第七,改刑律。改变了汉武帝为预防太后干政"储君之母立即赐死"的惯例,明令从今"不杀太子母",而且废除了野蛮的"裸形处决"。这就是震古烁今的"孝文帝改革"。

如此惊世骇俗、惊心动魄的改革,出于一个充分掌握了强权的少数民族,而周围并没有人威逼他们这么做,这的确太不可思议、太令人惊叹了。

世界上最难的事情不是让他们接受新思想,而是使他们忘却旧观念。改革所引起的思维和行为地震,丝毫不亚于战国时期赵武灵王的"胡服骑射"和清初多尔衮的"剃发令"。反对者不仅有牧民、士兵,而且有贵族、亲人。

为此,元宏实行的是威权高压,大有破釜沉舟、你死我活的架势,他的决心异乎寻常地坚定:阻挡者,一律清除,不管是什么人,哪怕是儿子和妻子!

第一个反抗者是皇后冯媛——冯太后的侄女。在元宏全面推行汉化改革的日子里,作为一国之母的她拒不说汉语。没有办法,元宏只得忍痛将其废为庶人。

第二个反抗者是太子元恂。元宏迁都洛阳之后,鲜卑贵族穆泰等在平城另立朝廷,与洛阳分庭抗礼。从小就不读汉书、满身肥膘的太子元恂,密谋从洛阳逃回平城参加叛乱,并亲手杀死了阻止他北去的大臣高道悦。结果阴谋败露,元恂被废掉太子头衔,平城叛乱的主谋穆泰被斩首,滞留北方的勋戚权贵被一网打尽。太和二十一年(497),不思悔改的废太子元恂被赐死。那一年,他仅有15岁。

连皇后、太子和贵戚都受到了残酷的惩戒,还有什么人胆敢飞蛾扑火、以身试法呢?渐渐地,反抗的声音越来越小。

随后,元宏便把精力放在了两个方面:一是征服女人,营造温馨而浪漫的爱情;二是征服敌人,全力对付唯一的对手——南齐。

每个人能力的总量也许是一个常数,在某一方面过了头,必然在另一方面有欠缺,一个公认的天才往往是某个非常方面的弱智儿。许多政治、军事上的伟大人物,就在爱情的道路上栽了跟头。元宏也没有例外。

在皇后被废以后,元宏很快就有了一位替代者——冯润。她和前任皇后一样,仍然是冯太后的侄女,小名妙莲。不同的是,这位新皇后不仅妩媚动人而且善解人意,不几天就与元宏出双入对、形影不离。

遗憾的是,冯润患了传染性很强的"皮疹",不得不出家做了尼姑。尽管无可奈何,尽管恋恋不舍,一对璧人还是被迫暂时分离。不久,冯润的妹妹冯清成为第三任皇后。显然,妹妹没有姐姐的万种风情,元宏仍一如既往地牵挂着冯润。后来,听说冯润的皮疹已经痊愈,元宏便立即派宦官把她接回宫中封为左昭仪。继而,妹妹被赶走,冯润再次成为皇后。

人心是世界上最矛盾的东西,它有时很野,想到处飞,但它最平凡最深邃的需要却是一个栖息地——另一颗心。元宏把自己的心完全给了冯润,宛如轻舟系泊在宁静的港湾。但元宏做梦也没有想到,他所深爱的冯润是一个不甘寂寞的女人,早在养病期间,就与一个男侍勾搭成奸。在她重新被立为皇后的日子里,元宏常年在外征战,孤灯难眠的冯润旧病复发,与六根未净的假宦官高菩萨频频私通。

绯闻好比攀爬在人类家园外墙上的凌霄花,既招人喜欢又招惹嫌疑。好在皇后的心腹众多,因此那一团爱情的烈焰一直被严严实实地包裹着。

问题还是出在肆无忌惮上。当时,北魏著名美人彭城公主正在守寡,皇后的弟弟北平公冯夙一心想得到公主,在公主严词拒绝的情况下,皇后竟然准备让弟弟抢婚。无奈之下,彭城公主偷偷跑到前线向皇帝求救,并将皇后淫乱后宫的丑事和盘托出。更为严重的是,在得知公主投奔元宏后,如坐针毡的皇后竟然请女巫施展法术,诅咒元宏早死。

回到洛阳,元宏亲自主持了对高菩萨等人的审判。真相大白之后,元宏不禁肝肠寸断,涕泪涟涟,无限的伤心加上旅途的劳顿,一下子击倒了这位顶天立地的汉子。

太阳终于落山了,璀璨的星星缀满了浩瀚的夜空。万念俱焚的元宏躺在床上,高菩萨等人在门外跪成一排,皇后跪在床前一五一十地招供请罪。看着昔日爱人那张楚楚动人的泪脸,元宏的心在滴血。

末了,元宏对两位亲王说:"皇后失德,但我不忍心废她,因为我怕冯太后九泉之下寒心啊。还是让她闲居宫中吧,如果她有良知,会主动自杀的。"

太和二十三年(499)阳春三月,元宏率兵南征,军队刚刚抵达今河南邓县,心病难抑的元宏再次病倒,大军只有班师。

走到谷塘原,一个持续弥漫着梨花雪、杏花雨、桃花水的地方,一代伟大君王撒手人寰,谥号孝文帝。死时,他年方32岁,耶稣被钉上十字架时尚且比他大两岁。

临终前,孝文帝钦定16岁的儿子元恪为继承人,然后密诏身边的亲王:"皇后为什么还没有自杀呢?她太厚颜无耻了。我死后,可用我的遗诏将她赐死,仍按皇后礼制厚葬,一定别败坏了冯家的名声。"

仍祈求活着的美妇人冯润被强迫服毒自尽。

孝文帝死后的北魏因为继承者的荒淫与残暴逐渐衰落下去。

就像河流不能摆脱大海的吸引,向日葵不能拒绝太阳的召唤,汉化对于有机会与中原王朝亲密接触的少数民族来说,是无法抗拒的宿命,这种宿命是巨大的文化落差和物质落差决定的,是一个豪华的陷阱。但从另一种角度讲,由于草原文化与中原文明的重大差异,也许会由此带来一场面对汉文化的深重劫难,就像以蛮力统一中国的秦始皇,随之焚书坑儒一样;也如公元476年西罗马被北方蛮族灭亡,古希腊、古罗马文化一时陷入深渊一样。吸引还是抗拒,成为摆在北魏统治者面前的一个有关胸怀的命题。

孝文帝毫不犹豫地选择了前者。他虔诚地拜汉文化为师,义无反顾地善待汉文化,继而善待佛教文化以及佛教文化背后的印度文明。这样一来,已经在大月氏相依相融的希腊文化、波斯文化、巴比伦文化也一起卷入,中国北方出现了前所未有的世界文明大汇聚。从此,从东北亚出发的荡荡胡风,卷起茫茫北漠、千里西域连同印度河、幼发拉底河、底格里斯河的波涛,一起呈现在黄河两岸,造就了兼收并蓄、刚柔相济的中华文化,山西大同的云冈石窟、河南洛阳的龙门石窟就是这种文明大汇聚的历史见证,并且成为被历史所玉化的两个鲜卑脚印。就连那些刻在墓碑上的文字,也在无意间成为令后代顶礼膜拜的书法经典——"魏碑"。

阿保机的遗孀

鲜卑进入中原之后,柔然、突厥、回鹘先后成为新的草原帝国。但这三个帝国拥有很少的蒙古血统,不是我们讲述的重点。在回鹘西迁之后,高调出场的,是契丹人。

说到契丹,读者一定还记得那个脑袋被匈奴单于冒顿做了尿壶的东胡大人,没错,他就是契丹的祖先。契丹是东胡后裔鲜卑的旁支。东晋康帝建元二年(344),鲜卑莫那部落被鲜卑慕容氏击溃,整个部落一分为三退走,一支是后来建立了北周的宇文鲜卑,另两支库莫奚(指被俘为奴的人)、契丹一同逃难到松漠之间。两支力量混合在一起毕竟还是威胁,于是拓跋鲜卑建立的北魏于道武帝登国三年(388)派出大军,将库莫奚、契丹强行分割在松漠西部和东部,如将一幅美丽的画卷一撕两段。

天黑透了的时候,更能看得见星光。唐昭宗天复元年(901),29岁的阿保机成为契丹迭剌部的军事统帅。他攻必克,战必胜,于5年后接受了众臣所上的"大圣大明皇帝"尊号,定国号契丹(意为镔铁)。就在顺利灭掉了渤海国,事业蒸蒸日上的时候,他突然在战争途中染病而亡。因为事发突然,他甚至连传位诏书都未来得及起草。

选择接班人成了一道难题。因为契丹还没有完全接受中原王朝"长子继承"的制度,"立长"还是"选贤"仍是一个变数。

据史书记载,阿保机和述律平共生了三子一女:长子耶律倍、次子耶律德光、三子李胡、女儿质古公主。

阿保机活着的时候,为了考验三个儿子,让他们在一个风雪交加的日子分头外出拾柴。长子背回的是干燥且长短相近的柴草;次子背回的是长短不齐的柴草,但速度快了许多;三子怕冷嫌累,只是捡了几根柴草敷衍了事。阿保机的结论是,长子力求完美,次子目标明确,都是可任大事之人;三子毫无责任心,将来难有作为。

因此,阿保机病逝后,可选择的接班人只剩下长子与次子。

长子耶律倍文质彬彬,博览群书,信奉儒教,富有儒者风范,对医药、音律、阴阳颇有研究,他的画作一度成为宋徽宗临摹的样本,是一位汉文化的崇拜者和倡导者。他倾心汉法、不恋骑射的种种表现,与契丹的传统习惯相去甚远,更与母亲述律平的意愿大相径庭。

次子耶律德光相貌威武、娴于骑射、战功卓著,常年随父亲征战,20岁就做了兵马大元帅,是一位用拳头说话的典型的契丹武士,与母亲心目中的理想接班人比较接近。

不料,阿保机去世的第八天,阿保机的遗孀述律平宣布:"主少国疑,由我自己临朝称制,代行皇权。"其实,耶律倍已经28岁了,耶律德光也已24岁,已是公认的成年人,哪来的"主少国疑"?只有她自己最明白:只有真正掌握了权力,才能随心所欲地选择自己心目中的接班人。

一天,她将掌握重权的阿保机旧臣召集起来,问大家:"汝思先帝乎?"

众臣高声回答:"受先帝恩,岂得不思!"

她说:"果思之,宜往见之。"

述律平话一出口,众臣全傻了。在君为臣纲的年代,众臣只能这样回答,但谁能想到惯性思维的背后是血的陷阱?就这样,述律平轻轻松松的一句问话,就让这群跟随阿保机出生入死的重臣践诺陪葬了。

更厉害的还在后面,据说她把阿保机旧臣的家眷召集到面前,说了一句经典的话:"我如今寡居,你们也应该效法我吧。"随即下令把这些女人的丈夫赶进墓地,为阿保机陪葬。

故事还在持续,凡是她认为不听话的官员国戚,她都会说:"替我去为先帝传话吧。"然后拉到阿保机的牌位前杀掉。

一次,杀到一位投降过来的汉官——赵思温,用的还是惯常的方法。只见他站起来,当着满朝文武向述律平发问:"先帝亲近之人莫过于太后,太后为何不以身殉葬?我等臣子前去侍奉,哪能如先帝之意?"

这是典型的以其人之道还治其人之身。听到这段反问,众臣既为赵思温捏着一把汗,又盼着看太后哑口无言,承认过往错误的好戏。想不到,她竟然立刻做出了回应:"儿女弱幼,国家无主,我暂时不能相从先帝。"接着,拔出佩刀,将右手齐腕砍下,面不改色地对手下说:"把这只手送到墓中代我殉葬吧。"

大臣们无不目瞪口呆。

吃了这一次亏,她再也不敢滥杀无辜。但她自断手腕的狠辣劲头,也让大臣们再也不敢存有贰心。

她感觉时机成熟了,便决定把权力交给"可心"的儿子。

她的选择在日常言谈中已暴露无遗,但她又不愿公开得罪长子,于是在辽太祖天显二年(927),导演了一出"民主选举"的好戏。

一个天光灿灿的上午,她命令耶律倍和耶律德光乘马并立在帐前,将文臣武将召集到帐中。她对众人说:"我对两个儿子都十分疼爱,但不知让谁继承汗位为好,我现在将决定权交给你们,你们拥护谁,就去为谁牵马吧。"这是一次典型的公开选举,如果没有猫腻与暗示,其意义绝不逊色于中国大革命时期解放区的豆选、西方国家的总统大选。然而遗憾的是,几乎每一个大臣都明白皇后的意图,这简直就是秦朝赵高"指鹿为马"的翻版。结果,拥有法定继承权的太子被冷落,大家纷纷走到耶律德光马前牵起缰绳。然后,皇后似乎不太情愿地宣布:"大家都拥护德光,我也不好违背嘛。"

"闹剧"顺利落幕,意外地当上皇帝的耶律德光为报答母后的举立之恩,特为母亲在断腕处建立了"断腕楼",定太后生日为永宁节,平时也唯太后之命是从。而耶律倍失去继承权后,心中愤愤不平,于是携带高美人和侍臣40余人,从海上乘舟逃到中原,将姓名改为东丹慕华(后改名李赞华),在后唐开始了郁郁寡欢的流亡生活。

事实证明了,这个女人对接班人的选择是对的。在此后的20年里,耶律德光不但给契丹人带来了空前的繁荣,而且为契丹绵延200年的国祚做出了决定性的贡献——抢到了垂涎已久的幽云十六州。此后,他还灭亡了后晋,在刚刚占领的开封宣布建立了大辽,以汉皇的礼仪接受了百官朝贺。这个仿效中国朝代所成立的辽国,比宋朝的诞生整整早了53年。

可惜的是,这个有名的帝国在150多年后败在一位和大臣的女人——一位娼妓通奸的人(指天祚帝耶律延禧)手中。后来,一位叫耶律大石的契丹将军逃亡西域,在那里建立了一个短命的西辽。灭亡西辽的,是中国历史赫赫有名的成吉思汗。

契丹人的辉煌被永远尘封在元朝之前的历史上,契丹人多数融入女真、蒙古、汉族,少数融入维吾尔、哈萨克、土族、朝鲜。14世纪中叶之后,契丹的族名再也没人使用过。

成 吉 思 汗

金世宗大定二年(1162)秋,墨玉般晶莹的蒙古草原开始泛黄,泪花般闪亮的鄂嫩河缓缓流淌。随着一声响亮的啼哭,一个男孩降生在鄂嫩河边一座白莲花般绽放的穹庐中。

"给孩子取名铁木真(意为'精钢')吧!"父亲也速该说。

就这样,这个被新中国缔造者毛泽东誉为"一代天骄",被《华盛顿邮报》评为公元第二个千年头号风云人物的"草原雄鹰",降临到人世上。他所在的部落名叫蒙古(突厥语意为"天",蒙古语意为"永恒之火"),其祖先是东胡系的室韦(意为"森林"),也就是说,他们也是兴隆洼的直系后人。公元7世纪,室韦的一个分支蒙兀室韦在孛儿帖赤那(传说中的苍狼)率领下,离开故乡额尔古纳河畔,西迁到今蒙古的鄂嫩河、克鲁伦河、土拉河源头——不儿罕山(肯特山)放牧,先后成为突厥、回纥、黠戛斯、契丹的臣属。

9岁那年,铁木真经历了人生的第一次打击——"丧父之痛"。长大后,他的新婚妻子孛儿帖被蔑儿乞惕人俘虏,他经历了人生的第二次打击——"夺妻之恨"。后来,他最信任的安答(蒙语"契交"之意)——札木合背叛了他,他差点命丧黄泉,数百名部下被札木合用七十口大锅活烹,这是他人生的第三次打击——兄弟之叛。

正如西方学者尼采所言:受难是这个世界上的积极因素,它是这个世界与积极因素之间的唯一联系。试想,没有经历过炼狱般的磨练,怎能练出创造天堂的力量? 没有流过血的手指,怎能弹奏出世间的绝唱? 于是,他变得铁一般硬,钢一样强,开始成为一只凌空翱翔的雄鹰,在搏击长天的同时播撒烈烈扬扬的生命意志;开始成为一匹信步草原的头狼,将正直、英武、狡猾和无情不可思议地集于一身。正因如此,他才能在接下来的岁月里见招拆招,遇难呈祥,抢回妻子,杀死叛逆。

金章宗泰和六年(1206),那个被人认为怕狗和爱哭的小男孩铁木真,已经44岁,成为蒙古部落的新主人。他已经不缺权力和兵马,缺的只是公众的认可。于是,蒙古大忽邻台(即部落议事大会)在神圣的不儿罕山召开,会议宣布成立伊克·蒙高勒·兀鲁思(即大蒙古国),推举铁木真为大可汗(意为"君主"),尊称成吉思(原意为"海洋",引申为强大或天)汗。

西方文学家卡内蒂曾经这样描述他:"成吉思汗,我们东方伟大的君王,消灭敌人,骑乘他们后背光滑的骏马,把他们美艳的妃子的腹部当做睡衣和垫子,亲吻她们玫瑰色的乳头和甜蜜的嘴唇,乃是一种征服的象征。"

从金泰和五年(1205)开始,成吉思汗先是迫使西夏献上了公主,然后击败了金国,攻占了朝鲜并将喀喇汗国、花剌子模踏在脚下。

按说,他该回家了。但英雄从来就不会在常人的见识中止步。成吉思汗没有满足在中亚和印度取得的惊人胜利,转而"西北望,射天狼"。

西征大军行至阿尔泰山,将士们被这里茂密的花草、美艳的女人、遍地的黄金深深沉醉了,山野间此起彼伏地响起男人粗壮的呼吸和女人或欢快或痛苦的呻吟。大将贵由陷得最深,整日花天酒地、昏天黑地。显然,这是一道阻挡大军前行的堤坝,假以时日,这股滚滚铁流将被稀释为温婉的小溪。于是,成吉思汗提起长矛,闯进贵由的军帐,喝退两个赤裸的女人,挥矛刺穿了贵由的胸膛。

成吉思汗命令部下将贵由的躯体截为两半,一半高挂在旗杆上,一半裹进羊皮袋埋入草原。成吉思汗把贵由的头发扯下一根,系在自己的矛柄上继续行军。从阿尔泰到高加索,他每杀一员战将,就要扯下一根头发系在矛柄上。西征结束时,矛柄上的头发已经无法数清。死去的贵由想不到的是,西方世界就是从他的死开始被震撼的。更令他想不到的是,成吉思汗的孙子出生那天,成吉思汗又想起了英勇的贵由。仿照父亲用塔塔尔人英雄为自己命名的惯例,成吉思汗用死去的贵由命名了自己的孙子,以继承猛将贵由另一半高贵的灵魂。

在高加索,蒙古人做了欧洲骑兵的老师,首先击败了格鲁吉亚人,随后于元太祖十八年(1223)打垮了数量占绝对优势的八万俄罗斯军团。除诺夫哥罗德因地处遥远的北方幸免于难外,基辅和其他俄罗斯城市均被夷为平地,用一句俄罗斯史学家略显夸张的话来说,就是"没剩下一个能为死者流泪的人"。行文至此,有感于俄罗斯后来对西伯利亚和中国北方领土的疯狂占领,我记起了一位当代作家的话:"我们的历史是还债的历史,我们后来的历史都是为先前的历史还债来的,这是中国史的不幸。"

这是一位嗜血的壮士,也是一位机敏的智者。他曾告诫自己的子孙和部下:"拼杀冲锋时,要像雄鹰一样;高兴时,要像三岁牛犊一般;在明亮的白昼,要深沉细心;在黑暗的夜里,要富有韧性。"进而,他睿智而豪迈地发布训辞:"越不可越之山,则登其巅;渡不可渡之河,则达彼岸。"

鲜为人知的是,成吉思汗还是一位浪漫的"诗人"。他的马队不仅长于杀伐,马蹄所到之处也给大地留下了一个个诗意盎然的名字——阿尔泰(金子)、可可托海(绿色丛林)、喀纳斯(圣洁之水)、布尔津(苍色之水)、青格里(美丽清澈的河流)、乌鲁木齐(美丽的牧场)、博尔塔拉(青色的草原)、布克赛尔(梅花鹿和马背一样的山)、雅玛里克(山羊之家)、达达木图(荆榛之地)、博格达峰(神灵)、呼图壁(高僧)、吉尔尕郎(幸福、平安)、塔尔巴哈台(旱獭)、巴音布鲁克(富饶的泉水)……今天,当我们说起这些名字的时候,其实都是在纪念蒙古人蒙古文化曾经的纵横驰骋。

成吉思汗也是一位有情有义的"情人"。在妻子孛儿帖被塔塔尔人俘虏长达一年的日子里,他痛苦得几近崩溃,在千方百计把妻子救出后(这时的妻子已经怀了塔塔尔人的孩子),他久久凝望着爱妻如水的眼睛,深情地说:"什么是爱?就是那些受尽折磨但仍忠贞不渝的热烈。"厮杀与携手,喧嚣与寂静,战争与和平从来都是一对孪生兄弟。成吉思汗不仅是世界的征服者,也是世界的庇护者。在他的庇护下,破碎的山河重新形成了帝国辽阔完整的版图,城乡的废墟渐次恢复了生机与活力。一位外国人在书中写道:"在成吉思汗的统治下,从伊朗到图兰之间的一切地区内是如此平静,以致一个头顶大金盘的人从日出走到日落之处,都不会受到任何人的一点暴力。"

或许会有人不解:成吉思汗既不是思想家与解放者,也不是一位和蔼的人,为什么《华盛顿邮报》会将他评为"千年风云人物"呢?我们还是听听美国人的解释吧:"历史并不是圣人、天才和解放者的传说,成吉思汗是拉近世界的最伟大的人,他最完美地将人性的文明与野蛮两个极端集于一身,至今还未找到一位比他更合适的人选。"

通常,人们都只慨叹美人迟暮,但其实英雄迟暮同样让人唏嘘。即便是在陨落的日子里,成吉思汗仍然编织着令人震惊的童话。正如他曾对儿子们说的那样:"一个光荣的士兵,就不能老死。"成吉思汗听说附属国西夏接纳仇人并不服征调,便将术赤留在钦察草原,自己率兵东归教训西夏。已经65岁高龄的成吉思汗落马负伤,仍不听从部下的劝告带头冲锋陷阵,终于赢得了歼灭西夏主力的灵州战役,使西夏只剩下首都中兴一座孤城。

流火的艳阳、连续的征战令成吉思汗落马负伤的旧病(一说是得了斑疹伤寒病)突然加重,不得不在清水县行宫——六盘山凉天峡停下来"避暑"(实为养病)。

元太祖二十二年(1227)七月,成吉思汗已经一卧不起。自知大限已到的他,将三子窝阔台和幼子拖雷叫到枕边,面授了灭金和灭夏大计:"可向宋借道伐金,宋与金是世仇,必定会应允,那就可以直指金都汴京。金都危急,必定征召驻守潼关的精兵,这时迎头痛击远来疲军,必能大胜。""我死后要秘不发丧,待西夏国主在指定时刻出城时,立即将他们全部消灭。"

遵照成吉思汗的遗嘱,金、夏被顺利消灭。这就如同已经入土的他,从棺木中伸出一只手,握着一支烈焰熊熊的火把,烧掉了金、夏朽木一般的躯壳。

钓鱼城风云

元宪宗元年(1251),继窝阔台、贵由之后的蒙古第四任大汗蒙哥接过汗杖。

蒙哥沉默寡言，富有理智，既是一位严厉而公正的管理者，又是一位勇敢而坚强的战士。他完全恢复了成吉思汗建立起来的强权，禁止成吉思汗封地上的首领们与中央政权一起分享税收，又一次成为蒙古世界唯一强大的君主。

蒙哥给窝阔台去世后几乎停止的征服战争注入了新的活力。首先，他于元宪宗二年（1252）派五弟旭烈兀和先锋怯的不花发动了对今伊朗、巴格达和叙利亚的西征，许多国家望风出降，拒不投降的阿拔斯王朝所在地报达（巴格达）被屠城，昔日美丽而雄伟的报达变得惨不忍睹。同时，蒙哥派四弟忽必烈与大将兀良哈台（速不台之子）于元宪宗七年（1257）末攻入南诏都城大理和安南都城河内，迫使两国承认了蒙古的宗主权。

随后，蒙哥发动了对宋朝的三面夹击。他令兀良哈台从云南出发进攻桂林和长沙，令忽必烈从河北南下围攻长江中游的鄂州（今湖北武昌），自己亲率主力从陕西逼近四川。

在他看来，生猛剽悍的金国人都不堪一击，何况整天吟诗作画、白嫩纤弱的南人？"十年之内必定灭宋"，发这个宏愿时，他肯定留有余地。

但经常走夜路的人，难保不碰上鬼。就在一个鲜为人知的地方——四川钓鱼城（合州府所在地），蒙古人遇到了从未有过的顽强抵抗。没有攻守兼备的军队固然是一个遗憾，但是当最强攻击去攻击最强防守，最强防守去抵御最强进攻，也算得上战争史上的终极对决。眼下，是蒙古证明自己是普天下最锐利攻击手的时刻；也是钓鱼城的设计者和守卫者证明自己是全中国最坚固防守者的时候。最极端的两极，站在了战争的擂台上，以东邪与西毒华山论剑的方式载入了史册。

在长达半年的时间里，蒙军连续强攻钓鱼城，使这里成为血腥的"绞肉机"。其情景恰似春秋末年鲁班和墨子的赌博式攻守演习。

再高的山，也有巅峰；再高的峰，也在云下。元宪宗九年（1259）八月十一日，身先士卒的蒙哥被宋军的抛石机击中，骤然陨落。

750年后的钓鱼城，战争的硝烟早已散去，古炮台下的三江在薄雾中静静地流淌。无风的世界了无声息，只有明媚的阳光照耀着古战场遗址上苍老而散落的石头。这些满脸皱纹的石头仿佛在诉说着此地苍劲而非凡的过去。

嘉陵江、涪(fú)江、渠江三江环抱中的钓鱼城属于地质学上的方山构造。在爆发性火山运动中，炽热的玄武质熔岩喷出火口，随其着地前固结程度的差异，形成不同形状的火山弹，陆上形成的玄武岩常呈绳状构造、块状构造和柱状节理。块状构造也称方山，乃是由水平岩层形成。坚硬的山顶岩层可以抵御风化侵蚀，因此能长期保存平坦的山顶；加上四周大多沿一道道垂直裂隙劈开，形成壁立如削的峭壁围绕。所以，几乎所有的方山都易守难攻，历来是兵家必争之地。如号称"世界第一方山"的非洲好望角旁边的桌山，被誉为"人间天台"的四川瓦屋山。正是这种唯我独尊、舍我其谁的独特地势，成就了钓鱼城"一夫当关、万夫莫开"的壮美风景和英雄传奇。

这一偶然事件永远地、彻底地改写了历史。因为蒙哥的意外阵亡，进军四川的蒙军被迫护送蒙哥的灵柩北还，正在围攻鄂州的东路军指挥忽必烈为了争夺汗位连忙撤军北去，一路凯歌的兀良哈台也在忽必烈的接应下从长沙北返。其直接的后果是，蒙古灭宋战争戛然而止，南宋得以苟延残喘20年之久。

后果远不止此。已经横扫了西亚，正在巴勒斯坦与埃及作战的蒙军大帅旭烈兀立刻东归，留下部将怯的不花和5000名士兵在那里作战，最终被埃及人击溃。以后，蒙军再也没有打进非洲。

点燃文艺复兴的圣火

帕多瓦，意大利东北部的一座小城。

在这座小城的教堂中，保存着一幅绘制于1306年的壁画——"基督圣袍"。圣袍的布料和式样，完全采用了蒙古人的习惯。不仅如此，圣袍的金色边纹正是蒙古人创造的"八思巴文"。

提到蒙古帝国，人们首先想到的往往是无尽的征伐。尤其是欧洲崛起之后，掌握绝对话语权的西方媒体，在看待蒙古帝国对世界的影响时，也一边倒地认为以破坏为主。

如同西方文明席卷全球，我们没有一味强调其侵略性一样，蒙古帝国的崛起也绝非一无是处。从某种意义上说，正是蒙古人的征服，点燃了欧洲文艺复兴的圣火。

汉人、波斯人、阿拉伯人、俄罗斯人,共同生活在蒙古帝国的广阔疆域中,他们语言不同、信仰不同、传统不同,对此,蒙古采取了务实主义的态度,他们不在乎天文学是否符合《圣经》,更不在乎绘画是否得到教民的赞同。

更重要的是,与以往游牧民族对农耕文明的征服不同,蒙古帝国没有采取向被征服地区移民的方式,而是以蒙古草原为基地向外扩张,因而蒙古首领十分重视梳理、连接被征服地区的通道,以确保对被征服地区的有效统治,这就在客观上拉近了时空的距离,打破了死板的国界,推倒了封闭的城墙。

而且,蒙古人有着游牧民族重视发展商业贸易的传统,骑兵后面跟着商队,海上运输也较为发达。当时的泉州是世界著名的港口。仅广州一地,旅居于此的阿拉伯商人就超过12万。元朝文献还存有大量派往海外的使臣在出海前的报告,如同今天的差旅费申请。

就这样,横跨欧亚大陆的陆路通道和海上航道,第一次由一个强势政权所控制,长途旅行与贸易变得安全可靠,世界文明的交流通道被突然打通。在此前的1000多年中,中国的工艺和科技一直处于世界领先地位,如今借助蒙古帝国打造的世界体系,这些技术源源不断地流向欧洲。瓷器、茶叶、丝绸、染料令欧洲大开眼界,造纸术的输入使得欧洲文化的传播变得无比迅捷,水磨、风磨、杠杆、滑轮、起重机械的传入使得欧洲开始摆脱纯粹由人力和畜力的原始用力状况。

宗教和统治者的地位被彻底动摇,人文主义随之觉醒。正是这一时期,薄伽丘创作了欧洲人文主义文学第一部代表作《十日谈》。

欧洲文艺复兴离不开印刷术、指南针尤其是火药的传播。而这一切,无疑都仰仗横扫天下的蒙古铁骑。有学者断言,欧洲首先是在"复兴"蒙古和由蒙古带来的中华艺术,然后才是古希腊和古罗马艺术。正是古希腊、古罗马和中华原生文明的光焰,摧毁了中世纪宗教领主文明的藩篱,引发了波澜壮阔的启蒙运动,一个新兴的资产阶级破土而出,开辟了人类历史的新纪元。

正如韩国《千年历史人物》所言:"大地是人类的家园,我们只有一个家园,这是当今人类'全球化'的新观念。然而,'全球化'起源于成吉思汗的大一统,成吉思汗的经济政策是当今世界经济一体化的雏形,成吉思汗的驰马驿站是当时通信业最佳、最快的形式,是当今世界因特网的前奏。"

太阳汗和他的女人

　　查阅大量资料方才得知,今哈萨克族是一个世界性民族,总人口在1660万左右,其中哈萨克斯坦1095万人,中国150万人,乌兹别克斯坦90万人,俄罗斯65万人,土库曼斯坦10万人,蒙古10万人,塔吉克斯坦4万人,吉尔吉斯斯坦3.3万人,土耳其1万人,乌克兰5500人,伊朗4000人,另外还有30多个国家和地区有哈萨克人分布。与流浪世界的吉普赛人迥异的是,哈萨克被誉为世界上唯一没有乞丐的民族。

　　一个偶然的机会,我发现一个被认为乌孙人占主导的政权——哈萨克汗国,稍显哀怨地躺在中亚腹地里。我仿佛听到他不服气地说:史学家为什么把我排除在蒙古之外呢? 真实的情况是,不仅哈萨克汗国的大汗是蒙古人,而且其中掺杂着许多鲜为人知的蒙古部落。

　　接下来我要介绍的,就是几个被成吉思汗赶走,最终融入哈萨克的蒙古草原部落。

　　太阳,在古代被认为是宇宙的中心。敢把部落首领冠名太阳汗,起码说明这一部落具备非凡的底气。在蒙古部崛起之前,乃蛮是蒙古高原各部中的老大。他们游牧于大阿尔泰山周边,东与克烈部为邻,南隔沙漠与畏兀儿相望,西到今额尔齐斯河与康里人接壤,北抵今鄂毕河上游与吉利吉思毗邻。

　　乃蛮早期的太阳汗名叫亦难赤汗,这可是一个说一不二、飞扬跋扈的人物,凭借着十几万军帐的实力纵横捭阖,曾经肆意插手克烈部的内讧,导致克烈首领脱里(后称王罕)被弟弟击败。晚年,这位首领有幸娶到了一个皮肤如马奶一般洁白,脸蛋如莲花一般娇嫩的妃子,名叫古儿别速。自从美人娶进汗帐,昔日英气逼人的亦难赤汗就变得懒惰而昏聩,连这位妃子与自己的次子拜不花眉来眼去,滚在一起,他还以为那是次子对后母的敬重。

亦难赤汗有两个儿子,作为未来继承人的长子敦厚有余但灵活不足,对搔首弄姿的后母十分冷淡;次子拜不花是亦难赤汗晚年所得之子,从小在宫女堆中泡大,"除了与女人调情和放鹰打猎,没有别的本事",但他也有自己的独到之处,那就是千方百计与受宠的后母搞好关系,并不惜挺身相许。

在爱妃枕边风的影响下,亦难赤汗开始冷落长子而溺爱次子,并在临终时将太阳汗之位传给了次子。就这样,拜不花在继承父亲汗位的同时,也顺便继承了父亲的爱妃古儿别速。长子一气之下,率部逃到黑辛八石(今新疆吉力库勒和布伦托海)自立门户,自称不欲鲁汗。分裂后的乃蛮实力大减。

据说,古儿别速不仅有洁癖,而且不吃羊肉,最难忍受男人身上那股膻味。因为这一原因,拜不花居然再也不敢吃他从前最喜欢的羊肉。在札木合兵败铁木真前来归降时,她居然唆使拜不花去闻归降者身上有没有膻味,搞得札木合哭笑不得,更惹得拜不花部下讪笑不已。在得到前来投奔的王罕被乃蛮边兵误杀的消息后,古儿别速又要求拜不花派人割下王罕的脑袋到汗庭辨认。当证实这是王罕的头颅后,心怀愧疚的古儿别速又指使拜不花为王罕铸造银头厚葬。等银头铸成了,她又嫌阴气太重,逼着拜不花将银头敲碎。无论这位女人的要求多么出格,太阳汗都百依百顺。就连儿子屈出律都私下嘲笑他是"巾帼中的太阳汗,从没离开过孕妇撒尿的地方"。

当初,低能且自负的太阳汗根本不承认蒙古崛起的事实,后来草原各部逐一被蒙古吃掉了,他还坚持认为蒙古人靠的只是运气。在他看来,蒙古人只是一群尚未开化、浑身膻气的牧民。身背懦弱之名已久的他,甚至想证明一下自己,于是打算先发制人:"让我们去夺蒙古人的弓箭吧!"

鉴于铁木真正处于上升势头,谋士们都劝说太阳汗避其锋芒。闻言,太阳汗大怒:"难道太阳(乃蛮)会惧怕火焰(蒙古)?"古儿别速也从旁点火:"不灭铁木真,我们怎能称霸草原?!"

第二年春,太阳汗主动进兵杭海山(今蒙古国杭爱山),纠集被成吉思汗战败的草原部落,组成数倍于敌的乃蛮联军,浩浩荡荡讨伐蒙古。双方在杭爱山下扎营对峙。

入夜,身为主帅的太阳汗率部下出帐巡察。对面,就是蒙古人扎营的萨里川平原。只见萨里川上空是漫天的星斗，地上是满目的篝火（铁木真命令士兵每人点燃五堆篝火，用于震慑敌人）。这个此前认为蒙古势单力薄的人突然心惊不已（让人联想到八公山上草木皆兵的典故），连忙问部下："哪来的这么多蒙古人？"

部下无人应答。

于是，他开始打退堂鼓，但联军将领哪里能够答应，他只能硬着头皮应付明天的决战。他明明不是帅才却要承担统帅职责，就像从来没练过举重的人，流着豆大的虚汗走上前台，决定将千斤杠铃举过头顶。据说，他一夜未眠，只是用一双空洞的眼睛盯着帐顶那个织上去的女人。他真后悔没有把古儿别速带到前线，不光是这个女人关键时刻可以替他拿主意，也因为自己情绪不好时可以在她曼妙的躯体上寻求安宁。

第二天，当双方列阵完毕，他脸上的肌肉方才松弛下来，因为对方的兵力实在比不过自己的联军。似乎，铁木真将手到擒来。

但决定战争胜负的不是人数，而是战术、士气与战力。此次战役，铁木真在排兵布阵上可谓绞尽脑汁：进入阵地前，部队像山桃皮灌木丛一样，分小队低姿态前进；到达战场时，则呈现出大海般的阵势，从四面八方呼啸而至，令敌人毛骨悚然；发起进攻时，便集中优势兵力攻击敌人的神经中枢——中军，实施斩首行动，然后里应外合、两面夹击。身处中军的太阳汗哪见过这种不要命的战法与猛虎般的气势，赶忙下令撤退。联军慌不择路，居然败退到了纳忽山崖。

身后，是百丈悬崖；面前，是如林的刀箭。进退两难的太阳汗重伤而死，临时拼凑起来的乃蛮联军土崩瓦解。整个战役历时不过半天，但草原上那轮百年的太阳已经陨落西天。

听到前线传来的丈夫被围攻的消息，身在后方的古儿别速轻蔑地说："蒙古人一身臭气，哪能有什么作为？！"等到乃蛮部被铁木真踏平之后，被俘的古儿别速却大呼小叫地声称要见铁木真。

当宛若游蛇、翩若惊鸿的美人可怜楚楚地跪在帐前，已经拥有多位美貌夫人的铁木真也不免嫉妒起两代太阳汗的艳福，但口里还是不忘调侃："你不是说蒙古人臭气熏天吗？现在怎么主动送上门来了？"

美人抬起头，一言不发，只是上下打量着这位草原英雄，目如秋水，顾盼生姿。

"你还像以前一样惹是生非吗?"

她使劲地摇头,仿佛要摇落一树的梨花。

"起来吧!"

一抹如血的晚霞飘散在万里长空。手下知趣地走开了,只剩下一个色冠草原的女人和一位权倾草原的男人。后来,她受到铁木真的宠幸,被封为蒙古皇后。

这就是草原版"美女与野兽"的故事。试想,孝文帝、唐玄宗、凯撒、拿破仑不可谓不英明,但都曾被女人搞得一筹莫展,而铁木真显然不同。一个"蛇蝎美女",一到他帐中便一下子变成了温良恭顺、目不斜视的"忠贞女子",实在令人无法想象。或许,世界级的征服者就是用来征服他的全部世界的。

就在铁木真拥美人入怀的时候,太阳汗之子屈出律趁着夜色西逃,投奔远方的伯伯不欲鲁汗。元太祖元年(1206),蒙古铁骑突袭了不欲鲁汗部,不欲鲁汗被俘,屈出律逃往西辽。

屈出律没有继承父亲的愚蠢,但却继承了父亲的好色。大难不死的屈出律被西辽接纳后,逐渐博得了西辽末帝耶律直鲁古的信任,得以娶耶律直鲁古的女儿为妻,并于元太祖六年(1211)取代岳父成为西辽皇帝。随后,太阳汗家族的好色基因开始发挥作用,他一脚踢开了耶律直鲁古的女儿,新娶了一个信仰佛教的西辽美女为后。这又是一位不甘寂寞的女人,她一当上皇后,就强迫屈出律皈依了佛教,继而要求屈出律逼迫全民信佛,致使屈出律从此失去了人心。元太祖十三年(1218),铁木真派哲别进军西辽,屈出律闻讯西逃,被当地猎户抓住送给了蒙古骑兵,随着蒙古军人手起刀落,一颗头颅滚落在山谷之中。

乃蛮灭亡以后,部众被成吉思汗分配给蒙古诸王。后来乃蛮成为哈萨克中玉兹的一个部落,如今分布在今哈萨克斯坦的东哈萨克斯坦州、阿拉木图州和卡拉干达州,人口接近200万。

曾经的草原王

和乃蛮一起倒在成吉思汗脚下的草原部落,名叫克烈。

克烈的历史需要从一位举足轻重的人物脱里说起。作为部落首领的长子,脱里在父亲死后继承了克烈汗位,但叔叔菊儿罕心有不甘,暗中发兵将脱里击败,脱里只有流亡。

夏日的草原水沛草长,风和日丽,马背上的脱里却是满眼的悲戚与无助。经过多日的奔波,脱里来到蒙古乞颜部,向铁木真的父亲——也速该求援。两位草原雄鹰一拍即合,结为"安答",决定联手进攻菊儿罕,为脱里重新夺回失去的部众与土地。战争的结果恰如所愿,菊儿罕战败逃往西夏,脱里暂时度过了一大劫难。

鸡不会妒忌拥有整座粮仓的主人,却难以容忍另一只鸡比它多啄一粒米。就在脱里暗自庆幸的时候,自己人已经在背后尖刀出鞘。脱里的弟弟也力可合刺率部叛投乃蛮,联合乃蛮亦难赤汗突袭脱里,措手不及的脱里先是逃进西辽,继而经回鹘、西夏回到漠北,与亲密盟友蒙古部并肩作战,重新恢复了旧有势力。长大成人的铁木真与克烈部举行了新的结盟仪式,尊脱里为父。

金承安元年(1196),金章宗派兵镇压塔塔儿部叛乱,脱里率部参加了金国联军,在斡里札河将塔塔儿击溃,战后因功被金国赐封为王,拥有王与汗两大封号的脱里从此被合称王罕。

王罕携带着顽固追随者铁木真东征西战,纵横草原,将乃蛮驱赶到黑辛八石(今新疆吉力库勒和布伦托海),在斡难河(今蒙古鄂嫩河)击败了泰赤乌部,在海剌儿河(今海拉尔河)击溃了札木合联盟,在阔亦田(今俄罗斯贝尔湖哈拉河上游)打败了北乃蛮不欲鲁汗。至此,克烈部成为蒙古高原最为强盛的势力,王罕被尊称为"也客罕"(大汗)。

在克烈长成参天大树的同时,草原上到处都能听到迅速成长的铁木真那奋力拔节的声音。金泰和三年(1203),铁木真大胆地向王罕提议,希望王罕将女儿嫁给自己的长子术赤。被谗言与妒忌折磨得难以安眠的王罕,再也无法掩饰装出来的宽厚与豁达,一脸不屑地对提亲人说:"他竟敢想让自己的儿子娶我的女儿,他不知道是我的部下和奴才吗?回去告诉他,我宁愿将女儿烧死也不会嫁给他的儿子!"

不久,王罕又给铁木真捎去口信,说自己改变了主意,同意这桩婚事。铁木真如约前来参加婚礼,王罕却下达了伏击的命令。在合兰真沙陀(今蒙古东方省)向"义子"铁木真发起攻击。铁木真战败,狼狈逃向今克鲁伦河下游。

就在王罕酒山肉海、日夜欢宴的时候,铁木真卷土重来,彻底打败了毫无防备、酒气熏天的克烈军团。王罕逃入乃蛮边境,被乃蛮边兵误杀;儿子桑昆流窜到今新疆库车,被当地首领所杀。草原上那棵参天的大树,因为一个疏忽和一场宴席骤然倒下。本来,王罕只要再干掉最后一个对手——铁木真,就会成为这个时代的封面。

王罕的倒下实属必然。一个既无主见又无心胸的老者,有什么资格拥有未来?

成吉思汗建国后,将被吞并的克烈人分编进各千户。许多克烈人成为蒙古国和元朝的后妃、大臣、将领。其中,王罕的侄女嫁给了成吉思汗的幼子拖雷,生下了蒙哥、忽必烈、旭烈兀、阿里不哥四个儿子,前三人先后成为叱咤风云的蒙古大汗。

如今的克烈,是哈萨克族的一大部落,与乃蛮同属中玉兹。

谁抢了铁木真的妻子

有麝自然香,不必迎风扬。蒙古部首领铁木真娶回"草原美人"孛儿帖(蒙古语意为"苍白色")的消息,不胫而走,传遍了群雄并起的辽阔草原,既激发着许多好色男人的贪婪,也勾起了一个部落尘封已久的仇恨。

这是一个平凡的清晨,晨曦涂抹在克鲁伦河上游的草原上,营帐中的铁木真和孛儿帖还沉溺在蜜月的酣梦里。

早早起床的侍姬豁阿黑臣,隐约听到远方传来一种奇怪的声响,她把耳朵贴近地面,听出是马群奔驰的声音。她惊慌地叫醒了铁木真的母亲诃额仑,继而去提醒全营的人。转瞬之间,300名手持大弓长箭的蔑儿乞惕铁骑已经像狂飙一样冲杀过来。为了报复铁木真的父亲也速该抢走了蔑儿乞惕人也客赤列都的新娘诃额仑,他们是专程前来报复蒙古部并抢夺铁木真的新娘孛儿帖的。

铁木真和母亲(怀抱女儿帖木仑)、四个弟弟、两个忠实追随者各乘一马,加上一匹备马,已经把蒙古部仅有的九匹战马全部分配完毕,如阵风一般逃入了肯特山中。只剩下孛儿帖和豁阿黑臣无马可乘。豁阿黑臣

117

急中生智,把孛儿帖藏入一辆牛车,然后由她赶着牛车溯腾格里溪而行,几经周折,还是被蔑儿乞惕人追上并俘虏。出于一种有趣的复仇心理,他们把孛儿帖送给了一位最为丑陋的男人——也客赤列都的弟弟赤勒格儿孛阔。

成功复仇后的蔑儿乞惕人一直在鄂尔浑河流域与色楞格河游牧,一度号称蒙古的五大兀鲁思之一。

夺妻之恨,世上还有比这更大的屈辱吗?作为一个铮铮铁汉,这可是比丧父之痛还要令人扼腕的事情啊!

为了夺回妻子,铁木真即使是给人做牛做马也心甘情愿。为此,他将岳父送给自己的订婚礼物——珍贵的貂皮大衣,献给了草原上最有号召力的长者王罕,拜王罕为义父,与札达兰部首领札木合结为"安答",三部联军最终在9个月后横扫蔑儿乞惕部,成功救回了已有9个月身孕的孛儿帖。不久,孛儿帖为铁木真生下长子,取名"术赤"(意为不速之客),这也是有人猜测术赤乃赤勒格儿之子的原因。

此后,这个强悍的草原民族分崩离析,蔑儿乞惕部首领脱黑脱阿战败逃走,大部分蔑儿乞惕人被收入铁木真麾下,其中包括铁木真的妃子忽兰。

脱黑脱阿先是投奔乃蛮部太阳汗,太阳汗战死后投奔乃蛮不亦鲁黑汗,然后和太阳汗之子屈出律四处流亡。

1205年,也就是蒙古建国的前一年,铁木真发兵追捕蔑儿乞惕残部,成功杀死了脱黑脱阿。脱黑脱阿的两个儿子忽都与赤剌温无法埋葬也来不及运走他的尸体,匆忙间只好带上父亲的头颅,向遗体作别,消失在无边的暗夜中。月光下的风卷动脚下的轻沙,微响如泣。

就这样,蔑儿乞惕和乃蛮残部向西南方向逃生,在钦察草原以东辗转流亡。

夺妻之恨,是成吉思汗永久的痛。元太祖十二年(1217),听说仇人的儿子们还活着,成吉思汗命令大将速不台率精兵继续追杀,务必赶尽杀绝,斩草除根。结果,忽都、赤剌温在巴尔喀什湖附近被杀,忽勒突罕蔑儿干被术赤扣押继而送回蒙古本部处死。

蔑儿乞惕与蒙古,其实就是一部"父亲抢亲,儿子还债"的故事。父债子还本无可厚非,但结果未免过于惨烈与血腥了,谁让他们招惹的不是一般人物,而是世界级征服者铁木真呢?

四散的蔑儿乞惕人有的逃亡伏尔加保加利亚—钦察,有的逃亡卫拉特,更多的逃亡克烈部,今哈萨克中玉兹的蔑儿乞惕部,就是他们仅存的血脉。

美 女 部 落

珍珠般的呼伦湖、贝尔湖,千百年来静静地躺在呼伦贝尔大草原怀抱中,像是草原美人两只透亮的眼睛。澄澈的湖水不仅哺育了成群的牛羊,也孕育了一个皮肤白皙的游牧部落。这里就是以盛产美女而闻名的弘吉剌部(《金史》称其为广吉剌,《蒙古秘史》称其为翁吉剌)的故乡。

大凡盛产美女的地方,一般都绿水环绕,譬如今哈尔滨、重庆、杭州、大理。但并不是说有了水就可以产美女,恐怕更重要的因素还是基因,也就是不同人群的基因密集而持续的杂交。哈尔滨是著名的边城,大量山东人、满洲人、俄罗斯人、日本人、朝鲜人在此交汇;重庆曾经是国民政府的陪都,数不清的佳丽作为官员的妻妾从四面八方来到这里;杭州乃吴越旧地和南宋都城,是中原三次南迁的目的地;大理是南诏国与大理国的中心,其主体民族白族的基因中混合了大量的古代族群。而我们现在所说的弘吉剌部,因为有呼伦湖、贝尔湖的吸引,显然也是一个多部族汇聚之地,具有独特的杂交优势。

铁木真的母亲诃额仑就出生在翁吉剌部落下属的斡勒讷兀惕氏族。《蒙古秘史》写道,铁木真九岁时,随父亲也速该到弘吉剌部聘娶新娘,路上遇到了未来的岳父德薛禅,从而有幸与草原美人孛儿帖定了亲。铁木真成为蒙古首领后,岳父德薛禅最先率部归附。

有仇必报的铁木真同样有恩必偿。元太祖元年(1206),铁木真号称成吉思汗,建立大蒙古国。在封赏中,成吉思汗将全体弘吉剌人划为三千户,封德薛禅的儿子按陈、孙赤窟等为千户长,封地在海拉尔河流域。

八年后,成吉思汗又先后封按陈为河西王和济宁王,将其封地改在今锡林郭勒盟南部和赤峰市西北部一带,并颁下谕旨:"弘吉剌氏生女,世以为后;生男,世尚公主,世世不绝。"从此,黄金家族与弘吉剌部结为世代姻亲。元世祖忽必烈皇后哈敦察必就是按陈的女儿。蒙哥汗、成宗、武宗、泰定帝、文宗、宁宗、顺宗的皇后都是弘吉剌氏。

马可·波罗在《马可·波罗行记》中说：大汗忽必烈有四个皇后，都是非常美丽的女人。除了皇后以外，大汗还有许多妃子，她们都是从一个叫"弘吉剌"的地方选来的。

由此，弘吉剌部得了个"美女部落"的芳名。今蒙古弘吉剌部主要居住在内蒙古赤峰市一带，另有部分弘吉剌人随蒙古军团西征，最终落脚在今哈萨克斯坦。

渥巴锡

新疆巴音郭楞蒙古自治州的一个小院里，耸立着一个蒙古人的塑像。他一身王者的装束，头戴汗冠，身披玉帛，就连脚上的靴子也放射着金色的光芒。但他双眉紧锁，眼里透着无尽的焦虑与急迫，面部表情阴沉得仿佛堆满了乌云。

他叫渥巴锡，是蒙古土尔扈特部大汗。

早在清太宗皇太极天聪三年（1629），为了躲开准噶尔部的欺凌与打压，渥巴锡的先辈——土尔扈特首领和鄂尔勒克就率部族25万人，离开塔尔巴哈台辗转西去，越过广阔的哈萨克草原和奔腾的乌拉尔河，在诺盖人（金帐汗国的一个部落）遗弃的伏尔加河下游定居下来。巴什基尔人邻居称呼他们为卡尔梅克（意为流浪者），此地也从此被称为卡尔梅克草原。

好景不长，疯狂扩张的俄国人不久就把黑手伸到了这里。

康熙三十七年（1698），土尔扈特第四代汗王阿育奇派遣侄子阿喇布珠尔率随从500人回到西藏觐佛进香，顺便试探清朝对土尔扈特东归的态度。但在五年后的返程途中，被准噶尔部隔断了归路。无奈之下，阿喇布珠尔向康熙乞请内附，获准留在嘉峪关与敦煌之间。由于受到准噶尔部的袭扰，他们在雍正年间内迁到今内蒙古最西部的居延绿洲上。后来帮助俄国人科兹洛夫盗掘西夏文物的土尔扈特人，就是他们的后代。

又过了70年，蒙古草原重新归于平静，而西迁的土尔扈特人正处于水深火热之中。俄国叶卡捷琳娜二世不仅强迫土尔扈特人改信东正教，而且不断征发土尔扈特军人对奥斯曼作战,仅在渥巴锡担任大汗的10年间,就被迫参加了32次远征,阵亡部落子弟8万余人。万般无奈下,背井离乡140多年的土尔扈特人筹划东归。

公元1771年1月17日(乾隆三十六年十二月初二)清晨,绽开的云层中透出了阳光。可惜的是,上苍和他们开了一个残酷的玩笑——冰封大地的季节,伏尔加河却未封冻,河西岸的7万土尔扈特人无法按计划踏冰过河。27岁的渥巴锡只能向河西叩首作别,含泪下令东归。

宫殿、村落被同时点燃,168083名土尔扈特人义无反顾地踏上了东归之路。妇孺老幼乘坐着马车、骆驼、雪橇,在一队队跃马横刀的骑士护卫下,踏着洁白的积雪,像一条黑色的长龙,离开了寄居一个半世纪的草原,向着太阳升起的地方挺进。

土尔扈特东归,令女沙皇雷霆震怒,她一方面对伏尔加河西岸的土尔扈特人严密封锁,另一方面派出大批军队对东归者围追堵截。

渥巴锡把近17万人组成战斗队形,派出堂弟巴木巴尔和将军舍楞(准噶尔叛乱的参与者,在杀死清兵副都统唐喀禄后西逃土尔扈特部避难,此时也冒着被清朝定罪的后果毅然东归)率领精锐开路,表兄达什敦多克和大喇嘛书库尔罗桑丹增在两翼护卫,老弱病残走在中间,他和堂侄策伯尔多尔济殿后。他们很快就越过伏尔加河与乌拉尔河之间的草原,然后穿过结冰的乌拉尔河,进入了大雪覆盖的哈萨克草原。在那里,他们付出了9000名战士的代价,才击败了横挡在必经之路奥琴峡谷的哈萨克骑兵,勉强度过了第一道难关。

恩巴河东岸刺骨的寒风如同饥饿的怪兽,悄悄地吞噬着每一个生命。往往是早晨醒来时,几百个围在火堆旁的男人、女人、儿童已经全部冻僵而死。这时,又有2万名俄国和哈萨克军人堵住了他们的去路。杀红了眼的土尔扈特人居然再次获胜。

随着夏季的到来、疾病的蔓延、战斗的惨烈,东归军团陷入了困境,他们只好在莫尼泰河停下来休整。因为短暂的休整,他们又陷入了哈萨克小帐和中帐5万军队的铁壁合围。危急关头,渥巴锡送还了在押的上千名哈萨克俘虏,通过谈判赢得了3天的军事部署时间。就在第三天傍晚,渥巴锡引兵猛攻在帐篷里大吃大喝的哈萨克军人,经过数小时的浴血奋战,终于成功突出重围,越过了姆英格地区。

为了避免再遭袭击,他们选择了一条飞沙走石的道路,绕过巴尔喀什湖西南,趟过吹河与塔拉斯河,沿着沙喇伯勒,终于在7月中旬抵达了魂牵梦绕的伊犁河流域。那一天,双眼布满血丝的渥巴锡骑马跃过一个沙包,波光粼粼的伊犁河突然出现在眼前。如同被黑暗囚禁已久的盲人,复明手术成功后打开遮眼纱布,瞳孔里闪进第一缕光明的那份难以言表的诧异与惊喜。立刻,他像雕塑一样凝固在马上,嘴唇剧烈地抖动起来,热泪淌过裂痕累累的面颊。少顷,他从马上滚下,跪倒在伊犁河畔,双唇久久亲吻着这片久违的土地。归来的土尔扈特人像是听到了一个响彻寰宇的命令,一齐向着伊犁河跪下,像大汗一样长吻着美丽的故土。

7月20日,策伯克多尔济的前锋部队在伊犁河畔的察林河与前来接应的清军相遇,历时7个月,长达1万里的征程终于走到了尽头。近17万浩荡的大军仅剩下可怜的66013人,他们风尘满面,形容枯槁,衣不遮体,鞋靴全无。

土尔扈特人东归被称为公元18世纪最伟大的长征,正如英国作家德昆赛所说:"从有历史记录以来,没有一桩伟大的事业能像上个世纪后半期一个主要的鞑靼民族跨越亚洲无垠的草原东返祖国那样轰动世界和激动人心的了。"远在大西洋彼岸的马克思也为此感叹不已。

正值六十寿辰的乾隆皇帝在承德避暑山庄热情接待了冒死东归的渥巴锡,拨出二十万两白银和大量牛羊、布匹、粮食,将他们安置在绿草茵茵、静水如碧的尤勒都斯(突厥语意为"满天繁星")盆地。渥巴锡被封为卓里克图汗,策伯克多尔济被封为布延图亲王,舍愣被赦免前罪后封为弼里克图郡王。

只可惜,从京城回到尤勒都斯牧场的第二年,心愿已了的渥巴锡便一病不起,猝然离世,时年33岁。

落花才是真正的鲜花,永不凋谢的花肯定是假的。就长久来说,人们都会死去,但是人的行为及其后果将永载史册。

布 里 亚 特

不知读者是否清楚,如今全球共有900多万蒙古族人,其中的1/10

生活在今俄罗斯与乌克兰境内。

在《另一半中国史》中已经讲到,滞留国外的蒙古人有被伏尔加河阻挡在西岸的7万土尔扈特民众——今俄罗斯卡尔梅克共和国中的卡尔梅克人,有喀山汗国的后人(融合了部分鞑靼血统)——今俄罗斯境内的喀山鞑靼人、阿斯特拉罕鞑靼人、西伯利亚鞑靼人,有今乌克兰克里米亚共和国的克里米亚人。我没有讲到的,只剩下布里亚特人和图瓦人。

作为俄罗斯联邦21个加盟共和国之一,布里亚特自治共和国南邻蒙古国,西邻图瓦共和国,北部、西北部与伊尔库茨克州接壤,东邻赤塔州,总面积35.13万公里,4/5的面积被森林覆盖,著名的贝加尔湖就在境内。这一共和国的主体民族布里亚特人,就是蒙古的一支。

布里亚特人,属蒙古人种西伯利亚类型,又称"布里亚特蒙古人",也叫布拉特人,总人口不到50万,其中俄罗斯42万多人,蒙古国4万多人,中国近8000人。俄罗斯境内的布里亚特人主要分布在俄罗斯联邦的布里亚特自治共和国,部分分布在赤塔、伊尔库茨克等地,是西伯利亚的少数民族之一。

布里亚特在种族上属厄鲁特蒙古近支。古时游牧在寒气逼人的外贝加尔地区,后来向北发展到叶尼塞河与勒拿河之间,与当地居民混合形成现代的布里亚特人。

《蒙古秘史》说他们是一个林木中百姓部落,名为"不里牙惕"。元太祖二年(1207),成吉思汗命长子术赤率军西征,布里亚特成为术赤的部属,此后逐渐蒙古化。元代大汗把黄金家族中的小汗派到这里执政,传授先进的生产技术,使林中部落人口不减反增,成为新的蒙古人口殖民区和蒙古共同文化圈的一部分。清天聪五年(1631),俄罗斯移民到达叶尼塞河支流通古斯卡河上游,与原住民布里亚特人发生了剧烈冲突。经过25年的战争,大部分布里亚特人被俄罗斯压服。

清康熙二十八年(1689),当大清军队在黑龙江以西两次痛击沙俄军队时,部分布里亚特人投向大清,被康熙大帝赐名"巴尔虎",编入了满洲蒙古八旗,驻牧在大兴安岭以东的布特哈地区。

连农民都知道,彻底除去杂草的最好办法是种上庄稼。因此,俄罗斯在占领布里亚特居住区之后的漫长岁月里,一直不断向这里移民,以至于目前布里亚特自治共和国内的布里亚特人只占24%,而俄罗斯族却占到了70%。也就是说，他们已经失去了脱离俄罗斯联邦的全民公决基础。

或许，一直放牧的布里亚特人见惯了牛羊的温顺，顺便学会了如何低头吃草。

被遗忘的图瓦

图瓦是亚洲腹地的一个古老地名，位于东西伯利亚南部，叶尼塞河上游河谷，总面积23万平方公里。图瓦人的族源，向上可以追溯到九姓铁勒北部的都播部和骨力干部，成吉思汗的猛将速不台就出自骨力干后裔兀良哈部。应该说，这是一个经过多次混血的草原部落。

9世纪之后，这里一直是草原北部霸主黠戛斯的势力范围。元太祖二年（1207），成吉思汗派遣长子术赤征服了唐努乌梁海地区，在该地区设置了4个千户，并派遣军队驻守屯田，使这一地区成为蒙古、秃巴斯、汉等多民族聚居之地。据此，有人宣称图瓦人是成吉思汗西征时遗留下来的士兵后代。

大清平定中原后，转而挥戈大漠，把矛头对准了走向衰落的蒙古人。如果你不能击败敌人，那么就加入他们。清顺治十二年（1655），驻扎在唐努乌梁海地区的两个喀尔喀蒙古部落宣布归附大清，唐努乌梁海正式纳入大清版图。清乾隆二十三年（1758），大清在唐努乌梁海设置了四十八佐领（八旗基层单位，每佐领有士兵200人）。

随着大清版图被列强逐步蚕食，处于大清边疆的图瓦人也难以避免被肢解的命运。清同治三年（1864），中俄签订《中俄勘分西北界约记》，唐努乌梁海西北部十佐领被割让给俄国。其他临近的佐领也人心惶惶，对于自身的前途茫然无措。

中华民国元年（1912），中国北疆爆发了外蒙古"独立"危机，其影响也波及唐努乌梁海地区。2月，在沙俄的怂恿和支持下，唐努旗副都统贡布多尔济宣布属下的三旗"独立"，并请求沙俄出兵协助占领唐努乌梁海要地。树倒猢狲散，是一种自然规律。旧的依靠倒塌了，弱小民族必然面临着寻找新依靠的选择。对此，我们只能深感遗憾，但不必过分纠结。否则，就无法解释"分久必合，合久必分"的历史规律。

当然,中国政府没有死心。俄国十月革命后,国内战争波及图瓦地区,中国军队趁机收复了乌梁海中东部三十六佐领,但很快被苏联红军击退。

之后,乌梁海东部九佐领决定归附外蒙古。

而中部俄占的二十七佐领,则于民国十三年(1924)宣布成立了唐努图瓦人民共和国,民国十五年(1926)改称图瓦人民共和国,1961年改为图瓦自治共和国,苏联解体后升格为俄罗斯联邦内的共和国。

图瓦人总数现有二十万左右,主要居住在图瓦共和国,另有三万人分布在蒙古境内。

我国新疆的图瓦人大约有两千五百人,主要分布在哈巴河县白哈巴村和布尔津县禾木村、喀纳斯村。

"海棠叶"变"雄鸡"

大清的丧权辱国,俄国的不断鼓噪,使得蒙古王公逐渐萌生了独立的想法。一旦外蒙古独立,将拉走150多万平方公里的辽阔土地。

在祖国边关告急的危难时刻,无数中国热血男儿义愤填膺,远在日本流亡的杨度[①]于光绪二十九年(1903)创作了歌词《黄河》,后经沈心工谱曲,成为清末学堂必唱的一首回肠荡气的爱国歌曲:

> 黄河,黄河,出自昆仑山,
> 远从蒙古地,流入长城关。
> 古来圣贤,生此河干;
> 独立堤上,心思旷然。
> 长城外,河套边,
> 黄沙白草无人烟。
> 愿得十万兵,长驱西北边,
> 饮酒乌梁海,策马乌拉山,誓不战胜终不还。
> 君作铙吹,观我凯旋。

[①] 近代名士,君主立宪的倡导者,曾帮助袁世凯称帝,晚年成为周恩来领导下的中共中央特科成员。

但在辛亥革命爆发后,抓住各省纷纷独立的机遇,外蒙古也在王公和大喇嘛的带领下宣布脱离大清。清宣统三年(1911)底,"大蒙古帝国日光皇帝"哲布尊丹巴举行了登基仪式。

消息传出,孙中山曾经决心组织50万大军讨伐沙俄,急于得到外国承认的袁世凯也只认可了外蒙古有限自治。

民国八年(1919),中华民国总理段祺瑞派徐树铮驻兵外蒙古。金秋十月,37岁的徐树铮率领一旅边防军挥戈出塞。一路上旌旗招展,浩浩荡荡,大有当年左宗棠横扫新疆的气度。徐树铮一到库伦(今蒙古国乌兰巴托),立即把外蒙古"内阁总理"强行带到了司令部,并将其他王公及哲布尊丹巴活佛软禁起来。外蒙古内阁正式上书中华民国请求取消"自治",废除中俄关于"蒙古"的一切条约,外蒙古重新回到中华民国怀抱。

段祺瑞下台后,白匪趁机进入外蒙古,因实施强硬政策而失去蒙古上层支持的中国军队处境艰难,被迫撤退到买卖城——也就是今恰克图。1921年,亲苏的蒙古人民党诞生,苏联红军配合蒙古人民党出兵赶走了白匪,并顺便将驻扎在买卖城的中国军队赶出了外蒙古。从此,苏联长期驻军外蒙古,外蒙古独立成为事实。

1945年2月,今乌克兰的雅尔塔,位于黑海之滨的克里米亚半岛上,是一个风景优美的疗养胜地。在这里,斯大林、罗斯福、丘吉尔在谈笑风生中签订了瓜分世界的《雅尔塔协定》,会议规定"外蒙古的现状须予维持",作为苏联出兵中国东北驱逐日军的先决条件。直到6月,蒋介石才得知这一消息。他先后派宋子文、蒋经国前往苏联斡旋,但斯大林执意坚持外蒙古独立,还打出苏联控制着满洲、新疆,威胁内蒙古,支持中共这三张牌,逼迫中华民国就范。宋子文愤而辞去了外交部长职务。8月,在得到苏联不支持中共等承诺后,国民政府新任外交部长王世杰签订《中苏友好同盟条约》。10月,"蒙古"举行全民公决,收到选票483291张,据统计无一人反对。1946年1月,中华民国立法院承认"蒙古"独立。2月,"蒙古"与中华民国在重庆以换文方式建立邦交。太平洋沿岸那片美丽的海棠叶,从此变成了一只长啼的雄鸡。

1950年,毛泽东、周恩来在访苏期间签署了《中苏友好同盟互助条约》,在长春铁路、旅顺口军港、大连主权问题上捍卫了中国主权,但新条约也无奈地承认了外蒙古独立,这一点是苏联强烈要求加上的,令毛泽东数度提起,耿耿于怀。

变故发生在1952年初,被赶到台湾但仍占据着联合国常任理事国席位的蒋介石政府,在联大告了苏联一状。在苏联缺席的情况下,美国主导的联大玩起了文字游戏,称《雅尔塔协定》"外蒙古的现状须予维持"是指维持蒙古属于中国之现状,并裁定苏联违约。从此,蒋介石不再承认外蒙古独立,在立法院设立了蒙古席位,在所谓中华民国版图上保留了外蒙古地区,并据此攻击毛泽东。

如今,有幸赴台湾旅游的人们会发现,台湾出版的中国地图上,还包含着外蒙古地区。个别台湾人还说,是共产党出卖了外蒙古。听完我以上的讲述,你还会相信他们的话吗?

其实,蒙古以大漠为界分为三部分:漠北蒙古,即外蒙古、喀尔喀蒙古,包括车臣汗部(外蒙古东部,牙帐设在今温都尔汗)、土谢图汗部(外蒙古中部,牙帐设在今哈尔和林)、札萨克图汗部(外蒙古西部,牙帐设在今贝格尔);漠西蒙古,即瓦剌蒙古、卫拉特蒙古,包括杜尔伯特部、准噶尔部、土尔扈特部、和硕特部、辉特部;漠南蒙古,即内蒙古,包括察哈尔部、土默特部、科尔沁部、鄂尔多斯部、喀喇沁部。现在全球900多万蒙古族人,260多万在蒙古,80多万在俄罗斯,580多万在中国。整个蒙古族有近240旗,其中外蒙古108旗。独立的蒙古人充其量为1/3,所以我们不能称"蒙古独立"而应称"外蒙古独立"。如今遍布世界的蒙古人的老家,只能是远古的中国。

要想真正读懂蒙古,我建议读者浏览一下《蒙古秘史》,那可是蒙古人的文化经典,尽管这一经典连许多蒙古人也没有读过。不过这也不奇怪,因为马克·吐温早就说过:"所谓经典,就是那种说起来很喜欢,却从来没有读过的作品。"

通古斯大爆炸

在蒙古狂飙趋于寂静与落寞的日子里,一个诞生于"通古斯地区"、操"通古斯语"的民族——女真,在沉寂数百年后重新进入了历史的视野。

说起通古斯，人们立刻会想到震惊世界的"通古斯大爆炸"。

1908年6月30日清晨7点17分，俄罗斯西伯利亚的通古斯河畔（今属俄罗斯联邦埃文基自治区），突然爆发出一声巨响，巨大的蘑菇云腾空而起，天空出现了刺目的白光，爆炸中心区草木烧焦，70公里外的人也被严重灼伤。

巨响和震颤刚刚停歇，咆哮的飓风便接踵而至。树木被连根拔起，屋顶被旋风卷走，到处一片狼藉。

同时，天空聚满乌云，暴雨倾盆而下。在雨中，尘土和沙石像倒流的喷泉一样旋转而上，消失在沉沉的云霭之中。

大爆炸之后五小时，持续推进的气流越过北海，使英国伦敦的电灯骤然熄灭，瑞典斯德哥尔摩的夜间出现了犹如正午骄阳的奇观，荷兰的黑夜也出现了白昼般的闪光，甚至远在大洋彼岸的美国人也感觉到大地在抖动……其破坏力相当于1500至2000万吨TNT炸药，并且让超过2000平方公里内的6000万棵树倒下。

令人震惊的消息传进俄国宫廷，令风雨飘摇中的沙皇官员惊慌无助，他们认为大爆炸是"世界末日即将来临的信号"，"是上帝怒斥人类的一种手段"，因而整天忙于祈祷，根本无心组织调查，只是笼统地把这次爆炸称为"通古斯大爆炸"。

十月革命后，苏联物理学家库利克率领考察队进入通古斯地区考察。他们推测，爆炸由巨大的陨星造成，但他们却始终没有找到陨星坑与陨石。之后，库利克又两次率队来到通古斯，先后发现了许多奇怪的现象，如爆炸中心的树木并未全部倒下，只是树叶被烧焦；爆炸地区的树木生长速度加快；爆炸地区的驯鹿都得了一种奇怪的皮肤病等等。不久，二战爆发，库利克投笔从戎，在反法西斯战争中献出了宝贵的生命，苏联对通古斯大爆炸的考察也被迫中止。

二战以后，苏联物理学家卡萨耶夫访问日本广岛，发现被原子弹摧毁的广岛与通古斯爆炸现场有着诸多相似之处：爆炸中心的树木被烧焦但都没有倒下，人畜都是因灼伤而死，爆炸都产生了蘑菇云。因此，卡萨耶夫脑海里冒出一个大胆的想法，通古斯大爆炸是否是一艘外星人驾驶的核动力宇宙飞船，在降落过程中发生故障而引起的一场核爆炸？

此论一出，在科学界激起了千重巨浪，支持者和反对者各持己见，唾液横飞。美国科学家认为是宇宙黑洞造成了爆炸,以色列地震学家则认为是一颗小行星在临近地球时发生爆炸,还有人宣称大爆炸是旷世奇才尼古拉·特斯拉的一次交流电试运转,根据是特斯拉曾说过类似的话:"我可以劈开世界,但我不会这么去做。"

近百年来,对于通古斯大爆炸,人们提出了100多种假设,但到目前为止,还没有一种经得起科学论证与推敲。直到今天,通古斯大爆炸仍然是个旷世之谜。

尽管大爆炸之谜没有解开,但通古斯人却因此名声大振。

东方之鹰

辽天庆二年(1112)初春,风凛冽,冰未消,辽国天祚帝耶律延禧照例到混同江(今吉林查干湖一带)巡游。每当辽帝来临,大批的当地部落贵族便争先恐后地为辽帝钓鱼。钓得的第一条鱼谓之"头鱼"。每出头鱼,辽帝往往要举行盛大的"头鱼宴"。

在这次"头鱼宴"上,酒到酣处,兴之所至,辽帝命令在场的当地部落首领起舞助兴。其中一名部落首领声称自己不会跳舞,拒绝为辽帝助兴。按照常规,这可是杀头的大罪呀。可不知为什么,辽帝居然没有杀掉他。

他叫阿骨打,时年44岁,出身于今哈尔滨阿城区阿什河流域的完颜女真部,是按出虎水完颜部首领。提起女真,还需要从通古斯语族说起。

通古斯语族属于蒙古北部分支,发源于地理学上的通古斯地区,即亚洲东北部地区,范围包括南起北纬40度,北至北冰洋,西至叶尼塞河,东到太平洋的广阔区域,属于这个语族的有中国境内的满族、鄂伦春族、鄂温克族、赫哲族、锡伯族,俄罗斯境内的奥罗奇人、乌底盖人、乌尔奇人、雅库特人、那乃人等,人口大约1000万,其中满族900多万。

据考古学家考证,满族的祖先是从东海平原北上的中国古人,最初曾在辽河以西的兴隆洼和红山居住过,后来携带着新石器文明的火种持续北上,来到了白山、黑水乃至西伯利亚。他们先后称为肃慎、挹娄、勿吉、靺鞨。后来走出大山的是粟末靺鞨,蜗居老家的是白山、黑水靺鞨。唐开元元年(713),粟末靺鞨首领大祚荣建立的渤海国,曾将黑暗的东北亚照亮了整整200年。

出于对渤海国的羡慕,那个在丛林中摸索和挣扎的黑水靺鞨渐渐有了想法。五代时期,他们将名字改为女真,女真翻译成汉语就是"东方之鹰"。

尽管更名为东方之鹰,但由于翅膀不硬,仍被强盛的大辽死死按在笼子里,月月拔毛,随时打骂。更过分的是,辽兴宗耶律宗真继位后,竟然为了避开"宗真"的名讳,将女真人的"两只脚"砍掉改称"女直人",将"东方之鹰"变成了"东方死鹰"。

一个民族只要行在低处,就不会失去仰望星空的力量。终于,一个名叫完颜阿骨打的女真男子向历史走来。据说,他拥有神力,擅长骑射,敢于不披甲向别人挑战,是一位有勇有谋的部落领袖。

从"头鱼宴"归来的第三年,也就是天庆四年(1114),阿骨打率女真将士2500人在涞流河(吉黑交界处的拉林河)祭祖誓师,将辽军先后逐出了吉林和黑龙江。天庆五年(1115)正月初一,阿骨打在前线称帝,建元收国,定国号为金。一个默默无闻的弱小部落破茧成蝶。

我不想细说他的战绩,这些战绩在许多历史书中都能查到。我只想探讨一下他成功的原因,因为一个英雄之所以横空出世,必有不同寻常之处。找出这些因素,为今天的人们找到对应当代生活的注释,是每一个写作者不能回避的责任。

我以为,阿骨打的成功,首先得益于他能与部下同甘共苦。一个人,敢将自己放低到尘埃里,让灵魂接受大地和天空的双重滋润,恰恰可以成就自己的高峻。今黑龙江阿城一带,是他最早的统治中心,他所谓的宫殿,只是不再漏雨的前后两排木屋而已。前殿与后殿之间,没有走廊连接,雨后地上泥泞,他为数不多的后妃们会光着脚跑前跑后。他与臣子在前殿议事之后,就和臣子们坐上火炕一起吃饭,上菜的就是那几位后妃。每当他在院子里举行大典时,周围的孩子们都会跑来围观。士兵们一旦抓住一头稀罕的猎物,也会请皇帝到家里吃肉。到了夏天,他还会和臣子、骑士们一起下河洗澡,彼此赤裸相见,并未感到什么不妥。这在中原皇帝看来,毫无礼仪可言,简直有失身份。偏偏就是这些"毫无礼仪"与"有失身份",使得阿骨打在本民族树立了崇高的威望,部下莫不忠心耿耿,拼死效力。这与靠封官、赏赐才能调动部下积极性,因严重脱离群众而听不到真实意见的中原皇帝,形成了鲜明的对比。

其次,得益于他倡导的"任尔几路来,我只一路去"的军事策略。这条战法,听起来简单,做起来管用,契丹的萧太后善用此法,让杨家将吃尽了苦头。800多年后,毛泽东在解放战争中拿来一用,果然奏效,但名称改作了"集中优势兵力,各个歼灭敌人"。

另外,得益于他创立了严密而科学的"猛安谋克制"。在女真语中,猛安意为千夫长,谋克意为百夫长。他确定三百户为一谋克,十谋克为一猛安,将女真人全部编入猛安谋克组织,平时渔猎,战时出征,从而形成了军政合一、全民皆兵的格局。后来努尔哈赤的"八旗制度",哪是什么独创,其实就是"猛安谋克制"的修订版。

只要达到一定温度,一切都是可燃物。凭借亲密的干群关系、正确的军事策略和严密的军政体系,阿骨打不仅击败了数倍于己的辽国大军,先后占领了辽国五京,让"女直"重新站起来恢复了原名"女真"。更重要的是他针对宋朝一心收复燕云十六州的心理,于宋徽宗赵佶(jí)宣和二年(1120)和宋达成了联合夹攻辽国的协议。协议规定:宋取辽的燕京析津府,金取辽的中京大定府。灭辽之后,宋将以前交纳给辽的岁币转交给金;金将后晋石敬瑭割让给辽国的燕云十六州归还宋朝,这就是著名的"海上之盟"。

宋、金像是一对共舞探戈的绯闻男女,既会为了利益而顾盼流连,也会为了金钱分道扬镳。宋朝配合金国攻陷燕京后,阿骨打欺负宋朝软弱,只退还了燕京及所属六州,还每年向宋朝多要了100万贯燕京代税钱。

宣和五年(1123)六月,这位女真英雄病逝于由燕京回师上京途中,享年55岁。

活着,是生命的一种形式,创造才是对生命的一种注解。之后的胜利无疑是阿骨打所创造的军事策略和军政体系的惯性。阿骨打的弟弟完颜晟(shèng,又称吴乞买)接班后,先灭辽国,然后大举侵入大宋,一手制造了令宋人永远难以忘却的奇耻大辱——"靖康之变"。

女真人的灾难来自于一代天骄成吉思汗。成吉思汗先是灭掉了金国的盟友西夏,又与南宋联合夹击金国,金国立时处于风雨飘摇之中。金哀宗天兴三年(1234),金国的最后一座城池蔡州失守,哀宗在幽兰轩中上吊自杀,照耀中国北方达120年之久的金色太阳——大金国日落西山。

被打散的女真人返回东北老家。

谶语能应验吗

大明开国皇帝名叫朱元璋。一天,朱元璋心血来潮,指令谋臣刘伯温为大明占卜一下寿命。起初,刘伯温不敢直言。后来,经不住朱元璋再三求教,刘伯温才推心置腹地说:"我大明王朝,寿命当在三百年左右。"

朱元璋欣慰地说:"李唐才二百九十年,大明三百年足矣!"

话虽这么说,朱元璋还是禁不住追问:"谶书上怎么说?"

只见刘伯温慢吞吞地掏出一本磨光了边的书:"《推背图》上说,黄河水清,气顺则治。主客不分,地无支子。"

"半文盲"朱元璋当然悟不出其中的寓意,便不耐烦地问:"到底什么意思?"

"遇顺则止。"

朱元璋记住了这句话。每当夕阳西下,他便在案前手书一遍这道谶语,沉思良久,然后撕碎,口中念念有词。

大明立国276年后的1644年,也就是明崇祯十七年正月,距离刘伯温所说的大明三百年寿限还差二十多年,邮差出身的李自成在西安宣布建国,国号"大顺"。谶语"遇顺则止"中的"顺"终于出现了,难道大明天数已尽?民间议论纷纷。

随后,李自成渡过黄河,一路东进。这个睁着一只眼的大顺国王,不能容忍任何事物阻挡他前进的步伐。当开封的市民顽强抵抗他的围困时,他下令扒开黄河大坝,导致千千万万的无辜平民死于黄色的巨浪。

这时,大明都城附近的精兵已经丧失殆尽,山海关总兵吴三桂手下的三万关宁铁骑成了大明朝廷的最后一张王牌。

正月十九日,崇祯帝在德政殿召集大臣商讨调吴三桂入关保驾一事。这可是饮鸩止渴的一步棋,关宁铁骑入关,就意味着撤掉了满洲人面前的最后屏障,结果将是,大明用吴三桂挡住了前胸,却把后背裸露给了敌人。面对这一难题,君臣们久而不决。

三月初,大顺军逼近北京。崇祯帝诏封吴三桂为平西伯,命令其迅速入关勤王。吴三桂只有上路,但步履缓慢,因为他明白大明已不可救药,他期待着用自己的三万铁骑做筹码,跟李自成换取自己的身家性命和京城里爱妾陈圆圆的安宁。

三月十九日拂晓,头戴毡帽的李自成张着嘴巴进入北京,因为他实在弄不明白:这座挺过了瓦剌、满洲人猛攻的天下第一坚城,不到三天就被攻破了。攻击一个帝国的都城怎么比向地主的大门上撒尿还要简单?

在留下"任贼分裂朕尸勿伤百姓一人"的遗旨,将自己的爱女亲手砍杀(后来未死)之后,崇祯眼望着初现的晨曦,在万岁山(景山)寿星亭旁边那棵歪脖子树上上吊自尽,给大明王朝画上了一个倒写的"!"号。

得到这一消息时,吴三桂刚刚走到河北丰润,距离京城还有数百里之遥。他连忙拨马回头,率领大军回到山海关,在那里等待着李自成的特使。

李自成进京后,逮捕了吴三桂的父亲吴襄,命他给儿子写信劝其归附李自成。

大明灭亡的第十天,李自成的信使到了,他带来了大顺封吴三桂为侯的诏书和四万两犒师银子,同时还带来了吴三桂父亲吴襄的劝降信。

失去主子的吴三桂决定归附大顺。于是,吴三桂点齐兵马,把山海关交给前来换防的大顺农民军,踏上了第二次西进的征途。

一个没有定下约会日期的姑娘,并不比还没有姑娘就定下约会的日期好多少。结果,命运与充满希冀的他开了一个无比尴尬的玩笑。四月五日,大军行进到永平以西的沙河驿时,突然遇到了从京城逃出的家人。这个衣衫褴褛的家人一见吴三桂就泣不成声,原来,大顺军进城后,就将吴家的财宝搜刮一空,吴襄的信是被逼着写的,陈圆圆已被李自成的"权将军"刘宗敏霸占。

吴三桂的脑子一片空白,他深知,此刻摆在他面前的有三条路可走,一是忍辱负重,唾面自干,进京归降大顺并在李自成面前强颜欢笑,期待着刘宗敏把陈圆圆玩够后送回来;二是继续西进,与大顺军激战于北京城下,以卵击石,壮烈殉国,换取一个大明忠臣的英名;三是回师山海关,与清结盟,用武力夺回陈圆圆。

"痛哭三军俱缟素,冲冠一怒为红颜。"吴三桂断然选择了第三条路。他的三万大军像一头发飙的雄狮直扑山海关,将守城的农民军砍杀殆尽,而闻讯赶来的大顺军白广恩部,也遭到关宁铁骑痛击,全军覆没。就这样,因为几个粗鲁的部下,李自成错过了与吴三桂亲密拥抱的时机,江淮歌妓陈圆圆事件使历史的车轮顿然改辙换路,吴三桂把希望的目光投向了曾经的敌人——关外的大清。

与此同时,女真人(后称满洲人)建立的大清(之前史称后金)也一直关注着北京的动向。上一年登上大清帝位的少年福临,此时刚刚改元顺治(又是一个"顺"字)。当关内传来了崇祯帝自尽、李自成攻占北京的消息后,降清的汉人范文程劝说摄政王多尔衮趁李自成立足未稳攻取北京,取而代之。一向敏捷果断的多尔衮也觉察到了这一天赐良机,因此打起为崇祯帝报仇的旗号,日夜兼程向山海关进发。

四月十九日,得知吴三桂拒不归降,李自成亲率二十万大军抵达山海关,双方激战三个时辰,吴三桂因兵力不足,不得不退进关内。

第二天,吴三桂派部将郭云龙前往盛京(今辽宁沈阳)请求大清出兵,结果在连山(今辽宁葫芦岛市连山区)与南进的多尔衮迎面相遇。多尔衮亲率清军急行军120公里,于二十一日夜悄悄抵达距山海关5公里的欢喜岭。

二十二日凌晨,吴三桂来到欢喜岭,与多尔衮以白马祭天,乌牛祭地,订立了军事、政治和情感的全方位同盟。然后,清军悄然进入山海关。

对清兵入关毫不知情的李自成,于当天上午在山海关下与吴三桂展开了生死决战。一时间,被称为"一片石"的开阔地弥漫着如林的刀枪,如雨的马蹄,如雷的呐喊,如注的鲜血。激战到下午,突然狂风大作,喊杀、马嘶、风吼、沙鸣混合在一起,雄壮而凄厉。当两军相持不下时,蓄势已久的清军铁骑突然从明军阵中杀出,万马奔腾,箭矢如雨,农民军措手不及,阵形大乱,主将刘宗敏受伤,整个大顺军只有三万人逃离战场,李自成积累多年的军事家底几乎全部丧失。

因为自感所剩兵力难以据守北京,李自成于四月三十日出北京阜成门西逃。临行前,吴襄连同34名家人被杀死。

亲人的血涅没了吴三桂的最后一丝顾虑,他像发疯一样对李自成穷追不舍,终于在望都和真定之间追上了李自成。一场昏天黑地的厮杀之后,李自成扔掉所有的辎重和妇女,狼狈逃走,陈圆圆终于回到吴三桂怀中(吴三桂的滔天仇人刘宗敏和李自成于1645年在湖北先后被杀)。

五月初二,多尔衮的大队人马顺利开进了梦中的紫禁城。为赢得前朝官员及汉族士人的支持,他传谕为崇祯帝举行了隆重的葬礼,随后又下达了以原任职务录用前朝官员的命令。似乎,他是专程来为大明皇帝复仇的。

九月十九日,6岁的顺治帝君临北京。十月初一,大清国举行了隆重的大典。顺治在文武百官的护卫下,来到天坛宣读告天礼文,正式宣告大清对全国的统治。

让我们再回到那则"遇顺而止"的谶语,"大顺"与"顺治"都有一个"顺"字,为什么"大顺"失败而"顺治"成功了呢？100万人口的满洲为什么能统治1亿人口的中国？

这些问题,你可以去问后悔不迭的李自成,也可以去问志得意满的多尔衮。或许多尔衮的答案更全面,更有说服力,他会说,在客观上是李自成帮了我们的忙,在主观上是我们重用了一批范文程、洪承畴、吴三桂这样的汉人,尤其是我们尊重并继承了中华传统文化,这就是所谓的以汉制汉吧？我们已经全身心地拥抱了中华文明,连东北老家都不要了。

的确,100万满洲人,有90万争先恐后"从龙入关",奔赴处处奇山秀水、遍地金帛子女的辽阔中原,听任生息了千百年的"龙兴之地"人去屋空。清兵入关后,在黑龙江和吉林两个将军辖区内只生活着若干生女真部落,他们就是今赫哲族、鄂伦春族、鄂温克族。毕竟,这三个部族人数少得可怜,关外的黑土地一时无人耕种。消息传出,人口拥挤且大灾连连的山东开始向这里自发移民,"闯关东去",成了响彻齐鲁大地最时髦的口号,数十万光膀子的山东老乡用独轮车推着妻子儿女,穿过柳条边①进入东北,彻底填充了满人入关留下的人口真空。当日本扶植伪满洲国并决定向东北移民时,发现这里几乎没有满洲人,有的多是强悍豪爽的山东大汉,如赵尚志、柴世荣、张文偕、座山雕。

---

① 大清的"龙兴之地"东北,由于盛产人参、皮毛、珍珠、鹿茸等,一直是皇室和八旗贵族重要的财富来源。大清入关后,为了防止汉人和他族进入东北,清廷从顺治开始到康熙年间,修筑了一条名为"柳条沟"的边墙加以封禁,边墙南起辽宁丹东,北上经凤城、新宾,向西北至开原威远堡,然后折向西南到山海关长城,全长近1000公里。1840年后,内忧外患的大清不得不对东北开禁,大批山东、河北贫苦百姓通过陆路和海路闯关东,形成了中国历史上最壮阔的移民潮,柳条沟随之废弃。

135

因为两种植物

卡尔·马克思当年评价大清说:"一个人口占世界三分之一的幅员辽阔的帝国,不顾时势,仍然安于现状,由于被强力排斥在世界体系之外而孤立无依,因此,极力以天朝尽善尽美的幻想来欺骗自己,这样一个帝国,终于要在一场殊死搏斗中死去。"

想不到的是,这场搏斗来得很快。

清道光二十年(1840)4月7日,英国国会一片争吵,以彬彬有礼著称于世的英国绅士们在用民主的方式讨论一个野蛮的议题:是否对大清开战?辩论进行了三天,导火索是由两种植物——茶叶和罂粟引起的。

中国的茶叶一向受到西方的青睐,大量的白银因为茶叶的出口源源不断地流向中国。在已经完成工业革命的西方巨人英国看来,货币的单向流通绝非贸易,一个自称"天朝无所不有"的封闭的大清,绝对不符合"日不落帝国"的利益。

为改变与大清长期贸易逆差的局面,在羊毛、呢绒等工业制品敲不开中国大门的情况下,英国走私者开始倾销一种名叫鸦片的毒品,用以补偿进口茶叶的支出。毒品的泛滥以及随之带来的白银外流,严重刺激了清廷麻木的神经,道光帝命令把吸食鸦片的人打一百大板,并戴上枷锁。大批鸦片馆受到搜查,许多鸦片贩卖者被处死。

然而,朝廷的高压政策并未奏效,鸦片贸易从公开转入地下。1836年,皇帝的一些智囊试探性地建议,能否使鸦片进口合法化,收取关税,并通过以货易货的形式防止白银外流呢?这一建议最强烈的反对者是林则徐,一位性格爽直、留着胡子、喜爱做诗的53岁的大清官员。作为湖广总督,他一直在自己的管辖区域内无情镇压鸦片交易,他还宣称"鸦片是万恶之源,大清所有的地区都应该严禁鸦片"。

林则徐的强硬态度引起了道光帝的注意,他被召到北京,与皇帝面议禁烟大计。随后,他被任命为钦差大臣,全权负责禁烟运动。

道光十九年(1839)3月10日,踌躇满志的林则徐抵达广州,对外发布了两条告示:一是外国人手头的所有鸦片,必须立即无条件上交销毁;

二是外国人必须保证永远不把鸦片带入中国,任何违背禁令的人将被斩首。林则徐还致信英国维多利亚女王,试图教会女王"己所不欲,勿施于人"的道理。

一周后,说到做到的林则徐领兵包围了外国商人住地,逼迫外国人交出了鸦片并做出了不再从事鸦片贩运的承诺。在随后的三个月里,林则徐共销毁了两万箱鸦片。大清士兵先用盐和石灰把鸦片溶解,然后用水冲入广州湾,整个海湾弥漫起刺鼻的恶臭,围观的群众捂着鼻子发出了阵阵欢呼,林则徐从此被冠以"林青天"。这就是中国历史上著名的"虎门销烟"。

围绕鸦片贸易的博弈远未结束。身在广州的英国商务总监查理·义律给英国外交大臣巴麦尊勋爵写了一封紧急求援信,把林则徐的行为看作是"一个国家对另一个国家采取的最可耻的暴力行动",强烈要求对这个鲁莽无礼的人给予"强有力的回击"。

事实上,英国也有大量的声音反对因为鸦片与大清动武,但人类道德的自律在这一刻完全败给了一个贸易帝国对利益和尊严的追逐。最后,战争议案以9票的微弱优势在英国议会通过,年轻的女王在文件上签了字。

英国政府向大清皇帝发出最后通牒,要求对销毁的2万箱鸦片予以补偿,对在广州监禁英国商人进行赔偿,对以后在中国经商的英国人给予安全保障。为了对通牒提供支持,英国派出军舰47艘、陆军4000人,在海军少将懿律、驻华商务总监义律率领下,于道光二十年(1840)6月悍然出兵封锁广东珠江口,中国所谓的"鸦片战争"拉开大幕,沉寂了3000年的大海从此响起了隆隆炮声。

面对如此险恶的形势,大清却无人知晓危机已迫在眉睫。因为整个朝廷对世界的无知到了令人震惊的程度。文人汪仲洋这样描述西方人:"他们的长腿不能弯曲,因而无法奔跑和跳跃,他们碧蓝的眼睛畏惧阳光,甚至在中午不敢睁开。"两江总督裕谦认为英国人不能弯曲双腿和腰身,如果他们挨打,便会立即倒下。就连在广东前线抗敌的林则徐也相信:只要断绝了对西方茶叶和大黄的供应,他们就会因为消化不良而死。

战争的结果在今天早已妇孺皆知:战争历时两年,这是一场弓箭对枪炮、铁船对帆板的较量。英军在东南沿海随心所欲地发起进攻,烽火在万里海疆处处点燃,呈送战报的马蹄常常踏碎天子宫殿的宁静。20万清军居然对2万英军无可奈何,英雄喋血沙场,懦夫苟全性命,汉奸张牙舞爪,官员谎报军情,林则徐背上"引来外贼"的黑锅,充军伊犁。屡战屡败的大清只能割地赔款,中国市场被迫仓促地对外开放,使得幅员辽阔的大清成为西方列强的淘金矿。

中国史学家将这场战争称为"鸦片战争"(当初,在战争议案提交英国议会辩论时,英国反战议员把将要发动的战争称之为"为保护鸦片贸易而发动的战争",由于这一称谓含有强烈的道德批判意味,因而受到中国学者和官员的青睐并写进了中国历史),而英国史学家并不买账,他们或称"茶叶战争",或称"贸易战争"。总之,目的是要敲开一个封闭国家的大门,让这个无知的"天朝大国"睁大眼睛看世界,尝尝工业革命的滋味。于是,顺着英国人的思路,有些中国人不仅怪罪康熙、乾隆的闭关锁国,而且开始质疑林则徐该不该禁烟。

更可笑的是,中英《南京条约》签订后,大清八旗子弟们最生气的并不是割地赔款,而是"夷妇(英国女王)与皇帝(道光帝)并书"。最要命的是,满人大臣耆英为了避免外交事件,竟然主动提议,如果英国商民与大清国民发生事端,英商归英国处理,清人归大清处理,从而使得中国司法对在华犯案的外国人失去了任何约束力,这就是对中国贻害百年的领事裁判权的开始。

三千年周而复始的历史证明,没有西方列强的侵略冲击,中华帝国很难走出自我封闭、自我循环的历史怪圈。牲口被牵进磨房蒙上眼睛,它拉着沉重的石磨开始了马不停蹄的前进,直到洋枪洋炮掀开了中华帝国的蒙眼罩,才发现自己的长途跋涉只不过是走了无数个重复的圆,才发现清帝国和秦帝国没有什么本质区别。

就这样,"终日沉浸在自我封闭的漫长黑暗之中"的帝国,迎头撞上了前所未有的西方世界,第一次被完全陌生、外来、异类的文化强行介入,开始了最无奈、最勉强、最痛苦,又是最虔诚、最执著、最迫切的文明再造。此次变局,其惨烈激荡、颠顶迂腐、虚骄错乱、危殆坎陷、苟延残喘,至今仍让人羞愤难言。从鸦片战争到洋务运动,从甲午海战到戊戌变法,充满了黑暗、耻辱、斗争、彷徨,充满了血与火、灵与肉、英雄与狗熊、光荣与梦想、尴尬与冲突,有盗火者为我们照亮前路,有窃国者将我们带进深渊,我们经受了难以承受的失败,也迎来过并不可靠的胜利,我们一次又一次地审视、重估、颠覆、摧毁,然后又在一片废墟上重建自己的价值理想和生活世界。

不得不说的女人

时光跨入19世纪以后,大清没有出现一位英明皇帝,嘉庆只懂得吃祖上的老本,道光败给了西方人,咸丰失去了圆明园,同治嫖娼得了梅毒,光绪一直是个懦弱的傀儡,宣统上台时还不会说话。要说大清后期的强人,能拿出手来的,只有一个女人。

她姓叶赫那拉氏,名叫杏贞,小名兰儿,17岁被选秀入宫,赐号兰贵人。她姿色姣好但远未达到闭月羞花的地步,只是凭借着为咸丰帝生下唯一的儿子载淳(后来的同治帝),才被晋封为懿妃、懿贵妃。同治帝继位后,她被尊为圣母皇太后,不久又加上徽号,称慈禧太后。因她居住在皇宫西六宫的长春宫,所以俗称西太后。

旗人的女儿往往比丈夫能干,她似乎还有一般女人所不具备的果敢。碰巧,咸丰帝是一个胆小软弱的男人,在内忧外患中缩手缩脚,常常为了排解苦闷喝得烂醉。当兰儿第一次试着为他出点主意的时候,他并未表现出不乐意。渐渐地,这位有胆有识的年轻女人接近了帝国的权力中心。

就在英法联军逼近北京,咸丰帝准备出逃的时候,这位女人第一次从幕后走到前台,冒着违反"妇人不能干政"家法的危险,极力反对这一懦弱而荒唐的决定:"皇上在京,可以震慑一切。圣驾若行,则宗庙无主,恐为夷人践毁。"尽管皇帝没有听从规劝,最终逃奔了热河,但在满朝文武的惊慌莫名中,这位女人的话掷地有声,足以令满堂的男人无地自容。

她的第一次政治表演发生在咸丰帝驾崩后,27岁的慈禧太后主动联合慈安太后(东宫太后),以迅雷般的手段发动宫廷政变(史称辛酉之变),夺取了顾命八大臣的权力。但她只杀了为首的肃顺、载垣、端华三人,对胁从者则不予追究,将朝臣与肃顺往来的信件一把火烧掉,变人人自危为个个感恩,迅速果断地稳定了局势。整个政变,舆论准备之完善,军力配合之恰当,行动掩盖之周密,爆发时间之准确,善后处理之明快,令朝廷上下瞠目结舌。

第二次表演是在暗中。光绪七年（1881）三月初十，正值44岁盛年的慈安太后突然病死。朝廷颁布的正式哀告说，她是正常死亡。但御医薛福宸说，早晨我给东宫诊脉，只是小感风寒，怎么可能下午就去世了呢？左宗棠也说，我昨天见东宫时，她还思维清晰，怎么今天就暴毙了呢？因此，人们有理由怀疑她是被毒死的。当时能够接触慈安的人，除了贴身宫女就是慈禧。而她死后，受益的只有慈禧。因此，《崇陵传信录》和《清朝野史大观》都说是慈禧用毒饼害死了她。从此，垂帘听政的两宫太后只剩下一宫，慈禧成为独一无二的太上女皇。

第三次表演就更令人心惊肉跳了。光绪十年（1884）三月十三日，慈禧突然下旨，将以奕䜣为首的军机处全部撤换，组成以礼亲王世铎为首的新的军机处。大家都知道，世铎是典型的平庸之辈，新的军机处无疑就是慈禧的政治装饰品。而奕䜣是慈禧坚定的政治同盟者，在辛酉政变中功勋卓著，同时也深谙外交事务，只是他日益上升的威望威胁到了慈禧的地位而已。就这样，她拥有了不受任何约束的绝对权威。

她不仅政治手腕了得，在政治上也不保守，并不像一些历史书说的那样是一个反对学习西方的人，洋务运动就是在她的支持下开始的，她还支持官员出国考察，派出留学生，组建北洋舰队，兴办工厂。实际上，没有她的首肯，戊戌变法不可能开始。在她统治的最后十年，她的改革范围甚至比康有为、梁启超当初的蓝图还要广泛（除了威胁大清权威的实质性君主立宪）。

也就是说，尽管她小时候没有接受良好的教育，但她既不愚蠢，也不鲁莽，一点儿也不比她的丈夫、儿子和侄子笨。为此，有人曾把她比作俄罗斯女皇叶卡捷琳娜。

我要说的是，如果把她和叶卡捷琳娜列在一起，就大错而特错了。因为她只有对方的精明果敢，没有对方的科学头脑和政治智慧。

不客气地说，她只是一个精明的皇家女子。她只会用管理家庭的方式管理国家，晚清名臣曾国藩第一次进京面见慈禧太后，没想到这位传奇女人和自己拉起了家常。曾国藩在当天的日记中失望地写道："两宫才地平常，见面无一要语。"

她在私人生活上倾注了极大的热情与精力。她更关心她的颐和园，她的宠物。她把大量时间浪费在化妆、看戏、观花、喝茶、吸烟、吃饭上。她光宠物就有三只,分别是小狗、小猫和小猴。为了在头型上赶上时代潮流,她专门设置了梳头太监,太监李莲英因为梳头有一手,居然成为大清炙手可热的人物。

她关心的是她所在的满洲人的既得利益不受侵犯,当然更关心自己的权力不能受到挑战。她热衷权力,但仅仅满足于用权力控制他人,维护自己的地位和享受而已。当自己的既得利益受到损害时,不管你从事的事情对国家和未来多么重要,统统免谈。如戊戌变法怎么变都可以,但变法者不能越过她任免高级官员,不能限制她和亲信们为所欲为,一旦发现变法者超越了她设置的底线,不但变法要停止,而且有人要出来承担责任,也就是掉脑袋。如甲午战争怎么打都可以,但不能妨碍自己庆祝六十大寿,为了祝寿挪用一点军费算什么,因为国库就是她的,谁胆敢说三道四,就会被摘掉顶戴花翎。大清户部的账目显示,她的六十大寿庆典共花去银541万两,而甲午战争中户部为前线的拨款只有250万两,不到庆典支出的一半。

说到底,她缺乏为了国家、民族牺牲自我的献身精神,从不为了政治和事业而牺牲自己的私人利益。而苦难深重的中国需要一个具有非凡气魄和世界眼光的巨人来引导,可惜历史没有产生这样的巨人,却把这个位置留给了她——一个拥有政治技巧但却缺乏事业心和责任感的女人。

在权力争斗中她冷酷无情,对世界大势却目光短浅;她有多样的手段控制局势,却没有足够的热情改变中国;有时候她也能采纳正确的意见,如在左宗棠与李鸿章因为夺回还是放弃新疆争执不下时,果断支持前者出兵收回属于大清的国土;有时候却做出一系列荒唐的决定,一错再错,令人哭笑不得,义和团就是一个鲜明的例子。

在山东、直隶等地兴起的义和团,本是一伙相聚习武、自卫防身的拳民,以能"刀枪不入"而闻名四方,后来打出了"扶清灭洋"的大旗,对西方的一切抱着一味排斥的态度,兼有了反抗侵略和闭关自守的两重性,他们攻打教堂,惩治教徒,抵制洋货,滥杀洋人,甚至有几个拳民闯进皇宫,试图杀掉向西方学习的光绪。最终,各国公使于1900年发布照会,要求大清在两月内剿灭义和团,否则各国将自行出兵。对于这样一个矛盾的运动及其带来的麻烦,慈禧表现出了更大的矛盾:有时公开支持,想借助义和团与西方列强对抗;有时又怕得罪西方列强,准备派出军队镇压。在庚子国变期间,她朝令夕改,形同儿戏。结果,局势失控,列强以德国公使在东单被击毙为借口,大举进攻中国。

一方是没有做好近代战争准备的一个国家,一方是武装到牙齿的八国联军。大清一旦公开宣战,结局只有失败,而慈禧居然以光绪的名义颁布了《宣战诏书》。

当清军将领聂士成腹部被炸开仍挥刀指挥的时候,当无数百姓举着大刀、长矛面向枪炮冲锋的时候,当炮弹呼啸着飞向平民房屋的时候,慈禧在想什么,慈禧在哪里?

慈禧已经穿上蓝布大褂,打扮成逃难的农妇,悾悾惶惶地西行避难,将偌大的北京城留给八国联军烧杀抢掠,据传说将自己的龙床留给西方指挥官与妓女厮混。在西行的路上,她是否想起了当年自己慷慨激昂地阻止丈夫出逃的情景?

在逃亡途中,她以光绪帝的名义发布圣旨,屠杀义和团——那伙对慈禧言听计从,高擎着"扶清灭洋"旗帜,傻乎乎地冲向外国侵略者的农民。

她发布的又一道圣旨是,由两广总督李鸿章北上与列强谈判。

她还假借光绪帝发布了一系列圣旨,主要意思是,只要不杀自己,只要保留自己作为太后的权力,什么都可以答应,杀什么人都可以,她最有名的一句话是:"量中华之物力,结与国之欢心。"

结果是,大清赔款4.5亿两白银(列强的说法是"人均一两,以示侮辱"),100多名官员被杀,无数民众被作为"拳匪"处死,李鸿章大口吐血而亡,只有她毫发无损。

就是这样一个女人,在48年中牢牢控制着整个大清朝廷,把形形色色的男人操纵在股掌之中。她之幸?满洲人之幸?

光绪三十四年(1908)十月,眼看自己大病难愈,她派人先行毒死了光绪帝(中国原子能科学研究院和北京市公安局法医检验鉴定中心组成课题组,于2008年对光绪帝的头发、遗骨、衣服进行了检测,确证光绪帝死于急性肠胃性砒霜中毒),交待好后事,然后才放心地撒手而去。

她在病榻上留下的最后遗言是:"以后勿使妇人干政,此与本朝家法有违,须严加限制。"对此,多数历史学家认为她对自己长期垂帘听政有所悔悟,而我更愿意相信这是一种只许州官放火不许百姓点灯的霸王行为,反正自己快死了,用不着兑现诺言。这就好比欺负了媳妇一辈子的婆婆临终说:"以后不能再允许婆婆欺负媳妇。"

有人说,如果没有慈禧,戊戌变法或许会成功。我要说,如果慈禧不死,辛亥革命能成功吗?任何历史假设都没有意义。

的确,没有了强人慈禧,一位医生振臂一呼,辛亥革命就敲响了大清的丧钟,女真后裔建立的大清王朝迅速完结,秦始皇创造的2132年的封建帝制也画上了句号。满洲人从此改名满族。

太阳迟早会落山,它必须把天空让给月亮和星星。满族人不应该感到遗憾,因为时代变了,无论谁上台,都不能像以前那样"家天下"了。

我最大的忧虑是,如今的满语和赫哲语,已经处于完全失去交际功能的状态。语言对于一个民族来说,如同牙之于虎,角之于鹿,翅膀之于大雁,是本民族立足存续的本领,更是有别于其他民族的脸谱。失去了语言,遍布长城内外的满族,就将失去鲜明的民族文化个性。长此以往,那个曾经缔造过渤海国、大金、大清的马背英雄,将从多彩多姿的民族大家庭中淡出。

于是,我联想到一个中亚国家博物馆门口的横幅:"只有一个民族的文化活着,这个民族才活着。"

第四章 浙江发现的,是东方"诺亚方舟"吗?

世界让我遍体鳞伤,但伤口长出的却是翅膀。

——叙利亚·阿多尼斯

假如人体冷冻成功

父母仙逝,爱人亡故,孩子夭折,朋友离世,给人类带来了太多的恐惧、焦虑与忧伤,也引发着人们对生与死的永恒思考。在人类的三大梦想中,长生不老排在首位,其次才是飞天和预知未来。

美国有一个人体冷冻协会,创办者是数学家 A. 奎夫,他坚决否认死亡是不可避免的。该组织的任务就是研究如何将人体制成标本冷冻起来,几十年、上百年、上千年之后再解冻。他们先拿动物做试验,实验时将动物的血液抽出来,然后向其体内注入一种防冻溶液,抽干血液的动物躯体被放入一个装有液态氮的容器中,在零下 196 摄氏度的环境里储存。如果对人体实施超低温冷冻,还要考虑把大脑和其他敏感的器官分离出来,分别保存在不同的容器里,类似医院进行器官移植手术之前运输器官所采取的方法。目前,动物实验已经取得进展,他们将一只家犬在超低温下冷冻,15 分钟后解冻,苏醒后的家犬依然活蹦乱跳。仓鼠、猫、鱼、龟的实验也都取得了成功。人体冷冻一旦成功,人类死而复生的梦想将变为现实。

试想,如果千年之后冷冻的尸体解冻继而复活,他们将成为历史最可信、最直接的讲述者。如果人类早在诞生之初就掌握了这一技术,那些稀奇古怪的远古传说中的水分就会得到最大限度的甄别与剔除。历史学家和考古学家这一最为神圣的职业,也将在地球上无奈地消亡。

但这毕竟只是一种设想。因此,我们讲述历史,仍然需要借助考古。

东方"诺亚方舟"

2002年11月,中外记者蜂拥到今浙江萧山跨湖桥遗址发掘现场,然后争相发布出一则惊人的消息:新石器时代早期一条长5.6米、近乎完整的独木舟被成功发掘。该古船为单体独木,用"锛"制成。经碳14和热释光测定,该独木舟距今约7000至8000年,是迄今为止世界上发现的最早也是最完整的古船。

这也许就是一条东方的"诺亚方舟",东海平原的住民们就是驾着这样一条条独木舟,成功逃离了突如其来的洪水,辗转来到今浙江、福建和广东,成为中国远古越人的先民。

来到中国东南沿海之后,越人先民先后创造了辉煌的跨湖桥文化(约前6000年)、河姆渡文化(前5000—前3300)、马家浜文化(前5000—前4000)、崧泽文化(前4000—前3300)、良渚文化(前3300—前2200)。

现代考古学家在浙江浦江县上山遗址中,发现了1万年前贮藏在陶制器皿"料"中的水稻。在湖南澧县梦溪乡"八十垱"地区,发现了大约8000年前的1万多粒似籼似粳的稻粒和一柄长90厘米的木耜。在跨湖桥遗址,发现了8000年前的陶片、石器、骨耜及稻谷颗粒化石。在河姆渡遗址第四层4000余平方米的范围内,发现了距今7000多年的籼稻稻谷、稻草和稻壳的堆积,最厚处在1米以上,经换算稻谷总量在120吨以上。看来,这里有可能是世界稻谷的发源地,史前时期一定人丁兴旺,耕牛遍野。

我开始为自己的思维定式而脸红。在此之前,我固执地认定黄河流域才是中华古文明的发祥地。面对此地越来越多的出土文物,我不得不重新梳理自己的思绪,并将注意力更多地转移到多雨的南方。令人振奋的是,出土成果还在继续:

在江苏吴江梅堰遗址,发掘出7具7000年前的完整水牛头骨,说明这里已经从渔猎文明走向了农耕文明。

在河姆渡遗址,发现了7000年前的干栏式房舍和方形木结构水井,说明古越人已经走出洞穴、半地穴开始了高水准的平原定居生活。

在中国南方各地,发现了大量以几何印纹陶为主要特征的文化遗存。

这些无不昭示着,驾驶着"东方诺亚方舟"而来的古越族,已经默默创造了不亚于中原的史前文明,为中华文明史平添了一抹瑰丽的朝霞。

谁说远古江南少人烟,谁说南蛮之地无文明?

亮 出 拳 头

与同宗的东夷一样,古越族也是一个好战的民族。

第一个亮出拳头的越人,名叫允常。

没有障碍的路,不可能带你到更远的地方。在群雄争霸、弱肉强食的春秋时期,尽管中华大地上诸侯国数目已从周朝"封建"的71个减少到不足20个,但以强悍著称的越人和吴人(荆吴和夏人联合体)不仅没有被吃掉,而且在今浙江和江苏一带并排崛起。古越人首领允常在大肆拓展国土之后,于东周敬王姬匄(gài)十年(前510)建立了春秋时期著名的国家——越国。吴国也在"战神"孙武和"智多星"伍子胥辅佐下日渐强盛。

最初,两国的关系还说得过去。周敬王十四年(前506),吴王阖闾(hélú,即公子光)率兵攻打楚国,他的弟弟夫概私自脱离战场跑回国内自立为王,并得到了越国的暗中相助。尽管阖闾回师赶跑了夫概,但内心深处已经恨透了那位邻居——越国。

刻骨的仇恨如同田埂上的野草,可能暂时枯萎,但一定会在春雨霏霏的时节醒来。周敬王二十四年(前496),越王允常病逝,儿子句(gōu)践(又称勾践)继位。阖闾尽管过着歌舞升平、前呼后拥的惬意日子,但一想到九年前越国对自己的不敬,就气火攻心、五内俱焚,他认为越国新王上台是报仇雪恨的绝佳机遇,便不听孙武、伍子胥的极力劝告,不等准备工作就绪,就率儿子夫毅和3万士卒南下三百里,去教训立足未稳的句践,历史上一场小有名气的战争——樵李(zuì lǐ,浙江嘉兴西南)之战如期上演。

曾经以3万精兵横扫20万楚军的吴国雄师,对付一个羸弱的越国,好比今日的NBA明星队挑战越南大学生队。

事实也果真如此。句践率阻击部队北上,与吴军在槜李遭遇,句践派出敢死队正面猛击吴军,但吴军阵形不散,岿然不动。句践再次组队冲击,仍旧无功而返。似乎,吴军并不急于出手,等待对方"一鼓作气,再而衰,三而竭"之后给予致命一击。

战争也是艺术,它充满了磅礴的气势,灵动的变化,惊人的胆略和天才的创意。只有你想不到的,没有敌人做不到的。之后,极端鬼魅的事情发生了。年轻的句践派死刑犯首先出阵,排成三行,把剑放在脖子上,一个个陈述表演后,自刎于阵前。吴国士兵想不通对方军人为什么自杀,纷纷挤向阵前,以便近距离地观赏这一军事奇观,居然看得忘了神,傻了眼,你推我搡,阵形大乱。

机不可失,句践挥戈发动冲锋,以山呼海啸之势猛击阵形已散的吴军,吴军仓皇败退,稳操胜券的吴王阖闾不仅大败,而且脚趾中了毒箭溃烂而死。

一向按兵法作战的阖闾"马失前蹄"。这正应了美国西点军校的那句校训:"专业士兵的行为是可以预测的,但世上却充满了业余玩家。"阖闾的儿子夫毅也不幸死去,太子夫差(fú chāi)继任吴王。

阖闾连同他爱不释手的鱼肠剑,被葬在今苏州的虎丘,遗体用三重铜棺下殓,四周灌入水银为池。葬后三天,坟上升腾起一团白雾,形如一只下山的猛虎,吴人说那是阖闾不死的冤魂。

而侥幸获胜的越国,躲在暗处窃喜不已。

装出来的"忠诚"

"人生下来不是为了被打败的。"海明威隔着2460年时间隧道和2万海里重洋说。

继任吴王的夫差,常常安排一人站立在内宫庭院,每当他出入,此人就面对他大喊:"你忘掉越王杀父之仇了吗?"夫差随口应答:"深仇大恨,岂能忘怀!"与此惊人相似的是,在相隔数千里外的波斯,也是在同一时期,国王大流士为铭记雅典人对他的侮辱,每当进餐时都让侍从在他耳边喊三遍:"老爷,勿忘雅典人!"

很快,夫差重建起一支令人恐怖的军队。消息传到越国,越王开始寝食难安。

越王句践不顾大夫范蠡的劝阻,决定先发制人。周敬王二十六年(前494),吴越在夫椒山(今太湖洞庭西山)展开会战,夫差领兵10万,而句践率领的水军只有3万。这是一场规模宏大的水战,吴军抢先占领了夫椒山,夫差、伍子胥、伯嚭亲自登船指挥,人数众多的吴军发起了怒涛般的疯狂进攻,越将灵姑浮、胥犴战死,越军大败而退。

夫差追着屁股,一直打到越国都城会稽。会稽很快失守,句践被迫带领5000名残兵败卒退守会稽山,仍然被夫差大军围住,一日三惊。

在后悔之余,自知无力挽回败局的句践,派大臣文种向夫差请罪。因为他深知,低头不是认输,而是要看清脚下的路。

文种先是用金钱美女私下贿赂了吴国太宰伯嚭,由伯嚭先去做夫差的工作。伯嚭见了夫差,首先祝贺胜利,然后问夫差准备如何处置句践。

夫差用力挥了挥手,说:"杀掉!"

伯嚭说:"一剑杀了他,的确很痛快。但此事传出去,就会背上滥杀诸侯的名声,对大王争霸诸侯何益呢?"

夫差似乎有些松动,但心又不甘:"可他与我有杀父之仇啊!"

伯嚭又分析说:"那可以让他到吴国赎罪,为先王守灵啊,这比一剑杀了他更有意义吧。况且,大王不杀句践,不但句践和越国会感恩戴德,铁了心做吴国的附庸,就是其他诸侯也会为您的宽阔心胸所折服,您的声誉加上吴国的实力,大王霸业可成呀!"

于是,伯嚭把文种领进吴国军营。文种膝行至夫差面前,顿首道:"败君句践派我请示吴王,越国愿做吴国的附庸。"

夫差哼了一声,然后没好气地问:"条件呢?"

文种赶忙说:"只要大王放过越国,越王句践甘做您的奴隶,越王后愿做您的奴婢,越将范蠡可做您的下人。"

听完文种的话,夫差的虚荣心得到了极大的满足。于是,他未听从伍子胥杀句践以绝后患的建议,答应了句践到吴国为奴的请求。

只有在退潮时，才能看到谁在裸泳。当初伯嚭和伍子胥一样，是因为遭受迫害从楚国逃到吴国的，后来一直勇敢战斗在抗楚与攻越前线。但在拿了越国的"好处"后，他就与伍子胥在灭不灭越国的问题上发生了争执，积极地为句践奔走斡旋，直到把句践从泥潭里拽出来。

句践在吴国当臣仆三年，住囚室，服劳役，替夫差驾车养马，任劳任怨地服务。越王后洗衣，劈柴，洒扫，脚不沾地地劳作。范蠡则睡得比狗晚，起得比鸡早，担下了几乎所有的脏活、重活、累活。见到越王卑躬屈膝的样子，吴地百姓指指点点地说："那仆人就是越王句践！""看他那鹰钩一般的鼻子，真像一只鹭鸶啊！"那分明是在骂他是一只鸟呀。听到这些话，句践连眼皮也不敢抬，只有默默地将满腹的幽怨连同艰辛的日子一起吞下。

一次，夫差准备上马，句践突然快步上前，匍匐在马的一侧，抬头说："大王，踩着罪臣的背上马吧，方便一些。"夫差有些诧异，犹豫了一下，还是踩着句践的后背潇洒地跨上了宝马，在卫士的簇拥下扬长而去。夫差回头，看见阳光下的句践一动不动地趴在地上，脸上没有一丝表情，像一尊被踢倒在地的泥塑。

一天，夫差登上高台，极目远眺，一腔英雄血涌上脑门，横生出睥睨天下、舍我其谁的无穷气概。偶然俯视，他远远望见句践坐在马棚外小憩，而范蠡和越王后则毕恭毕敬地侍跪在两侧，虽蓬头垢面，仍严守着君臣与夫妇之礼。这在一般雄才大略的君王，肯定会生出几分警惕，而夫差却感慨地说："越王毕竟是一国之君啊，他与臣下虽在穷厄之地，却不失君臣之礼，太令人伤感了！"

有一次夫差病了，句践亲自去尝夫差的粪便，然后用一种唯恐别人听不到的惊喜声调说："病人的粪便如果是香的，性命就有危险；如果是臭的，表示生理正常。大王的粪便很臭，一定会立即痊愈的。"

这种装出来的"忠诚"，居然深深地感动了夫差。夫差不止一次地公开赞叹道："句践，仁人也。"

三年后，夫差允许低三下四的句践回国。

当时是吴王夫差七年（前489）冬天，天色昏黄，冷风刺骨，吴王夫差亲自到"蛇门"以外送行，他拉住句践的手久久不松开，句践夫妇在千恩万谢之后，方才上了范蠡驾驶的马车扬长而去。夫差的这一做法，使我想到了美国独立战争时期的政治家塞缪尔·亚当斯针对主张妥协的人发表的那段著名演讲:如果一个人有力量抓住恶狼,却不拔去尖牙利爪就把它放掉,那他一定是个疯子。

也许读者对以上的叙述感到啰嗦,不是一句"句践被扣三年方才回国"就够了吗?但笔者以为,结果固然重要,但从复杂的过程看生命的艰巨,更能享受到人生的隆重与壮美。比如足球,若单单为了决出胜负,完全可以一上来就踢点球的,满场奔跑是为了什么?

美 人 劫

雄心是失败最佳的避难所。被放掉的句践回国后,第一件事就是遍求破吴良策。大臣文种针对吴强越弱、吴荣越辱的格局,搜肠刮肚,熟虑深思,一下子向句践献上了七种破吴秘方:"一是用财币取悦夫差,以贿赂结交佞臣;二是高价买吴国粮草让其积聚空虚,满足其欲望使吴民疲惫;三是送上绝色美女迷惑夫差的心志;四是送去巧工良材让其大造宫室导致财富穷尽;五是遗之谀臣,使之易伐;六是强其谏臣,使之自杀;七是积累财富操练兵马,等待吴国出现问题。"

在文种七大计策中,最有名的,莫过于美人计了。

依照文种的计谋,句践派出大量相士巡行四方,决心寻觅几个绝色美女,再通过有计划的训练,以期达到迷惑吴王并离间吴国君臣的目的。

几经周折,相士们在浙江诸暨南部的苎萝山下一个姓施的村庄,找到了一个浣纱女。

她本名夷光,因为家住村西,所以被称为西施,据说她在浣江浣纱时,其美貌使游鱼忘记呼吸沉入水底,因而有了"沉鱼之貌"的美名,位列古代四大美女之首(另有落雁的王昭君、闭月的貂蝉、羞花的杨贵妃)。村里还有一位丑女,因为家住村东,所以被称为东施,据说东施期待自己像西施那般美丽,经常模仿西施手捂胸口、紧蹙眉头的样子,因此被后人调侃出了一个"东施效颦"的成语。

范蠡得到相士的报告,半信半疑,星夜赶往苎萝山下,见到了脸如月下梨花,肤如凝脂绸缎,眼如幽谷深潭的西施。那一刻,阅女无数的范蠡惊如天人,手足无措,心都快要跳出来了。

好半天,范蠡才回过神来,然后开始循循善诱地说服西施,从保家,到卫国;从人生的意义,到奉献的价值,直到这位不谙世故但冰雪聪明的贫寒女子慨然应允。

第二天,西施告别了身为樵夫的父亲和因为埋头纺织未老先衰的慈母,从此踏上了一条不归路。

在范蠡主持下,西施、郑旦(字修明,鸬鹚湾村人)等几位绝色女子,被封闭在今绍兴西施山,先后接受了歌舞、礼仪、步态、媚上以及画眉、纹唇、护齿、亮身等五花八门的培训,这其中当然少不了房中术与枕边策。每过半年,范蠡就邀请几位德高望重的老臣前来观验培训的效果。第一次时,老臣们禁不住掩袖而笑;第二次、第三次时,已目不转睛;第四次、第五次,有人已面红耳赤。到了三年期满,就连见怪不怪的范蠡都对美女们特别是西施心猿意马、依依不舍了。

> 麦子熟了,
> 熟成了一位饱满的姑娘,
> 被一个叫镰刀的男人,
> 给放倒在土地的床上。

范蠡将训练好的越女们送往吴国。越女们一经在吴王夫差面前亮相,立刻炸开了这位盖世英豪的心。西施本就如出水芙蓉、雪中梅蕊一般,经过三年的雨露滋润,就更加含苞待放、娇艳欲滴。而冷美人郑旦,早已把春梅绽雪、秋蕙披霜的气韵修炼到了极致。二人一温一凉,给了夫差以灿烂如火和阴冷如冰的双重体验。特别是越女们举手投足、一颦一笑中透出的优雅、从容与妩媚,更是令夫差手舞足蹈,心花怒放。

于是,夫差决心用自己高大的身躯,犁开郑旦那寂寞的处女地,催熟西施那香飘千年的鲜果。渐渐地,他被温柔如水、灿烂如花的越女所包围和软化。大臣们不禁为他捏了一把汗,但他明确地告诉大家:"我能抵抗一切,除了诱惑。"

这是姑苏西南的灵岩山,岩石会说话,飞鸟盈树梢,雨雾绕山间,秀色冠江南。2500年前,夫差征服越国之后,在这个仙境一般的去处建造了金碧辉煌的馆娃宫,作为自己与湿软如花、温润如玉的越女们调情嬉戏的地方。夫差沉醉在温柔乡里,就像孔雀一见参观者就骄傲地开屏一样,再也不把越国放在眼里,并且最烦别人说越国的坏话,以至于杀死了冒死力谏的伍子胥。

伍子胥的死,一直是中国人性的一个伤疤。实际上,能看清越国阴谋的吴国大臣,绝非伍子胥一人,也包括看笑话的伯嚭。可自始至终却只有伍子胥一个人站了出来,并为此掉了脑袋。于是,有人总结说,自古以来中国官场有四种人:一是哈巴狗,专门揣摩上级心思,是买好的;二是笑面虎,揣着明白装糊涂,是使坏的;三是疯狗,逮谁咬谁,是咬人的;四是脑残,人数最多,是起哄的。

据说,人的记忆大体分为两种类型:一是善于遗忘痛苦,一是善于铭记痛苦,前者多豁达,后者多建树。句践显然属于后者。他冬抱冰,夏握火,食不加肉,衣不重彩,睡觉时卧薪,出入时尝胆(成语卧薪尝胆从此诞生),并经常提醒自己:"你忘记会稽之耻了吗?"他轻民赋,重生产,并亲自下田耕种,让夫人带头纺织,在十年内完成了富民强国的既定目标。

其实,吴国的败亡,并非因为越国的什么"卧薪尝胆",而是在于夫差的"屡战屡胜"。穷兵黩武,一方面耗光了自己无暇去增益的经济积累;另一方面使得吴军成了一支疲惫之师,这样就给了躲在身后的越国以可乘之机。

周敬王三十八年(前482),当吴国大举北伐齐鲁,到达700公里以外的黄池(今河南封丘),后方空虚之时,蓄势已久的句践不失时机地突入吴国,杀死了吴太子友,放火焚烧了西施和夫差的"安乐窝"——姑苏台。又在姑苏城外,将狼狈回援的夫差一举击溃。昔日高高在上的夫差只好向句践低声下气地求和。算起来,此战距句践被俘不过10年。

9年后,句践发动总攻,彻底击败了疲于应付的吴军,夫差从姑苏乘夜色逃到阳山(江苏吴县万安山),仍被越军团团围住。文种宣布了夫差六大罪状:一是杀忠臣伍子胥,二是杀谏臣公孙圣,三是重用小人伯嚭,四是数次挞伐无罪的齐鲁,五是数度攻打应和平共存的越国,六是越王杀掉吴王,而夫差不知报仇,反而纵敌为患。在后人看来,前五条还算勉强,最后一条未免令人啼笑皆非。

寄希望于旧日自己的宽恕,是夫差的一个妄想。无奈之下,夫差派出孙雒脱光膀子,请求仿效20年前的他,准许吴国降为越国的附庸国。越王开始犹豫,但范蠡从旁阻止了越王。

范蠡击鼓发令,指挥越军攻上阳山,遂灭吴。

另一种说法是,句践看到吴国使者孙雒哭泣而去,心甚怜之,派人追上去传话:"上天把吴国赐给了越国,越王不敢不收啊,所以无法同意吴王的请和。越王准备把吴王封到舟山群岛,给他一百户居民。"

话传到夫差那里,夫差苦笑了一下说:"吾老矣,不能侍奉越王了。"随后,伏剑自刎。

当你按下电灯开关时,会感谢电吗?只有在停电时,才会想到电的好处。夫差自裁前对侍卫说:"我没有颜面在地下见伍子胥,请用布蒙上我的脸。"

据说,吴王自刎后,吴人把一腔怒火发泄到"美人计"的主角西施身上,用锦缎将她层层裹住,沉入扬子江心。

但我更愿意相信另一种说法,那就是吴国被灭前,年近四十岁的西施被范蠡偷偷带走,越海来到山东肥城的陶山(一说山东定陶)隐居下来,后来通过经商补贴家用。

"寻得桃源好避秦,桃红又见一年春。"
"春来遍是桃花水,不辨仙源何处寻?"

今肥城有范蠡墓与西施墓,静卧在遍野盛开、芬芳醉人的桃园中。春天那美轮美奂的人面桃花,恰似西施的芳容;夏末那蜜汁四溢的贡品肥桃,恍如西施的芳心。

无疆能否万寿

灭吴后,句践挥兵北渡淮河,与齐国、晋国等诸侯在徐州会盟,并发起了对徒有虚名的东周王室的进攻,逼迫周元王封句践为伯,越国成为名副其实的春秋一霸。

句践之子朱句当政时,越国的疆土东至大海,西邻楚国,南达福建,北到山东南部。

无疆(又称无彊),句践六世孙。他的名字会让人联想起"万寿无疆"

153

这个"文革"中震天响的词汇。人们不禁要问,无疆能保越国万寿吗?

最快的脚步不是跨越,而是继续;最慢的步伐不是小步,而是徘徊。无疆上台时,徘徊不前的越国已经明显失去了往日的气势与威风。况且这位无疆,是一位资质平平的国王。资质平平也就罢了,偏偏他又不自量力,时刻期望恢复祖先句践的辉煌。

问题是,在越国的身边,已经默默崛起了两位巨人:北邻的齐国由齐威王当政,文有孙膑,武有田忌,通过马陵之战击败了不可一世的魏国,已经替代魏国称雄关东,齐威王二十三年(前334),齐威王与魏惠王在徐州相约,准备合力讨伐楚国。西邻的楚国由楚威王当政,这是一位楚国建立以来少有的明主,一生以恢复楚庄王时代的霸业为己任,他根本没把东邻的越国放在眼里,而是积极准备与崛起的齐国一决雌雄。

面对如此强大的两位"威王",无疆居然决定于楚威王七年(前333)先攻齐国,再攻楚国,以此成就霸业。

消息传到齐威王那里,齐威王轻蔑地笑了。但孙膑提醒他,我们真正的对手是楚国,还是挑动越国先攻楚国,楚越两败俱伤,齐国也好渔翁得利。于是,齐威王派出使者到越国游说。

据说这位使者拥有苏秦、张仪一般的辩才,能把死人说活,把活人气死,对付智商不高的越王无疆应该绰绰有余。

齐国使者来到越国宫廷,眯着眼睛看了无疆半天,才旁敲侧击地说:"听说大王不准备攻打楚国了?"

"对。"无疆被齐国使者盯得有些发毛。

"越国不攻打楚国,从大处说不能称王,从小处说不能称霸。估计越国不攻楚国的原因,是因为得不到韩、魏两国的支持吧?"

无疆急忙辩解:"我所要求韩、魏的,并非是与楚军短兵相接、你死我活,我只希望韩、魏分散楚国的兵力。如今韩、魏却在黄河、华山之间互相攻伐,而为齐国和秦国所利用。所期待的韩、魏如此失策,怎么能依靠他们称王呢!"

齐国使者叹了一口气,"推心置腹地"继续分析:"越国没有灭亡太侥幸了!今天君王知道韩、魏已经失策,却不知道自己的过错,这就好比眼睛能见到毫毛却看不到自己的睫毛。君王所期望于韩、魏的,并非是与韩、魏联合,而是分散楚军的兵力。现在,楚军兵力已分散了,何必有求于韩、魏呢?"

无疆睁大眼睛,急忙问:"何以见得?"

使者说:"楚国三个大夫已分别率军向北包围了曲沃、於中,战线总长为三千七百里,另有一部楚军集结到北部的鲁国、齐国、南阳,兵力还能更加分散吗?君王此时不攻打楚国,因此可以断定越王从大处说不想称王,从小处说不想称霸了。您还没有傻到这个地步吧?"

一向自负的无疆哪经历过如此的激将法?于是,他放弃进攻齐国,转而攻打楚国。

胃口大开的楚威王正好苦于无人下口,于是派出大将景翠,集中兵力迎击越军,几个回合下来,就将并无多少战力的越军打得一败涂地,越国从此灭亡,无疆被击杀,带着他再也无法兑现的让越国"万寿"的梦想。

如今,那些光怪陆离、诡异奇绝的战争故事连同曾经的刀光剑影、金戈铁马,都已消失在厚厚的历史烟尘中,只剩下偶然出土的"吴王夫差自作用矛"与"越王鸠浅(句践)自作用剑",在湖北省博物馆里隔着陈列柜面面相觑。

分崩离析的越人在战国后期涌现出众多分支,被统称为"百越"。之后,王族纷纷沿海岸线向南逃窜,其中的一支进入福建,同土著人结合形成了"闽越"。无疆的第七代孙子无诸还曾经被刘邦策立为闽越王。元封元年(前110),末代闽越王余善因公开挑战汉武帝,被汉军所灭。

1958年,考古工作者在福建武夷山城村西南发现了从未出土过的具有汉代特征的器物,而且源源不断。第二年,福建考古队进驻城村,进行更大规模的持久发掘。渐渐地,一座占地1万多平方米的古代建筑群遗址重见天日,这就是消失了2000多年的规模宏大的闽越王城。

遗憾的是,闽越王墓到底在什么地方,至今仍是个未解之谜。

识时务者为俊杰

漫画家慕容引刀说,生活的一半是倒霉,另一半是如何处理倒霉。

越族后裔钱镠(liǔ)就是一位识时务、明大义、善于处理应急问题的君主,他于后梁开平元年(907)创建了吴越国,被代唐自立的梁帝朱全忠封为吴越王,其疆域包括今浙江、江苏、福建的十三州。在后唐灭掉梁朝后,他赶忙派遣使者送去了唐朝的传国玉玺,依然被封为吴越王。在五代十国的乱世中,他一直以"善事中国"和"保境安民"为国策,临终时谆谆告诫子孙"要度德量力而识时务,如遇真主宜速归附"。

正因为如此,不仅他活到了须发皆白的81岁,而且使钱家成为五代十国中寿祚最长的一姓君主。

此后的四代吴越王一直遵循开国君主遗训,始终没有称皇道帝,而是不断向中原朝廷称臣纳贡。

考验他们判断能力的时刻终于来到了。宋朝开国皇帝——宋太祖赵匡胤在开宝七年(974)通知吴越国主钱俶(ù),要求吴越出兵配合宋朝攻打南唐。

吴越国丞相沈虎子忧心忡忡地面见钱俶:"陛下,南唐尽管是我国的仇人,但毕竟是我国之屏障,一旦它亡了,我国怎么办?"

钱俶回答:"一如既往地听命宋朝,无论宋朝的任何诏令,我们都必须无条件服从。"

沈虎子愕然,继而大怒:"想不到陛下如此懦弱,如此胆小,如此短视。吴越虽小,但也有十余万军人;南唐虽弱,一旦与我们联合说不定也能挡住宋军。自古以来北方大国多少次在长江边一败涂地,不得不与南方小国划江而治。陛下怎能连抵抗的念头都没有,连敌人的影子没见到就俯首称臣呢?!"

钱俶并未生气,只是轻轻笑了笑说:"丞相,你被撤职了,还乡养老去吧。"

很快,国人都知道了钱俶的怯懦,并在私下里说三道四。但钱俶毫不在意,仍平心静气地安排军队与宋朝联合出兵南唐。历史证明,或许钱俶没有李煜那么有才气,那么会填词,那么有女人缘,但他清醒,他有自知之明,他有一双洞穿未来的眼睛。沈虎子看到了一般百姓看不到的局势,而钱俶看到的,比沈虎子要深远得多。也许他应该反问那位爱国丞相:"如果我反宋联唐,你信不信赵匡胤会先来打我?到那时,你觉得南唐能慷慨相助吗?"

听说吴越与宋朝联合来攻,南唐国主李煜给钱俶写了一封信:"今日无我,明日岂有君。一旦宋天子易地酬勋,王亦大梁一布衣耳。"

此信言简意赅,一针见血,李煜深信,对方见信当会立即撤兵,起码会裹足不前。

但钱俶注定不是一个按套路出牌的人,他收到信,据说也看了,但顺手把信转给了赵匡胤,然后继续命令吴越军团马不停蹄地杀向南唐。

大批南唐将士浴血奋战,仍挡不住滚滚而来的宋、越联军。金陵城破之日,宋将纵兵烧杀抢掠。嘴硬的李煜低头出降,冒着十一月的凄风冷雨,带上心爱无比的美人小周后,带着几百口装满黄金的大箱子,恓恓惶惶地进入开封,跪在赵匡胤脚下,换了右千牛卫上将军、违命侯的官爵,从此被软禁起来,再也听不到大周后娥皇弹奏的《霓裳羽衣曲》,看不到裹脚舞女窅娘(三寸金莲的发明者)在金莲花上翩翩起舞。好在,他身边还有一位娇嫩无比的美人。

问题还是出在这位美人身上,因为她太漂亮、太惹眼了,宋宫三千佳丽无人有底气和她站在一起。于是,民间传出一首民谣:"江南剩得李花开,也被君王强折来。"宋太宗赵光义继位后,别有用意地将李煜升为陇西郡公,将小周后封为郑国夫人。这样一来,有官职的男人必须每天朝觐天子,有诰命的女人必须每月进宫拜见皇后。小周后第一次进宫,就被赵光义拦在宫中,强制品尝那垂涎已久的甜蜜和触体即化的娇柔。以后她每一次进宫,往往是第二天才被放回,有一次居然被强留了三天。

最伤人的话,总是出自最温柔的嘴。小周后每次被轿子送回,都是委顿难耐,泪流满面,一再责骂李煜不能保护自己,最终促使李煜写下了那首千古流传的《虞美人》。但就是这首词,让赵光义感到愤怒,动了杀机。七月七日,本是牛郎织女相会的日子,也是李煜的生日,年方41岁的李煜只能饮下"牵机酒",满身抽搐,头足相抵在如水的月光里悲惨而逝。他那时的愁怨,恰似东流的"一江春水"。目睹着李煜临终的惨状,小周后一次次哭昏过去,不久也相随而去。

在南唐灭亡后的日子里,吴越国仍旧十分强盛。我无法对笔下的历史人物作穿越时空的深度采访,可以肯定的是他们一定经历了激烈的思想交锋。但继承了祖父衣钵的这位君主没有心存侥幸,经过深思熟虑,最终在宋太平兴国三年(978)决定"保族全民",将三千里锦绣河山和11.5万带甲将士,悉数呈献给北宋朝廷,从而在中国历史上首次实现了一个强盛的割据政权与中央政府的和平交割。

与生灵涂炭的南唐形成鲜明的对照,"纳土归宋"的吴越国民无一死伤,吴越国都城钱塘(钱家之塘,杭州)保持了昔日的风樯云舵、桨声灯影。以至于杭州很快取代在战火中遭殃的南唐金陵,名副其实地上升为"东南第一州"。

先前我在走,是风的旨意;
现在我坐下,因为风已息。

这是英国"伤感王子"罗塞蒂的诗,但钱俶并未表现出特别的伤感。钱俶献出吴越国后,北宋在扬州虚设了一个淮海国,封他为名义上的国王,后改封为南汉国王、邓王,一直把他软禁在开封。据说,这位虚拟的"国王"十分谨慎小心,每天早朝都提前赶到宫门等候。一日清晨,狂风暴雨大作,众节度使、国王没有一人上朝,只有钱俶父子恭恭敬敬地等在宫外,淋得跟落汤鸡一般,连心硬如铁的宋太宗也倍感怜悯。据说,宋太宗曾"申誓于山河",发誓永保钱氏子孙富贵。对于抵达汴京的近三千名钱氏族人,赵光义让他们"文武自择其官",上千人被授予官职。钱俶共有七个儿子,长子钱惟濬出任淮南节度使,次子钱惟治出任振国节度使,三子钱惟渲出任潍州团练使,四子钱惟演后来成为宋真宗的宰相,五子钱惟灏出任昭州刺史,六子钱惟溍出任武卫将军,七子钱惟济出任平江宣惠节度使,就连孙子钱承祐也出任泰宁节度使。

他在献国后又活了10年,病逝时正好60岁,死后被追封为忠懿王。

荡 平 安 南

钱俶献国十年前,即宋开宝元年(968),越人后裔——安南人丁部领建立了大瞿越国,随后派遣使者向宋王朝请封,被宋太祖封为检校太尉、交趾郡王,视其为"藩属"。学术界一般将大瞿越国作为越南建立自主国家的开始。

随后,政变频繁发生,先后由大将黎桓建立了前黎朝、福建籍禁卫军首领李公蕴建立了"大越"、闽人后裔陈日煚(jiǒng)建立了陈朝。后来,外戚黎季犛(máo)弑杀陈少帝,自称太上皇,立儿子黎苍为帝,将国号改为大虞,将姓氏改回原姓胡氏,并于明永乐四年(1406)杀害了从大明归来的陈朝王子陈天平。

消息传回北京,明成祖朱棣火冒三丈,诏令成国公朱能为征夷将军,张辅为右副将军,率80万大军远征安南。同时命令西平侯沐晟带另一支军队同时进发。

十月,朱能在军中去世,临时主帅张辅一边发出讨伐檄文,历数黎季犛二十宗大罪;一边率大军过关斩隘,从广西突入安南。另一支明军在沐晟率领下,也从云南进入安南。

胡氏大虞国也做了精心的准备,他们不仅将东、西二都建在宣江、洮江、沲江、富良江南岸,而且在江南北岸将城栅桥舰相连成了绵延九百里的"长城"。这样,滔滔江水和巍巍"长城"就形成了国都的两道屏障。似乎,这是两道难以突破的天堑。胡氏这样做的目的,就是拖延时间,等到春夏一到,瘴疠泛滥,不服水土的北方人定会不战而退。

张辅当然知道瘴疠的厉害,因此确定了在冬季迅速结束战斗的战略指导思想。十二月,张辅大军顺利渡江,与沐晟成功会合,用戴着狮子面具的战马对付胡氏的象阵,并以神机火器进行攻击,一鼓作气攻占东都。

趁热打铁,张辅派出手下大将猛攻西都清化。黎氏父子只得率残兵败将流亡海上。

黎氏父子一天不死,张辅就难以安眠。接下来,追剿行动马不停蹄地在沿海展开。第二年春天,张辅军小胜不断,但胡氏却雄心不死。一天,安南军居然杀回富良江,被张网以待的张辅军和沐晟军夹在中间,明军派出舟师横击,数万安南军人丧命江中,江水被鲜血染红,形如上下翻卷的红鱼。

五月,黎季犛和黎苍在奇罗海口被明军活捉,然后押送到京师问罪。战后,大明宣布撤销安南王国,改称交趾布政司,下辖15府,41州,210县。

安南再次划入中国版图。

中法之战

可惜,明朝带给新交趾的并非灿烂的阳光。明朝太监马骐担任交趾监军后,对当地民众的勒索无所不用其极,仅孔雀尾巴就要一万只,数目不足时就拿当地人的皮肉出气。当地人申诉无门,只有造反。

民众不合作的态度和起义军不间断的骚扰,让明军陷入泥淖不能自拔,接近10万人在越南丧命,明军只得明宣德二年(1427)无奈地撤出越南,造成这一局面的马骐被大明以激变番邦罪处斩抄家。

起义军首领黎利于明宣德三年(1428)在东京(今河内)建立大越,史称后黎朝。明嘉靖六年(1527),莫氏篡位称王;与此同时,反对莫氏的黎朝旧臣在南部迎立黎宁为王,越南进入了战乱频仍的南北朝时期。

以下的历史将明确地告诉人们,什么叫做饥不择食,什么又叫引狼入室。18世纪末,流亡在外的广南国王阮福映,在走投无路的情况下,得到别有用心的法国传教士的同情与协助,于清乾隆五十四年(1789)和法国秘密签订了同盟条约,允许法军常驻越南南部,并把岘港割让给法国。在得到明确而丰厚的承诺后,法国派遣一支军队,帮助阮福映复位。5年后,法国远征军攻陷首都顺化,将西山党推翻。之后,阮福映继续北伐,灭掉安南王国,统一越南全境,于清嘉庆七年(1802)建立了阮氏王朝,定都顺化。

当时的越南和朝鲜一样,属于大清的一级藩属国(琉球、暹罗属二级,缅甸、尼泊尔属三级),因而政权稳固下来的阮福映请求大清加封,大清改封他为越南国王。清嘉庆二十五年(1820),阮福映逝世,他临终前一再告诫儿子:"不可忘记法国的大恩,但千万不要将土地割给法国。"

继承人只记住了第二句话,因此对法国采取了防备和敌视的态度,法国传教士也受到动辄被杀的迫害,法国的愤怒可想而知。其实,这也太难为这位继承人了,因为此时越南和法国之间的关系如同寒冬里的刺猬,互相靠得太近,会觉得刺痛;彼此离得太远,又会感觉寒冷。

于是,早就想染指南亚的法国动手了。

清咸丰九年(1859),法国以保护传教士为借口,调兵入侵越南,攻陷交趾首府西贡(今胡志明市),越南只好屈膝,于清同治元年(1862)和法国签订了《西贡条约》,将交趾割让给法国。

似乎,法国对于如此轻易地获得越南三分之一的领土,已经比较满意了,但法国商人却垂涎被称为"北圻(qí)"的越南北部,因为法国商人久辟西在北圻首府东京(今越南首都河内),发现了一条通往中国云南的水上通道——红河,这条水道可以帮助他将军火贩卖给正在与大清作战的伊斯兰起义者和大清军队。可是,军火在越南属于违禁物品。于是,越南官员要求驻在西贡的法国总督召回这位商人。

清同治十二年(1873),法国总督派海军官员葛尔里前往调查,葛尔里率领两艘军舰到达东京后,居然被商人久辟西说服,建议法国总督派兵吞并越南北部。对此,越南官员愤愤不平,暗中派人与驻扎在越南山区的中国黑旗军首领刘永福联络。这支在太平天国失败后流亡越南的 2000 名中国绿林好汉,精心导演了一次伏击战,将葛尔里成功杀死。当刘永福把葛尔里等 5 颗法国人头呈献给越南国王阮洪任后,阮洪任大喜过望,任命刘永福为三宣副都督。

葛尔里之死,引起法国更大的压力,清同治十三年(1874),越南再次屈膝,与法国签订了第二次《西贡条约》,其主要内容为"法国承认越南是独立国,越南外交由法国代理,开放红河自由航行"。当法国驻大清公使把条约副本通知清廷,大清对条约拒绝承认,越南对这一条约也采取了阳奉阴违的态度,加上黑旗军在红河沿岸神出鬼没,"开放红河自由航行"简直就是一句废话。

法国岂肯善罢甘休,清光绪八年(1882),法国海军司令李威利从西贡率舰队北上,在北圻登陆,一举攻陷东京,越南向宗主国大清紧急求援。大清出面交涉,中法两国代表在天津签订了双方妥协的《天津草约》,但没有得到中法两国政府的认可。

清光绪九年(1883),中法两国同时宣布草约无效,法国大举进攻越南首都顺化,越南国防军瓦解,宣布投降的越南国王阮福升与法国签订了《顺化条约》,承认越南是法国的保护国,内政外交全部交付法国。越南上层爱国人士拒绝承认这一投降条约,宣布罢黜阮福升,另立阮福升之子阮福昊为国王,同时请求大清派军进入越南。

慈禧太后下诏向越南派兵,大清远征军进入越南,在北宁府、山西府、兴化府一带布防。可是,等到万余法军利用先进的枪炮向清军发动进攻,北圻东线的清军广西巡抚潘鼎新不战而退,被估计过高的黑旗军也被迫撤退,广西前线的清军全线瓦解,法军趁势占领镇南关,炸毁关门,直逼中国边界。

清廷宣布革去潘鼎新的广西巡抚职务,一位因年老多病返乡休养的大清将军被紧急起用,他就是广东钦州人冯子材。清光绪十一年(1885)初,督办广东军务大臣彭玉麟、新任两广总督张之洞推荐他为广西关外军务帮办,出任前敌统帅。

当时法军由于补给困难,已从镇南关退至关外十五公里处的文渊(今越南同登)、谅山,准备组织新的进攻。老将冯子材深知,为最坏的情况做准备,最好的情况才会来临。他料定镇南关外一公里的东岭是法军进犯的必由之路,便连夜构筑起一道长三里、高七尺、宽四尺的土石长墙,墙外挖成深四尺的壕堑,并在山岭修建堡垒多座,形成一个完备的山地防御阵地体系。

3月下旬,冯子材决定先发制人,乘着夜色率部出关夜袭法军占据的文渊,击毁敌炮台两座,毙伤法军多人。清军的主动进击打乱了法军的作战部署,迫使法军尼格里上校不等援军到齐即向清军防御阵地发起进攻。23日晨,法军第二旅千余人趁浓雾偷偷进入镇南关,另以千余兵力屯于关外作预备队。

守卫清军在冯子材鼓舞下,誓与长墙共存亡,阻止了敌人的前进。

冯子材一面率部迎战,一面调集援军。法军的大炮顺着东岭山梁朝下猛轰,掩护长枪队直扑过来。顿时,山谷震摇,硝烟弥漫,阵地上弹片积了一寸多厚。法军已将冯子材赶修的五个堡垒,夺走三个,形势万分危急。冯子材大声疾呼:"法再入关,有何面目见粤民?何以为生?"在主帅爱国热忱的激励下,将士们奋不顾身地冲出长墙,压倒了敌人的嚣张气焰。恰巧援军赶到,打退法军,保住了阵地。

次日清晨,法军倾巢出动,在大炮掩护下,分三路再次发起攻击,沿东岭、西岭和中路谷地进攻关前隘阵地。冯子材传令各部将领:"有退者,无论何将遇何军,皆诛之。"激战中,法军接近长墙,千钧一发之际,只见年近七十的主将冯子材身着短衣,手执长矛,率二子冯相华和冯相荣跃出战壕,大吼着扑向敌人。热血沸腾的全军将士一起呐喊着杀出战壕,争先恐后冲进敌阵,与手持长枪的法军展开肉搏战。贴身近战使得法军大炮丧失了威力,但见清军将士刀矛飞舞,杀声震天,法军尸横遍野,全线崩溃。

冯子材乘胜追击,于26日攻克文渊,29日攻克谅山,后又将法军残部逐至郎甲以南,中法战争整个战局被彻底扭转。法军战败的消息传回巴黎,法国茹费理内阁引咎辞职。

这是1840年以来大清在对外战争中罕见的重大胜利,然而,正当冯子材筹划攻取河内、光复全越、将法军彻底赶出越南之时,李鸿章却下令停战,冯子材被迫撤军回国,前线官兵无不以剑斫地,怒骂不已。时人将这一决定比作赵构召回岳飞、北伐毁于一旦的愚行。

可笑的是,6月9日,获胜的清朝与法国缔结《中法新约》,承认中国不再是越南的宗主国,从而彻底结束了中国与越南上千年的"藩属"关系。

不久,李鸿章拿着新条约向国人炫耀:"这是大清第一份没有割地赔款的条约。"

胜仗败约令爱国将领左宗棠怒气难抑,于条约签订后10天愤而辞官。同年9月5日,左宗棠带着满腔悲愤病逝于福州。

一向嫉恶如仇的左宗棠死了,一贯妥协退让的李鸿章还活着。有感于此,我在日记扉页上记下了这样一段话:除掉睡眠,人一辈子充其量只有一万多天,人与人之间的不同在于,你是真的生活了一万多天,还是仅仅生活了一天,却重复了一万多次。

法国独吞越南后,熟练地运用分而治之的殖民政策,将越南分割为南圻(交趾支那)、中圻(安南)、北圻(东京)三部分。光绪十三年(1887),法国把越南的三个部分和柬埔寨、老挝一起拼凑成"法属印度支那联邦",由驻西贡的法国总督统治。

一位史学家称,一个民族对另一个民族的征服或奴役,是以改变其语言为开始的,是以同化其语言为过程的,是以消灭其语言为结束的,法国对越南、英国对印度莫不如此。于是,法国人为越南专门创制了拼音化文字——国语字,越南人一直使用的官方文字——汉字被废止,喃字(一种日常用的汉字)被冷落。从此,这种带有法国烙印的文字成为越南标准文字,在越南教科书里,我们再也看不到"象形文字"那清秀典雅、韵味无穷的东方面孔。

之后,越南先后成为法国、日本、美国殖民地。直到1976年7月2日,越南民主共和国才正式宣布南北统一,改国名为越南社会主义共和国。如今越南的主体民族越族,是以百越的分支雒越为主体,融合占人、高棉人、汉人形成的民族。

即便是自己的牙齿有时还会互相打架呐,况且是两个历史悠久的邻居。越南与古老的母体中国之间,尽管有着许多的恩恩怨怨,但越南在借鉴"中国特色社会主义"方面却别有心得并多有斩获。共产主义是个理想,但崛起的越南却是个事实。

另外,在中南半岛上,还有几个与越族同源的民族——泰国的主体民族泰族(在中国境内叫傣族),老挝(中国台湾、香港称其为寮国)的主体民族老族,缅甸境内的掸族等。

壮侗语族

作为一个东亚人,如果你想独自畅游世界,最大的困难将不是交通工具和食物,而是语言。即便你是一位语言天才,学会了英语、法语、德语、俄语、葡萄牙语、西班牙语、阿拉伯语等世界主要语种,仍然无法摆脱借助翻译的窘境,因为世界上现存的语言多达6000多种。

更令人抓狂的是,世界上96%的语种被4%的人口使用着,尽管这些小语种以每半月消失一种的速度在减少。但如果你人为地让他们放弃民族母语去学习流行语种,那将是世界民族文化的一场灾难。须知,美丽是不可以称霸的,纵然是再美丽的花,也不该一花独放。况且,语言只有风格、样式、背景的不同,而无高下、优劣之分。

面对如此繁多的语种,语言学家创造了语言谱系分类法,将语言分为若干语系,语系之下分为若干语族,语族之下分为若干语支,语支之下才是语种。

以语言使用人口排列,涉及人口最多的语系有:印欧语系(欧洲、拉丁美洲、西南亚到南亚地区),汉藏语系(也叫印支语系,东亚地区),尼日尔-刚果语系(撒哈拉以南的非洲地区),亚非语系(旧称闪含语系,北非到非洲之角、西南亚地区),南岛语系(大洋洲、马达加斯加、东南亚地区),达罗毗荼语系(南亚地区),阿尔泰语系(中亚地区),南亚语系(东南亚地区),乌拉尔语系(北亚到北欧地区)。

按照囊括的语言种类排列,涉及语种最多的语系是:尼日尔-刚果语系(1514种语言),南岛语系(1268种语言),跨新几内亚语系(564种语言),印欧语系(449种语言),汉藏语系(403种语言),亚非语系(375种语言),尼罗-撒哈拉语系(204种语言),帕马-恩永甘语系(178种语言),奥托-曼格语系(174种语言),南亚语系(169种语言),塞披-让木语系(100种语言),壮侗语系(76种语言),图皮语系(76种语言),达罗毗荼语系(73种语言),玛雅语系(69种语言)。

与本文有关的汉藏语系,包含汉语、藏缅语族、苗瑶语族、壮侗语族,主要分布在中国、越南、老挝、柬埔寨、缅甸、泰国、印度、尼泊尔、不丹、孟加拉等地。

壮侗语族,又称侗泰语族或侗台语族,共分三个语支:一是壮傣语支(又称台语支),包括壮语、布依语、傣语、泰国语、老挝语、缅甸掸语等。二是侗水语支,包括侗(dòng)语、水语、仫佬(mù lǎo)语、毛南语等。三是黎语支,包括黎语、仡佬(gē lǎo)语。使用壮侗语族语言的人口,在中国超过两千万人。

所谓语族,是指包含所有可证明的从一个单一祖先语言传下来的有联系的语言,每个语族中的语言可以直接或间接地反映语言的分化与进化。按照语言学追寻各民族之间的亲属关系,被西方学者称为现代人类学研究的一大成果。

每撒下一缕阳光,就投下一片阴影。就像诺贝尔发明的炸药既给人类建设带来了福音,又给人类生存带来了噩梦一样,任何科学都具有两面性,语族的划分同样如此。由于西方学者对语族的硬性划分,结果给某些民族和国家带来了无穷的后患。譬如西方学者把几十个与突厥并无族源联系的中亚语种划入了突厥语族,给了泛突厥主义者以可乘之机,由此带来的混乱和麻烦至今未休。所以,勇敢纠正以往的重大失误,对语族进一步进行科学的分类,是所有当代语言学家面临的紧迫课题。

值得欣慰的是,壮侗语族的分类要比突厥语族严谨、科学得多。我们已知的是,傣族、壮族、布依族、侗族、水族、仫佬族、毛南族、黎族、仡佬族同属于壮侗语族,都是骆越、滇越、西瓯的后人。

即便是壮侗语族这样相对科学的划分,也出现了一个不大不小的意外:南海北部湾的两万多京族(在500年前从越南的主体民族越族分离出来),尽管也是越人后裔,但他们所说的京语(越南语)不属于壮侗语族,而是被归类在南亚语系孟高棉语族中。

因此,我奉劝那些仅仅靠语族分类去追寻各民族源头的人们,千万不要走进语言学家为您设置的美丽陷阱。

下　南　洋

对于有着东海平原基因的中国东南沿海渔民,特别是越人后裔来说,大海永远是他们的故乡。但背井离乡,做一个离家的游子,到一个全新的世界去开拓,确实是万不得已的事情。

"下南洋"既然成为堪与"闯关东""走西口"相媲美的重大历史事件,同样有"推与拉"的双向驱动。

推力方面,"经济压迫"是最具能量的"激素"。从明末到清末三百年间,伴随着农民起义、外族入侵和王朝更替,闽粤一带人多地少,百姓生活极度贫困,为躲避战乱,也为了改变个人或家族的命运,百姓一次又一次、一批又一批偷渡南洋。葛剑雄所著《简明中国移民史》中有一个简单的计算:从清道光二十年(1840)到民国十九年(1930)的九十年中,由闽、粤两省输出的流民每年平均十万以上。民国二十四年(1935)中国太平洋学会对流民出洋的原因所作的调查显示,因"经济压迫"而出洋者占69.95%。

拉力方面,英国、荷兰殖民统治下的南洋,正处于加速开发时期,劳动力需求量大,就业机会多。而且为吸引华工,南洋诸国采取了"最吸引人的条件",如马来西亚联邦最大的沙捞越州,在白色拉者二世执政时期颁布了一个特别通告:给移植者足够的免费土地种植,政府提供临时住屋安置移植者,免费供给大米和食盐一年,提供交通运输工具,建立警察局保护华人安全,华人可永久居住在沙捞越。这对无业或失业的流民来说,无异于"天上掉下的馅饼"。

闽粤人下南洋路线图

多少个风雨交加的夜晚,一群群破衣烂衫的沿海百姓,随着一艘艘帆船漂荡在水天茫茫的海上,他们或携妻带子,或孤身一人,漂洋过海,到达一个完全陌生的海岛。远望着消失在视线里的无限亲切的海岸,他们泪流满面。

如今,中国人的脚步已经遍及全世界。而海外华人中最大的一个群体,是东南亚华人。他们中的绝大部分,就是几百年前那些在南洋披荆斩棘的开拓者的后代。据不完全统计,印尼2亿人口中,约1000万是华人。马来西亚2500万人口,华人约600万。菲律宾6500万人口,有华人血统的超过1000万人。文莱40多万人口,华人在5万以上。新加坡500万人,华人约占75%,是海外华人比例最高的国家,我们称之为华人国家显然也不过分(见图六"闽粤人下南洋路线图")。

第五章　爬上日本岛，造就一个海洋国家

只有在大海退潮时，才能看到谁在裸泳。

——美国·巴菲特

绳 纹 人

从东海平原出发，无非是四个方向。西进、南下、北上和东去。东去的就到了日本列岛。

然而，把日本从片假名和平假名的杂乱掩埋下发掘出来，并非一件轻松的事情。而且由于近代的日本对其文化母体中国欠下了太多的血债，这就使得任何中国作者叙述起日本的历史都难逃"客观"与"中立"的陷阱。好在，历史的评判者不是国别，而是时间。因此，我便一身轻松地走下历史帆船的甲板，叩开日本——这个东亚邻居的大门，与同种的日本人艰难"交谈"了。

8000年前，海平面上升后的日本列岛与大陆分离。从东海平原逃离的人们，气喘吁吁地爬上峻峭的日本九州岛，钻进沿海山岩上的洞穴或竖穴而居，通过采集和渔猎艰难度日。

在食物有了剩余之后，他们发明了储存食物与水的陶器，并且有一个心思如绵的女子，试着把编织纹压在未定型硬化的陶器和陶俑上，无意中就有了一种近似草绳花纹的美丽图案。从此，她们以陶品为平台，用坦诚的童真和朴实的笔触来描绘世界，展示自我，叙述美丽。于是，这种印着草绳花纹图案的陶器，成为日本古人最明显的胎记，这个时代因此被称为"绳文时代"，这个时代的土著因此被称为"绳文人"。

绳文人最初大约2万人，到公元前5000年左右增加到10万人。他们身材矮小，男性身高大约在157厘米，女性在148厘米。

考古界在青森县三内丸山发现了一个绳纹村落，这个村落从公元前3500至前2000年持续繁荣了约1500年，鼎盛时期的居民高达500人，实在算是一个大村了。

入 侵 者

如同五胡内迁造就了伟大的隋唐帝国一样，外来移民的大量涌入，同样加快了日本列岛文明的脚步。

1884年，考古学家在东京都文京区弥生町，发现了一种无装饰、带红色的新型陶器，年代大约在公元前300年，这种陶器被称为弥生式陶器，这一时期的日本土著因此被称为"弥生人"。这一陶器的出现标志着，绳纹时代被弥生时代代替了。问题是，是什么力量将绳纹人带到了一个全新的时代呢？

答案是：外族入侵者。

据考证，大约公元前400年，外来移民强力入侵日本，移民一批又一批地从外地抵达这里，他们在外貌和文化上与绳纹人有着很大的差别。

从外形上看，他们与除阿依努人以外的日本现代人在形态上基本接近，有平坦的眉嵴，浅平的鼻根，高狭面，圆而高的眼眶，身高比绳纹人高三厘米到四厘米，与亚洲大陆的蒙古人种类似。

从文化上看，入侵者带来了青铜、铁与水稻，开启了日本的农耕时代。

那么，这些入侵者来自哪里？

观点之一：入侵者来自山东。

从地理位置分析，日本距离中国的淮河以北地区最近，所以，远古的那群移民最大的可能来自中国黄河中下游地区。根据骨骼测量结果，从周朝到汉朝，山东临淄地区（古齐国）的人群与日本弥生人的生理特征相近。另外，中国山东的面食比较有名，是较早种植小麦的地区，巧合的是，日本在弥生时代早期出现了小麦，而同时期的中国只有山东出产小麦。

另外，《史记》记载，秦王政二十八年（前219），"齐人徐市（fú）等上书,言海中有三神山,名曰蓬莱、方丈、瀛洲,仙人居之。请得斋戒,与童男女求之。于是遣徐市发童男女数千人,入海求仙人"。据此,大多数史学家和考古学家认为他到了日本,许多日本学者甚至认为日本皇室就是徐市的后裔。

观点之二:入侵者来自江南。

这个观点主要是根据水稻判断的。水稻最早出现在中国的南方,考古学家在浙江浦江县上山遗址中发现了1万年前的水稻,在跨湖桥遗址发现了8000年前的稻谷颗粒化石,在浙江余姚河姆渡遗址发现了7000年前的水稻文化。由此推测,日本的水稻种子可能是浙江的古越人带去的。

而且,弥生时代的灰坑遗迹、打桩高台建筑、坟墓,在中国的扬子江以南早有发现。就连弥生时代的玻璃器皿和丝绸上,都有着中国东南沿海的元素。

日本考古学家提出,冲绳岛港川发现的人骨,与中国广西柳江发现的人骨比较接近。[①]

1979年,日本人类学家鸟越宽三郎做出了一个大胆的论断:"大和民族的发源地在中国云南。"他为此寻找的一个论据是:"被认为是从云南南下的泰国山岳地带的少数民族婴儿的臀部均有胎斑,与日本人的胎斑相一致,这是日本人发源于云南的一大旁证。"胎斑也许不能完整地说明一个民族的起源,如同银行账簿不能完全证明一个人的全部家产一样。但人类学家会反驳说:"你能找到日本人发源于江南之外的证据吗?"

观点之三:入侵者来自东北。

这个结论来自头骨测量,结果表明,这群新移民和通古斯人、古朝鲜人群之间有比较接近的关系。特别是对现代日本人的基因分析发现,出现频率较高的是来自亚洲大陆东北部古人的基因。行文至此,我眼前浮现出公元前1046年,商纣王的大臣箕子率五千商朝遗民出逃朝鲜的情景。难道,这一部分血液里涌动着不安分因子的商人,又进一步跨海来到了日本?

严格说来,日本人和同样置身孤岛的英国人一样,是典型的混血人

[①] 吴新智《中国与日本旧石器时代晚期人类的关系》,载《人类学学报》1988年第3期。

种。其成分除了以上的三部分,还应该包括少量的南洋群岛的马来人,中南半岛的印支人。从这个意义上说,来自中国的日本新移民和被新移民赶往日本北部的土著——夷人,拥有同一个祖先——东海平原原住民。难怪一位美国人说,日本原有的文化实际上就是中国文化的扩大,凡是日本人所知的,都是从中国学来的。[1] 日本文明是典型的次生文明。

就这样,在公元前300年前,秦汉帝国拥有的农耕和金属器具文明,传到朝鲜半岛进而跨海输入日本,几千年来使日本列岛孤立于大陆文明的鸿沟——朝鲜海峡,突然成了联系两国文明的通途。[2] 出于对汉帝国农业文明的无限追慕,日本列岛萌生了文明的冲动,日本土著和外来移民从阴冷潮湿的沿海迁移到广袤的平原,住进了干栏式房屋,穿上了美观的麻衣,使用了铜铁器和更为精致的陶器,放弃长矛,拿起犁铧,昂首跨入了以种植水稻为主的农业文明阶段。

从战国到大和

一位西方生物学家说,一条鱼一次能产120万颗卵,如果全部存活,几年之内地球就会被这条鱼的子孙覆盖。事实上只有几颗卵幸运地长成大鱼,其余的注定完不成使命。上帝这么慷慨地散布"可能",但他并不对"可能"成为"现实"负责。

日本封建社会初期也是这样,产品的剩余,必然导致原始共产主义的解体,随之而来的便是阶级和国家的出现。在国家产生初期,你不吃掉别人,就会被别人吃掉。于是,战争,成为以部族为单元的国家之间主要的交流方式。公元1世纪中叶,北九州的倭奴百国边界,随时都能听到冷兵器的交响,其乱象丝毫不亚于中国的春秋战国时代。最终,只有几颗国家之"卵"幸运地长成了"大鱼"。

后来,一位胜多负少的倭奴国王甚至有能力把使节派到遥远的汉都洛阳,领受了东汉皇帝刻有"汉倭奴国王"的金印。东汉太史令将这一事

---

[1] [美国]亨德里克·房龙著《房龙地理》,海峡出版发行集团2011年版。
[2] [日本]井上清《日本历史》,陕西人民出版社2011年版。

件写入了中国史册。这在尚且没有文字的日本,可是一件非同寻常的大事啊。

此举轰动了日本列岛。

有人问这位倭奴国王:"你为何如此在乎东汉的认可?"国王答:"东汉,大国也!"他的这一做法,让我联想到今天每一个新独立的小国,都会马上跑到美国、中国和俄罗斯寻求认可并建立外交关系,然后争取在联合国增加一把椅子。而当时的东汉,在众多的日本小国眼中,无异于今天的常任理事国。

3世纪初,邪马台国在"倭国大乱"中异军突起。据《魏志·倭人传》记载,这是个拥有28个属国的大国,首领是一位以"鬼神"笼络人心、很少抛头露面的独身女子。她一如窗外独自绽放的傲雪之梅,愈是寒冬的肃杀,愈无法禁锢她绽放的炽烈,给污浊纷乱的空气带来一抹清凉凛冽的逼人暗香。

有此前倭奴国王的惯例,加上对中华文明的无限向往,邪马台国女王卑弥呼于魏景初三年(239)派遣使者访问了中国三国之一的魏国,进贡了奴隶、斑布,魏帝曹睿也赐给了"亲魏倭王"的紫绶金印和丝绸、黄金、大刀、铜镜等礼物。据说,女王重赏了这位满载而归的使者,至于重赏的原因,一是为本国挣足了面子,使得女王拥有了无人挑战的权威;二是为本国带回了众多的文明成果。带回的那些物质成果还在其次,重要的是精神成果,特别是中国汉朝王宫和陵墓的图纸。

可惜的是,新的王宫还未动工,卑弥呼就撒手归天。好在,陵墓刚刚完工,她的陵墓豪华宽阔,殉葬奴婢达到上百人,这样她就能像中国的秦汉皇帝一样,在另一个世界尽情享受未来得及享用的一切。

既然无法保证长生不老,只有期望死后灵魂安宁。受到女王大建坟墓的感染,从公元4世纪起,日本贵族开始大量营造"古坟",日本从此进入了所谓的"古坟时代",也就是大和时代。如果有个别日本人因此而怪罪中国的魏,那就大错而特错了。魏的奠基者曹操就是一个典型的"薄葬派",也许因为对日渐猖獗的盗墓心有余悸,他一直坚定地反对厚葬,临终前还留下《遗令》:"殓以时服,无藏金玉。"我想,曹操的遗体今天一定还安眠在某个未知的山坡,因为无贵重物的殉葬,所以无人打搅他的清梦。2009年河南文物局宣称发现了曹操墓,结果有专家爆料,所谓的"曹操墓"出土文物,其实都是南阳一个地下造假工厂的产品。

就在这个坟头林立的特殊年代,大量涌入的外族人凭借先进的文化与雄厚的武力,逐渐把日本土著——绳文人、弥生人后裔阿依努人(又称虾夷)排挤到寒冷、贫瘠的北海道和库页岛上。如今阿依努人已减少到2.4万左右,成了名副其实的少数民族。

公元3世纪,一个自称是太阳女神天照后裔的部落,从九州沿着濑户内海海岸,迁往今大阪附近肥沃的平原——大和平原。在这里,依靠自身的军事力量,依靠天照信仰的感召力,也依靠与其他家族联姻,这个新部落逐渐统一了割据的小国,建立了一个名为"大和"的政权,这个政权领袖因为拥有"神的血统"后来被称为天皇,这个天皇治下的国民,被称为"大和民族"。如今大和民族人口已经达到1.3亿。

"倭"的称呼来自班固的《汉书》,该书在《地理志·燕地》中称日本列岛为"倭",当时的日本人接受了这一称呼。"倭"在日文中同"大和"一样,都发音为"yamato",并没有什么贬义。日本人之所以用"大和"代替本来的称谓"倭人"(意为矮人),主要还是因为"大和"在中国古文献中指代着一种超凡脱俗的理想境界,如同农村放牛娃"狗子"改名"大伟"一样。

大概在唐开元八年(720)前后,一直对中国朝贡的大和天皇,开始对中国用来称呼日本的"倭"字不满。或许受到天皇在致隋朝国书中自称"日出处天子"的启发,于是用汉字"日本"搭配上yamato而与"大和"相区别,"日本"这一国号从此诞生。

酣梦醒来是早晨

尽管经历了公元645年(唐太宗贞观十九年)的大化革新,但日本皇室的政权并不稳固,到16世纪后半叶,日本独立的小诸侯之间缠斗不休,他们无视天皇的程度甚至超过了神圣罗马帝国武士无视他们的皇帝。渐渐地,有钱有势的武士家族组成幕府,成为国家的独裁者。

幕府统治下的日本,就像大清一样在继续沉睡。从17世纪30年代起,日本就禁止国民出海。他们向欧洲商人和传教士关闭了国门,只与大清、朝鲜、琉球保持着有限的贸易关系，满足它对物资的基本需求，维持着各地区相对平衡的发展。这片太平洋上的树叶，被幕府将军放进了封闭的箱子，已经感受不到来自西方工业革命的任何风浪。

日本人把自己的与世隔绝看成是一种福气，他们把这种日子称为"太平盛世"。的确，四面临海的日本享有让任何国家都羡慕的国内稳定，这种稳定的根基不仅仅是独特的地理优势，更是严格的从属制度。国家被分成300个左右的封地，每一个封地由一个诸侯大名统治，封地的财富来自对农民的课税，封地拥有自己的私人武装，有权做出法律裁决并管理经济，但他必须向国家军事统治者幕府效忠。从1603年起，幕府就一直属于武士家族——德川家族。为防止叛乱，每个诸侯大名必须定期到江户参加幕府的朝政会议，大名的某一家族成员要像人质一样长年留在江户。

与江户的幕府朝廷形成鲜明对照的，是另一个黯然失色的朝廷——天皇的朝廷。日本的天皇家族，祖先可以追溯到神和天地初创。幕府作为天皇的军事代言人和国家的大管家，支持天皇统治日本，把天皇提高到人间神明的地位，使之成为所有日本人的精神领袖。但天皇既然如此完美，那就让他和佛教塑像一样，永远不食人间烟火。也就是说，反仆为主的情形已经很久了，幕府将军颐指气使地统治着东京，天皇则在京都寂寞的深宫里虚度光阴。

如果不是西方人觉得日本的与世隔绝太令人气恼，同时它又具备值得挖掘的贸易潜力，日本的幕府制度或许会延续到20世纪。对于欧美商人来说，这个挡在他们新开辟的中国贸易航道上，拒绝给他们的船舶提供补给，也不允许水手们暂时躲避风雨的陌生海岛，实在不可理喻。

"该给日本施加一点压力了！"1853年7月，美国海军准将马休·佩里，带着"让日本开国"的指令，率领美国东印度舰队的四艘军舰，在日本浦贺港悍然登陆，通过幕府向日本天皇递交了一份美国总统的国书，国书的内容当然涉及门户开放。尽管此行被宣称是外国军舰对日本的一次"友好访问"，佩里也只逗留了短短的10天，但还是在日本朝野引起了轩然大波。因为佩里表示，明年春天他还会返回这里，带来的军队会更加强大。

全国人民分为两派，多数人赞成不惜一切代价闭关锁国，但另一部分人则主张开放门户。幕府将军属于后者,因此被斥责为"崇洋媚外",并渐渐失去了威望。

果然,佩里于第二年2月再次登陆日本,军舰黑洞洞的炮口指向日本大陆。面对越来越大的压力,日本幕府同意美国设立领事,开放两个港口供美国船舶购买给养。五年之后,日本允许西方商人在指定的港口进行贸易,并授予西方国家在日本本土一定的司法权。

欧美强硬进入日本,受伤害最大的莫过于幕府。幕府对西方列强表现出的无能与忍让,大大破坏了它在日本人心中的威望,一些具有独立意识的大名开始谴责江户幕府的腐败与低能。为了寻求一个能带领他们宣泄不满的人,他们想起了那个被冷落已久的京都朝廷,也发现英姿勃勃的天皇是不可多得的精神领袖,于是,风起云涌的"倒幕运动"开始了。

1867年,国家名义上的元首明治天皇——一位才识过人、雄心勃勃的16岁青年,趁机逼迫幕府末代将军德川庆喜"奉还大政",继而借助西部反叛贵族和少壮派武士剿灭了德川残余,重新掌握了丢失已久的权力,正式从幕后走向前台。

明 治 亮 剑

明治天皇一上台,就挥动了全面改革的手术刀。众所周知,这次改革让日本脱胎换骨,此后它的一系列振兴与发展无不来自于此次改革。

那么,一个重大的疑问就出现了:明治天皇面临的,是和大清一样积重难返的封建国家,是从头发到骨头通体散发着中国儒家保守基因的政治怪胎,他和大清的光绪一样年轻,他与大清学习的目标都是西方,为什么大清的戊戌变法失败了,而他所倡导的明治维新却能取得巨大的成功呢?

有人回答:"日本明治维新有一批忠心耿耿的改革精英——'前三杰'与'后三杰'。"但有人站出来反驳:"大清也有康有为、梁启超和戊戌六君子呀。"

"原因到底在哪里呢?"

历史老人和各国的研究者一起,思考了整整一个世纪,才理出一点头绪：第一，日本人敬畏天皇。在日本，"国家"被读成 mikato（日语"天皇"的训读）。"千年一系"的天皇具有超越法律的权限，是"以凡人形象出现的神"，是日本民族的象征，是超宗教的信仰对象。对他们来说，没有天皇的日本是无法想象的，他做出的任何决定日本民众都深信不疑。中国社科院的专家曾问一位日本同行，日本人有没有想当天皇的？那位日本学者很惊讶，说那怎么可能呢?! 而中国是一个没有敬畏心的国家，"无所畏惧"是国民的一句口头禅，"王侯将相宁有种乎"已经喊了两千年。当皇帝是每一个中国人的梦想，中国很少有人把皇帝尤其是清朝皇帝奉若神明。第二，日本没有慈禧太后那样树大根深的顽固派首领，天皇已经借助"倒幕运动"清除了掌握军队的幕府，处在了权力金字塔的顶端，而大清的光绪皇帝仅有三品以下官员的任命权。第三，天皇为拯救日本敢于舍弃世俗权力，对内阁大臣充分放权，高度信任，全力支持，如有必要便带头削减皇宫开支，而光绪根本不是一位盖世雄主，唯一的大清强人慈禧又是一个为了满人的小团体利益不惜牺牲国家的人。她至死紧紧抓住行政权力不放，把筹办自己的寿辰看得比战争胜负还要重要，其小肚鸡肠与天皇的博大胸襟形成了鲜明的对照。最后，才是日本有一批能文能武、前赴后继的改革精英，如大久保利通、伊藤博文；而大清所谓的"改革精英们"，不过是一群只知舞文弄墨、手无缚鸡之力的文人。

  明治，一个改革的符号，一个维新的时代，一个挥洒青春与热血的岁月。1868 年 4 月 15 日，明治天皇颁布了《五条誓约》，这是一个推动国家变革，开启变法图强大幕的总纲领。主要包括广兴议会，上下一心，崇尚自由，破历史之陋习，求知识于世界。从此，日本进入了一个被称为"明治维新"的时代。

  1871 年，一支近百人的政府使团——岩仓使节团从横滨港出发，前往欧美各国。使节团以岩仓具视（外务卿）为特命全权大使，以大久保利通（大藏卿）、木户孝允（参议）、伊藤博文（工部大辅）、山口尚方（外务少辅）为副使，包括 49 名明治高官，这个数字几乎是政府官员总数的一半。为了支撑庞大的出行，成立刚刚三年的明治政府拿出了当年财政收入的 2%。在一年零十个月的时间里，他们考察了欧美 12 个国家，写下了长达百卷的考察记录。政府投入之大，官员级别之高，出访时间之长，在亚洲与西方交往史上前所未有。

使节团的欧美之行,可以用"始惊、次醉、终狂"来概括。"始惊"就是一眼看到欧美发达的文化制度以后的吃惊程度;"次醉"就是陶醉在西方先进的物质文明和精神文明之中;"终狂"就是下决心学习,狂热地模仿。

在刚刚完成国家统一的德国,使节团见到了铁血宰相俾斯麦。他在招待会上毫无保留地说:"如今世界各国,虽然都说要以礼仪相交,但那毕竟是表面文章,背地里实际上是以大欺小,以强凌弱。"俾斯麦的"强权政治说",深深地震撼了在座的每一个日本人。而且,他们也认同了德国的发展模式——那就是由国家主导工业发展。就这样,一直向强者学习的日本人,为自己找到了一个新老师。

回国后,自称"东洋俾斯麦"的大久保利通升任参议兼内务卿。这位掌握了明治政府实际大权的铁腕人物,带领日本开始了一段迫不及待的现代化急行军:废藩置县,整顿俸禄,建设常备军,将天皇神格化,推广义务教育,扶植近代产业。

按照大久保利通的殖产兴业计划,政府直接从西方拿来了法国式的缫丝场、德国式的矿山冶炼厂、英国式的军工厂、美国式的银行。除了购买机械,政府还高薪聘请了大量国外技师。据估算,当时明治政府财政支出的五分之一,都投入到了兴办企业当中。

在开办国营工厂的同时,大久保利通还大力扶持三菱、三井、住友等民间企业。1870年的三菱只是一个拥有三艘小船的无名公司,在得到政府委托经营轮船和海上军事运输业务后迅猛扩张,五年后就独家垄断了日本到上海的航运业务,将美国太平洋邮船公司、英国半岛和东方航海公司挤出了这条航线。

在维新后的五年里,一条铁路把江户(今东京)与横滨港连接在一起,形成了一个欣欣向荣的贸易中心。电信电缆在几秒钟内就可以把日本的信息送到天津和海参崴,新式邮政所的信件已经标上了公历日期。元旦取代了春节,天皇带头吃起了牛肉,官员们穿上了燕尾服,男人们将头发修剪成了西式短发。日本还在东京的银座建起了西化一条街,街道两旁两层洋式砖楼林立,街道上电车穿梭,夜幕降临时煤气灯就会亮起,交易的人流熙熙攘攘。

变革进行得似乎十分顺利,但意外发生了。1878年5月14日早晨8点,东京清水谷分外幽静,大久保利通步履匆匆地入宫开会。几分钟后,一条消息传到宫中:49岁的大久保利通在清水谷被刺杀。

事后调查得知,刺杀他的是一伙士族,原因是对他的高压政策和铁腕手段不满。为了实现富国强兵、殖产兴业和文明开化三大维新目标,强硬的大久保利通一直采用简单的拿来主义方式推行改革。而文明开化过程中的过火行为,使得日本的传统文化面临崩溃,甚至有人提出日本人应该改说英语,与西洋人通婚,以改良日本人种。这一切,不可避免地引发了现代文明与本土传统的激烈冲突。与此同时,改革带来的不公平使社会矛盾进一步激化。1881年,政府以不到投资额三十分之一的低价,将北海道官产出售给个人。这一事件使民众对官商勾结极度不满,几乎酿成暴动,直到天皇罢免了一批高官,才制止了事态的恶化。

维新大臣的鲜血并未动摇明治天皇的决心,改革也并未因此改弦更张。纵览世界各国各民族的变革,无不与仁人志士的鲜血相伴,只是鲜血浇灌的结果却大相径庭,有的终结硕果,有的黯然凋落。

改革的难题留给了大久保利通的得力助手伊藤博文。伊藤博文上任不久,就遇到了一件棘手的事情,明治政府曾明令禁止相扑这一日本传统运动,理由是近乎裸体的相扑手丑陋而愚昧,但是一位名叫高砂的相扑高手开始挑战政府禁令,要在东京举办公开的相扑表演。支持高砂的民众和前来干涉的警察相持不下。为了避免对抗升级,天皇不得不亲自举办并出席了一个相扑表演会,恢复了这项运动。

1885年,经明治天皇同意,日本正式创立了内阁制度,伊藤博文被任命为首任内阁总理大臣。相扑手的挑战和民众的不满,特别是风起云涌的自由民权运动,让伊藤博文不得不仔细思考国家的发展方向和改革方式。如果不及时制定宪法、设立国会,政府就将面临被推翻的危险。惯于顺应大势的伊藤博文也意识到,国家立宪已是大势所趋。他开始起草日本的第一部宪法,并着手组建枢密院。

一生创办了500多家企业的涩泽荣一启发了伊藤博文。涩泽荣一从投身实业的那天起,就把中国儒家经典《论语》当作行动指南,提出了"义利合一"的经商理念。他还到处号召应该做日本人,做一手拿《论语》、一手拿算盘的企业家。后来,伊藤博文将"义利合一"的理念写进了《宪法》。

有意思的是,在本意是保护民权也确实写上了"民权"二字的《宪法》

中,伊藤博文又加上了确立天皇绝对权力的条款:"大日本帝国由万世一系之天皇统治之,天皇为国家元首,总揽统治权,内阁由天皇任命的总理大臣和国务大臣组成,只对天皇负责。天皇的大权除统帅军队外,全部由政府的助手行使。"

为使宪法草案在枢密院顺利审议通过,伊藤博文于1888年辞去首相职务转任枢密院议长,把首相让给了黑田清隆。

1889年初,一场漫天的大雪覆盖了日本东京。天皇亲手将《大日本帝国宪法》(被称为"明治宪法")递交到黑田清隆首相手中。这是亚洲第一部成文宪法。值得注意的是,尽管宪法带有大日本帝国的文字,但当时并不是日本正式的国号,直到1936年日本才将国号定为"大日本帝国"。

1890年,日本国会(帝国议会)成立。这是一种表面上的多党制,实际上的专制主义君主立宪制,由此决定了日本在崛起初期对外扩张、对内高压的军国主义走向。

之后,日本经济、文化快速发展。到1912年7月明治天皇病逝的时候,日本95%以上的男子、90%以上的女子都接受过教育,机械纺织厂达到30多家,蒸汽商船接近1500艘,煤炭年开采量达到2000万吨,铁路总里程超过10000公里。

俗话说,关起门来,狗都没有朋友。19世纪末,日本思想家福泽谕吉为日本指出了一条便捷之路:"我国不可犹疑,与其坐待邻国之进步而与之共同复兴东亚,不如脱其行伍,而与西洋各文明国家共进退。"所谓的"西洋各国",当时正在全球争夺势力范围。历史上一直选择与强者为伍的日本,从此选择了与西洋列强共进退。

接下来的历史,基本是对外扩张史。

吞 下 琉 球

通过明治维新,日本自认为已经长高变壮,他们急需拿一个邻居填充自己大开的胃口。于是,这个血管里流淌着海洋基因的东海平原后裔,首先把饥饿的目光投向了茫茫的大海。

因为海上有一块肥肉——琉球国。

远古的琉球人同样来自东海平原,他们与中国的东夷人、越人一样,有着相似的传说与记忆。

世界知道琉球,还要回溯到公元 6 世纪。当时,异想天开的隋炀帝,派大将朱宽出海巡察,当船行到钓鱼岛西南一百多公里的位置时,看见一片珍珠般的岛屿浮在海面上,朱宽感叹说:"若虬龙浮在水面。"从此,这片岛屿被称为"流虬"。唐朝编纂历史时,考虑到"虬龙"犯了帝王(龙的化身)的忌讳,因而将"流虬"改为"流球"。大明皇帝朱元璋在位时,嫌弃"流球"一词不够文雅,便将这一岛屿更名"琉球",意思是"犹如琉璃和珍珠一般美丽"。

历史上的琉球是一个独立的国家,这里不仅远离日本,而且历史、文化、风土也与日本迥异。由于特殊的地理位置,使得它不得不跟隔海的两个强邻——泱泱文化大国中国和推行武家政治的日本周旋。

元朝末年,琉球分裂为三个国家——中山、山南、山北。明洪武五年(1372 年),朱元璋派杨戴出使琉球三国,分别册封了三国国王,三国也明确表示向大明称臣,正式成为大明的藩属。几年之后,中山国灭了其他二国,中山国王被大明册封为琉球王。

大清建立后,琉球王主动派遣使臣到大清请求册封,被顺治帝封为"尚质王"。此后,尚氏王朝采用大清年号,称大清为父国,这种状况一直持续到 1875 年前后。

1875 年,日本将魔爪伸向琉球时,明治维新刚刚进行了 7 年,国力并未发展到独霸东亚的地步。而此时的大清,4 岁的光绪帝刚刚继位,朝政掌握在慈禧太后手中;尽管经历了鸦片战争的摧残,但军事和经济实力远在日本之上;左宗棠正在率兵收复新疆;李鸿章正奉命创建北洋水师。但日本早就摸透了大清只会以理交涉、不会适时动武的一贯做法,所以在全国仅仅拥有 15 艘破损军舰、4000 名海军、3 万常备陆军的不利状态下,居然出兵大清藩属国琉球,并于 5 月征服了这个弱小的岛国。

明治天皇笑了。然后,日本强令琉球王停止对大清的朝贡,同时强迫琉球改用日本年号。

由于不堪日本人的压榨,琉球王于 1877 年秘密派遣二品紫巾官向德宏(此为中文名,原名幸地朝常)赶到大清朝廷,恳求大清对日本施加压力。

天真的大清立刻派出何如璋到日本交涉，不但毫无结果，反而加快了日本吞并琉球国的步伐。1879年，日本派兵占领琉球，正式宣布琉球为日本冲绳县。

琉球王并未死心，两次密令向德宏到天津拜见李鸿章，一品官毛精长甚至在北京总理衙门"长跪哀号，泣血吁请"，希望大清看在自己是二百年顺从藩属的分上伸出援助之手。无奈李鸿章以"和戎"为策，对外一贯忍让，根本不想与日本作对。

从此，"琉球"这一名称被抹掉，替代它的是今天日本的冲绳县。

袁世凯和朝鲜

吞下琉球的日本并未就此罢休。

1874年，发生了琉球漂民被台湾高山族杀死的"牡丹社事件"。日本以琉球乃日本属邦为借口，悍然发兵台湾岛，这是近代史上日本第一次对中国领土（而非藩属国）的军事侵略。由于日本与大清军队人数悬殊，加上日本军人水土不服，结果日军失利。讽刺的是，作为战败国的日本，在美英的"调停"下，居然逼迫大清赔偿了50万两银子，然后才从台湾撤军。

在日本内阁看来，这次军事失利，证明自身在军力上还不能称雄东亚；但却因侵略而获得赔偿，证明自己在精神上已经压倒了大清。于是，日本继续卧薪尝胆，奋发图强。

在大肆扩军的同时，日本并未放慢扩张的步伐。在台湾受挫后，他们迅速将目标调整到邻近的朝鲜。1876年，日本用武力敲开了朝鲜的国门，逼迫朝鲜签订了《江华条约》，取得了领事裁判权，使得大清的又一个藩属国面临着与琉球国一样的命运。大清再无能，也不会坐视不管，于是，在1882年朝鲜发生"壬午兵变"的时候，大清终于出手了。

在这次兵变中，朝鲜国王李熙之父大院君纠集武士成功夺取了政权，大清应朝鲜明成皇后闵兹映（习惯上被称为"闵妃"）的请求出兵平乱。在这次军事行动中，一位大清下级军官脱颖而出，他叫袁世凯。

提起袁世凯，大多数中国人眼前就会浮现出那个留着八字胡、满脸横肉、一身戎装的窃国大盗。多少年来,我们已经习惯了袁世凯这种漫画式的脸谱。好在,随着历史观念的进步,对袁世凯的描述也日益趋于客观公正。事实上,在恢复帝制之前,袁世凯一直是一个力挽狂澜的民族英雄。

当时,随清军入朝的袁世凯,年龄只有23岁,如果放在今天,或许还在大学校园里摇头晃脑地读书。据说,在如何控制大院君的问题上,袁世凯向清军统领吴长庆献上了一条计策:摆下鸿门宴,邀请大院君来营中赴宴。

于是,吴长庆派袁世凯截住大院君手下的卫队,在营门外设宴将他们灌醉;然后,由丁汝昌把只身进入军营的大院君押往大清保定问罪。兵变迅速得到平定,立下首功的袁世凯得到提拔。

1884年冬,朝鲜激进派在日本支持下发动政变,劫持了国王李熙,这就是历史上著名的"甲申政变"。

有危机的地方就有机会。如果说两年前的"壬午兵变"是考验袁世凯的参谋能力的话,那么这次"甲申政变"考验的就是袁世凯的决策能力——吴长庆已经回国,临时统帅吴兆有犹豫不决,作为副手的袁世凯又一次挺身而出。

在来不及请示大清朝廷的情况下,袁世凯召集所有驻朝清军和3000名朝鲜士兵,果断地向朝鲜王宫发起了进攻。袁世凯身先士卒,一路放枪。他那一往无前、舍我其谁的气概点燃了所有中朝军人的激情,他们把日本人从王宫一直赶到山顶,最终成功救下了朝鲜国王。

胜利的消息传回大清,就连一向主张对外忍让的李鸿章都喜不自禁,额手称庆。不久,大清让袁世凯以帮办朝鲜军务的身份驻藩属国朝鲜,协助朝鲜训练新军并控制税务。

此后,袁世凯留镇朝鲜达12年之久,直到甲午战争前夕才化装成平民逃亡回国。历史上记载,他留给朝鲜人的印象是:精力充沛,富有谋略,眼里从来没有困难,一天工作十个小时不见倦容,简直就是精壮与机智的化身。在朝期间,他不仅得到了朝鲜君臣的一致好评,而且取得了拥有朝鲜实权的闵妃的好感。尽管袁世凯比被称为"世界第一美女"的闵妃小8岁,但他的勇敢与智慧恰恰是闵妃的丈夫——国王李熙所欠缺的。再加上双方拥有相似的个性,共同的利益,袁世凯也有理由频频与闵妃见面甚至私会。据说,为了掩人耳目,他还娶了一位姓金的朝鲜佳丽做三姨太,为袁世凯生下了次子袁克文。对此,有人曾求证过喜欢"小脚女人"的袁世凯,问他闵妃裹脚吗?他不答。问他对闵妃印象如何?城府很深的他更是讳莫如深。

甲午风云

服输,从来不是日本军国主义者的本性。近代日本,一直在不遗余力地进行军力积累,就在"壬午兵变"发生的1882年,日本政府制订了一个8年造船48艘的庞大计划,海军军费一度占到全国财政总支出的11.7%。此外,日本一直关注海权问题。美国人马汉的名著《海权论》①出版不久,日本就将此书的译本分发给官员、学校特别是海军。被大清束之高阁的魏源的《海国图志》,至少被日本翻印了21个版本。

1887年3月14日,明治天皇颁布敕令:"立国之务在海防,一日不可缓。"并捐出皇室费用30万元作为海军军费。1893年,明治天皇再次颁发诏书,允诺未来6年捐出180万元作为海军军费,他甚至用每天仅吃一餐饭的办法,给文臣武将做示范:"帝国海军一日不强,朕一日不再食矣。"

此举深深震撼了朝野,前线饥寒交加的日本军人得知天皇每天仅仅吃一餐饭,个个涕泪横流。贵族院议员决定捐出年俸的1/4,政府官员决定捐出收入的1/10作为造舰和海军装备之用,政府与国会决定拿出财政收入的60%用于军备。到1892年,日本海军排水量已达7.2万吨,超过了号称亚洲第一、世界第八的北洋水师。

让人扼腕的是,在日本倾全国之力发展海务时,大清朝廷却开始克扣海军军费,慈禧正忙着挪用军费筹办六十大寿。战争在朝鲜打响后,日军因遭到朝鲜军民的不断打击而处境艰难,光绪帝一再下令清军反击,但军事总指挥——北洋大臣李鸿章却暗中授意主将叶志超按兵不动,结果白

---

① 阿尔弗雷德·塞耶·马汉被誉为海权论鼻祖,他以战略家的理性和史学家的智慧,总结了有史以来的海上战争及其影响,提出制海权决定一个国家国运兴衰的思想,直接促成了德、日、俄、美诸国海军的崛起。该书以海军的"圣经"之誉,跻身于影响人类进程的十六部经典之列。

白错失了大好战机。日军向清军发起进攻后,山东将领左宝贵战死,贪生怕死的叶志超却带头逃跑,将朝鲜拱手让给了日本。光绪二十年(1894)中日甲午海战爆发时,明治天皇下令将大本营移到广岛,以便更加靠近前线指挥。南洋水师的一艘战舰也奉命北上,只是它的任务不是增援北洋水师,而是为慈禧太后送荔枝。

大清在甲午战争中焉能不败?

在中国近代史上,甲午海战是一个按钮,随时都会触动饱受欺凌又万分敏感的中国人的自尊。但要说日本的崛起,又不可能躲过这个伤疤。就在刘公岛陷落前,北洋水师提督丁汝昌收到了昔日朋友——日本联合舰队司令伊东祐亨的劝降书:"您知道30年前日本帝国处于何等艰苦的境地,您也知道我们是如何抛弃旧体制,采取新制度以求摆脱威胁我们的困难。贵国也应采取这种新的生存方式。如能这样,就会一切顺利,否则它就可能灭亡!"

1895年(光绪二十一年)2月11日,收信人丁汝昌自杀殉国。

按照中日《马关条约》,辽东半岛、台湾连同钓鱼岛被割让给日本。

此后,如同崛起后的英国进攻自己的起源地法国一样,日本,这个中国远古居民的后裔强大之后开始反过来蹂躏中国,特别是中国的海防。之后的历史每一个中国人都知晓,中国既输掉了海洋,也输掉了陆地与天空,还输掉了自由与尊严。

中国人在中日甲午战争中唯一的收获,就是检验了明治维新与洋务运动的优劣,让中国知识分子认识到了"技术救国、中体西用"的巨大弊端,于是东渡日本留学成为中国的一大风潮,大清那场追赶日本的戊戌变法拉开序幕。不过,这一用鲜血、土地和赔款换来的额外收获,代价太大。而且即便是用如此巨大的代价换来的"戊戌变法",慈禧也只让它"挺"过百天。

"中国怎么会让一个女人任意摆布?"明治天皇一脸茫然。

旅　顺　口

当了上千年中国的学生,日本欺负一下琉球、朝鲜也就罢了,它胆敢与大清直接叫板,当时几乎所有的中国人都感觉不可思议,但"鸡蛋"愣是把"石头"磕破了。之后,"鸡蛋"的野心越来越大,它开始冲更大的"石头"——俄罗斯而去。

日本挑战俄罗斯,还需要从袁世凯的绯闻女主角闵妃说起。

大清在中日甲午战争中惨败后,朝鲜国王李熙和实际专权者闵妃(她与兄弟一起组成了外戚闵妃集团)对大清彻底失去了依附的信心和基础。他们看到日本在俄国的干涉下被迫将辽东半岛交还给大清,因此开始暗中倒向俄国。

光绪二十一年(1895)10月8日拂晓,日本公使三浦梧楼率领日本士兵、浪人,挟持国王之父大院君冲入皇宫,在乾清宫杀死了44岁的亲俄派首领闵妃,并将其惨无人道地裸体焚尸。而她的丈夫——国王李熙不仅要眼睁睁地在一旁哭泣,还被迫签署诏书将她废为庶人。这种令人发指的场景在上下五千年的中外历史上绝无仅有,多年以后,以这一情节为主加以演绎的韩剧《明成皇后》依然震惊世界。日本天性中的暴虐从它开始走向世界的那一天就未曾停止,这一点让亚洲人民深恶痛绝。

宫中的亲俄派势力被清除,亲日派势力占了上风。

这可是一场谁是东亚霸主的决斗。此后,日本和俄国展开了你死我活的斗争,这是一场从陆地到海洋的全面较量。

清光绪二十六年(1900),矛头对准帝国主义列强的义和团运动爆发,俄国以镇压东北义和团为名,单独大举出兵中国东北,企图独吞东三省。而中国东三省,一直在日本的吞并计划之内。因此,双方的正面交锋变得不可避免。

在陆海军军备计划和铁路建设计划基本完成后,日本于1904年2月6日与俄国断交。断交无异于宣战,但俄国未动声色,只是陆续向远东增兵,并未拿出主动进攻的任何计划。

半年后的一个夜晚,旅顺港的上空泛着宝石般的星光,俄国太平洋舰队的水兵已流着口水进入了梦乡,一支日本舰队趁着夜幕发起了鱼雷攻击。此次偷袭获得的奇效,恰如37年后烟尘滚滚的珍珠港。很快,杰出的俄罗斯海军中将斯捷潘·马卡罗夫和他所在的旗舰一起触雷沉没,俄国舰队失去了战斗力,东亚制海权毫无悬念地落到了日本人手中。

在陆上,约三万名日军在朝鲜镇南浦登陆,很快将战火烧到了俄国占领的中国东北。另一支日本军队在辽东半岛登陆,快速行军去进攻俄军驻守的旅顺要塞。

在久攻不下的情况下,日军于8月24日分兵发起辽阳会战,将辽阳的俄军击退。

之后,日军集中兵力围困旅顺。在五个月的时间里,俄国士兵以视死如归的决心,顽强战斗在旅顺港阵地上。军火短缺时,他们就从小山顶的防御工事里向仰攻的敌人投掷石块。12月15日,被誉为"俄军防御灵魂"的康德拉钦科将军阵亡,俄国军队紧绷的神经终于崩溃,没有援兵的俄军被迫投降,旅顺攻防战以日军胜利而告终。

从1904年9月到1905年2月,日俄军队在奉天与辽阳之间的沙河地区展开了规模空前的对峙。日军在长达100公里的战线上集结了27万人,而俄军的总兵力达到33万人。会战结果,日军损失约7万人,而俄军损失近12万人,俄军再次败下阵来。

现在,所有人都注视着俄国的太平洋舰队,它可是俄国远东战役的最后一根稻草。俄国海军舰队的战舰数量原本三倍于日本海军,只是兵分三路,分别为波罗的海舰队、黑海舰队和太平洋舰队。其中的太平洋舰队早在战争初期就被日军偷袭,剩下的龟缩在海参崴。黑海舰队因要对抗土耳其并受条约限制不能通过达达尼尔海峡而无法抽调。俄国不得不从波罗的海舰队抽调部分战舰,编为太平洋第二分舰队(途中与太平洋第三分舰队会合),由俄国海军中将罗热斯特文斯基率领,绕过半个地球,行程1.8万海里,于1905年5月进入东海海域。

尽管这支舰队来得太晚了,已经无法彻底挽回远东战局,但沙皇还是希望这支强大而又过时的舰队至少能恢复他的军事声望,能给战后的谈判带来满意的结果。问题是,就在对马海峡,日本舰队张网以待,蓄力已久,投入的战舰和鱼雷艇多达96艘,而且其舰队司令、日本海军大将东乡平八郎智慧而果断,是一位天才的海军指挥官;而远道而来的俄国人疲惫不堪,环境陌生,只有38艘战舰,贵族出身的舰队总指挥罗热斯特文斯基谋略不足。也就是说,本次海战,根本不是一场势均力敌的战斗。

正午时分,俄国舰队已经接近对马岛南端,在糟糕的薄雾和滚滚的波涛中以八节的速度前进。罗热斯特文斯基下令让舰队从纵队变为横队,其如意算盘是,一旦发现日本舰队,只要进行简单的左转或右转,就能避开日本人的锋芒。这是他在整个对马海战中下达的唯一指令,也是一个失败的指令。就这样,缺乏训练的舰队变成了两列平行的纵队。

13点40分,俄国舰队进入朝鲜与日本之间的对马海峡,与隐藏在雾色中的日本舰队相遇。东乡命令日本主力舰队大胆地做了一个十分圆满的180度反转,以便与俄国舰队的航线平行。这个反转过程难度很大,以至于围着轴心做反转时,有足足10分钟处在俄军射程之内。但俄国舰队没有抓住这一难得的机会,因为他们在调度成战斗队形时混乱不堪,自顾不暇。一直等到日本舰队反转完成,疏于训练的俄国炮手还未确定好射程。

接下来,日本现代化战舰突然冲到俄国舰队两侧。由于俄罗斯战舰排成两列不规则的纵队,打头的两艘舰艇很快成了日本战舰集中火力攻击的目标,其中6艘日舰对付俄舰队第二战队旗舰奥斯利亚比亚号,4艘日舰攻击俄舰队旗舰苏沃罗夫号。苏沃罗夫号上的一名军官后来回忆道:"炮弹像雨点一样朝我们倾泻而来……"

此前所有的侥幸,很快化为泡影,无论是速度还是火力,俄罗斯人的军舰都无法与日本人匹敌。15点30分,奥斯利亚比亚号被日本炮火击沉。随后,俄国军舰被分割包围,大量军舰起火爆炸,昏迷不醒的罗热斯特文斯基被日本俘虏。

夜幕渐渐降临,海战已经结束。日军以损失3艘鱼雷艇和110人的微小代价,击沉和俘虏俄国战舰31艘,毙伤俄国海军1.2万人。侥幸逃脱的俄国战舰屈指可数,其中巡洋舰分队旗舰奥列格号率领阿芙乐尔号(后来炮击冬宫,宣告了俄国十月革命的开始)、珍珠号和一艘驱逐舰掉头向南逃到1500海里外的菲律宾;3艘战舰向北逃往海参崴。这是一场彻头彻尾的惨败,俄国人从此失去了所有的指望。因此,当美国总统罗斯福提出和平会谈时,沙皇欣然接受。

根据《朴茨茅斯和约》,俄国将旅顺口、大连湾的租借权和其他特权移让给日本,又将长春至旅顺的铁路及附属权利、财产、煤矿转让给日本,承认日本对朝鲜(韩国)在政治、军事、经济上的指导、保护与监理。日本还获得了库页岛的一半,并拥有在那里捕鱼的权力。

对于日俄战争的结果,大清官员分成两派,表现出截然不同的两种态度:清朝贵族和汉人官员中的保守派十分沮丧,而大清的变革派却兴高采烈。因为这场战争被视为两种政体之战,日本代表着君主立宪,而俄国象征着传统的君主专制。日本获胜后,大清立宪的呼声日益高涨,清朝八大总督中竟有5位主张立宪,多数人开始相信"只有立宪才能救中国",其中包括70岁的慈禧,这才有了大清1906年的"预备仿行宪政"。其实,慈禧哪舍得放弃祖上用鲜血换来的既得权力,立宪只能预备,骗骗舆论,拖延时间而已,直到临终她也不认为大清立宪的条件成熟(因而宣布9年后正式立宪)。一味地拖延,换来的是从日本留学归来的热血青年的武装暴动,他们倡行的是"民主共和"而非"君主立宪",到头来,慈禧后人连"君主"的帽子也没有保住。

俄国人也不傻,他们中的有识之士也看到了这一点,并于十年后将顽固抱住专制政体不放的沙皇推翻。

和约签署后两个月,伊藤博文就任韩国"统监府"第一任统监,成为事实上的韩国国家元首(直到四年后在中国哈尔滨被韩国义士安重根击毙)。至此,琉球、台湾、朝鲜全部成为日本势力范围,俄国、大清也在与日本的对抗中败下阵来。

日本独步东亚。

日俄战争在中国开打,两个交战国在第三方的国土上肆虐,而清政府却对双方保持中立,战后主要瓜分的也是在中国的势力范围,这在中外战争史上都是罕见的。尤其是旅顺口,作为甲午战争和日俄战争的主战场,饱受摧残,而在日俄战争之后,又被这两个国家先后占据近五十年。"一个旅顺口,半部近代史",这其中包含着多少生灵涂炭和民族屈辱啊!

忘记历史就意味着背叛!

"大东亚共荣圈"

在中国抗战影视作品中,"大东亚共荣"这个词汇频频出现在一脸骄横、满目憧憬的日本军官口中,而且常常被肩挎三八大盖的日本大兵涂抹在被战火熏黑的中国墙壁上。

它是日本在第二次世界大战中提出的类似"邦联制"的战略构想与政治号召。早在1936年8月,日本首相、陆相、海相、藏相、外相"五相会议"决定的《国策基准》,把"确保日本在东亚大陆的统治地位,同时向南方海洋发展"作为"帝国应该确立的根本国策",并认为"在消除北方苏联威胁的同时,要戒备英美,具体实现日满华三国紧密合作,以求我民族经济向南方海洋,特别是外南洋方面发展之策"。1938年11月3日,日本首相近卫文麿(mǒ)发表了关于"建设东亚新秩序"的"近卫声明",要求树立"日满中三国相互提携,建立政治、经济、文化等方面互助连环的关系",以大日本帝国、东亚及东南亚"共存共荣的新秩序"为目标。声明的实质是要独霸中国东北及更广大地区。

而且,日本对东南亚的战略位置及丰富的大米、橡胶、锡、石油等战略资源垂涎已久,早就渴望夺取南洋作为支持其侵略战争、独霸亚太地区的基地。1940年德国在欧洲占领荷兰、法国等地,并威胁英国本土。日本政府认为形势对其有利,便加快推行南进战略和殖民侵略计划。1940年7月22日,近卫内阁制定了《基本国策纲要》和《适应世界形势处理时局纲要》,进一步提出要建立"以皇国为核心,以日、满、华的强固结合为基础的大东亚新秩序,确立包括整个大东亚的经济协同圈",为"大东亚新秩序"的口号蒙上一层"皇道主义"色彩。1940年8月1日,日本外相松冈洋右在为德国驻日大使奥特举行的招待会上,首次正式提出建立"大东亚共荣圈"。

所谓"大东亚共荣圈",实际就是由日本军队占领其他国家,然后将它们统一在日本周围,共同接受日本天皇普度众生般的统治。在"大东亚共荣圈"中,日本本土与"满洲国"、中国为经济共同体,东南亚为资源供给区,南太平洋为国防圈。整个"大东亚共荣圈"囊括印度以东、澳大利亚和新西兰以北的所有地区,具体包括大日本帝国(含扶植政权"满洲国"与殖民地台湾、朝鲜)、中华民国、法属中南半岛、荷属东印度、英属印度、英属马来亚(包括沙捞越与文莱)及新几内亚、澳洲、新西兰等大洋洲地区与苏联西伯利亚东部。其目的是与英、美争夺亚太地区霸权。

日本"南进"战略和建立"大东亚共荣圈"的方针加剧了它与英、美的矛盾,因此日本加紧与德、意勾结。1940年9月27日,日、德、意签订了三国(轴心国)同盟条约。太平洋战争爆发后,日军很快侵占了印度支那、马来亚、泰国、缅甸、菲律宾和印度尼西亚等东南亚地区,太阳旗招摇下的"大日本帝国版图",已从中日甲午战争之前的37万平方公里扩展到1000多万平方公里,加上日舰自由游弋的广阔的太平洋,日本几乎占据了世界的1/3。(见图七"亚洲太平洋战场形势图")

1942年,日本内阁设立了大东亚省,并于1943年11月5日由日本首相东条英机与伪满洲国首相张景惠、南京国民政府行政院长汪精卫、泰国王子汪歪搭雅昆·瓦拉旺、菲律宾自治邦总统劳威尔、缅甸总理巴莫、自由印度临时政府首席代表钱德拉·鲍斯等共同召开大东亚会议,并在会后发表了《大东亚共同宣言》。似乎"大东亚共荣圈"的美梦指日可待。

在甲午战争中吃尽甜头的日本,显然大大低估了中国人民拼死抗争的决心和愈挫愈奋的气概。尽管1937年底,日本将整个陆军兵力2/3的16个师团投入中国战场,占领了中华民国首都南京并制造了骇人听闻的南京大屠杀,1938年10月又占领了中华民国的临时中心武汉以及华北、华中、华南最为富庶的地区,但国民政府迁至重庆继续抗战,曾经内战不止的国共两党也在西安事变后共同专注于民族战争。日本史学家井上清一针见血地指出:中日甲午战争、日俄战争都是以政府为对手的战争,打败了敌军,就挫伤了政府的战争意志最终迫使对手签订了城下之盟。但在以整个民族为对手的战争中,即使是在个别的战斗中胜利几百次,只要挫伤不了民族抗战的意志,就无法取得战争全局的胜利。[①]

侵华日军最多时有近200万,中国兵力最高时达500万。中国国民党、共产党军队共进行大规模会战22次,重要战役200余次,大小战斗近20万次,以伤亡军人331万、平民842万的代价歼灭日军150余万人。就这样,日本军国主义者的锐气、狂妄与尸骨,被湮没在6亿中国人全民抗战的汪洋大海之中。

每当看到双方阵亡军人以百万计量的时候,我的心就会刺痛。要知道,那不仅仅是一串数字,而是一个个有血有肉,曾经有痛苦有欢乐的生命,他们也是父母心中的宠儿,孩子深爱的父亲,姑娘梦中的恋人啊!那可是失去了丈夫、儿子、父亲的上千万个妇女和孩子终生的噩梦啊!正如美国人罗伯特·爱德华·李所说的,战争如此残酷恐怖是一件好事,不然我们就会过分喜欢它。

[①] 井上清《日本历史》,陕西人民出版社2011年版。

亚洲太平洋战场形势图
（1943—1945）

步入深渊

正义也许有时走得很慢，但却在一直前进；邪恶也许有时步履匆匆，但却在一直倒退。在全世界正义力量的围剿下，三个轴心国中的两个——意大利和德国日暮途穷，日本军国主义也在走下坡路。

在意大利向盟军投降之后两个月，即1943年11月，英国首相丘吉尔、美国总统罗斯福、中国国民政府主席蒋介石在开罗举行会议，公开发表了《开罗宣言》，规定："三国继续进行大规模进攻，直到日本无条件投降；剥夺日本自1914年以后从太平洋所夺得的一切岛屿；日本自中国夺得的满洲与台湾及其他地区归还中国；使朝鲜独立。"

1945年2月，在苏联雅尔塔，苏联部长会议主席斯大林与罗斯福、丘吉尔秘密会晤。罗斯福强烈要求苏联参加对日作战，并提议在战后将日俄战争中沙俄割予日本的库页岛南半部及中国旅大地区的租借权等给予苏联，千岛群岛也给予苏联。面对如此优厚的条件，有着强烈远东情结，对日俄战争耿耿于怀的斯大林愉快地接受了。

在德国向盟军无条件投降之后两个月，即1945年7月，美、英、中首脑在柏林郊区的波茨坦举行会议，26日发布了《促令日本投降之波茨坦公告》（简称《波茨坦公告》），要求日本无条件投降，界定了日本投降后盟军占领的主要目标："当这里建立了能让日本人自由表达意愿并倾向和平的政府时，占领的盟军将撤出日本。"公告还提出，永久剔除日本军国主义势力，惩处日本战犯，增加与复兴日本民主主义，实施《开罗宣言》规定的领土条款，将日本的主权范围限定在北海道、本州、四国、九州及盟军指定的小岛。

但日本仍对《波茨坦公告》"不予理睬"，声称战斗到底。

8月6日，美国将刚刚研制完成的以铀作裂变材料的绰号为"小男孩"的原子弹投向日本广岛。

8月9日拂晓，苏联红军如怒涛一样攻入中国东北。上午，美国把另一颗以钚作裂变材料的绰号为"胖子"的原子弹投向日本长崎。

在今日广岛和平公园里有这样一个镜头：在烂漫的樱花树下，沐浴着和煦的阳光,一对恋人坐在一张长椅上相拥热吻,深情款款,旁若无人。但当你走近这个镜头,才会恍然发现,樱花和阳光是真实的,而长椅上的那对恋人却是一个雕塑。据公园管理人员介绍,原子弹爆炸的那一刻,这对热吻中的恋人被原子弹的气浪定格,成为日本人心中永远的痛。原子弹不仅造成十几万平民死亡,而且成为当地人,甚至整个人类久久挥之不去的心霾。

再无谓地"坚持战斗",就会跌进万丈深渊。

最漫长的一天

1944 年 6 月 6 日——代号"D 日"的诺曼底登陆,被海明威称为盟军"最漫长的一天"。在日本,也有"最漫长的一天",那就是 1945 年 8 月 14 日——日本天皇裕仁发布《终战诏书》前的 24 小时。

8 月 14 日 10 时 50 分,日本皇宫防空洞。在由内阁成员、最高战争指导会议成员参加的御前会议上,思维尚算清晰的天皇否决了战斗到底的主张,决定接受《波茨坦公告》。

陆军省中的个别少壮派军官不甘失败,策划了直捣天皇皇宫的"决死兵变",力图阻止天皇发布《终战诏书》。

兵变的策划者是两位官衔不高但破坏力巨大的军国主义者:陆军省军务课少佐畑中健二、中佐椎崎二郎。平时,畑中健二是个文静、勤勉、好学的人,但对国体毫不动摇的献身精神以及绝不妥协的态度,使他在极右翼主义者中赢得了无可争议的威望。

8 月 14 日那个酷热难耐的下午,畑中健二骑着一辆自行车,在东京的大街小巷串联,希望有更多的军队和军人参与兵变。之后,他径直来到东部军管区司令田中静壹中将的办公室,没等他把话说完,中将就愤怒地令他滚蛋。尽管他奔波了一个下午,却没有什么收获,不过也没人出面制止他的疯狂行为。

23 点 30 分,裕仁天皇在宫内省开始录制"终战讲话",准备次日中午通过日本放送协会向全国播出。闻听此事,畑中健二等起事者心急如焚,他们闯进近卫师团长森纠中将办公室,力劝中将"起义"。畑中健二深知,近卫师团是负责皇宫安全的御林军,抓住了近卫师团,兵变就成功了一半。没想到,森纠中将断然回绝了他,于是,恼羞成怒的畑中健二掏出手枪,一枪击毙了森纠。然后,他拿出事先准备好的命令,盖上了森纠中将的印章。

这个假造的命令,一是指示近卫师团占领皇宫,"保护天皇与国体";二是派一个中队占领日本放送协会大楼,"控制广播"。

按照所谓的"命令"进入皇宫的部队,通宵寻找录有天皇《终战诏书》的唱片,以期阻止明天的"玉音放送"。在兵变者看来,策动政变是合理的,占领皇宫是无奈的,是天皇身边的顾问们把天皇引入了歧途。意外的是,在偌大一个皇宫找一张秘密收藏的小小唱片简直就是大海捞针。于是,这些平时根本没有可能进入皇宫的大兵,像没头苍蝇一样折腾到天亮,也没有找到唱片的影子。也就是说,畑中健二和椎崎二郎的计划只完成了一小半:成功地孤立了天皇却无法找到天皇的讲话录音。无法阻止录音播送,兵变就将变得毫无意义。况且,一旦假传命令的事实曝光,他将死无葬身之地。

于是,找不到录音唱片的兵变者,十万火急地赶赴日本放送协会,期望在那里直接阻止天皇录音的播送。8月15日凌晨5时到7时,在城市上空的一抹晨曦中,畑中健二用手枪顶着播音员馆野守男的脑袋,逼着他打开机器,以便自己亲自发表广播讲话。见多识广的播音员十分镇定,用尽平生经验与这位疯子般的少佐周旋起来,他说广播是属于军管的,既然属于军管,就需要得到军管区的批准,否则不仅无法插播,而且连电都没有……面对播音员万般无奈的表情和毫无破绽的解释,畑中健二只有发晕和发呆。直到东部军管区司令田中静壹打来电话,宣称皇宫已被接管,要求兵变者乖乖投降。

兵变者垂头丧气地离开了放送协会,来到大街上做最后一搏——散发传单,号召国民齐心协力"阻止投降",但无人理睬。11时20分,在皇宫前的广场上,畑中健二用手枪对准自己的前额扣动了扳机。椎崎二郎剖腹未死,继而开枪自尽。

"日本最漫长的一天"就此结束。

12时,日本放送协会向全体国民和军人广播了天皇诏书,一个低沉的声音响彻日本上空:

朕深鉴于世界之大势于帝国之现状,欲以非常之错置,收拾时局,兹告尔忠良之臣民。朕已命帝国政府通告美、英、中、苏四国,接受其联合公告。盖谋求帝国臣民之安宁,同享万邦共荣之乐,乃皇祖皇宗之遗范,亦为朕所眷眷不忘者。曩者帝国所以对美、英两国宣战,实亦出于庶几帝国之自存与东亚之安定。至若排斥他国之主权,侵犯他国之领土,固非朕之本志。然交战已阅四载,纵有陆、海将士之奋战,百官有司之奋勉,一亦众庶之奉公,各自克尽最大努力,战局并未好转,世界大势亦不利于我。加之,敌新使用残虐炸弹,频杀无辜,惨害所及,实难逆料。若仍继续交战,不仅导致我民族之灭亡,亦将破坏人类之文明。如斯,朕何以保亿兆之赤子,谢皇祖皇宗之神灵乎! 此朕之所以卒至饬帝国政府联合公告也。朕对于始终与帝国共为东亚解放合作之各盟邦,不得不表示遗憾之意。念及帝国臣民死于战阵,殉于职守,毙于非命者及其遗族,五内为裂。而负战伤、蒙战祸、失家业者之生计,亦朕所轸念也。唯今后帝国将受之苦难,固非寻常,朕亦深知尔等臣民之衷情。然时运之所趋,朕欲耐其难耐,忍其难忍,以为万世开太平之基。

朕于兹得以护持国体,信倚尔等忠良臣民之赤诚,常与尔等臣民共在。若夫为感情所激,妄滋事端,或同胞互相排挤,扰乱时局,因而失误前途,失信与世界,朕最戒之。宜念举国一家,子孙相传,确信神州之不灭,任重而道远,倾全力于将来之建设,笃守道义,坚定志操,誓期发扬国体之精华,勿后于世界之潮流。望尔等臣民善体朕意。

随着《停战诏书》的宣读,不时有枪声在东京响起,是日本军官纷纷自杀。

就这样,19世纪末自亚洲东部升起的、除欧美之外唯一的近代帝国主义国家,像彗星一样落入了茫茫的大海,日本"大东亚共荣圈"的美梦彻底破灭。

世界上所有最恐怖的战争莫不是打着和平的幌子进行的,日本当然也不例外,他们所谓的"大东亚共荣圈"就是以所谓"解放殖民地、相互尊重彼此独立"为号召的,而且日本军队以武力排除了东南亚殖民地宗主国的势力,企图建立现代化体制,也让菲律宾、缅甸等国在客观上实现了独立并使得苏卡诺、劳威尔等独立运动领袖受益,这也是日本右翼势力至今仍声称"大东亚共荣圈"是"从欧美列强的统治中解放亚洲"的必有作为的荒唐理由。

还是让我们听听日本历史小说家山冈庄八在《太平洋战争》一书中的痛切体会吧:"杀人原本是人类最大的恶行,在战争中原本毫无怨恨的人们,在政客挟持的国家的煽动下,堂而皇之地互相仇杀。杀人的数量成为功绩的标志,成为计算忠诚度的标尺,成为战争胜负的标杆……我无论如何都不能理解现实中这种不可思议的规则。"他还在此书前言中尖锐地质问:"这场战争(太平洋战争)因何而起?为什么我们自己要陷入那样的苦战?为什么日本会把战争带到别的国家去?为什么我们自身也受到了战争几近毁灭性的打击?"

问题是,战后的日本人能有山冈庄八这样的痛定思痛与和平情怀吗?

看不懂的日本

1970年12月7日,大雪过后,寒风凛冽。在波兰进行国事访问的联邦德国总理维利·勃兰特来到华沙犹太人死难者纪念碑下。献上花圈后,他肃穆垂首良久,然后双腿下跪谢罪。这一跪,被誉为"欧洲约一千年来最强烈的谢罪表现",让许多波兰人感动得热泪盈眶,淡化了饱受纳粹蹂躏的欧洲特别是波兰人民沉积在心底的愤怒,为德国重返欧洲,回归正常的发展道路产生了深远的影响,勃兰特因此于第二年获得了诺贝尔和平奖。后来德国还在首都柏林勃兰登堡门附近建立了纳粹大屠杀受害者纪念碑,提醒后人牢记德国走过的歧途。

同样属于战败国的日本,在亚洲,特别是中国欠下的血债丝毫不亚于德国法西斯,为什么日本不向受到侵害的亚洲国家真心谢罪?为什么日本右翼势力至今仍把日军对中国的侵略称为"进入",把对东南亚的侵略称为"解放"?为什么发布战争训令的天皇没有受到任何惩罚?为什么每年都有日本政府的要员和议员前去参拜供奉着甲级战犯的靖国神社,甚至冈山还为被远东国际军事法庭处绞刑的土肥原树立了纪念碑?为什么面对如山的铁证许多日本人居然不承认南京大屠杀与中韩慰安妇?为什么吃尽战争苦头的日本如今仍崇尚武力并一再与邻国制造摩擦?

日本到底是一个什么样的民族,它的民族性格到底是什么样的?

第一,日本有一个说法叫"各就其位"。在处理人与人、人与国、国与国之间的关系上,日本一直遵从等级制。二战之前,日本把自己描绘成已经到达金字塔顶端的人,他们认为大和民族是世界最优等的民族,日本应该成为亚洲乃至世界的领导者,亚洲其他民族与国家都应该处于从属的、被改造的、被解放的地位。根据日本等级秩序的理论,他应该扶持落后的兄弟——中国。由于日本与中国同属大东亚种族,因而应该首先把美国,继而把英国、苏联从亚洲排除出去,使之"适得其所"。1940年日本与德国、意大利签署条约,条约前言说:"三国政府认为,使世界各国各就其位,乃长久和平之先决条件。"在攻击珍珠港的当天,日本特使向美国国务卿考德尔·赫尔递交的声明中说:"使各国各就其位,乃大日本帝国不可移易之国策……目前时局一成不变,大日本帝国难以容忍。"因此才有了将美国从太平洋赶走的狂妄,才有了"大东亚共荣圈",才有了打着解放欧洲殖民地的幌子肆意出兵亚洲各国。二战战败之后的很长一段时间,日本的霸权野心受到沉重打击,但并不表示日本人的优等民族心理、金字塔顶端意识、太平洋争霸观念有丝毫转变,这一点在日本近年来对中国、韩国、俄罗斯的领土争端中表现得淋漓尽致。

第二,是日本对精神的狂热信仰。日本人坚信,精神一定战胜物质。20世纪30年代,日本前陆军大臣荒木大将在名为《告日本国民书》的小册子中宣称,日本的"真正使命"在于"弘扬皇道于四海,力量悬殊不足惧,吾等何惧于物质哉。"《日本战争手册》中有一个传统的口号:"以吾等之训练有素对抗彼等之人多势众,以吾等之血肉对抗彼等之钢铁。"他们的"神风特攻队"飞行员驾驶着小型飞机以自杀方式撞击美国军舰,就是精神优于物质的一个极端案例。二战期间,日本的广播描写过一个英雄飞行员和他征服死亡的奇迹:"空战结束后,一名首批返航的日本大尉从飞机上走下,站在机场上用双筒望远镜注视天空。在他的部下返回时,他数着人数,尽管他脸色苍白,但非常镇定。在最后一架飞机返回之后,他写了一份报告,然后走向总部。在总部,他向司令官做了汇报。汇报一结束,他就突然倒在了地上。在场的军官冲上去帮助他,却发现他的身体已经冰凉,他的胸部有一颗子弹,枪伤是致命的,他已经死去很久了,是他的精神支撑他做了汇报。这是一个奇迹,也是一个事实,这名死去的大尉之所以能创造这一奇迹,是因为他怀有庄严的责任意识。"战争后期,无论日本遇到什么灾难,如东京大轰炸、塞班溃败、菲律宾失守,军方总是说,一切都在预料之中,我们不是被动挨打,而是主动把敌人引向我们。所以,天皇宣布无条件投降之后,许多军人不甘失败剖腹自杀。即便被远东国际军事法庭判处死刑的战犯,日本也要千方百计供奉在靖国神社里。或许,任何国家都不要期望日本真心实意地低头认罪,今天的日本似乎早已经忘记了战争的创痛。

第三,是日本人对天皇的态度。在许多外国人看来,日本天皇只是一个象征,不具备世俗的行政权力。但美国人类学家露丝·本尼狄克特在深刻分析日本社会后指出,尽管二战开战是天皇发布的,军国主义在战后已经名誉扫地,但日本人对天皇的崇敬与战前一样强烈。① 的确,一些苦战到底的日本战俘把极端军国主义归根于天皇,说"天皇把人民带入战争,我的职责是服从"。但是,那些反对战争的人,也惯常把和平主义思想归因于天皇,称天皇"被东条英机骗了","战争是在天皇不知情而且不同意的情况下发动的"。日本人认为"战争失败时,内阁和军方会受到谴责,而不是天皇。纵然日本输掉了战争,但所有的日本人毅然崇敬天皇"。这也就是二战之后天皇不仅没有受到审判,甚至没有受到谴责的原因。因为哪怕词语上对天皇的不敬,都有可能激起日本全民的拼死相搏。

第四,是日本军人的死不投降主义。在尽力而为之后,面对寡不敌众的局面,任何西方部队都会选择投降,他们的名字会被传回本土,以便让家人知道他们还活着。投降者仍然是光荣的军人,他们的家人也不会因此受到歧视。但日本截然相反,在无望的情况下,日本军人应该选择自杀,或者以自杀式攻击的方式冲向敌人。哪怕是因为受伤或昏迷被俘的,在日本也永远抬不起头来。投降可耻这一观念被深深烙进日本人意识里,以至于在平型关大捷中被包围的近千名日本军人全部战死,没有一人投降;在北缅战争中俘虏与阵亡者的比例是 142 比 17166,142 名俘虏基本是受伤或昏迷之后被俘的。

第五,是对性与色情的宽容与怂恿。性,在日本人看来是另一种"人

---

① [美]露丝·本尼狄克特《菊与刀》,文汇出版社 2010 年版。

之常情",是家常便饭,不管它与婚姻、家庭多么冲突。日本小说中,充满了大量的浪漫爱情与感官描写,而且主人公多是已婚的,结尾往往是双双殉情。日本人认为,在人生中,"性"好得不能再好了,它是没有邪恶的,对性的快乐不需要进行道德约束。丈夫必须遵守夫妻之礼,但这并不意味着把自己限定在婚姻之中。有钱人可以蓄养情妇,一般人可以去找艺伎或妓女,一点儿都不用掩饰。妻子可能会帮助丈夫穿衣,准备当夜的消遣。丈夫所光顾的妓院可能会把账单送到妻子手中,妻子也认为应该付这笔钱。她可能会不高兴,但那是她自己的事。就连日本的佛教都不赞成通过苦修和禁欲来达到"圣洁",他们喝酒吃肉、娶妻生子,追求风流、优雅的生活。正是日本人对"性"的随意态度和一旦离开"性"便心神不宁的惯性,使得日本军人在远离家乡、出兵别国的日子里,对女人表现出令人恶心的贪婪,大规模强奸事件俯拾即是。早在日俄战争时期,日军的性侵事件导致官兵性病流行到了难以收拾的地步,于是开始实施"慰安妇"制度。日本《广辞苑》对"慰安妇"一词的解释为"随军到战地部队,安慰过官兵的女人",它其实是战争期间征招的随军妓女和被强迫为日军提供性服务的女性。近40万慰安妇大多来自中国大陆和台湾、朝鲜半岛、日本本土,也有部分琉球、东南亚、荷兰女性,其中在日本本土召集的慰安妇被称为女子挺身队。慰安妇制度,是数千年人类文明史上空前的军队对女性尤其是对敌国及殖民地女性集体奴役、摧残的现象,是违反人道主义、违反两性伦理、违反战争常规的制度化了的政府犯罪行为,是20世纪人类历史中最丑陋、最肮脏、最黑暗的一页,也是世界妇女史上最为惨痛的记录。

第六,是与军国主义紧密结合的武士道精神。武士道是日本文化精神的核心,对日本民族性格的形成影响深远。武士道古称"叶隐"(取在别人看不见的地方为主君"舍身奉公"之意),指凋零有期的花儿,隐藏于叶下,遇有知音便瞬间飘落而去,以展示自身生命的价值。由此来看,死亡、复仇、切腹等残忍血腥的场面,以"真漂亮啊"等赞许口气出现在《叶隐闻书》中也就不足为奇了。武士道将儒家的"忠勇"、禅宗的"生死一如"与天皇信仰杂糅在一起,以为主君不怕死、不要命的觉悟为根本,强调"毫不留念的死,毫不顾忌的死,毫不犹豫的死"。武士道本来就是武士争雄天下,崇尚杀戮的非人道伦理观,把军刀当作勇敢与地位的象征,这种思维方式与狭隘民族主义和极端军国主义相结合,就把非人性和反人道发挥到极端,变为虐杀狂和自虐狂。

正如新加坡前总理李光耀所说:"日本不是一个普通正常的国家,它是一个隐藏在'暧昧'表象下,无与伦比的单一民族集团性和不择手段的进取性的国家。不管'菊花'也好,'刀'也好,都是维护大和民族共同体,进取扩张的手段——不同的手段而已。在日本人的世界里,两种截然相反的东西,构成了奇特的'互补'。"

如此看来,大和民族似乎是一个复杂的矛盾体,好比是天差地别的一朵菊与一把刀,分别象征着既风雅细腻又尚武残暴的民族个性。给世界的印象是,既遵纪,又散漫;既爱美,又血腥;既藐视一切,又虚心好学;在彬彬有礼的外表下,藏着一颗绝不认输的心。这也许正是任何国家对日本都不敢小觑的原因吧。

日本这种善变且尚武的民族个性,决定了他们缺乏德国那种主动承担战争责任的起码道德。战后,大多数日本知识分子和普通国民紧紧抱住"指导者战争责任观"不放,认为自己受到了指导者的"欺骗",是二战的"受害者",回避日本曾经协助和默许侵略战争的加害责任。在二战后纽伦堡大审判时,也曾有德国战犯竞相把责任推给希特勒,宣称自己只是命令执行者。但纽伦堡法庭最后判定,执行上级命令不是个人摆脱道德约束的理由,执行者对命令的顺从不仅表示对纳粹罪行的默许,也表现出对纳粹罪行的协助,纳粹德国公民必须对此承担公民责任。

露丝·本尼狄克特曾在70年前预言,日本人知道,军国主义是一盏已然熄灭的灯。但他们一直关注,它是否也会在别的国家熄灭。如果它不熄,日本人随时有可能重新点燃他们的好战热情,炫耀他们为世界秩序所能做出的贡献。如今,她的预言已经或正在变成事实。最近,日本频频挑战邻国的主权,不仅与韩国争夺竹岛,向俄罗斯索要北方四岛,将中国的钓鱼岛国有化,而且公开而高调地参拜靖国神社,强烈要求修改和平宪法。对日本有深刻了解的亚洲人民再次看到了"日本式的冲动"。

有些日本政客说,参拜靖国神社是祭奠为国捐躯的英灵。但在全世界看来,向供奉着被定罪的14名二战甲级战犯、约250万二战阵亡者的靖国神社鞠躬,其实就等于对侵略者、屠杀者顶礼膜拜。历史是非不明带来的必然是现实逻辑不清。这些政客们必须明白,任何国家的现代领导人在前进过程中必须携带两个文件：一个是使他能够进入新的历史领域的科学护照，一个是建筑在最深厚的人类价值观基础上的道德身份证。站在人类史和世界舞台的高度来看，第二个证件更为关键。

在此，我有必要透露一个令人深思的画面：有人看见，在日本防卫省，一直是把中日地图侧倒过来放的，这样，一溜日本岛就横在中国的上方，好像一串铁链锁住中国的出路。①

还有一件事令我如鲠在喉：最近，日本右翼导演水岛悟拍摄了一部电影《南京真相》，号称自己对1937年日本军队占领南京的历史进行了彻底的研究，得出了一个"非常准确"的遇难者数字——零。

与此构成巨大反差的是，作为最大受害者的中国人却冷静、理智和宽容得多。远东国际军事法庭的中国法官梅汝璈早就声言："我不是复仇主义者，我无意于把日本军国主义欠下我们的血债写在日本人民的账上。但我相信，忘记过去的苦难可能招致未来的灾祸。"南京大屠杀幸存者李秀英老人也留下遗言："要记住历史，不要记住仇恨。"

日本向何处去，是日本人的选择。选择有正确与错误之分，行动有正义与邪恶之分。需要忠告的是，为战犯招魂，从东条英机等上辈人那里寻找灵感，从而获得继续"向右转"的勇气，只能使日本重走毁灭的老路。

如果每个日本人都重温一下1943年的《开罗宣言》和1945年的《波茨坦公告》，读一读当年天皇的投降书，再看一看远东国际军事法庭的庭审记录，说不定对日本人的选择有所帮助。

和平宪法与战后崛起

日本无条件投降后，盟军占领日本本土。叼着玉米芯烟斗的美国五星上将道格拉斯·麦克阿瑟被任命为驻日盟军最高司令，负责对日军事占领和日本战后重建。盟军统帅部几乎是清一色的美国人。

美国之所以如此积极地主导日本军事占领与战后重建，其原因无非是想把日本改造成美国的忠实附属国。如果不信，请读读1945年9月

---

① 《杂文月刊》2011年第1期。

22日的《美国对日占领初期的基本政策》。这一文件将占领日本的目的定义为"确保日本不再成为对美国的威胁,不再成为世界安全、和平的威胁;促使其最终建立一个和平与负责的政府,该政府将尊重他国的权力,并支持联合国宪章的理想和原则中所显示的美国的目标"。

为实现这一目标,核心的问题是修改1889年的"明治宪法"。但对于美国政府来说,修宪最大的难题是天皇制的去留,因为多数美国人认为天皇应该作为战犯受到惩罚。美国大本营踌躇良久,仍不得要领。无奈之下,将修宪这一难题交给了驻日盟军司令麦克阿瑟。

指令传到日本盟军司令部,麦克阿瑟的部下建议他强令天皇到盟军司令部觐见,以向天皇示威。这位"老狐狸"斟酌再三,感到此举不仅会极大地伤害日本人的感情,还会使天皇在日本民众眼中变成一个殉道者。于是,他以东方式的耐心等待天皇主动找上门来。

直到半月后"剃刀首相"东条英机被战犯法庭处以绞刑,裕仁天皇才头戴高帽、身着礼服主动前来拜访麦克阿瑟。相应地,麦克阿瑟则身着军便装接待了这位"天照大神后裔"。

事前,天皇的顾问劝他不要承认自己在战争中的罪过,麦克阿瑟也认定天皇是来请求宽恕和原谅的。但在双方会晤中,天皇却主动承担了这场野蛮战争的全部责任,并表示愿为此接受惩罚。麦克阿瑟先是惊讶无比,继而肃然起敬。麦克阿瑟在随后发给杜鲁门总统的报告中说:"没有证据显示天皇是一个战犯。如果天皇变成战犯,日本将陷入绝境,整个国家也将陷入可怕的混乱之中。因为天皇是能团结日本人的唯一象征。"

1946年元旦,裕仁天皇发布《人间宣言》,承认自己与平民一样,是人而不是神。随后,天皇离开神秘的皇宫,亲临工厂、煤矿与乡村,看望工人与农民,与普通的群众握手、交谈,得到了深受战败困扰的日本大众的热烈欢迎。他扮演的不再是"神"的角色,以至于变成了大众的"英雄"。从此,日本找到了使他们重建家园的新的精神寄托。天皇由神到人的成功转型,促使天皇制在战后宪法中得到了保留。

事实上,修宪初期的麦克阿瑟并不打算由美国制定一部宪法强加给日本,而是让日本成立了以国务大臣松本丞治为首的宪法问题调查委员会,希望他们自我反省,制定出一部防止军国主义复活的新宪法。然而,在日本人提交的草案上,天皇依然是国家最高权力的拥有者,拥有最高军事指挥权。

看来,军国主义的毒瘤已经长满了日本政客们的脑袋,你怎能设想让日本人为自己做开颅手术呢?极度的失望与愤懑,使一向沉稳的麦克阿瑟再也难以保持平静,他将宪法草案狠狠甩在地上,宣布剥夺日本人起草新宪法的权利,命令盟军司令部民政局的25名青年军官,根据《波茨坦公告》的基本精神,在一周内拿出一部体现尊重人权、主权在民、和平主义三大原则的新宪法。

任务布置下去之后,麦克阿瑟的脑袋也没有闲着。1946年2月2日,麦克阿瑟把一张便笺交给了民政局局长惠特尼,上面写了三条意见:"一、天皇仅为国家的象征;二、废止日本用国家权力发动战争,并放弃以战争作为自卫手段;三、日本将来不会被授予拥有海陆空军的权力。"这张便笺也成为新宪法的基本原则,并最终成为新宪法最核心的第九条款。

1947年5月3日,《日本国宪法》正式实施。它规定,日本国实行以立法权、司法权和行政权三权分立为基础的议会内阁制;天皇只是"日本国和日本国民整体的象征,其地位以主权所属的全体国民的意志为依据",无权参与国政;其中第九条规定:"永远放弃把利用国家权力发动战争、武力威胁或行使武力作为解决国际争端的手段,为达此目的,日本不保持陆、海、空军及其他战争力量,不承认国家的交战权。"因此,这部宪法被习惯称为"和平宪法"。

与此同时,盟军统帅部颁布了"人权指令",党禁被彻底解除。经过分化、重组,雨后春笋般诞生的政党最终分化成两极:一是代表有产阶级利益的民主党和自由党(后来合并为自由民主党);一是代表劳工利益的社会党与共产党(与政府对抗的共产党曾一度处于非法状态)。一方唱罢我登场,这种两党角逐的局面一直延续到现在。

有和平宪法做保障,日本暂时摆脱了军备竞赛的巨大拖累,开始一心一意从事于战后重建。战后的1946年,日本的主要生产指标大大低于战前水平,工业技术水平比美国落后了30年,劳动生产率也低于英、法等国。但日本并未就此沉沦。1956至1973年,日本工业生产年平均增长率达13.6%,国民生产总值在资本主义世界中从第6位跃升到第2位,成为仅次于美国的第二经济大国,因此被西方学者认为创造了资本主义经济发展史上的"奇迹"。

很多人对此不屑一顾。他们认为日本通过直接掠夺、贩卖鸦片和发行假钞的方式从殖民地攫取了大量财富,而日本正是借助这笔财富完成战后重建并重新崛起的。同时,美国也在重建过程中向日本提供了有力的经济和技术支援。这些外在因素固然对日本经济的恢复产生了强有力的推动,但起决定性作用的还是日本自身。

一是正确的"产业倾斜"。就是在资金和原料严重不足的情况下集中一切力量恢复和发展煤炭生产,用生产出来的煤炭重点供应钢铁业,再用增产的钢铁加强煤炭业。以此为杠杆,带动整个经济的恢复和发展。日本政府专门设立了"复兴金融公库",在1947至1948年向煤炭业发放了475亿日元贷款,占据该公库全部贷款总额的36%。1947年日本产煤达2932万吨,年增长近30%;钢产量也增长21%。到1948年,日本出现了初步的经济好转迹象。

二是和平的国内环境。二战结束后,美国对日本实行了单独军事占领,其安全与防务实际由美国负责,日本政府专心致力于国内建设,大力发展其经济、科技、文教等各项事业。在政治上,完全听命于美国,先做"经济、科技大国",后做"政治、军事大国";在外交上,以"日美同盟"为基轴,在不妨碍美国利益、不刺激美国的前提下,努力保持"中立",与各种不同制度和意识形态的国家建立和发展经济贸易关系;在军事上,根据美国的要求,将防务开支控制在国民收入的1%以内(西欧各国为3%至5%,美国则达7%),仅保留为数不多的自卫队,直到目前也不过24万人。此外,二战后几乎没有发生动乱,国内环境异常稳定。特别是50年代中期以后,日本政局十分稳定,1955年自民党上台执政达38年之久,1993年才组成战后第一个多党联合政府。

三是良好的国民素养。尽管美国的轰炸对日本的基础设施造成了严重的破坏,但有些东西是它摧毁不了的,那就是一个民族的素养。日本历来重视教育,它在战后初期经济困难、人民贫困、有时还填不饱肚子的情况下,将国家的6年义务教育延长至9年,几十年如一日地把国民收入的5%以上投入到公共教育事业,为经济崛起积累了大量人才。

四是虚心的学习态度。日本充分利用被美国独占和美国将大量加工制造业搬进日本之机,大力吸收美国的资金,如饥似渴地学习、借鉴美国的先进工艺、科技和管理经验,刻意仿制、模仿和创新,使日本成为世界上对外国技术与工艺消化、吸收力最强的国家之一。战后日本仅用了20年时间,就先后赶上并超过法国、英国和联邦德国(国民生产总值1966年超过法国、1967年超过英国、1968年超过联邦德国),成为仅次于美国的第二经济强国。战后日本的科学技术,90%是从外国引进的。美国研制一项成果的成功率为1%,而日本的成功率为70%以上,原因是日本不是"独创"而是"改进"。就这样,日本在1950年之后的25年共引进25000多项技术,用25年时间、60亿美元的资金就把西方国家用了半个多世纪、耗费2000多亿美元的研究成果学到了手。

一言以蔽之,正是因为有了和平宪法,日本才能迅速摆脱战争泥潭,并在战后重建中实现了二次崛起。这一点是任何日本右翼势力也不得不承认的。

世界各大强国的崛起之路,都有太多的因素需要总结,但无论怎样总结,有一点是确定无疑的,在今天的世界,任何一个国家的崛起,可以称道的意义只在于:对内,给自己的人民带来幸福;对外,给世界带去和平与安全的福祉。

再遭"绞杀"

但是,当日本的发展直接威胁到了美国的世界霸主地位,一向自负的美国会无动于衷吗?

答案不言自明。因为日本作为亚洲战后最先起飞的经济体,无论是经济增长的质量、工业品的出口竞争力,还是财富积累的速度与规模,都迅速达到了让华尔街的金融大亨和白宫的财政大臣们夜不能寐的程度。日本战后以模仿西方产品起家,然后迅速降低成本,最后反过来占领欧美市场。日本在20世纪60年代已经开始在汽车工业中大规模使用工业机器人,将产品合格率上升到了极致。70年代的石油危机使得美国生产的8缸耗油轿车很快被日本价廉省油的轿车打得落花流水。80年代之后,日本以索尼、日立、东芝为代表的一大批电子企业从克隆到创新,很快就掌握了除中央处理器之外的几乎所有集成电路和计算机芯片的制造技术,以其工业机器人和廉价劳动力的优势重创了美国的电子和计算机硬件行业,一度甚至达到了美国制造导弹必须使用日本芯片的程度。

当日本沉浸在一片"可以对美国说不"的欢笑声中之时,美国——这个日本战后最大的经济和军事后盾,开始酝酿一场针对"自己一手养大的世界潜在巨人"的"金融绞杀战"。

1985年,美英日德法五国财长在纽约广场宾馆签署"广场协议",让美元对其他主要货币"有控制地贬值"。日本银行在美国的高压下,被迫同意日元升值。之后数月,250日元兑换1美元升值到149日元兑换1美元。

时隔两年,纽约股市崩盘,美国向日本施加压力,要求日本银行继续下调利率,以吸引东京的资金流向美国。美国财长詹姆斯·贝克威胁说,如果日本不这样做,有可能上台的民主党将在美日赤字问题上严厉对付日本;如果纽约股市得到改善,有可能继续执政的第41任总统布什定会极力促进美日亲善。于是,一向唯美国马首是瞻的日本首相中曾根康弘被迫低头,日元利率跌到2.5%,日本金融系统开始出现流动性泛滥,大量廉价资本流入股市和房地产,东京股票年增长率达到40%,房地产价格增长超过90%,日本出口企业因日元持续升值出现严重亏空,大量企业纷纷从银行借贷炒股,日本银行的隔夜拆借市场的规模高居世界第一。

国际清算银行又研制出针对日本的"新型特效药"——巴塞尔协议,协议要求从事国际业务的银行自有资本率必须达到8%,美英率先签署协议,然后胁迫日本和其他国家遵守,否则就无法同占据着国际金融制高点的美英银行进行交易。日本银行普遍存在着资本金偏低的问题,只有依靠银行股票高价格所产生的账外资产才能达标。

到1998年,东京股票市场已经在3年内上涨了300%,东京一个区的房地产市值甚至超过了美国全国的房地产总值,世界前10名规模最大的银行被日本全部包揽,一个巨大的金融泡沫迅速生成。高度依赖股票价格和房地产市场的日本银行系统,终于将自己的软肋暴露在美国金融战争的利剑之下。

但日本的经济腾飞,使几乎所有日本人产生了目空一切的优越感,当日本股价高到几乎欧美所有经济学家不能理解的程度时,许多日本投资专家仍然相信日本是独一无二的,其自信如同当年日本奇袭珍珠港并预料一定会打败美国海军一样。

任何事物一旦红得发紫(如木炭),都将面临立刻成灰的危险。一天,摩根士丹利、所罗门兄弟等一批美国投资银行飞临日本,从手提箱中拿出了大把的"股指认沽期权"①——一种日本闻所未闻的金融产品,放到了日本各大保险公司面前。在精于算计的日本保险业看来,这些美国人脑袋肯定进水了,他们怎么可能用大把现金去买根本不可能发生的日本股市暴跌?因为双方赌的是日经指数的走向,如果日经指数下跌,美国人赚钱,日本人赔钱,如果日经指数上升,情况恰好相反。于是,日本保险业买下了这些票据。随后,又有大量的金融衍生合同,在一个几乎没有监管的、秘密的、类似柜台交易的地下市场上匆忙成交,这种连日本大藏省也无法统计与监管的"金融病毒",在彩虹般绚丽与虚幻的环境中迅速蔓延着。1989年12月29日,日本股市达到巅峰,日经指数冲高到38915点,日本人在欲望的盛宴上继续狂欢。

只是,再美妙的幻觉也是幻觉。十几天后的1990年1月12日,一个在日本经济人士看来几乎等同于日本投降的日子,几乎所有的日本炒股者与炒房者从梦中惊醒。美国纽约证券交易所突然出现了"日经指数认沽权证",高盛公司从日本保险业手中买到的股指期权被转卖给了丹麦国王,丹麦国王又转手卖给购买人,承诺在日经指数走低时支付收益给"日经指数认沽权证"拥有者。消息传出,该权证立刻在美国受到追捧与狂买,美国投资银行随之纷纷抛售手中的"日经指数认沽权证",日经指数持续顿挫。不到一月,日本股市便在美国的"金融绞杀"中土崩瓦解,股市的崩溃率先波及日本银行业和保险业,之后日本引以为傲的制造业也随股市的低迷成为明日黄花。

从1990年开始,日本经济陷入了长达17年的衰退,日本股市暴跌了70%,房地产连续14年下跌。日本《金融战败》的作者吉川元忠哀叹,就财富损失的比例而言,日本在1990年金融战败的后果,几乎与第二次世界大战战败的损失相当。这也是日本在2010年将世界第二大经济体的帽子无奈让给中国的直接原因。

由此,日本人应该悟出一点道理了:使你惨败的,有时是你的朋友;使你成功的,有时是你的敌手。你应该学会感恩,也应该学会感怨。

---

① 一种股票指数期货。股票指数是一组上市公司的清单经过加权计算得出的数据,而股票指数期货就是赌这个清单上的公司未来股票价格的走势,买卖双方都不拥有,也不拥有股票本身。

世界海底油、气及多金属结核分布图

所谓的"弹丸之地"

有个观点已把我的耳朵磨出了老茧,那就是日本是"弹丸之地"。许多日本军国主义者也认为,日本地域狭小、资源贫乏,不扩张就无法生存。20世纪初的美国作家房龙甚至认为日本向中国满洲移民有其合理性。因此,我们必须解答一个问题:日本真的是"弹丸之地"吗?

日本国是典型的太平洋岛国,整个领土由4个大岛和3900多个小岛组成,国土面积37.7万平方公里,比我国的云南省还要小1万多平方公里;人口1.27亿,是云南省的近3倍;每平方公里人口密度达337人,是世界上人口密度最高的30个国家之一;如果按照耕地占有量计算,日本的人口生理密度每平方公里高达3054人,仅次于埃及,列世界第二位。也就是说,仅从国土面积来说,日本是名副其实的"弹丸之地"。对此,日本感受最深:"我们没有土地,没有资源,只有阳光、空气和海洋。"这是日本对小学生进行的国情教育,也是近代日本军国主义者对外扩张的理论基础,还是最近日本右翼势力想尽千方百计与邻国争夺岛屿的原因之所在。

但是,近现代意义上的国家版图,绝不仅仅包括国土。1982年4月30日通过的《联合国海洋法公约》规定:"沿海国家拥有12海里领海主权和200海里专属经济区以及对大陆架资源的权利。"因此,日本的总面积应该为:土地面积37.7万平方公里,领海面积31万平方公里。而日本宣称的领海和专属经济区总面积则超过450万平方公里,这是否包括日本与俄罗斯、韩国、中国有争议的岛屿及其大陆架,还需进一步分析。读完这一组数字,您还认为日本是"弹丸之地"吗?

而且,日本是一个典型的海洋国家。

大国争霸的世界近代史昭示着,在这个71%的地表被海水覆盖的星球上,大国的兴衰都取决于海上,古代的希腊、罗马、迦太基、波斯如此,近代的西班牙、葡萄牙、荷兰、英国、德国、意大利如此,现代的美国、日本也是如此。举目望去,几乎所有富饶美丽的国家和城市,全都分布在沿海地区。正因为如此,丘吉尔当选英国首相后,还经常身着海军军服。也是因为如此,每当世界发生危机时,美国总统想到的第一个问题是:"我们的航空母舰在哪里?"

《国际法》规定,陆地决定海洋,因而各国都在争夺陆地。二战以后,世界版图已被瓜分完毕,除南极和北极之外,几乎不再有什么无主之地。20世纪50年代,人类发现沿海大陆架蕴藏着丰富的石油和天然气。新的科学发现引发了世界新动荡,美国总统杜鲁门率先宣布了大陆架法案,其他海洋国家纷纷仿效,国际上也就大陆架问题召开了相关会议,通过了相关宣言,吹响了人类向海洋进军的第一个冲锋号。

有人说:"21世纪是海洋的世纪。"海洋不仅有大量的油气资源、生物资源、空间资源、水资源、太阳能、潮汐能、风能,世界大洋底部还有多金属结核资源3万亿吨,仅太平洋就有1.7万亿吨。尤为宝贵的是,这种结核矿含有锰、铜、钴、镍等60多种金属元素,相当于陆地同类矿产储量的十倍、百倍甚至千倍。更令人惊奇的是,大洋底的多金属结核至今仍在以每年1000万吨的速度增量生长。(见图八"世界海底油、气及多金属结核分布图")

基于以上原因,日本才不停地向俄罗斯索要北方四岛(俄罗斯称之为南千岛群岛),绞尽脑汁地与中国争夺钓鱼岛(日本称之为尖阁诸岛),拐弯抹角地与韩国争夺独岛(日本称之为竹岛)。

海 上 强 国

不管你是否承认,日本无论在二战前还是战败后,一直是一个海上强国。

有人说,日本之所以成为海上强国,得益于明治天皇,是他通过明治维新确立了学习西方、变法强国的国策,而且后代天皇一以贯之。事情真的是这样吗?如果大清提早几十年变法成功,中国能赢得甲午海战吗?

要找到问题的答案,还需要我们翻开马汉所著的《海权论》。这部被西方奉为经典的著作告诉我们,要想成为海上强国,必须具备四大条件:一是地理位置。如果一个国家既不靠陆上交通去保护自己,也不通过陆路向外扩张,而是单纯地把目标指向海洋,那么这个国家就具备了比四周以大陆为界点的国家更为优越的地理位置。作为四面滨海的海洋国家，英国、日本就拥有比荷兰、法国更为优越的位置。因为荷兰、法国必须长期保持一支规模庞大的陆军，以维护领土完整与主权独立。二是形态构成。假设一个国家只有漫长的海岸线，却没有一个港口，那这个国家就不可能有海上贸易、海上运输与海军。如1648年荷兰打败了比利时，迫使比利时关闭了安特卫普港，把海上贸易转手让给了荷兰，比利时从此退出了强国之列。俄罗斯初期尽管濒临北冰洋，但那里四季冰封，根本无法行船，因此沙皇们把首都西迁到滨海的圣彼得堡，南拓获得了黑海出海口，东进西伯利亚从大清手中夺取了不冻港海参崴，方才跻身强国之列。三是人口数量。指渔民、水手、船工、海军及生产海军物资的人员数量。19世纪初英法之间爆发海战，无论是海上力量还是物资储备，两国都不分伯仲，但就因为法国从事与海洋有关职业的人口少，最终在战争中败下阵来。四是国民特征。如果海权建立在和平与广泛贸易基础之上，那么对商业追求的习惯性必然是一个民族称霸海洋的显著特点。西班牙、葡萄牙、荷兰正是凭借对财富出奇的贪婪，才扬帆远航，发现了新大陆，走遍非洲与美洲的。之后的英国也是出于掠夺资源的目的，逐渐构建起工业—市场—控制—海军—基地的链条，慢慢成长为日不落帝国的。而大明郑和下西洋充其量是一场政治秀，与政府和平民对财富的追求几乎毫无关系。作为一个重农轻商、缺乏冒险精神、骨子里有着以和为贵思想的民族和国家，中国的"郑和船队"是难以保持下去的，即便是靠皇家拨款勉强支撑下去，缺少了商业动力的中国是绝对不会成为海上强国的。五才是我们开始所说的政府特征。

　　日本显然具备了以上所有的特征，狭长而孤立的领土使得日本能够紧密团结在一起，这种团结精神加上日本集中的人口、骨子里的尚武传统、崇尚强者鄙视弱者的心态、幕府体制对地方的绝对控制、明治维新之后的开放意识，使得日本迅速成长为一个海洋国家和东方霸主。从近代来看，日本很少与其他民族平等相处。近代中国从未给日本造成什么伤害，但是日本人一点儿也不佩服中国人，甚至带着一种鄙视。而对扔下过两颗原子弹、实施过东京大轰炸的美国人，日本却五体投地。

　　这也是面临海防与塞防双重压力的大清，在与纯粹的海洋国家日本发生海战时一败涂地的一大原因（当然，更大的原因在于政治体制）。至于说慈禧挪用海军军费，本来由大清从英国定购的吉野号被日本购去，那不过是为甲午海战的惨败寻找的一些借口罢了。

除了中日甲午海战，现代战争的胜负也往往取决于海上。如二战中的中途岛海战，美军以损失1艘航母、1艘驱逐舰和147架飞机的代价使日本损失了4艘航母、1艘巡洋舰、330架飞机，失去制海权的日本从此由攻转守。二战中盟军从诺曼底登陆，才使得战略态势发生了根本变化，德国被迫转入防守。朝鲜战争初期美军在仁川登陆，一举切断了朝鲜人民军的退路，才迫使中国人民志愿军入朝作战。在阿富汗、伊拉克战争中美国之所以所向披靡，莫不是因为拥有强大的海上航母编队做后盾。

中国不是"雄鸡"

一家中国咨询机构最近做了一个问卷调查，近80%的人不知道黄岩岛和钓鱼岛的正确位置，98%的人没有读过在西方奉为经典的《海权论》，甚至很少有人知道中国在960万平方公里的陆地之外，还有被九段线①拱卫着的约300万平方公里的主张管辖海域。过去，我们一直认为中国版图是一只"报晓的雄鸡"，显然，那只是中国的陆地部分。完全意义上的中国版图原本就不是一只"报晓的雄鸡"。1997年，一名驻守南沙的战士惊奇地发现，中国的疆域更像一把熊熊燃烧的火炬，960万平方公里陆地是奔腾不息的火苗，300万平方公里海域是火炬的托盘与手柄。为此我联想到一件不能当真的事：早在几年前，就有一位道士不无揶揄地说，如果中国是一只报晓的雄鸡，它还会下蛋吗？中国的台湾岛、钓鱼岛、南海诸岛将何去何从？

钓鱼诸岛，位于台湾基隆市东北约92海里的东海海域，主要由钓鱼岛、赤尾屿、北小岛、南小岛及一些礁石组成，岛屿面积6.8平方公里，海域面积约17万平方公里，是我国东南沿海航行至琉球、日本的航海标志，

---

① 第二次世界大战后，根据《开罗宣言》和《波茨坦公告》，中华民国政府收复了被日本占领的西沙与南沙群岛。1947年，民国政府内政部方域司印刷了《南海诸岛位置图》，并在其四周画了11条U形断续线。新中国成立后，有关部分审定的地图沿用了这一画法，只是将11段线改成了9段线。

南海诸岛位置略图（1947年）

早在明嘉靖四十一年(1562年)刻制的《筹海图编》中,钓鱼诸岛就纳入了福建的行政管辖。中国和日本18世纪制作的地图明确显示,钓鱼岛是中国领土。1884年,日本才宣称发现了钓鱼岛,日本学者后来将其命名为"尖阁诸岛"。1894年中日甲午战争爆发,日本根据《中日马关条约》将钓鱼岛划归冲绳县管辖。

二战结束后,按照《开罗宣言》和《波茨坦公告》,钓鱼岛作为台湾岛的附属岛屿,本应归还中国。在1946年2月2日以麦克阿瑟名义发表的声明中,日本政府的行政区域仅限于本州、九州、四国、北海道四个主要岛屿以及附近的1000个小岛,并以北纬30度为限。连北纬30度以南的琉球都不属于日本,更何况钓鱼诸岛了。所以,钓鱼诸岛被作为美国琉球驻军的外围防线实施了托管。1951年,美国私下与日本签订"对日和约",把钓鱼岛及附近岛屿间接划入琉球诸岛,由美军继续托管。1971年,美日达成《归还冲绳协定》,美国别有用心地将冲绳连同钓鱼岛一起"归还"日本。日本政府最近居然将钓鱼岛从民营转为了国有,试图造成钓鱼岛是日本领土的既成事实。

南海(西方称"南中国海")诸岛,是东沙群岛、西沙群岛、中沙群岛和南沙群岛的总称,南至曾母暗沙,东至黄岩岛,西至万安滩,包括广泛分布的250多个岛、礁、沙、滩,中国对南海诸岛及其附近海域有着无可争辩的主权。1945年8月日本无条件投降后,中国国民政府于同年10月收复了台湾岛,然后组织海军南下,协助广东省政府收复了西沙、南沙诸岛。

海军收复舰队由最先进的4艘军舰组成:护卫驱逐舰太平号、大型登陆舰中业号、扫雷舰永兴号、大型驱逐舰中建号。舰队兵分两路,一路由永兴号与中建号进驻西沙群岛,1946年11月29日上午在西沙群岛举行收复仪式,在隆隆的礼炮声中竖立了纪念碑;一路由太平号与中业号进驻南沙群岛,1946年12月12日驶入太平岛水域,当天就举行了收复仪式,并竖立了一座高1米的钢筋水泥碑,上刻"太平岛"三个大字(见图九"南海诸岛位置略图")。

1963年10月,台湾内政部官员张维一巡视南沙群岛,相继登临了9个主要岛屿,岛上风清沙白,百鸟翔集,根本见不到任何越南人和菲律宾人的影子。

但在以后的岁月里,在台湾占领的南沙主岛——太平岛眼皮底下,众多的岛屿被他国非法侵占,其中越南抢占29个,菲律宾抢占9个,马来西亚抢占5个,文莱抢占1个,我国实际控制的只有8个。南沙群岛常年露出水面且陆地面积超过0.1平方公里的岛仅有7个,只有太平岛在中国台湾的实际控制中,中国大陆实际控制的全是环礁(珊瑚礁围成的环状体)。这或许是中国当代史上最大的耻辱:没失一兵一卒,就丢失了大片领土。①

"主权属我,搁置争议,共同开发"。这是中国政府采取的正确而明智的做法。但中国共同开发的步伐远远落后于南海周边国家。从公开资料中粗略统计,南海周边国家在过去20年间,与200多家大型外国石油公司疯狂围猎南海油气资源,建立开发了1380口油气井,年石油产量达5000万吨,远远超过中国大庆油田4000万吨的年产量,这些油气井近一半位于中国9段线内侧。越南依靠白虎油田等,已经成功从原油净进口国变为净出口国。马来西亚在南海的石油年产量超过3000万吨,天然气近1.5亿立方米。菲律宾在南海开采的油气已经能够满足国内40%的使用。文莱仅与壳牌公司合资建设的海上石油平台就超过240座,得益于近海石油的生产,文莱人均GDP位列全球第五位。印度尼西亚的油气生产也有20%来自南海海域,它的纳土纳气田是世界上最大的气田之一。

中国正在崛起但并未完全崛起,正处于被称为"和平崛起综合征"的阶段,现在的崛起需要良好的外部环境,同时也需要必要的资源。面朝大海、有着东海平原基因并且创造过郑和下西洋奇迹的中国,应该如何提升捍卫领海、开发海洋的意识?如何守住底线,刚柔并济,有理有利有节地应对海洋危机?如何提高战略判断力、应变力和意志力?不仅是对中国政府,也是对全体国民的一大严峻考验。

列宁早就告诉我们:"战争是流血的政治,政治是不流血的战争。"尽管战争有着暴力性,但它仍属于政治范畴。在只与物质利益有关的问题上可以退让,但在事关领土、主权的原则问题上绝对不能退让。尽管经过运筹帷幄来保持和平会给政治家带来荣誉,但对于国民来说,为了正义的信念而战比妥协退让更有价值。如果在对抗中放弃原则,只会损害我们

---

① 《中国国家地理》2012年第6期。

的国格与人格。

不管情愿与否,当今世界上任何一个国家都不可能与世隔绝。我们渴望和平,这是全人类孜孜追求的共同目标,但我们不能幻想用外交的方式、他国调解的办法、游行抗议的手段得到和平。无视我们当前面临的严峻形势,或者夸大战争给人们带来的灾难和恐惧,和平的局面依然不会到来。不管未来发生怎样的变化,又会给我们带来什么后果,中华民族的英雄主义和愈挫愈奋的精神会继续发挥作用,而且将成为所有传统中最可宝贵的精神财富。我们的祖辈靠抛洒热血赢得了民族的独立、人民的解放、祖国的安宁,我们应该怎么办,往何处去,选择不言自明。因为美国人马汉早就告诉我们(美国人也是这样做的):"我们应该具有这种观念:如果只把战争认为是防御性的,那将会带来严重的灾难。只要战争开始,就必须积极、主动地作战,不是将敌人挡在自家门外,而是打败敌人,让他们心服口服!"马汉还进一步解释道:"我们一直强调,我国厌恶战争,也不愿凭借它扩张领土或争取利益。在此情况下,衡量我国军事力量的标准不是扩张计划,而是反对我国政策的国家可能动用多少力量来对待我们。"一位玻利维亚将军也说:"鬼并不可怕,你走近了,他就没有;你逃跑了,他就紧跟不放。"如果按照这一西方公认的理念,中国太需要举全国之力建设强大的航母编队,并随时准备痛击敌人了。

对此,我们有必要认真地反思一下中国传承千年的"生死观"。一位名叫尼姆·威尔斯的美国女作家一针见血地指出:中国有句谚语叫"三十六计,走为上计。"借用林语堂的话就是:"活着就好。"一个日本人除非确信自己准会被杀,而且死后一定会被当作英雄来称颂,否则他是不会去参战的。日本人把士兵称为"樱花"和"大和魂",告诉他们:世界上最美的事是青年时期英勇战死。中国人正好相反,除非他的道教拳师首先使他确信他是刀枪不入的,就像义和团和红枪会一样,否则他是不会去打仗的。因而中国人说"好男不当兵,好铁不打钉。"小心即大勇,谨慎原是中国人生存的条件。中国人为国捐躯,一般不提"责任"而讲"牺牲"——也就是白死。中国的历史事实是:逃跑的人活着,挺身作战的人被杀,逆来顺受者继承了世界——他们懂得世界总会是他们的。统治者总是在重复中国最古老的信条:"和平未到绝望时期,绝不放弃和平;牺牲未到最后关头,绝不轻言牺牲。"(蒋介石在抗日战争中的名言)

听完美国女作家这段话,你也许不以为然。但笔者以为,正是以上原因,大清在雅克萨大捷后反而与惨败的俄国签订了《尼布楚条约》,失去了外兴安岭以北的部分领土和以尼布楚为中心的地区;在镇南关大捷后仍然与战败的法国签订了《中法新约》,承认越南不再藩属大清。也正因为近代的日本人、如今的美国人对我们看到了骨子里,才屡屡挑战我们的底线。难怪美国前总统罗斯福一再告诫在二战中对和平抱有幻想的国民:"任何人都不能靠抚摸把老虎驯成小猫!"

我不想发表太多的感慨,更不想画蛇添足,可就在笔者即将结束本节时,1946年方才独立的菲律宾,居然对中国的黄岩岛提出了主权要求。黄岩岛又名民主岛,作为中沙群岛中唯一露出水面的岛礁,是中国大陆架的自然延伸。黄岩岛以东幽深的马尼拉海沟,是中国中沙群岛与菲律宾群岛的自然地理分界。元世祖至元十六年(1279),天文学家郭守敬奉旨进行"四海测验",南海的测量点就定在黄岩岛。民国二十四年(1935),国民政府水陆地区审查委员会公布的南海诸岛132个岛礁沙滩中,黄岩岛以斯卡巴罗礁之名列入了中国版图。而菲律宾的理由是,按照《联合国海洋法公约》,黄岩岛距离吕宋岛124海里,在他们的200海里专属经济区内。实际上,根据《海洋法》公约,沿海国在专属经济区内享有勘探或开发自然资源的权利,但专属经济区内他国领土的法律地位不容置疑,而中国黄岩岛本身也享有12海里领海和12海里毗邻区。如果按照菲律宾对海洋法公约的解读,日本与韩国之间的对马海峡仅有60海里,日本还在韩国专属经济区内呢,难道也要对日本提出主权要求?

作为一个军事经济实力尚属三流的国家,我想,菲律宾是没有底气与世界第二大经济体中国抗衡的。他们之所以敢于挑战中国的领土底线,是因为背后站着一个海上巨人——美国。说穿了,菲律宾的所作所为,是美国"重返亚洲"战略的一部分。

下面,让我们一起解读美国"重返亚洲"战略的由来。

美国"重返亚洲"

作为近现代意义上的国家,基本不再像封建专制王朝一样仅凭统治者的个人好恶和心血来潮决定是否出兵、向哪里出兵,而是根据决策咨询机构或专家团队提供的政治军事理论,做出符合本国利益的战略决策。"地缘政治学",就是被一些近现代军事强国奉为至宝的一大理论。

首先引起世界关注的,是英国 H.J.麦金德的"地理中枢学"。麦金德以提出"大陆腹地说"的全球战略观念而闻名于世,他把欧亚大陆和非洲合称为"世界岛",把世界岛最僻远的地方称为"腹地",他引证了大量历史事实说明来自大陆腹地的征服者对边缘地带向着三个方向扩张和侵略:向东南方向季风边缘区和澳大利亚;向东北方向经西伯利亚和阿拉斯加到美洲;向西到欧洲边缘地带和南部腹地。他于1919年指出:"谁统治了东欧,谁就统治了大陆腹地;谁统治了大陆腹地,谁就统治了世界岛;谁统治了世界岛,谁就能统治世界。"他认为,如果德国和俄国结盟或者德国征服俄国,那么就奠定了独霸世界舞台的基础。他的思想在西方实际政治生活中影响深远,一度成为地缘政治学者们鼓吹纳粹征服世界的信念之本,也是德国纳粹发起第二次世界大战的理论基础。冷战时期,西方政治家一直注视着中苏关系的发展也与麦金德的腹地说有关。

其次是德国哈斯霍夫的"生存空间学"。他认为,世界的发展将会统一为四个"泛地区":泛美地区,以美国为首;泛欧非地区,欧非统一,以德国为首;泛亚地区,亚澳统一,以日本为首;泛苏地区,苏联与印度统一,以苏为首。这一学说认为,国家是一种有生命的机体,要有能满足它生长和发展的"生存空间",这个"生存空间"就是能不断扩大的领土和殖民地。这就是二战德国占领欧非和日本建立"大东亚共荣圈"的政治出发点。

二战结束后,作为战胜国的美国理论家尼古拉斯·斯派克曼祭出了"边缘地带学"。他认为,鉴于苏联已经控制了世界心脏,谁想和苏联争霸,必须在欧亚边缘的沿海地带取得控制权。中国如果控制了亚洲沿海地带,就会对外扩张,这就是"中国威胁论"的起源,也就是美国总统奥巴马"重返亚洲"的起因。许多评论家解读说,美国"重返亚洲",目的是拼筑起从日本到阿富汗的对中国的 C 形包围圈,千方百计遏制奋力崛起的中国。

其实,早在百年前,马汉就为美国政府在亚洲特别是太平洋地区实施战略控制定下了基调。他在《海权论》最后一节指出:"如果将美国看成欧洲大家庭的一员,那么它们与未来世界的联系在太平洋上得到了最鲜明的体现,因为太平洋是连接欧洲大陆和东方世界的纽带。由于水路交通具有快捷、便利的特点,太平洋将罗马文化和条顿文化紧密地联系在一起。沙漠和山峦阻碍了美洲太平洋海岸与东部的联系,但这儿却是欧洲文明的前哨阵地。因此,欧洲大家庭的重要任务就是将它与自己的主体紧密相连,并且将东西方通向它的道路控制在自己手中,给予它最严密的保护。"

然而,这只是军事理由,隐藏在军事手段背后看不见硝烟的战争——"金融大战"也万万不可忽视。最近几年,美国经济学家、政客们一再要求中国"与国际市场接轨""开放金融市场""促进人民币与美元自由兑换"。试想,美国已经运用金融手段成功绞杀了一个昨日的"世界第二大经济体"日本,难道他不会故伎重演,对新的"世界第二大经济体"展开货币战争吗?

看来,贴着"文明传播者"标签的许多理论家,并非人类文明的真正推动者。世界军事大战与金融大战的血腥册页上,应该记有他们摇唇鼓舌的"功劳"。

中美会迎头相撞吗

有人分析,21世纪的中美关系与20世纪的英德对抗十分相似,太平洋两岸的两个大国会像两个互相竞争的集团一样对待对方,美国"重返亚洲"之后,中美注定迎头相撞。

从表面上看,今天的中国如同20世纪的德意志帝国,是一个走向复兴的大陆国家;如今的美国如同当时的英国,是一个与这个大陆国家有着深厚政治经济关系的海洋国家。当年的英德同处一个大西洋地区,按照经济学上的"零和原理",一方的收益意味着另一方的损失,激烈的公众舆论不允许妥协。而今的中美同处一个太平洋地区,美国在太平洋上有着关岛、夏威夷群岛、塞班岛、威克岛及广阔的海域,与日、韩、菲、台等政治实体有着同盟关系并签有安全防卫条约,在东海、南海问题上与中国有着巨大而潜在的利益冲突。而中国作为迅速成长中的世界第二大经济体,不会无视或听任美国在"重返亚洲"的过程中销蚀和淡化中国的海洋权益,更不会无限度地容忍美国暗中支持的东海、南海周边国家挑战中国的领土和领海主权。中国人担心美国企图遏制中国,美国人担心中国试图把美国挤出亚洲。于是,美国频频与日、韩、菲等国在中国近海举行联合军事演习。中国的第一艘航空母舰已经下水,在钓鱼岛主权问题上中国政府和人民也表现出了不容置疑的强硬。似乎,较量正由远而近,由暗转明,甚至有人声称听到了子弹上膛的声音。一场正面冲突似乎不可避免。东盟秘书长素林甚至警告说,南海有可能成为东亚的"巴勒斯坦"。

如果中美真的陷入武装冲突,类似第一次世界大战之前的欧洲结构无疑会在亚洲孕育凝结,形成相互竞争的两大集团,每个集团都试图破坏或限制对方的影响与范围,零星的摩擦逐渐发展为局部战争,最终必将扼杀太平洋两岸60年来用枪炮、尸体换来的和平以及用智慧、汗水赢得的进展。

问题是,大规模杀伤性武器的存在,再加上最终后果无法预知的现代战争技术,决定了今天与一战之前的明显不同。发动一战的国家领导人不知道自己手中常规性武器的后果,而当今领导人对自己手中毁灭性武器所招致的玉石俱焚心知肚明。也就是说,在战争或冷战式冲突中,中美双方都拥有核武器和远程导弹,双方都没有能力确保获胜,至少没有能力在摧毁对方的同时确保自全。况且,战争的目的说穿了是为了本国的经济利益,我们根本无法设想目前还存在像毛泽东时代的中国对阿尔巴尼亚那样的无偿军事援助。在当今世界,要实现和维护本国的经济利益,并非只有军事威胁和军事干预一条途径。现在就幻想中美之间为了第三国(日本或菲律宾)而发生正面军事冲突,其情景就像让两个睡在同一个屋子里的人用梦话争吵一样好笑。

于是,中美之间的选择只能是战争之外的手段,那就是政治、经济、外交的手段。

"伙伴关系"显然是一种理想,说得难听一点是梦想。伙伴,原意是指在一个灶中吃饭的人,后来引申为共同参加某种组织或从事某种活动的人。怎能设想一个世界霸主与潜在的对手、第二大经济体、崛起中的地区巨人成为伙伴?美国自建国以来就相信自己的理想具有普世价值,声称自己有义务传播这些理想,把自己打扮成救世主和"世界警察"。苏联解体之后,这个独一无二的世界霸主,怎么会主动屈尊与另一个大国"结伴"——也就是"平起平坐"呢?

"限制关系"也不太现实。当前世界经济前景低迷,只有亚洲仍然活力四射,美国经济要复苏,就必须更多地依靠与亚洲特别是东亚的互动,这也是美国急于"重返亚洲"的最重要原因。对于美国不断强化与东亚各国的联系与合作,不必过分地解读为针对中国。因为在东亚这个潜在的巨大市场中,不仅中国具有地域的、资源的、劳动力的优势,而且德国、日本在汽车领域,欧洲在奢侈品方面也具有美国不可比的优势。挤进亚洲的美国,不仅要与中国竞争份额,还要从其他发达国家那里分一杯羹。而且,在世界经济一体化迅猛发展的当今时代,中美之间有着太多扯不断的经济来往特别是金融关系,两个安理会常任理事国之间也有许多的全球与地区冲突问题需要步调一致,一味地限制只能两败俱伤,这是任何明智的政治家不愿意看到的。

那么剩下的,就只有"既合作又竞争"了。中美之间的决定性竞争更可能是经济竞争、社会竞争而非军事竞争。美国会千方百计维持自己的竞争力和世界角色,为了达到这一目标,他们会在金融手段、能源战略、贸易保护等方面无所不用其极,在增加就业、扩大出口、治理金融危机等问题上费尽心机。中国也会利用难得的战略机遇期,一心一意致力于消除贫困人口、反对官僚腐败、强化社会保障等国内问题。这就意味着,两国都注重国内必须做的事情,在可能的领域如金融、外贸、环保、知识产权、反不正当竞争等方面开展合作,调整关系,减少冲突。任何一方都不完全赞同对方的目标,也不假定利益完全一致,但双方都努力寻找和发展相互补充的利益。美国前国务卿亨利·基辛格把这种关系形象地称为"共同进化"。

对这两个代表不同版本的意识形态——社会主义与资本主义的国家来说,合作之路必定崎岖。冷战结束,并不意味着意识形态斗争的结束,美国就是一个最重视意识形态的国家。道义上的优越感使一些美国人特别是一些政客,乐于把美国与别国的利益纷争诠释为"为了自由和民主而战",并极力维持二战后美国倡导的国际关系基础——"美国治下的和平"。因为美国道义优越感的来源主要包括:一是美国人认为"三权分立、权力制衡"的国内政治体系和代表议会制度是迄今世界上最完善的,可以有效避免集权主义和利益垄断;二是经济、军事实力客观上赋予了美国影响世界的能力,许多美国人骨子里挥之不去要将世界变得像美国一样的信念;三是白人的种族优越感和清教徒①的宗教优越感使许多美国人感到,独特的生存环境和教育环境决定了他们就是世界的典范。因此,许多美国政客喜欢对中国指手画脚,特别是近年来对在世界经济持续低迷中几乎一枝独秀的中国表现出前所未有的酸溜溜和气不过,就毫不奇怪了。

而中国,作为一个国情、历史与美国迥异的东方国度,在蒋介石的资本主义实验失败后,才由人民历史地选择了社会主义道路。特别是中国30年改革开放取得的有目共睹的发展雄辩地证明,计划与市场并用的中国特色社会主义道路,比主要靠市场自由调节——"看不见的手"的资本主义,比走马灯式的西方式民主(政权每4至8年更迭一次,政策也在政权更迭中大拆大建),比私有银行家控制的以赤字财政、廉价货币、非金本位为标志的金融体系(因为不肯向银行家低头,美国总统的伤亡率比美军诺曼底登陆的一线部队的平均伤亡率还高),更能有力地保证货币发行权掌握在政府手中,更能有效地应对由主权信用货币引发的通货膨胀和金融危机的冲击②,更能集中人力、物力和财力兴办影响国计民生的基础工程,更能不受干扰、一以贯之地解决这个占世界人口1/5的国度的西部脱贫、城镇化与社会保障问题。今天的中国,已经和正在为国际经济的持续稳定发展做出更加积极和切实的贡献。

正如德国前总理施密特告诫国际社会的:"中国人会走自己的路,就像日本人、印度人、巴西人、美国人、德国人、瑞士人一样。每个人都应该学会尊重别人走不同的道路,尊重合作。尊重与合作是当今世界应该尽快学会的两个关键词。"一时的感觉并不重要,重要的是培养一种无论形势如何变化,无论美国国会、政客或评论家如何喧嚣与鼓噪,国家决策层仍能维持行为模式的能力。我们希望美国在经济上"重返亚洲"能带来一个双赢的局面。经济领域不同于政治和军事领域,双赢是可以实现的。如果中国通过努力取得了和平发展,而美国不做出同样的努力,那么美国

---

① 意为清洁,指要求清除英国国教(基督教圣公会)中天主教残余的改革派。他们强调人类的罪恶,恪守禁欲主义,提倡勤俭清洁,富有冒险开拓精神,因此受到了官方的迫害,许多人被迫远走北美洲。
② 宋鸿兵编著《货币战争》,中信出版社2011年版。

就会像历史先例一样衰落下去,但美国不能因此而责怪他人,不能在其他国家那里为自己的弱点寻找借口。两国应该形成一个共识:太平洋两岸的领导人有义务建立共同协商、相互尊重、和平共处的传统,并把共同建设世界新秩序作为并行不悖的国家抱负。

地球是圆的,500年前西移的文明已经造就了一个繁荣的欧洲和强大的美国。可以预期,文明的迁移还得继续,接着,我们将迎来环太平洋文明时代。如不出意外,中美将构成未来一段时间的文明中枢。

作为世界第一大经济体,美国要"重返亚洲",是任何力量也无法阻拦的。问题是,美国以什么样的姿态,什么样的方式"重返亚洲"。只有美国把自己当成一个建设性的平等参与者、一个能够带来更多发展机会的合作者,而不是一个高高在上的主导者或者指手画脚的霸权力量,东亚包括中国才能够以更加平和与稳定的心态来看待"美国重返",美国也可以从"重返"中获取更多的实际利益。

无限开阔的太平洋两岸有足够的空间容纳中美两个大国。刹住霸权与动武的惯性,超越大国崛起必然引发冲突的陈旧观念,是"重返亚洲"的美国必然面临的挑战。学会与中国和东盟在这一地区和平相处,决定着美国"重返亚洲"的成败。

按照洛伦茨的"驱力"理论,爱与恨,都是人类的驱力,你应该选择哪一种?

话说到这里,如果美国还一味地将"重返亚洲"战略破解为遏制中国,我只能严正地声明:美国本土,就是从印第安人手中抢来的。而印第安人,也是远古中国人的后裔。

第六章　跨过白令海峡，走遍美洲

善始终以蜗牛的速度前进。

——印度·甘地

漫漫迁徙路

一个明媚的夏日，一伙数十人的游猎队伍，沿着猛犸和驯鹿留下的粪便与脚印，缓缓行进在西伯利亚东部空旷的苔原上。其中的成年男子肩扛长矛，手牵家犬（亚洲狼的后裔），腰挂象牙、骨针、燧石刀，东张西望地走在队伍的前头，随时准备对付北极狼、熊、狮的袭击；成年女子们腰裹兽皮，身背孩子，手拿吃剩的食物，匆匆走在队伍的最后；少年男女则赤身裸体，手握防身的木棍，蹦蹦跳跳地走在队伍中间，嘴里不停地发出"依依呀呀"的声响。

这些人是谁？我说不清楚。但我知道，那是公元前28000年到公元前6200年之间，在白令海峡未被淹没的日子里，一伙具有典型东亚蒙古人特征的古人，从人满为患的东海平原启程，涉过一个又一个春夏，翻越一座又一座山岭，向人烟稀少的未知大陆挺进，成为后来遍布美洲的印第安人的祖先。

对于美洲土著印第安人的祖先起源于亚洲东部，考古学家和人类学家已经达成共识。目前学者们争议的问题，仅仅是最早迁入美洲的时间与方式，即他们是在冰期通过陆桥进入美洲的还是后来驾船而来的，较多的专家倾向于前一种观点。至于他们中的最后一批人在东海平原被淹没后如何跨过白令海峡，你也大可不必担心，因为从每年10月至次年4月，亚美大陆之间的白令海峡一年中就有长达7个月的冰封期，人类完全可以踏着海峡冰桥进入北美大陆。

可能有人会问，既然冰期的北美覆盖着巨大的冰盖，首批印第安人是如何驻足美洲的？难道他们像北极熊一样与冰共舞、不惧严寒？

对此，加拿大地质学家考证，当时的北美大陆中心地带的确覆盖着大面积的冰川，但在沿落基山东坡的圣劳伦斯冰川与雁列冰川之间并未合拢，留出了一条长达数千公里的狭长地带，被北美考古学家称作"西部通道"，早期的印第安人就是沿着这条通道南下，从约公元前15000年开始，搜寻着更适合人类憩息的区域，进而逐渐填满了整个北美、中美、南美，直至在公元前8000年前后推进到火地岛。而印第安人进入美洲后东移的脚步颇为缓慢，由于加拿大北极地区的环境极其恶劣，人类直到公元前4000年前后才到达格陵兰岛①。至此，人类的足迹已遍布除南极洲之外的所有大陆，和与人类分不开的狗一起，成为地球上分布最广的动物。

美洲出土的最早的人类活动证据，是1932年在美国新墨西哥州发现的克洛维斯遗址，那里的尖状器和猛犸象化石，年代测定结果为距今1.15万年前。1953年在美国得克萨斯州发现的米德兰德人古人类学资料，形态特征与现代印第安人比较接近，年代不超过距今1万年。综上所述，印第安人的祖先最早踏上美洲的时间应该在2至3万年前，而大量东亚人（东海平原住民）移居美洲可能是在北美冰盖滑落之后。

就是在这块寂寞而富饶的处女地上，印第安人创造了伟大的玛雅文明、阿兹特克文明和印加文明。

他们之所以被称为印第安人，主要是因为1492年10月12日哥伦布认为自己到达的"新陆地"是印度，称当地土著为"印第安"（"印度"一词的英文发音）。至于人们认为印第安人是红种人，一方面因为远远看去他们的皮肤是红色的，另一方面他们也自称红种人。直到有一天，一位白人来到印第安人中间，才发现这些红色是由于印第安人习惯在面部涂抹红色颜料给人的错觉，洗掉颜料，他们是地道的黄皮肤。至少到现在，还没有迹象表明在地球上发现红种人。如果有，可能就是外星人。

---

① ［美国］斯塔夫里阿诺斯《全球通史》，上海社会科学出版社1992年版。

印第安帝国疆域图

- 玛雅文明（约2500年—约1526年）
- 印加文明（11—16世纪）
- 阿兹特克文明（14—16世纪）

尘封的玛雅

　　看来,辗转来到美洲的东亚蒙古人,文明的冲动并不亚于那些没有参加长途迁徙的东方伙伴。中国历史上早就有美洲大陆存有国家的记载。《三国志·魏志·东夷传》记载:"从女王国东渡千余里,还有倭人建立的国家。侏儒国在倭国南部。距离女王国东南四千余里,又有裸国、黑齿国,船行一年可至。"按照其中所记载的里程和方位推算,裸国、黑齿国应当在今天的北美洲。《梁书·诸夷传》也记载:"在倭国东北七千余里是文身国,文身国以东五千余里是大汉国,扶桑在大汉国东二万余里,地在中国以东,土地上多栽植扶桑,因此以扶桑命名。"从以上文字推知,扶桑国的大致方位应该是北美洲或中美洲。

　　问题是,美洲大陆上的国家既不叫裸国,也不叫黑齿,还不叫扶桑,裸体、黑齿只是他们的一种原始习俗,种植扶桑也只是他们的一个习惯,他们真实的国名一直被历史的烟尘封存着。

　　2002年,危地马拉的一场风暴吹开了隐藏在18级台阶上的几百个象形文字,这些稀奇古怪的文字清晰地记录了玛雅帝国的两大城邦——蒂卡尔和卡拉克莫在60年的金戈铁马中鏖战火并的史实,揭示了玛雅帝国由盛及衰的真实原因。世界文明史上的那朵奇葩——玛雅帝国终于露出冰山一角(见图十"印第安帝国疆域图")。

　　说它终于露出冰山一角,是因为玛雅这一神秘洞穴太久远、太幽深、太博大了。直到最近我们才得知,玛雅帝国约形成于公元前2500年,地球上与其平行存在的古国只有苏美尔城邦、古埃及和古印度(最近在印度西部的坎贝湾发现了公元前7500年左右的海底古城遗迹),而中国直到400年后才建立第一个朝代夏。玛雅帝国的消亡时间是公元1526年,正值中国大明嘉靖年间。也就是说,版图横跨墨西哥、危地马拉、洪都拉斯,面积达32万平方公里的玛雅帝国,跨越了4000年的漫漫时空。仅仅在存续时间上,它已经是一个难以超越的奇迹了。

　　更神奇的是,玛雅人创造了自己的书写符号——玛雅文字,是象形文字与声音的联合体,常常刻写在建筑、陶器、树皮与绢布上。现在发现的玛雅词汇已有3万多个,但能破译的不足1/3,这也是为什么至今仍无法揭开玛雅全部秘密的主要原因。

不知读者是否清楚,数字"0"是玛雅人最早发现的,这一发现比欧洲早了整整800年。也许受到手指加脚趾的启发,玛雅还在计算方法上采用了20进位制。

这里,也出现了大量的像古埃及一样令人瞠目结舌的金字塔。库库尔坎金字塔是个高30米,四周环绕着365级台阶的羽蛇神庙。蒂卡尔金字塔高度倾斜,像哥特式教堂一样绮丽峻峭又令人晕眩不已,被誉为"丛林大教堂"。

有了这么多的奇思妙想和惊人创造,我再介绍玉米、土豆、棉花、烟草、番茄、可可都是玛雅人发明的,读者恐怕就不再大惊小怪了。

似乎,"登峰造极"这个词就是专门为玛雅人量身打造的。接下来我要介绍的玛雅历法,把玛雅人的想象力和创造力发挥到了令人恐怖的地步。他们的历法体系由神历、太阳历和长纪年历组成。长纪年历,记下了几千万年中的每一个日子。太阳历,把一年分成18个月,每月20天,加上5个禁忌日,一年恰好365天。他们还结合星象学,推算出一年的长度为365.242129天,与现代科学推算出的365.242128相差不足千分之一;推算出月亮围绕地球运行的周期是29.528395天,与现代精密方法计算出的29.530588极为接近;推算出日食与月食,只发生在月亮与太阳的运行路线相交前后18天之内。

可以说,他们的许多创造,至今仍然超出我们的智商,令许多聪明绝顶的历史学家困惑不已。行文至此,笔者建议所有开明的历史学家,将四大文明古国的称谓改成五大文明古国,加上玛雅。

就是这样一个悠久而辉煌的帝国,在公元900年前后开始面临衰败的厄运。据推测,这种衰败来自于对资源的破坏和连绵的内部战争。这个过程就像缓缓流遍全身的毒液,虽然缓慢,但却致命。曾经繁盛无比的肢体变得异常脆弱,一旦遇到外来打击将一触即溃。

如果没有哥伦布,它也许不会为欧洲认知。1502年,哥伦布最后一次远航美洲,当他的船队在洪都拉斯靠岸时,被当地一种精美的陶盆吸引了,这个陶盆就出自玛雅。之后,哥伦布将这个神秘称呼和神奇国度介绍给了贪婪的欧洲远征者。

1526年,一支西班牙探险队光临玛雅,好客的玛雅人委派通译者佳觉,向西班牙主教兰多介绍了自己的文明。自以为来自文明国度的兰多被博大精深的玛雅典籍吓坏了,他心惊肉跳地认为这是"魔鬼干的活儿",下令将这些承载着玛雅文明的典籍悉数焚毁。就这样,西班牙人像过路人掐断了向日葵的头一样,将人类文明史上最为非凡离奇的一页狠狠撕掉了。

之后,被冒犯的玛雅人神秘失踪,像一阵萧瑟的秋风扫落了满树的黄叶。

历史最终记下了一个结论:任何军事远征,都是一次文化浩劫。浩劫过后,玛雅仅仅留下了三部典籍、几处建筑遗迹和一些难以辨认的符号。到了现代,玛雅人的面纱才渐渐揭开。1966年,奎瑞瓜山顶的一块玛雅石碑,赫然记录了发生在9000万年至4亿年前的信息。按照石碑的说法,玛雅帝国在4亿年前就存在了。可是,4亿年前的地球尚且处于古生代的志留纪和泥盆纪,安第斯山脉还没有崛起,海洋动物主导着地球,两栖动物处在童年,根本不可能出现人类甚至猿人的踪影,难怪兰多认为通译者介绍的玛雅是"魔鬼干的活儿"了。

仿佛眨眼之间,玛雅人导演的波澜壮阔的历史剧,没有留下任何落幕的迹象便戛然而止了。只有热带丛林里的野藤和苔藓,悄悄遮盖起玛雅人迁移的足迹;只有那遍布玛雅的金字塔和神庙,向如织的游人睁着拷问的眼睛……

世界末日预言

即便是有"狗尾续貂"之嫌,鉴于涉及所谓的"人类末日",我感觉还是有必要谈谈曾经令人谈虎色变的玛雅预言。

在太阳历中,玛雅人将岁差周期分为五个太阳纪,他们预言:第一纪神创造了动物,最后神通过一场洪水将它毁灭(似乎与诺亚方舟的故事契合,但时间有误)。第二纪神用泥土造人,最后神通过风蛇将其吹得四散零落(是否暗指全球性飓风与龙卷风?这倒是很常见)。第三纪神用玉米造人,最后神通过天降火雨使之走向毁灭(是否指陨石雨或世界性闪电？但那是一亿年前的事了）。第四纪神造出琥珀人，最后神利用天降火雨的方式引发地震摧毁他们（是否暗指火山爆发或陨石雨？）。按照玛雅太阳历开始于2万年前，5125年一个太阳纪推算，第四纪始于公元前3114年8月11日，其结束时间应该是2012年12月21日。1966年，美国考古学家迈克尔·科在著作《玛雅》中大胆推测："可以了解到的暗示是……在13伯克盾①最后一天，世界末日来临，世上堕落的人们以及其他造物被洪水卷走，因此我们现在的宇宙将在12月21日被消灭，长纪历的大循环由此完成。"这也就是所谓的"世界末日论"的由来。

对此，世界上的神秘主义者传一传也就罢了，偏偏美国好莱坞导演看中了这一题材的巨大戏剧色彩和商业价值，投巨资拍摄了电影《2012》，这就使"世界末日说"变得更加神乎其神。

如果非要追寻地球远古时代曾经的灾难，如今能够"说话"并且不会作假的只有岩层与化石。我们通过地质学、生物学已知的是，自寒武纪生物大爆发以来，地球上的生命演化并非一帆风顺，至少发生过五次全球生物大灭绝事件。如今，针对二氧化碳的人为排放，全球气候的持续变暖，有学者不客气地指出，地球上的第六次生物大灭绝已经开始。如果把每一次生物大灭绝称作一次世界末日，恐怕并不为过。

其实，2012年并非人类历史上的第一次末日猜想。先知易卜拉欣在《埃及以及埃及的奇迹》中记载，埃及法老萨瑞德在大洪水到来300年前做了一个梦，梦见整个地球倒了过来，人们惊慌地四下逃散，天上的星星全部陨落。正是这个梦促使他建造了两座金字塔。公元前2800年，两河流域的亚述人在泥碑上写道："我们的地球近来将会衰落，种种迹象表明世界将迅速走向终结。贿赂和腐败相当普遍。"公元970年3月25日，欧洲洛塔林王朝算士们认为自己在《圣经》中发现了证据，于是散布"公元1000年是世界末日"。1524年2月1日，受一群伦敦占星家预言的惊吓，2万人逃往高处，以躲避所谓的泰晤士河将爆发第二场大洪水的危言。16世纪著名预言家"希普顿婆婆"预言："世界末日将在1881年到来。"1919年12月17日，气象学家艾伯顿·普塔声称，行星的罕见会合将形成强大的引力或者磁通量，导致巨大的太阳耀斑冲向地球，把大气烧尽。

---

① 13个伯克盾约合公历的5125年。

1967年,吉姆·琼斯、文鲜明及自称与UFO接触过的乔治·范·泰塞尔都各自预言这一年的"爱之夏"是世界末日。1987年4月29日,有"世界末日贩子"之称的利兰·延森宣称地球和哈雷彗星相撞,可能导致世界末日来临。传教士罗伦·斯图尔特公开宣布,他破译了《圣经》中的一句话,1992年9月28日将是世界末日。1997年,天文爱好者卡克·什拉梅克因为对海尔—波普彗星的错误观察得出了世界末日来临的错误结论,邪教"天堂之门"出现集体自杀事件。台湾邪教"真理之路"首领陈恒明在美国电视台宣布:"1998年3月31日12时01分,上帝将乘坐飞船在地球着陆。"2000年,科学家艾萨克·牛顿认为《启示录》中预言的世界末日将在本年度发生。基督教派"上帝目击者"在自己的网站上宣布,2008年3月21日是世界末日。从古至今,"世界末日论"从未停息。

对此,我们既不必大惊小怪,也不必口诛笔伐,既然知道再多的猜测与恐慌都于事无补,倒不如理直气壮地迎接明天的朝阳。站在科学角度上讲,任何东西都逃脱不了出生、生长到死亡的规律。世界末日,可能性总是存在的,因为不可知的灾难随时都可能发生——也许就在下一秒,只不过概率极小而已。有些事情在科学上是已有定论的:比如再过15亿年,太阳将变得无比炽热,地球上所有的生命将无法生存;50亿年后,太阳也将消亡。从短时间来看,也许小行星是对人类的真正威胁。在未来的世纪里,人类将能够发现哪些小行星正朝着地球飞来,并建立一套保护系统。鉴于人类还没有准备好,如果50年内有小行星撞击地球,它或许会威胁到人类,但生命不会因此而灭绝,因为40亿年来没有任何东西能够彻底灭绝地球上的生命。

再说,所谓的"玛雅预言"也存在着诸多问题,第一,对玛雅历中"世界末日"的诠释,连第一位推测此事的美国学者都闪烁其词,人们何必奉若神明呢?第二,即便我们承认这位美国学者的推测,但玛雅历前三纪的末日与人类史前大灾难有过一次真正的重合吗?第三,玛雅历上诸如神用泥土造人、用玉米造人、用琥珀造人等统统属于神话,到底有多少可信度呢?第四,玛雅人只承认2012年12月21日是玛雅长历法一个周期的结束和又一个周期的开始,并不承认什么世界末日。最近,玛雅长老巴里奥斯生气地说:"一些学者看了遗址的刻文后,以自己的推测编出世界末日论,最可耻的是,有人竟以玛雅人的名义去撰写预言。"

如今，2012年12月21日已过，世界末日说已成为一个速冻笑话，但频繁的自然灾害却让我们不得不睁大眼睛。人类赖以生存的家园早已变得千疮百孔。世界污水排放量已达4000亿立方米，人类过度开采地下资源直接导致地面整体下沉。一次次的灾难，无情摧毁了人类的愚昧与无知。我们有理由推测，亚马逊丛林的蝴蝶扇动一下翅膀可能会引起美国的龙卷风，而一辆汽车排放的一次尾气也许会引发一次强烈地震或者火山喷发。

与其说有人宣称2012是世界末日年，还不如理解成大自然为人类敲响的警钟。看过美国电影《2012》的观众熟知，里面的人物为能登上救命的"诺亚方舟"需付出10亿欧元的费用，就算富甲一方的俄国富豪买了船票最终也未能登上方舟。

抛开不攻自破的"玛雅预言"，其实我更愿意相信今美国霍尔印第安人的神话："作为对人类不端行为的惩罚，第一个世界被天降地喷的毁灭之火烧光了。地球从它的轴线上倾覆，一切都冻成了冰，第二个世界就此灭亡。第三个世界毁灭于洪水。现今为第四个世界，它的命运取决于人类的行为是否遵从造物主的安排……"

关键问题在于，自然环境的自杀是一个缓慢而漫长的过程，不幸的是，无论是落后国家还是发达国家，几乎所有的政治领袖对这个可能在100年后才能彰显的问题置之不理。虽然2009年12月，在哥本哈根召开的联合国气候变化大会发出了清晰而殷切的呼吁："为了子孙后代保护地球。"但与这个问题相比，解决当前贫富国家之间在财富分配上的争端则显得更为紧迫。也就是说，发达国家已经走完了高速发展和废气大量排放期，而对于另外一些还没有解决温饱，生产技术落后，正处于发展中的国家，现在就来让他们在环境保护和发展生产之间做出抉择，让他们和发达国家一样承担全球环境义务，他们的选择会令国际社会特别是发达国家满意吗？似乎，这又是一个悖论。

尽管如此，地球上所有的政治领袖们还是应当找到一条科学发展、健康发展、可持续发展之路，其中就包括发达国家在高技术上对发展中国家的慷慨支持；也包括发展中国家不能以牺牲环境为代价，一味追求什么GDP这个人类发展的怪兽。

人类史在时间的长河中只是短暂的一瞬，如果把地球这个行星的45

亿年历史压缩成一天,生命在将近 5 点钟的时候诞生,直到 20 点才出现了软体动物。23 点产生了恐龙类,它于 23 点 40 分灭绝,使哺乳动物的迅速进化有了充分的自由。人类的祖先在午夜前 5 分钟方才出现,直到最后一分钟他们的脑容量才增长了一倍,工业革命则是在最后 1% 秒开始。因为有了人类,地球不再古朴不再苍凉;因为有了人类,地球才美艳绝伦而又遍体鳞伤。人们总是在不停地往前冲,以为前面有很多东西在等待我们,其实应该停下来等一等被我们落下的灵魂。

此刻,我脑海里浮现出一部电视片里的解说词:"有一天,所有被关在笼子里驯养的野生动物将远离人类,重现他们在远古时代自由自在的生活。那一天,就是野生动物的节日。"

阿兹特克帝国

读完玛雅,你的心底一定弥漫着刺痛的遗憾。当进一步了解了玛雅之后的阿兹特克帝国(公元 14—16 世纪)和印加帝国(公元 11—16 世纪)的陨落,这种遗憾也许能使你的悲伤逆流成河。正如伯恩斯在《世界文明史》中所言,假如不被西方征服,他们完全可以为美洲文明奠定基础,这一文化可以同任何其他洲的文化相媲美。

但历史不容假设,更容不得历史学家的一厢情愿。本来,对于中心位于墨西哥的阿兹特克帝国我准备一笔带过,因为他们与印加帝国相比不仅建国较晚,而且实力偏弱。但考虑到这个帝国的诞生与死亡太过诡异,我最终还是决定留点笔墨给他们。

作为中美洲古老印第安文明的标志性存在,阿兹特克人的历史记载开始于 12 世纪中叶。根据神谕,阿兹特克人如果看到一只鹰站在仙人掌上啄食一条蛇,那就是他们应该落脚的地方。为了寻找这一地域,他们在墨西哥的青山绿水间辗转徘徊了两个世纪。

终于,1325 年的一天,他们在墨西哥盆地的特斯科科湖心小岛上发现了神谕中的奇特景象——一只鹰在啄食一条蛇。尽管这里属于古老的托尔特克国的地盘,他们还是毅然决定留下来。

据说,阿兹特克人邀请托尔特克国王前来做客,并要求对方先把公主引荐给他们,以便在宴会上"向她表示敬意"。于是,托尔特克国王先把公主送了过去,接着国王本人也前来赴宴。等他女儿该在宴会上出现的时候,国王却惊恐地看见一名阿兹特克武士跳着舞进来了,身上披着刚刚从公主身上剥下的人皮。

阿兹特克人毫无顾忌地采用先礼后兵的手段,很快就为自己赢得了精明而又残酷的名声。他们洗劫了托尔特克人的都城,控制了包括墨西哥盆地在内的广阔区域。

每一个国家都是孔雀,很努力地把自身的成就化成一尾的璀璨,然后快乐地在世人面前尽情地把尾屏张开。在这里,阿兹特克帝国用黄金和巨石筑成了两座城池,一座建在湖心,也就是今天的墨西哥城;一座名为托特哥,稍稍偏北,也属于今墨西哥城区的一部分。特诺奇蒂特兰城坐落在13平方公里的两座湖心小岛上,由于湖心岛面积狭小,他们就在水中竖起木桩,在水面上建起房屋。建筑物都用白色的石膏粉刷,每当天光灿烂的时刻,宏伟的白色建筑倒映在潋滟的湖水中,天地一片耀眼的银白,仿佛一座神话中的城池。

玛雅出现金字塔就够怪异的了,这里居然也出现了大量的金字塔。在距离墨西哥城不远的群山中,阿兹特克人建筑了一座21平方公里的城池——多提哈罕城。这座城池是他们心目中"太阳诞生的地方""知晓神路的地方""天地交接的地方",城中心坐落着庞大的金字塔群,阿兹特克人把金字塔分别称为"太阳金字塔""月亮金字塔""昆兹奥考特①金字塔",并称城市中心大街为"死亡大道"。太阳金字塔以巨石砌成,底边长90米,高55米,顶部平台是祭祀太阳神、雨神、战神的场所,塔里面还包裹着11座小金字塔。它与埃及金字塔的底边边长只相差几英寸。英国学者马顿和托马斯认为,太阳金字塔和埃及基奥普斯金字塔一样,其高度与底基的周长之间都包含着数学常数π,表明阿兹特克人知道用π乘以半径或直径计算出圆或者球体的圆周长,也透露出早在欧洲之前至少1000年,阿兹特克人不仅知道地球是圆的,而且还能计算出它的周长。而且,太阳金字塔的东侧面是经过精心设计的,在春分和秋分能最充分地接受太阳的光辉。在这两天里,天空西移的太阳沿着西侧斜面的最低处

---

① 阿兹特克崇拜的羽蛇神,一位灰白皮肤、蓄着胡子的神灵,代表着光明的力量。

渐次消失,并且形成笔直的阴影。阴影缓缓移动,直到正午方才消失。从完全阴影到完全光明,正好需要 66.6 秒。用这一方法,阿兹特克人可以计算出春分、秋分日到来的时间,而且精确到秒。

令我百思不解的是,阿兹特克金字塔群与埃及金字塔几乎是按照一个图纸建造的。我们越是运用高科技的手段,越是把遍布全球的各个文明遗迹联系起来审视,越是发现远隔万里的不同文明之间有一种无法解释的相似性。在现代科学对人的潜意识和亲属间的心理感应给出令人信服的解释前,我只能认为金字塔在地球两极同时出现,是远古人类大脑潜意识里的一次惊人巧合。

孟泰祖马二世时期(1502—1520),是阿兹特克帝国最为强盛的时期,但同时也是这个民族走向灭亡的开始。

1519 年,恰逢阿兹特克人崇拜的羽蛇神昆兹奥考特 52 年一次的回归年。就在这年 4 月,西班牙征服者赫尔南多·科尔特斯率领一支小分队抵达墨西哥海岸。当阿兹特克人发现白皮肤、大胡子、穿铁甲的怪物从羽蛇神当年消失的东方出现,骑着从未见过的骏马,随手抛出一道火光时,便将西班牙人当成传说中的羽蛇神顶礼膜拜了。

诡计多端的征服者成功地利用了当地人对自己的崇拜,对阿兹特克人发起了突袭,特诺奇蒂特兰城被攻克,孟泰祖马二世先是被俘然后被杀。

风光旖旎的特诺奇蒂特兰城被征服者夷为平地,雕像与建筑被捣毁,书籍与画卷被付之一炬,中美洲文明的旷世杰作在毁灭异教神的叫嚣声里化为青烟,袅袅飘散在蓝得有些过分的中美洲天空。

尽管皇帝死了,但 2500 万阿兹特克人会轻易跪倒在 300 名西班牙殖民者脚下吗?回答是否定的。当时,孟泰祖马二世的继承者率领上万名勇士,对西班牙入侵者发起了顽强反击,并俘虏了多名西班牙士兵。似乎,西班牙人的失败已不可逆转。

问题还是出在俘虏身上,因为其中一名西班牙俘虏携带着天花。在美洲这片与世隔绝的地域里,印第安人没有驯养家畜的习惯,传染源的缺乏使得他们不具备任何的免疫力。结果,不到一年时间,阿兹特克大半人口被天花病毒感染,帝国人口在十年内从 2500 万剧降到 650 万。孟泰祖马二世的侄子库伊特拉华克在登基四个月后便感染天花而死。帝国最后的皇帝、年仅 18 岁的库奥赫特莫克认为,神已经将他们抛弃,站到了外来侵略者一边,因此于 1521 年 8 月 13 日开城向科尔特斯投降。其他人也丧失了斗志,任由侵略者践踏与蹂躏。一个强大的帝国从悬崖急速坠落。

似乎,这是上帝的一个魔咒。

倒霉的印加

无独有偶,阿兹特克帝国倒下的同时,另一个印第安帝国——印加帝国也倒下了,而且倒下的方式更为诡异、更为悲怆。

印加本意是首领或大王,是塔万廷苏龙帝国的最高统治者。西班牙殖民者入侵后,方才将其称为印加。印加帝国的版图囊括了今南美洲的秘鲁、厄瓜多尔、哥伦比亚、玻利维亚、智利、阿根廷,帝国的宫殿深藏在安第斯山脉中,最强盛时的面积达到了 200 万平方公里,人口大约 1200 万,堪称名副其实的南美霸主。

他们的噩梦开始于 15 世纪末。1492 年,哥伦布抵达加勒比海诸岛,"新大陆"宣布被发现,世界地图上从此出现了第四个洲——美洲[1]。伴随着宗教般的狂热、寻宝的梦想特别是美洲盛产黄金、白银的诱惑,一批又一批欧洲殖民者身背热兵器,眼里放射着憧憬的光芒,心潮澎湃地爬上了美洲这块"寂寞"的土地。

欧洲人不仅携带着火枪,而且带来了美洲大陆原本没有的天花。1526 年,蔓延的天花走进皇宫,夺去了印加皇帝瓦伊纳·卡帕克的生命,随即又带走了许多大臣和皇位继承人的生命。另一位皇位继承人华斯卡与同父异母的弟弟阿塔瓦尔帕发生内战,印加军队陷入分裂。1531 年,西班牙殖民者在弗朗西斯科·皮萨罗带领下乘虚而入。

当时,这支远征军只有可怜的 169 人。尽管印加发生了内讧,但毕竟他们拥有 8 万人的军队,而且占有天时地利,8 万对 169,这是个连傻瓜都能算明白的战争不等式。因此,西班牙人除了给自己不断打气,也只有通

---

[1] 意大利探险家亚美利哥·韦斯普奇于 1504 年出版了《新世界》一书,先于哥伦布将这个新大陆命名为"亚美利加州"。让哥伦布稍感欣慰的是,以他的名字命名的国家哥伦比亚至今还在。

过施展阴谋改变战争的走向。

1532年11月16日,也就是西班牙人到达今秘鲁西北部的印加城市卡哈马卡的第二天。皮萨罗把自己的骑兵和步兵埋伏在卡哈马卡广场四周,然后派人约请印加新皇帝阿塔瓦尔帕(刚刚在内讧中获胜)在广场见面。

当天傍晚,夕阳的余晖装点着这块不含人性杂质的土地,印加皇帝如约来到广场。走在前面的是负责清扫道路的2000名印第安人,类似"清洁工";然后是身着盛装、载歌载舞的印第安人,类似"军乐队";再往后是大批印加士兵抬着巨大的金属盘子和金银皇冠铿锵行进,类似"仪仗队";之后才是锦衣绣服、头戴皇冠、颈挂绿宝石项链的印加皇帝,由80名印加领主抬着招摇而至;殿后的又是一批抬着金银制品的印加武士。庞大的队伍齐声高唱着印加之歌,嘹亮的歌声在点缀着朵朵晚霞的蓝天久久回荡。如此看来,这根本不是一次军事行动,而是面向西方客人的一个盛大欢迎仪式。只是,欢迎仪式用错了对象,而且不该办成"国家财富秀",因为这只会勾起殖民者更大的贪婪。

尽管不含军事目的,但这种阵势的威慑力,还是让许多埋伏在广场周围的西班牙人尿了裤子。

嘹亮的歌声停歇后,广场中央的皮萨罗派出一名随军牧师劝说印加皇帝信奉基督教,其实这是一个发起进攻的信号。立时,广场周围喇叭与枪声齐鸣,全副武装的殖民者嚎叫着从两翼杀出,用现代火枪向装备着石头、木棒、弹弓、短斧的印加武士和手无寸铁的"清洁工""军乐队"扫射,犹如手持利刃的屠夫走进了屠宰场,印加皇帝被活捉,皇帝周围的领主与大臣被悉数屠杀,5000人的队伍仅有不到200人逃脱。

西班牙人用铁链锁住印加皇帝的脖子,将其关进了一个长近7米、宽5米、高近3米的屋子,然后告诉印加皇帝的臣民:你们用黄金堆满这个屋子,并用白银装满隔壁同样大小的两个房间,皇帝才能自由。当印加人真的用金银堆满了3个房间——6吨黄金和12吨白银,西班牙人狂笑着按级别瓜分了所有的财富,皇帝还是被西班牙人背信弃义地处死了。

行文至此,我不止一次地恸问苍天:艳阳白云之下,怎么会有胸挂十字而诚信全无的恶棍?难道所谓的文明进步非要通过杀戮来实现?如此灭绝人性的屠杀为何至今还有西方人士津津乐道?谁能彻底铲除这些垃圾般的腐土,从此杜绝这些显性植物再次生长出来?是该用火与剑,还是康乃馨?

在皇帝死前的几个月里,人数众多的印加军队从未对169名西班牙人发起过有效的进攻,这就使得皮萨罗有足够的时间从巴拿马调来援军。直到皇帝被杀,印加人才如梦初醒,而这时西班牙的增援部队已经到达。于是,双方爆发了四次战争,参战的西班牙人分别为80人、30人、110人和40人,而每次战争被击溃的印加军队都数以万计。最终,帝国首都库斯科陷落,印加新皇帝孟可及其追随者从西班牙人的视线里蒸发,高悬长天400余年的印加艳阳落入了苍茫的安第斯山。

正如风吹即落的朝露一般,这些创造出令人惊叹的美洲文明的印第安帝国,在其文明闪现出片刻的亮色后,便匆匆消遁在郁郁葱葱的美洲原始丛林里。纳斯卡荒原巨画、复活节岛石像、马丘比丘遗迹、太阳历、金字塔、古隧道、象形字……印第安人的遗存以其伟大的创造力、绚丽的美感、奇异的风格、对传统的反叛以及超越常规思维的复杂,深深打动了现代的观赏者。至少在目前,还没有发现可以与之媲美的古代作品,正如英国史学家 H.G.威尔士所言,大量的印第安雕刻,比旧世界的任何一个作品都更像欧洲疯人院的精神分裂者们所涂抹的复杂图画。按说,印第安三大文明彼此之间应该互相影响,共同促进。但在这里,后起的文明却从未超过原始水平的最高点,每一种文明都龟缩在自己狭小的世界里。在西班牙人踏进美洲之前,墨西哥人几乎不知道秘鲁的存在,对秘鲁人的主食土豆,墨西哥人丝毫不知。一代又一代,这些土著重复着降生、祭祀、死亡的游戏,部落之间时战时和,洪涝干旱与风调雨顺轮流交替,历法与祭祀日渐烦琐,然而经济与军事却没有明显进步,以至于在手持兵法、身跨战马、肩扛火枪的西方殖民者到来时,他们只有惊慌失措、任人宰割。

空谷寂寂,苔藓处处,山风阵阵,只有那一道道神秘的色彩,一串串奇异的景象,一个个难解的问号,向世界各地的游人叙说着此地非凡的过去。

南 美 解 放 者

在西班牙殖民者像踩死蚂蚁一样除掉了印加皇帝和阿兹特克统治

者,用现代火枪屠杀了无数敢于反抗的印第安人之后,拉丁美洲(美国以南的拉丁语地区,包括中美洲和南美洲)终于平静下来。当时,只有巴西是葡萄牙的殖民地,不属于西班牙管辖。

这片从西班牙启程需要一个月才能抵达的广阔土地,以西班牙君主的名义分别由四个总督管理。美洲东南部管辖区,包括今阿根廷、巴拉圭、乌拉圭、玻利维亚;秘鲁管辖区,指太平洋沿岸、南美洲西部多山地区,包括今秘鲁与智利;新格拉纳达管辖区,占据着南美洲大陆呈坡形的北部一角,包括今委内瑞拉、哥伦比亚、厄瓜多尔、巴拿马;新西班牙管辖区,管理着中美洲,包括今美国西部、墨西哥、古巴、波多黎各、多米尼加等。

西班牙人开始在这块广袤而富庶的土地上强行播种西班牙文明,用西班牙语将南美洲地图成片地染红,使弥漫着香槟般醉人空气、蜿蜒着银蛇般洁白河流、起伏着少妇般肥沃田野的南美洲成为放大版的西班牙。

从一开始,西班牙就把他的美洲帝国看作税收与原材料的主要来源地,而西班牙美洲殖民地的人们并未从中获得任何收益。加上南美洲不同的种族与文化,穷人和富人之间激烈的两极分化,美洲殖民社会已经岌岌可危,接近了爆炸的边缘。1780年,一位自称印加后裔的秘鲁印第安人图帕克·阿马拉,发起了一场要求停止强迫纳税的运动,响应运动的武装人员最高时达到6000人。

尽管反抗被作战经验丰富的西班牙军队残酷镇压下去,但反叛精神的野火却在继续大规模蔓延。很快,这种蔓延甚至唤醒了出生在拉丁美洲的双亲是西班牙人的白种人——克里奥尔人沉睡的愤怒。从此,反抗运动找到了它的最佳领导者。

作为拉丁美洲土生土长的白人贵族,克里奥尔人掌握着成片的庄园,拥有大量的奴隶,住在金碧辉煌的西式建筑中,过着优哉游哉的日子,能将孩子送到欧洲求学。任何钱能买到的东西,他们都可以自由享受,但有一样东西他们无权分享,那就是政治权利。因为西班牙统治者把最好的行政工作、军事官职连同教堂里的最好职位,都派给了新来的半岛人。在这里,就连最为粗俗的欧洲人,都对美洲出生的白人不屑一顾。

1783年,委内瑞拉首府加拉加斯一个孩子呱呱落地,他叫西蒙·玻利瓦尔,生在一个富甲一方的克里奥尔人家庭。少年时代,他的家庭教师——一个政治激进分子为他灌输了大量自由主义思想。

1796年，西班牙联合法国与英国作战，结果遭到英国海军反击，西班牙通往殖民地的海上通道被封锁，这使得南美洲殖民地可以自由地用外国商船进行贸易，享受到了从未有过的经济独立。于是，自由通商、言论自由、低税收、更多的政治代表——这些全世界革命运动熟悉的呼喊，响彻在曾经一默如夜的南美洲大陆上。

受到欧洲革命的感召，16岁的玻利瓦尔来到欧洲学习哲学、历史和文学，亲眼目睹了法国大革命后欧洲社会的改革和变化。在欧洲，他遇到了少年时代的家庭教师，老师鼓励他积极投身到争取美洲解放的革命中去，玻利瓦尔当即向老师表示："我准备把自己的生命贡献给这一事业。我以人性和生命宣誓，在没有打碎西班牙束缚着我的祖国的枷锁以前，我的手将要不停地打击敌人，我的心也不会安静。"

于是，雄心勃勃的玻利瓦尔回到南美洲，一方面熟练经营着自己的巨大庄园；另一方面以阅读和赌博作掩护，组织年轻的克里奥尔人聚会，商讨建立一个南美洲共和国的办法。

1811年，克里奥尔人组成的民族代表大会代替了加拉加斯的西班牙州长，新的机构同意把委内瑞拉从西班牙和新格拉纳达独立出来，委内瑞拉第一共和国已经接近完成使命，玻利瓦尔的理想几乎就要实现了。但一场突如其来的地震摧毁了许多人的信心，玻利瓦尔的同盟者米兰达宣布投降，西班牙军队趁机发动进攻，玻利瓦尔只有逃亡。

艰辛的逃亡生活，如一把淬火的利剑，使得玻利瓦尔发出了更加夺目的光芒。1813年8月7日，愈挫愈奋的玻利瓦尔率军从安第斯山攻进加拉斯加，穿着白衣的女孩领着他的骑兵部队在大街小巷穿行，"解放者万岁"的口号直冲云霄，第二共和国宣布诞生。随后，他正式认可了这个头衔，一生都被称为"解放者"。

分裂再次发生，委内瑞拉东部的军事首领圣地亚哥·马里尼奥宣布独立，南方的西班牙军队趁机发起攻势，玻利瓦尔只得撤离占领了不足一年的城市。

说起来，这是他的第二次逃亡了。但往往是在隆冬的时候，人们才能感觉到心灵深处拥有一个不可战胜的夏天。玻利瓦尔决心从头再来。作为亲英派的代表，他在英伦三岛发起了一场招募私人军队的运动，成千上万的英国退伍兵应征入伍，这支装备着先进武器的雇佣军所向披靡。在

1819年2月的安格斯图拉议会上,他被选举为委内瑞拉第三共和国总统。

尴尬的是,这位新总统名实不符,因为大半个委内瑞拉还掌握在西班牙保皇派手中。因此,他和手下的将军们策划了一次奇妙而艰难的长途袭击——避开敌人重兵防守的大道,越过高高的安第斯山进攻新格拉纳达。

这是一个阴雨连绵的季节,前面不但有齐腰深的湍急河流,而且要翻越一个海拔4000米的高原。行军途上,所有的牛马在渡河与攀岩时死去,军人有的被活活冻死,有的死于高原缺氧,有的则死于过度疲劳。3000人的军队损失超过一半。

7月初,这支"神兵"突然出现在安第斯山的另一边,令新格拉纳达的西班牙人惊慌不已。当地的农民则热情欢迎他们的到来,为这支疲惫至极的"解放者"补充了兵源与给养。元气得到恢复的玻利瓦尔部队士气大振。

8月7日,博亚卡山谷响起刺耳的雁唳,2000人的玻利瓦尔军队与3000人的保皇党军队进行了决定命运的决斗。结果,保皇党军队惨败,1600名士兵被投入监狱。一个由委内瑞拉、新格拉纳达、厄瓜多尔组成的哥伦比亚共和国正式成立,总统还是玻利瓦尔。

风助火势,火扬风威。勇往直前的玻利瓦尔军队开始主动进攻所有的西班牙残余势力。1825年4月,在阿亚库巧——一个印第安语叫"死亡之角"的地方,玻利瓦尔军队将西班牙人驱逐出了秘鲁,赢得了与西班牙人在南美洲的最后一次战争。8月,上秘鲁宣布成立,以玻利瓦尔的名字命名。

金秋十月,天光云影交织,玻利瓦尔登上荒凉的博托西山山巅,插上了哥伦比亚、秘鲁、智利和阿根廷国旗。然后,他面向苍天宣布:"经过15年艰苦卓绝的斗争,我们摧垮了西班牙帝国经过3个世纪侵占和暴力掠夺所建立起来的大厦!"这一情景,很容易让人联想起124年后毛泽东在天安门广场上震惊世界的宣告。

功成名就之后,他主持制定了宪法。虽然宪法保证了人权,废除了奴隶制度,但要求建立一个终身并有权指定下一任的总统制。就这样,一呼百应的他完成了从一个民主主义者到专制独裁者的蜕变。

接下来的 5 年,成功砸碎了一个旧世界的玻利瓦尔,却没能如愿建立一个新世界。因为各个独立的共和国对他的独裁统治并不买账。1826 年,他提出了成立一个南美洲合众国的计划,邀请所有新国家到巴拿马共商此事。结果,只有 4 个国家参加了会议。随后,委内瑞拉和厄瓜多尔宣布退出大哥伦比亚。1830 年 12 月 17 日,已经无奈地辞去大哥伦比亚总统职务的玻利瓦尔,在加勒比海沿岸的一座别墅中病逝,带着他为之奋斗了一生的建立一个泛拉丁美洲统一国家的梦想。

"运伟大之思者,必行伟大之迷途。"他一度被誉为"南美洲的华盛顿",但他并不具备华盛顿的民主意识;他更应该被誉为"南美洲的拿破仑",因为他和拿破仑一样,都曾经是当地民族伟大的解放者,但最终都失败于专制与独裁。

但这个为梦想活着的人应该是幸福的,因为不做梦,人生起码有三分之一的时间会变得索然无味。

他死后,各个独立武装自行其是,形成了如今拉丁美洲各国的大致版图。

留下你的血脉

西班牙人退出南美洲之后,南美洲的种族构成发生了巨大变化:纯种的白人、黑人和印第安人成为少数,居民中的大多数是混血儿。

这种混血现象还需要从西班牙发现新大陆说起。1509 至 1559 年,挺进新大陆的 15000 名西班牙人中,只有 10% 的女性,因而种族通婚变得不可避免。

与北美禁止跨种族婚姻不同,拉丁美洲很早便允许跨种族结合,并且按照等级进行分类:西班牙男人与印第安女人的后代为麦斯蒂索人,克里奥尔人与黑人的后代为穆拉托人,印第安人与黑人的后代为桑博人。1811 年,混血儿占据了西班牙殖民美洲三分之一的人口,几乎等同于该地区的原住民。许多西班牙裔白人与印第安人通婚后,所生的孩子长相看起来更像白人。

科学家在拉丁美洲做过一个项目,研究了从智利到墨西哥 7 个国家

13%的西班牙男人和印第安女人后代的线粒体DNA样本,结果显示,拉美全境都存在欧洲男人娶印第安人为妻的现象,相反的情况则未出现。一则案例显示,Y染色体(来自父亲)中,94%来自欧洲人,5%来自非洲人,1%来自印第安人;而线粒体DNA(来自母亲)中,90%来源于印第安人,8%来源于非洲人,2%来源于欧洲人。

诞生过玛雅帝国和阿兹特克帝国的墨西哥,被称为"战神的国度",这里的印第安人信奉的战神名叫"墨西卡利",人们便以他的名字为墨西哥命名。在今1.16亿人口中,印欧混血人种(麦斯蒂索人)占90%,印第安人占10%。

作为玛雅帝国中心之一的危地马拉,尽管1524年就被西班牙殖民者占领,但许多印第安人顽强生存下来,使之成为中美洲土著居民比例最高的国家,今1400万人口中,印第安人占40%,印欧混血人种占40%,白人占16%。尤其令人感佩的是,如今仍有玛雅等23种土语被印第安土著使用着,传承着。

中美洲北部的洪都拉斯,是一个多山之国。海拔600米的科潘,是玛雅文明最古老、最庞大的古城遗址。科潘金字塔上的"象形文字台阶",如今仍让历史学家们眉头紧皱、流连忘返。在这个古老的国度,印欧混血人种占90%,印第安人占7%。

有"黄金之国"美誉的哥伦比亚,原本是奇布查族等印第安人的领地,被西方殖民者占领后,一度成为大哥伦比亚的中心。哥伦比亚现有4600万人口,印欧混血人种占60%,白种人占20%,黑白混血人种(穆拉托人)占18%,其余为黑人和印第安人。

当年,西班牙殖民者从哥伦比亚一路东进,沿加勒比海南部海岸进入阿拉瓦族和加勒比族印第安人居住地。1499年,西班牙探险家阿隆索·欧和达发现,当地人像意大利威尼斯一样,将房屋建在水中,于是将该国命名为委内瑞拉(意为"小威尼斯")。今2800万委内瑞拉人口,印欧混血人种占58%,印第安人占2%。

委内瑞拉的东邻圭亚那(印第安语意为"多水之乡"),是加勒比海南部沿海一个长方形的区域。其国徽的上部为国花睡莲,下端的绶带上用英文写着"一个民族,一个国家,一个命运"。鉴于此地先被荷兰占据,后来转让给了英国殖民者,所以英语成为这里的官方语言。在今75万人口中,印度裔占43.5%,非洲裔占30.2%,印欧混血人种占16.7%,印第安人占9.1%。祖籍中国广东的当地法官钟亚瑟,是1970年圭亚那独立后的首任共和国总统,也是南美洲首位亚裔总统。尽管他所担任的总统只是象征性元首,但仍难掩钟亚瑟为同宗的印第安人和故乡中国带来的别样风采。

从哥伦比亚沿太平洋海岸南进,有一个处在赤道线上的国家,叫厄瓜多尔(西班牙语意为"赤道")。这里的印第安人凶悍尚武,以在战争中割取敌人的头颅为荣。谁保存的头颅多,谁就是伟大的勇士,因此他们被"披着传播文明外衣,做着杀人放火勾当"的西班牙殖民者称为"史上最野蛮的人"。在首都基多附近,站着两座世界上最高的火山,个子高的在休眠,个子矮的是活火山。有人说,它们像印第安人的两只火眼,时刻准备对血债累累的殖民者"喷吐"仇恨的火焰。好在,这里的印第安人如今仍占总人口的7%,印欧混血人种也占到了总人口的77%,印第安人境况尚可,谢天谢地。

从厄瓜多尔南行就是秘鲁,生活在秘鲁的印第安人——印加人,却被西班牙殖民者称为"史上最文明的印第安人"。原因嘛,无非是印加人逆来顺受,任人宰割罢了。印加帝国早已远去了,但印加圣地库斯科(印第安语意为世界的中心)和马丘比丘(印第安语意为古老的山巅)犹在。这里还是南美洲玉米的主产地,秘鲁在印第安语中的意思就是"玉米之仓"。在如今秘鲁近3000万人口中,印加人占41%,印欧混血人种占36%。

与秘鲁毗邻的内陆国家玻利维亚,是一块光荣的土地,它的国名就来自南美洲独立战争领袖西蒙·玻利瓦尔。拥有丰富自然资源的玻利维亚是南美洲最贫穷的国家,因此被称为"坐在金矿上的驴"。作为印加帝国一大中心的玻利维亚,大量的印第安血脉传承了下来,在其1000万人口中,印第安人占54%,印欧混血人种占31%。令人振奋的是,出身印第安贫困家庭的胡安·埃沃·莫拉莱斯·艾玛,在2005年底的大选中当选总统,成为玻利维亚建国以来首位印第安人总统。2001年和2011年,莫拉莱斯两次访问了自己祖先的故乡中国,被中国人民大学授予了名誉博士学位。我所纠结的是,玻利维亚作为一个代议制国家,却难以克服政府日益泛滥的腐败(更难以解决因政府腐败伴生的贫困);而其故乡之一的朝鲜,作为一个一党专政的国家,却为何能在极度贫困的情况下保持了政府廉洁呢?

在太平洋沿岸有一块狭长的高地,那里覆盖着皑皑积雪,所以取名智利(意为"白雪的国度")。这里印欧混血种人占75%,印第安人只占4.6%。值得一提的是,日裔学者阿尔贝托·藤森在1990年秘鲁大选中当选总统,成为继圭亚那出现华裔总统以来,第二位出任拉美国家元首的亚裔人士。但日本人咄咄逼人的固有天性,预示着他注定是一个只会攥拳、不会握手的强势政治家。结果,政绩斐然的他在2000年因政治贪污丑闻下台,被迫流亡日本,成为亚裔总统败走南美洲政坛的黑色幽默。

南美洲最大的国家巴西,原为印第安人居住地,1500年葡萄牙航海家佩德罗·卡布拉尔抵达巴西,将这片新发现的土地命名为"圣十字架"。葡殖民者对巴西的掠夺,是从疯狂砍伐巴西红木开始的。渐渐地,"红木"(Brasil)一词代替了"圣十字架",成为巴西国名。这是一个典型的移民国家,仅1884至1962年迁居巴西的新移民就达497万。如今巴西人口已接近2亿,印第安人仅占0.43%。

500年前,西班牙殖民者闯荡到美洲最南部,发现印第安人满身银饰,认为这里盛产白银,于是在地图上将它标为阿根廷(意为"白银之都")。等到走遍全境,也没有找到什么梦想中的银矿。但东方不亮西方亮,此地拥有广阔的农场和无际的草原,玉米无边,牛羊成群,被誉为"世界粮仓与肉库",足以让他们丰衣足食,因此很快成为移民的天堂。如今阿根廷大多数居民是西班牙后裔(占67%),印欧混血人种只占26%,印第安人仅有2%。

其他拉丁美洲小国,印第安人数量由北到南、自西向东呈递减之势,如伯利兹(印欧混血人种占34%,其次是克里奥尔人、印第安人)、萨尔瓦多(印欧混血人种占90%)、尼加拉瓜(印欧混血人种占69%,印第安人占5%)、巴拿马(印欧混血人种占65%,印第安人占10%)、苏里南(印第安人占3%)。至于古巴、多米尼加、海地、牙买加、哥斯达黎加、巴拉圭、乌拉圭等,除了有一部分印欧混血人种外,纯粹的印第安人已经可以忽略不计了。

许多美洲问题专家认为,尽管也曾匍匐在西班牙人和葡萄牙人的枪炮之下,但与英国后裔统治下的北美洲比较起来,拉丁美洲印第安人显然幸运多了。

接下来,让我们走进北美洲印第安人的领地,去看一看那里究竟发生了什么。

蝗虫般的英国移民

在大量场景恢弘的美国好莱坞西部枪战片中,印第安人打着赤脚,裹着布条,住着帐篷,脸上涂满水彩,头上插着羽毛,手持弓箭长矛,基本上是作为野蛮人的形象出现的。一时间,印第安几乎成了封闭、落后、冷血的同义词,似乎战争的发起者不是西方殖民者而是印第安土著。事实真的如此吗?

事情还需从四条船说起。

在西班牙殖民者成功登陆南美洲100多年后的一天,三艘帆船从英国伦敦港扬帆启航,一路向西,消失在茫茫的大海上。船上共载有大约150名英国男子,为首的是克里斯托弗·纽波特船长。这些人受伦敦弗吉尼亚公司的派遣,揣着英王詹姆斯一世的特许状,其目的有三个:像西班牙人那样寻找黄金,将西班牙人拒于北美洲大陆之外,探寻通往富裕东方的新路线。经过144天的艰难航行,在付出将近40人葬身大海的代价之后,船队于1607年5月14日驶进北美洲中部东岸的切萨皮克湾,在今弗吉尼亚州东南部的一个沼泽地半岛登陆。对英国人来说,这是他们在北美第一个成功的据点(此前的18个定居点均无法立足)。他们将当地注入大西洋的河流命名为詹姆斯(英国国王)河,将定居点命名为詹姆斯敦,将新殖民地命名为"弗吉尼亚"(意为"处女地",以纪念"处女国王"伊丽莎白一世)。

第四条船叫"五月花号"。这艘长19.50米、宽7.95米、吃水3.35米、排水量180吨的英国3桅盖伦船,并非第一艘英国驶往新大陆的船只,却是英国驶往新大陆的最为著名的船只。英国伊丽莎白一世当政时,在宗教改革和天主教复辟行为之间选择了一条温和的新教"中间路线",宣布英国圣公会为国教,规定了官方教义和礼仪,开始镇压不服从国教的天主教徒和清教徒。詹姆士一世上台后,坚持延续伊丽莎白的宗教政策。"分离派"作为清教徒中最激进的一派,由于受到英国国教的残酷迫害,诺丁汉郡史可罗比村一群自称"朝圣者"的清教徒,于1608年离开英国去了荷兰。鉴于荷兰太过世俗,他们中的一部分人决定迁居北美洲。1620年9月16日,在牧师布莱斯特率领下,包括清教徒、契约奴、工匠、渔民、农民在内的102名乘客,乘坐"五月花号",于两个月后在北美洲大陆的普利茅斯上岸。登陆前,"分离派"领袖在船舱内主持制定了《五月花号公约》,有41名自由成年男子在公约上签字。其内容为:组织公民团体;拟定公正的法律、法令、规章和条例。此公约奠定了新英格兰诸州自治政府的基础。

偏见来自偏见者的孤陋寡闻、浅薄无知甚至别有用心。挤掉水分的历史告诉我们,首批破衣烂衫的英国移民先后在北美洲的詹姆斯敦和普利茅斯等地登陆后,好客的印第安人向远道而来的客人奉上了可口的食物,提供了无微不至的接待,还耐心地向其传授玉米、南瓜、西红柿的种植技术。英国移民在第一季玉米收割后,欢天喜地大肆庆祝,并称这一丰收日为感恩节,这就是美国感恩节的由来。

丰收的消息传到故乡,大批的英国移民蜂拥而至,形成了英国历史上空前绝后的人口大迁徙。1601至1701年间,仅英格兰的净输出人数就超过了70万。在此次流动中,有些人是为了躲避宗教迫害,有些人是为了寻求政治自由,有些人是为了摆脱贫困,有些人则是为了追逐利润,还有些人根本没有选择,因为他们是作为仆人或罪犯被流放到新大陆的。

请看,一艘名叫"卡罗来纳"号的船只,于1670年在南卡罗来纳海岸的一个岛上登陆,船上载着一对身无分文的英国夫妇,男人名叫亚伯拉罕·史密斯,女人名叫米利森特·豪,身份是仆人,路费是以他们未来将要付出的劳动为抵押的,他们最大的希望是告别在英国所过的劳苦、贫穷的生活。与此前此后到来的英国移民一样,他们的第一个理念是生存权、财产权,第二个理念才是推行好战的新教教义。

随着大批英国移民的到来,他们需要建设越来越多的种植园,而要建设种植园,当然需要得到新的土地。但问题是,这是谁的土地呢?

在殖民者到来之前,这里并非真的无人居住。仅在弗吉尼亚就居住着近2万名阿尔冈琴印第安人,而詹姆斯敦则处在保厄坦印第安部落心脏地带。

开始时,殖民者确实可以通过贸易或通婚的方式与印第安人和平相处。但在大量殖民者的到来挤压了原住民的生存空间,目的不纯的求婚被印第安酋长断然拒绝后,殖民者开始原形毕露,恩将仇报。正如弗吉尼亚总督弗朗西斯·怀厄特爵士所说:"我们要做的第一件事就是将这些野蛮人驱逐出去,好腾出空地饲养牛和猪等,这些家畜可不仅仅能维持我们的生活,更重要的是,这比与野蛮人生活在一起要强得多。"为了给掠夺找到冠冕堂皇的借口,殖民者提出了一个特别的理由:即无人所有的土地。哲学家约翰·洛克的解释是,一个人只有"在土地上付出了自己的劳动,加入了属于自己的东西",这块土地才算他的。简而言之,如果一块土地尚未被人圈起来,那么谁都可以抢过来。如果印第安人胆敢对具有农垦价值的土地提出所有权,那么,约翰·洛克说:"他们就应该像一头狮子、老虎或者某种野兽那样被毁灭,因为与他们在一起,人就无法建立社会,就不会有安全感。"

从此,殖民者开始了驱赶、掠夺、屠杀印第安人的黑暗岁月,这些血腥场面后来成为好莱坞取之不尽的影视资源。如1623年和1644年对保厄坦人的大屠杀,1637年对佩科特人的大屠杀,1675年对德格斯的大屠杀,1676至1677年对万帕诺亚的大屠杀。但对美洲原住民来说,杀伤力最大的是白种人漂洋过海带来的传染病:天花、流感和白喉。像中美的阿兹特克、南美的印加倒在了西班牙殖民者枪口下一样,北美洲的印第安人也从英国殖民者登陆时的3000多万人下降到20世纪初不足100万人。也就是说,短短300年间,只有3%的印第安土著活了下来,并且被分割聚居在穷乡僻壤的"保留地"中。而一位西方学者提供的数字则差距较大,他认为:"1500年,在现代美国版图内,居住着200万原住民,而到1820年就只有32.5万人了。"①

人们一直将印第安人逃离家园的过程委婉地称为"印第安人迁移"。这一过程实际上是为白人腾出阿巴拉契亚山和密西西比州之间的土地,用来种植粮棉、对外扩张、开发移民、修凿运河、兴建铁路与城市,建立一个横贯大陆、连接太平洋的巨大帝国。

在独立战争期间,几乎每一个印第安部落都站在英国一方。他们深知,英国已经设置了向西扩张的界限,如果英国战败,这条界限便不能阻

---

① [英国]尼尔·弗格森《帝国》,中信出版社2012年版。

止美国向西扩张。事实上，到1800年杰斐逊当选美国总统时，已有70万白人定居在山脉西边。1803年，杰斐逊从法国人手中购买了路易斯安那州，使得美国的西部边界从阿巴拉契亚山脉伸展到了高耸的落基山脉。他向国会提议，应该鼓励印第安人放弃狩猎，在小块土地上定居，从事农业、制造业，进而走向文明。

随后登场的安德鲁·杰克逊，是一个土地投机者、奴隶贩子，也是印第安人最凶恶的敌人，后来成为1812年第二次独立战争的美国英雄。

第二次独立战争不仅仅是一场独立的美国为生存而反对英国的战争，更是一场新兴的美国向印第安人进行领土扩张的战争。战争于1814年以美国的胜利而告终，取得胜利的杰克逊及其同伙强迫印第安人签订了一系列条约，接管了亚拉巴马州和佛罗里达州3/4的土地、田纳西州1/3的土地、佐治亚州和密西西比州1/5的土地以及肯塔基和北卡罗来纳州的部分土地。

1829年，杰克逊当选美国第7任总统，开始实施蓄谋已久、一劳永逸的移民战略，印第安人更大的噩梦开始了。1830年，美国通过了《印第安人移民法》，拨出50万美元专款，在密西西比河以西的"大沙漠地区"建立印第安人聚居区。假如印第安人选择留居原地，必须遵守给他们带来无尽烦扰的政府法令，遭受垂涎他们土地的白人居民入侵的厄运；假如印第安人同意迁移的话，联邦政府将从经济上给予资助，并许诺他们可以在密西西比河以西得到一片土地，西迁的部落仍享有完全的主权和自由。杰克逊命令一位陆军上校与乔克托人和切罗基人谈判。杰克逊通过谈判代表传话给印第安人："告诉酋长和勇士们，我是他们的朋友……但是，他们必须按我的意思去做：离开密西西比州和亚拉巴马州，在我指定的范围内定居。——这样，他们就能在此二州的范围之外拥有自己的土地。只要青草在生长，只要河水在奔流，他们就可以永远拥有这片土地。我也将一如既往地像朋友和父亲那样庇护他们。"

黑鹰坠落

"只要青草在生长，只要河水在奔流"，这句富有诗意的话在一代代印第安人内心深处留下了痛苦的记忆。

因为故土难离,因为没有任何印第安部落心甘情愿地离开。

接下来,美国当局采取了哄骗和要挟并用的方式,摩擦甚至武斗自然难免。1830年7月,居住在密西西比河谷中部的萨克族印第安人居住区发生了一次武斗事件,3个白人居民被一名萨克人杀死。该地区总督威廉·亨利·哈里森(后来的美国第9任总统)就此事件拟定了一整套欺诈方案,将萨克族及福克斯族的5位印第安酋长召集在一起,强烈谴责印第安人的暴行。惶惶不安的酋长们被迫交出了冲突中负主要责任的武士。威廉许诺,如果该武士愿意按印第安人的风俗给三位死难者家属一定数目的物质赔偿,武士将会获得释放。

酋长们如释重负,纷纷表示愿意出钱帮助这位武士获得自由。立刻,威廉的脸上堆满了笑意,开始友好地用烈酒款待酋长们。待酋长们酒足饭饱、天旋地转的时候,威廉微笑着从怀里掏出早已准备好的合同,声称与酋长们签订一个具体的赔偿协议。当然,协议中捎带着一些土地购买事宜。满嘴酒气的酋长们稀里糊涂地在协议上签了字。

就在这份瞒天过海的协议里,威廉总共花了3000美元,就买下萨克族印第安人大量的土地。协议规定,尽管白人已经买下了这些土地,印第安人依然可以继续居住在这些"白人的土地上",继续使用这些土地上的资源。当然,将来如果白人需要,印第安人就须无条件迁走。

问题是,这个明显带有不平等性质的赔偿协议,并未保住那个武士的性命。在三个白人家属得到满意的赔偿后,那名武士后脑上立刻挨上一枪,不过不是在监狱里,而是在监狱的围墙外。

大家都处在沟中,但定有一些人在仰望天空中的星星。萨克族另一位首领黑鹰酋长得知协议后勃然大怒,他声称那5位与威廉会面并签订协议的酋长没有得到全体萨克人的授权,这份协议是无效的。他一再扬言:"土地是神给予他的孩子们安身立命之地,我们在这块土地上生活和耕种,是这片土地的主人,我们不出售我们的土地!"

出于对族人被杀和失去土地的愤怒,黑鹰酋长于1832年4月率领族人东渡密西西比河,回到了伊利诺伊州印第安人老家,该州州长立即派出军队围剿,黑鹰战争从此爆发。

足智多谋的黑鹰率领武士们占领了殖民者的城堡,通过游击战给殖民者以沉重打击,一度将白人驱赶到了密西西比河上游。

随着时间的推移,战争的天平开始倾斜。一方面,美国政府派出大军三路围剿,亨利·阿特金森准将率部从圣路易斯赶来,温菲尔德斯科特少将率部从东部赶来,伊利诺伊州民兵(其中包括后来的第16任美国总统亚伯拉罕·林肯)也蜂拥而至;另一方面,美国高价收买了另一个印第安酋长可库克,黑鹰的作战计划被多次出卖。于是,面临强敌围攻和内奸告密的黑鹰,被迫率部退向威斯康星州。

在最困顿的日子里,西方人的上帝并不眷顾黑鹰。8月3日,黑鹰部落退却到巴德阿克斯河口时,遭到美国第一步兵团团长扎卡里·泰勒上校(后来的第12任美国总统)的伏击,黑鹰的武士成片倒下,大批印第安妇女和儿童在试图越过密西西比河时被集体屠杀。

对敌人越是无情的人,对同胞越是抱有无限的深情。黑鹰深知,如果继续反抗,等待他们的将是灭族的命运。尽管身边的武士们纷纷发誓流尽最后一滴血,黑鹰酋长还是毅然选择了投降。

以下,是黑鹰饱蘸着血泪写就的"投降宣言":

> 我勇敢地投入战斗,可你们的枪炮瞄准了我们。子弹如鸟儿一般射出来,在我们耳边呼啸而过,就像冬日的寒风吹过森林一样。战友们一个接一个地在我身边倒下。早上的太阳异样的昏暗,到了夜晚它就躲到了黑暗的云层里面,就像一堆燃烧的火焰。这将是照在我黑鹰身上的最后一丝阳光。黑鹰现在已经成了白人的阶下囚。可是他从来没有做过任何一件让印第安人蒙羞的事情。这些年白人不断地欺骗我们,掠夺我们的土地。为了全体印第安同胞,为了我们的女人和孩子,黑鹰选择了与白人战斗……他不再有遗憾,他可以平静地到另一个世界去。他已经尽了他的责任。
>
> 他的父亲将在天堂等他,嘉奖他。
>
> 别了,我的祖国。别了,黑鹰!

黑鹰投降后,他和儿子被当作"战利品"在东部城市示众。当威斯康星州的英国移民纷纷围观他们并百般侮辱时,黑鹰和儿子仍一脸的不屈与刚毅。

在英雄眼中,地狱是天堂的走廊。虽然黑鹰失败了,而且这种失败不可逆转,但他们没有坐以待毙,更没有给自己的先族蒙羞。这种不屈不挠的精神,是印第安人得以生生不息的力量源泉,也是来自故乡东亚的印第安人永远的精神财富。黑鹰生前并未被奉为英雄,他死后仍令精疲力竭的美国军队心存敬畏。如今美国的"黑鹰"直升机,就以这位印第安酋长的名字命名。

黑鹰酋长战败后,居住在密西西比河东部的7万印第安人被迫向西迁移,从此踏上了一条无奈的血泪之路。

然而,西迁政策只解决了东部的"印第安人问题",随着美国边疆的持续西拓,西部印第安人聚居区与西进的"白人牛仔"之间的冲突又频繁起来。于是,美国联邦印第安人事务专员奥兰多·布朗在1850年的年度报告中提出了为印第安部落划出保留地的设想。

新的联邦印第安人事务专员卢克·李发展和完善了布朗的设想,形成了系统而严密的"保留地制度",其要点为:压缩印第安人部落的活动地域,把他们迁入保留地,使之远离移民路线和白人定居点;每个保留地都有严格的界线,保留地内印第安人如有反抗即以军队弹压之;联邦对保留地事务进行严格管理,通过职业教育使印第安人成为农民或牧人。

"李方案"得到了联邦政府的认可与支持。美国国会于1851年拨款10万美元用于同印第安人签订有关设立保留地的条约。在1853至1856年间,美国政府与有关部落签订保留地条约52项,迫使印第安人放弃了世代传承的游猎生活,迁入保留地从此过起了定居的日子。到1880年,印第安保留地数目已达141个。

就这样,美国广阔而辽远的西部,也留给了策马驰骋的白人殖民者。

打开今日的美国地图,仍旧可以看到许多大小不一、星罗棋布的保留地,如同主流社会中一个个孤立的岛屿,从而形成了一道苍凉而独特的人文地理景观。

宽容的美国土著

如今的美国,已成为一个英裔(占15%)、德裔(占13%)、爱尔兰裔(占8%)、意大利裔(占4%)、犹太裔(占2.3%)和黑人(占11%)占多数的移民国家,而作为老住民的印第安人充其量只占总人口的1%。

之所以出现这种状况,是因为历届美国政府采取了极其严格的种族隔离政策。与西班牙男人单枪匹马闯荡南美洲不同的是,在首批英国移民在北美洲站稳脚跟,并将新大陆拥有一望无际沃野的消息传回故乡后,以家庭为单位、以建立家庭农场为目的的英国移民开始大规模涌到这个移民者的"天堂",迅速布满了美国东海岸,这就更加坚定了殖民统治者实施种族隔离政策的决心。自1630年起,在弗吉尼亚州,跨种族婚姻被当成是应予惩罚的罪行,1662年的法律则明令禁止白人与印第安人和黑人通婚。在美国建国后的一个世纪里,不少于38个州通过法律禁止种族通婚。直到1915年,此类法令在28个州仍然有效。这也就是1935年拉丁美洲白人、黑人、印第安人分别占35%、20%、45%,而美国与加拿大的白人、黑人、印第安人分别占90%、9%、1%的直接原因。

而且,印第安人无论是受教育程度还是经济状况,在美国几十个种族中都是最糟糕的。据美国人口调查局提供的数据,印第安人家庭的收入指数,只有美国平均水准的60%,在种族家庭收入表上排在波多黎各人和黑人之后,倒数第一。

即便如此,日渐边缘化的印第安人并未以暴制暴,有时甚至表现出令人难以置信的大海般博大的胸怀——一种根植于故乡中国的隐忍、善良天性。最有名的例子当属西雅图酋长了。19世纪50年代,华盛顿特区的白人领袖想购买美国西北部的印第安人领地,对白人一向友好的印第安部落酋长西雅图给白人领袖写了一封著名的信,此信后来被冠名为《这片土地是神圣的》,进入了美国中学课本。信件全文如下:

> 无数个世纪以来,浩渺苍天曾为我的族人挥洒下同情之泪;这人们看似永恒无易的苍天,实际上是会改变的:今天和风旭日,明日则可能乌云密布;但我的话却有如天空亘古的恒星,永不变更。华盛顿的大酋长可以像信赖日月季节更替一般,相信西雅图所说的话。
>
> 华盛顿的大酋长托白人酋长向我们致以友好的问候与祝愿。我们应该感谢他们的好意,因为我们知道他不需要我们的友情作为回报。他的子民众多,如广袤平原上无边的青草;我的族人寥寥,如风暴肆虐过后平原上的稀落树木。这位了不起的——我想也是仁慈的——白人酋长传话给我们,他愿意在为我们保留足够的土地过安

逸生活的前提下，购买我们的土地。这看起来的确很合理，甚至该说是慷慨的，因为红种人已经没有要求受尊重的权利了；这个提议也许还是英明的，因为这么辽阔的国土对我们来说，已经没有意义了。

曾几何时，我们的族人曾密密麻麻地布满了整片土地，就像随风涌浪的海水掩盖着满是贝壳的海底；但那个时代早已一去不复返了，部族曾经的辉煌只留给我们忧伤的回忆。我不愿再纠缠于我们部落过早的衰落，不愿再为此哀叹，也不愿将此归咎于白种兄弟，因为我们自己多少也有值得埋怨的地方。

年轻一代总是容易冲动。我们年轻的族人被或真实或虚幻的冤屈所激怒，用黑漆把脸涂黑，其实同时他们也抹黑了自己的心，变得残酷无情；而我们这些上了岁数的老人又无力约束他们。然而，尽管一直都是如此，尽管自从白人把我们往西驱逐以来一直都是如此，但还是让我们寄希望于彼此之间的仇恨能够永远泯灭。仇恨能让我们失去一切，却毫无所得。对年轻人来说，可能复仇本身就是一种收获，即使那会让他们失去生命；但是那些在战时固守家园的老人，以及可能在战争中失去儿子的母亲们，懂得更多事情的真相。

我们在华盛顿的好父亲——自从乔治国王将他的边界线向北大举推进之后，我已经把他当成我们的，也是你们的父亲了——我说，我们了不起的好心肠的父亲传话来说，他会保护我们，唯一的条件就是我们要按他说的去做。他神武的勇士将为我们筑起护卫之墙，他神奇的战舰会驻满我们的港口。这样一来，我们北边的宿敌——海达人和辛姆希人——再也不能威胁到我们的妇孺老弱。如此这般，他作为父亲，我们作为孩子就成了事实了。

但这可能吗？你们的上帝并不是我们的上帝；你们的上帝爱护你们的子民，却憎恨我的族人。他以他那有力的臂弯慈爱地环绕保护着白人，就像父亲指引新生儿般指引着他们；但是他却遗弃了他的红皮肤的孩子——如果我们真的能称作他的孩子的话。

我们的上帝，伟大的祖灵，好像也已经遗弃了我们。你们的神让你们的人民一天天强大起来，很快就能占据整个大地；而我的族人却衰落得如激退的潮水一去不回了。白人的神不会爱护我们的同胞，不然他为何不保护他们，而让他们像孤儿一样求助无门？既然如此，我们怎能成为兄弟呢?你们的神又怎能成为我们的神,让我们重振雄风并唤醒我们重返昔日鼎盛时期的梦想呢?

假如我们真的有着同一位天父的话,那他也必定偏心,因为他只照看着他那白皮肤的儿子,我们却从来见不到他;他教给你们律法,对他红皮肤的儿子却无话要说,尽管他们曾经如繁星占满苍穹般遍布着整个大陆。不,我们是两个截然不同的种族,起源不同,命运也各异。我们之间几乎毫无共同点。

在我们看来,祖先的骨灰是神圣的,他们的安息之所也是圣地;而你们却似乎可以毫无哀痛感地远离祖先墓地。

你们的宗教,是你们的神恐怕你们遗忘,以铁指书写在石板之上的。红种人对此既不能领会也难以记住;我们的宗教传自我们的祖先——伟大的祖灵于夜晚的神圣时刻,以梦的方式赐予我们族中长者,经过酋长们的洞察,铭刻在我们族人的心底。

你们的亡者一旦踏上墓地的大门,便不再爱护你们,也不再爱护曾经的故国家园。从此飘荡于群星之外,很快就被生者遗忘,也永不再回来。我们的逝者却永远不会遗忘这个曾赐予他生命的美丽世界。他们依然爱恋着青翠的峡谷,潺潺的河流,雄伟的大山,以及幽静的溪谷和碧绿的湖泊海湾;并且以最温柔体贴的情感牵挂着内心孤寂的生者,一次次地从他们极乐的狩猎之地回来,探望他们,指引他们,安抚他们。

白日与黑夜无法共存。白人所至之处,红人都会退避三舍,一如晨雾在朝阳升起之前就早早消散一样。然而,你们这次的提议看上去很公道,我想我的族人会同意退居到你们所承诺的保留区去。如此一来,我们便可以和睦地分居两处,因为白人大酋长的话对我的同胞们来说,就好像大自然从如磐的黑暗中发出来的声音。

至于我们度过余生的地点,是无关紧要的。我们已经去日无多了。印第安人的夜晚只有一片漆黑,在他的地平线上不会再有希望的星辰闪烁。忧伤的风在远处呜咽,残酷的命运尾随在红种人的身后,不论身在何方,都听得见无情的毁灭者靠近的脚步。他只能麻木地等待末日的到来,如同受伤的母鹿绝望地听着猎人靠近的声声脚步。

几经月圆月亏,几次寒来暑往,这个由伟大的祖灵所护佑、曾经遍布广袤的大地、在自己堪比乐园的家园幸福生活的民族,将不会再有一名幸存的子孙,为一个曾经比你们更强大,更生机勃勃,如今却只剩下墓碑的部族幽幽低泣。但我又何须为我族的夭亡而悲叹呢?一个部落没落,另一个部落兴起,一个民族灭亡,另一个民族崛起,如同潮起潮落;自然的法则如此,哀叹痛惜又有何益呢?你们没落的一天固然遥远,但终究还是会有那么一天的;就算白人能和上帝有如密友至交般亲密无间,也同样劫数难逃。我们终究是会成为同命相怜的兄弟的,我们就拭目以待吧。

我们会仔细权衡你们的提议,一作出决议就会告诉你们。但是要接受的话,我们还得先提一个条件:你们不能剥夺我们随时回去探望祖先、朋友和儿子坟墓的权利,也不可干扰刁难;对我们的族人而言,那里的每一寸土地都是神圣的。每一片山坡,每一处河谷,每一块平原,每一丛树林,都因我们族人早已远去的喜怒哀乐而变得圣洁无比;甚至那些静静躺在寂静的海边、被烈日暴晒的顽石,也因见证过族人们曾有的生气勃勃的生活而变得激动人心;甚至你们脚底的尘土也不会给予你们那种它曾给予我们的深情回应,因为它被我们祖先的鲜血所浸透,只有我们的赤足才更能感受到它那充满怜惜的触摸。

我们已逝的勇士,多情的母亲,欢欣的少女,甚至还有仅仅在这里生长嬉戏过一段短短的美好岁月的孩子们,都热恋着这一片黯淡荒寂的土地,并在夜幕降临之时,迎接那些蒙蒙的族人之魂飘然而归。

当最后一个红种人逝去,我们部落的回忆在白人心中已经成为神话之时,这里的海岸仍将聚集着我们族人无形的灵魂;当你们的后代以为他们是独自在田野、库房、商店、公路或者寂静的树林之中流连时,他们也绝非孤身一人。大地之上没有任何地方是真正孤寂的;夜深人静,当你们城镇或村庄的街道悄然入梦,也许你会以为此刻它们都是荒芜无生命的。其实不然,街上将挤满了回归故园的亡魂。他们曾生活在这里,至今仍然热爱这片美丽的故土。有他们相伴,白人永远不会感到孤单。

愿他公正友善地对待我的族人,因为死者并不是无能为力的。

我说他们是死者吗？不,世上并没有死亡一说——他们只是去了另外一个世界罢了。

这是一封流淌着悲悯、宽容、善良和对大自然无限深情的信件,正因为此信,美国城市西雅图——NBA超音速队的主场,以这位印第安酋长的名字命名。

以印第安人来命名一个地区,其实只是一个特例,因为美国一直在地名上有意无意地去印第安化,如用总统和爵士命名了华盛顿特区、特拉华州,用国王命名了南、北卡罗来纳(英王查理一世)州和佐治亚(英王乔治二世)州、路易斯安那(法王路易十四)州,用女王和王后命名了弗吉尼亚州、西弗吉尼亚州和马里兰(查理一世之妻玛丽亚皇后)州,用《圣经》中的人物命名了圣路易斯、圣巴巴拉、圣安东尼奥、圣弗朗西斯科(旧金山),还用西方地名命名了新泽西(英法海峡岛名)州、新约克(又名"纽约",取自英国地名)州、新罕布什尔(英国地名)州、缅因(法国古代地名)州、罗德岛(希腊岛名)州等。但不管怎样,也难以彻底洗掉北美洲上万年来深深的印第安痕迹。在美国50多个州中,印第安原始名称仍有20多个,如:印第安纳(印第安人的土地)州、俄克拉荷马(红种人的土地)州、伊利诺伊(印第安部落名称,意为"勇士")州、马萨诸塞(印第安部落名称,意为"一个很大的山坡地")州、内布拉斯加(意为"平顺之水")州、明尼苏达(意为"蓝天和水")州、俄亥俄(意为"漂亮的河")州、俄勒冈(意为"西部")州、爱达荷(意为"山地的宝石")州、堪萨斯(意为"南风区域内的人")州、亚利桑那(意为"少泉之地")州、亚拉巴马(意为"披荆斩棘")州、康涅狄格(意为"潮汐河流域")州、犹他(意为"山地人")州、得克萨斯(意为"朋友")州、肯塔基(意为"平坦的地面")州、密歇根(意为"大水")州、密苏里(意为"独木舟")州、威斯康星(意为"草地")州、怀俄明(意为"大草原")州及南、北达科他(意为"与友人联合居住的地方")州,而且这些印第安地名包含的诗意无与伦比。

来自大自然,受益大自然,呵护大自然,如今的印第安人堪称世界上为数较少的与大自然和谐相处的民族。并不仅仅因为他们被限制在"保留地"中,更多的还是因为他们千万年来对大自然的深深敬畏与痛彻感悟。

夕阳西下,晚霞满天。美国西部的一处草场,一位脸上涂满水彩的印第安青年在低声吟唱：

　　　　生活是什么？
　　　　是黑夜中一只黄萤的光芒，
　　　　是冬天野牛的呼吸，
　　　　是小影子，
　　　　它能在草中奔跑，
　　　　也会随着你躺下而消失。

一次近乎狂妄的挑战（后记）

记得电影《白求恩》中有一个情节，一位美国商人问白求恩为什么远赴中国，白求恩回答："我的事业就是用小小的手术刀，把美国人成吨卖给日本人的钢铁，从中国人身上一点点挑出来。"我感觉，本书似乎也在做着类似的事情，费力却不讨好。

从 2008 年 1 月开始下笔，为了这本不足 25 万字的小册子，我不知牺牲了多少个闲适的周末与惬意的夜晚。如果是一本小说，再笨的作家两年时间也足够了。问题是这既不同于小说，也不同于专著，而是我采用纪实文学的笔法，利用国际最新考古成果，在一个几乎无人涉足的领域，向传统史学发起的一次近乎狂妄的挑战。

这个几乎无人涉足的领域，是远古人类发展史上的一段神秘的空白，是发生在 8000 年前的一场将辉煌的旧石器文明无情吞噬的世纪大洪水。但这段神秘的空白，历史学没有解释，几乎所有的史学著作都认定人类文明史从未中断；人类学无法解释，10000 年前的晚期智人化石与现代人体质一脉相承。显然，要印证大洪水之前的"东海平原"这一旷古未闻的推断，我面临的将是一场蚂蚁搬家、精卫填海、铁杵磨针般的艰辛劳动和巨大挑战。

既然是挑战，就不能赤手空拳，也不能饥肠辘辘。因此，我考察的遗迹何止几十处，请教的专家何止上百位，查阅的书籍何止上千册，遇到的困扰与白眼更是数不胜数。多少次，我试图中断和放弃这个堂吉诃德式的行为。是我多年形成的一条道走到黑的执拗性格支撑着我，当然还有同事与亲朋的一再鼓励。著名作家张炜告诫我："创作人生如同田径比赛，可以慢跑但不能停下，一旦停下就前功尽弃了。"资深编辑李恩祥打来电话："一定坚持啊，坚持才能看到奇迹。"妻子成爱军也开玩笑说："既然怀孕了,就是怪胎也得生下来。"

5年来,许多同事、朋友、学者给了我无私的支持与援助,令我的感动如大潮击岸般浪花飞溅,他们是:岳南、冯小宁、何亮亮、陈国栋、林铭山、常江、刘焕立、刘庆邦、阎志、王红勇、乔新家、杨文军、胡银芳、唐亮、鲁小光、侯健飞、刘正寅、聂炳华、徐峙、谭践、陈东、张继焦、朴永日。

今天,它终于完成了,带着太多考证上的伤疤和文笔上的干糙,如同从未出过远门、满脸雀斑的青涩小姑娘。

在一望无际的田野上,庄稼和蒿草一起成熟了。如果您认为本书是蒿草,请随手拔掉它;如果您认为它还算得上庄稼,请帮我收割吧。然后,让我们拾起遗落已久的童心,一起点燃田里剩下的秸秆和枯草,把中华文化的土壤养肥,翘首期待春风吹又生的来年。

2013年10月22日于泰山